有爱的青春陪伴者

图书在版编目（CIP）数据

赐我一生 / 南奚川著. -- 石家庄：花山文艺出版社，2022.9
ISBN 978-7-5511-6268-5

Ⅰ．①赐… Ⅱ．①南… Ⅲ．①长篇小说－中国－当代 Ⅳ．①I247.5

中国版本图书馆CIP数据核字(2022)第164831号

书　　名：	赐我一生 Ci wo yi sheng
著　　者：	南奚川
责任编辑：	卢水淹
特约编辑：	廖　妍　鲁　璐
责任校对：	贺　进
封面设计：	Insect
内文设计：	孙欣瑞
封面绘制：	噗　尼
美术编辑：	胡彤亮
出版发行：	花山文艺出版社（邮政编码：050061） （河北省石家庄市友谊北大街330号）
销售热线：	0311-88643221
传　　真：	0311-88643225
印　　刷：	长沙鸿发印务实业有限公司
经　　销：	新华书店
开　　本：	880mm×1230mm　1/32
印　　张：	11
字　　数：	455千字
版　　次：	2022年9月第1版 2022年9月第1次印刷
书　　号：	ISBN 978-7-5511-6268-5
定　　价：	45.80元

（版权所有　翻印必究·印装有误　负责调换）

Ciwo Yisheng

目录

第一章　边慈，是你？　/001

第二章　边慈赠我　/014

第三章　言礼同学，你就是"警察"，替我摆平所有不公　/048

第四章　边慈，那你让老天爷也照顾照顾我，成吗？　/098

第五章　我永远守护我的小天鹅　/139

第六章　粥粥，你好哇！　/164

目录

第七章　粥粥，你是绿豆糕味　/201

第八章　我的愿望就是你能实现自己的愿望　/228

第九章　看见你，心情就不自觉地奔向春天　/259

第十章　小天鹅在湖面优雅起舞　/279

第十一章　赐我一生　/309

番　外　何似在人间　/340

第一章 边慈，是你？

我叫边慈，"慈悲"的"慈"。
——言礼，"礼貌"的"礼"。

1

正值午饭时间，位于体校西区的宿舍楼很安静。

一道白色身影拐进宿舍楼，一步跨两级火急火燎冲到顶楼，撞开了603室虚掩的门。

边慈忙着收拾行李，被撞门声吓了一跳，抬眼看见是室友周见萱，叹道："轻点儿，这门的年纪比你还大。"

周见萱喘着气，死死盯着边慈，以及她脚边塞满东西的行李箱。

"你真的要转学？"周见萱缓缓走近边慈，神色复杂，句句逼问，"年底的冬训不参加了？国家队也不进了？"

边慈手上的动作稍顿，随后继续，语速不急不缓："医生说我至少要休养半年，何教练让我听医生的话。"

上个月，国家女子体操队的教练到各大省队考察，结果边慈因为训练过度导致腰上旧伤复发，住院一个月，连国家队教练的面都没见着。

不怪周见萱着急，九月开学他们就高三了，错过这次，高考前进国家队的机会只剩下年底的国家队冬训。

按照规定，每年国家队冬训的时候除了本来的队员外，还会从各个省队召集一些队员在国家队训练，表现优异的就会被留下。

体特生每年保送名额就那么几个，自然优先考虑国家队成员，同届学生都在为冬训拼了命地训练，最有实力的边慈反而往后退。

周见萱听到边慈这么事不关己的回答，一把抢过她手上的衣服，说："别跟我扯什么医生教练，你自己什么想法。"

"我觉得他们说得对。"

边慈继续叠下一件衣服，刚拿起又被周见萱抢走。重复了好几轮，边慈算是被打败了。

"萱萱，我两点约了房东太太看房。"

周见萱死死抓着手上的衣物，咬牙道："你拼了十多年，眼看要拼进国家队了，你居然放弃了？边慈，你住院把脑子住傻了吧！"

"身体不听话，我也没办法嘛。"边慈从周见萱怀里抽走衣服，笑着说，"等高考结束我腰伤好了，再争取进国家队。"

周见萱冷眼瞧她，说："说得容易，运动员能有几年职业生涯。"

"不差这一年。这样，你先进国家队等我。"说着，边慈分出手抽了张纸巾递给周见萱，"擦擦汗，风吹了容易感冒。"

怎么听怎么像哄小孩儿的话。

边慈表现得过于轻松，反而显得很不轻松。

周见萱跟边慈同窗多年，深知她性格，既然套不出多余的信息，只好问点能说的："何教练给你转去哪儿了？"

边慈果然回答得很爽快："五中。"

周见萱皱眉，说："你能跟上省重点的进度吗？"

边慈在体校的文化课成绩名列前茅，但是放在重点高中，也就是个普通一本上线的水平。

边慈合上行李箱，拍了拍手，脸上不见愁容，说："不知道，试试呗。"

周见萱一噎。

边慈看了眼手表，见时间差不多了，她背上书包，抽起行李箱拉杆，对周见萱说："我走了，你吃饭去吧，不用送我。"

周见萱嗯嗯啊啊一通答应，抢过行李箱，还是把边慈送到了校门口。

等车的间隙，周见萱突然想起一茬，问："赵维津知道你转学的事吗？"

边慈摇头，并叮嘱："你也别告诉他，何教练都没跟他说。"

周见萱"啧"了声，感叹："何教练真是'亲妈'啊。不过赵维津迟早会知道，知道了绝对要闹。"

边慈将烫手山芋甩给周见萱，说："那你替我拦着点。"

公交车从前方驶来，边慈接过周见萱手里的行李箱，跟她拥抱了一下，临了，在她耳边轻声说："我等你进国家队的好消息。"

周见萱闷闷地"嗯"了声，像是要哭，最后硬生生给憋住了。

转了两趟车，换乘三条地铁线，横跨大半个城市，边慈终于到达了目的地。

午后太阳毒辣，边慈拖着行李箱在没有遮蔽物的平地上走了十来分钟，额头已经冒出了一层薄汗。

根据房东太太的描述，房子位于五中附近一个叫老街的地方。老街里面胡同四通八达，像个迷宫，边慈初来乍到，成功迷路。

边慈走到路边树下站着，掏出手机给房东太太打电话。响了五六下，那边接起，伴随着麻将声。

听见电话那头"喂"了一声，边慈才开口："徐婆婆，我到了。"

"欸！三条，我要碰。"又是半分钟过去，徐婆婆和了牌才问，"同学，你到哪儿了？我就在楼下打牌，没看见有人来啊。"

边慈用手掌扇风，看了看四周的低矮建筑，眼神茫然，模棱两可地说："我也不太清楚。这里有棵大树，对面有家卖灌汤包的店，叫……呃，看不清楚，招牌褪色了……"

没头没脑没特征的描述，没想到徐婆婆还能一秒定位，当即就说："哎呀，你走岔路了。在原地等着，我来接你。"

这敢情好，边慈忙说谢谢。

酷暑难耐，边慈去旁边的小卖部买了一根冰棍，用箱子当板凳，在店旁边坐着，蹭从塑料门帘里钻出来的空调冷气。

这一带最高的建筑不超过七层楼，抬头各种电线交错分布，外墙风吹日晒不见本色，透着老旧的气息。

边慈吃着冰棍，想到四位数的房租，默默将"老旧"二字改成了"复古"。

同样是学区，体校旁边和省重点高中旁边的房价真是天差地别啊。

解决完冰棍，徐婆婆也到了。之前都是电话联系，边慈第一次看见真人，老太太步履轻快，半白短卷发上顶着个渔夫帽，还挺洋气。

边慈从行李箱上跳下来，主动叫人："徐婆婆你好，我是边慈。"

徐婆婆摘下墨镜，视觉变亮。

眼前个子不高的小姑娘站得笔直，圆领白T恤，衣角扎进裤腰，短裤下一双细长腿白得晃眼，短棉袜帆布鞋，脚踝骨突出。

五官精致，眉眼生得干净，文文静静的，瞧着就乖巧懂事。

若非要说哪里不好，那就是太瘦了，身形单薄得像一张纸，让老太太心疼，恨不得唠叨她多吃点饭。

徐婆婆把墨镜挂在衣领口，笑意盈盈地说："好好好，你一个人来的？"

"对。"

"行。那走吧，先去看看房。"

"好。"

徐婆婆为人热情，但不似一般老年人多嘴，交流起来没有压力。边慈嘴上跟她闲聊，心里暗暗记着路，省得以后再麻烦别人。

七拐八绕来到租房处。这里跟外面的景象略微不同，一眼望不到头，很长，但中间的街道只够过一辆小轿车，两侧都是商铺，大到邮局小到面摊，小本买卖应有尽有。

建筑是一个又一个边角圆润的方块，类似车厢，楼高不过三层，每个车厢大概有三到五个门面，从车厢之间的空隙地带穿过去，后面是红砖外墙的居民楼，楼下都是麻将馆。

整个布局有序整齐却逼仄，宛如被强制排列组合过的小村落。

边慈租的房子不在居民楼里，在一家叫麦麦文具店的商铺楼上。

"这一片叫火车坊，你以后上学可以抄近道。这条街走到头右拐进小胡同，胡同走到底左转，爬楼梯上个小坡再向左，走二分钟就是五中校门口了。"

徐婆婆说完，见边慈听得两眼发蒙，笑起来，又补充："你记不住没关系，明天我买菜带你走一圈。"

边慈心怀感激："谢谢徐婆婆。"

"不客气。"

徐婆婆用钥匙开锁，商铺是卷帘门，边慈上前搭了一把手，两人联手把门推了上去。

店里面积很大，占了四个商铺的位置，除了文具还有教辅资料，从小学到高中一应俱全。

"我小女儿一家旅游去了，这几天没开店。"

徐婆婆打开过道的灯，引着边慈往二楼走，顺便介绍："店里有四个房间，楼下那个是我小女儿他们一家人住的。二楼有三个，一个库房，一个杂物间，剩下那间就是你的，有独立卫生间和阳台。晾衣服上楼顶，厨房在楼下，都是公用的。对了，"徐婆婆停顿两秒，转而问，"晚上你自己住二楼不会害怕吧？"

听到最后，边慈一愣，可能是徐婆婆长相慈祥，也可能是公事公办的语气却以关心收尾，在这人生地不熟的新环境，她竟感受到一丝温暖。

"不害怕。"边慈轻声说。

徐婆婆走在前头絮叨："不用害怕，别看咱们这边旧，但是学生多，治安好得很。你晚自习下课回来，街边路灯都还通亮着，不存在夜路，放心住吧。"

边慈笑着说好。

到了二楼，库房和杂物间都在左侧，出租房跟上顶楼的楼梯在右侧，采光很好。

徐婆婆打开房门，侧身让边慈先进："进来看看。很久没住人了，灰尘有点重。"

边慈留下行李箱在门口，只身进屋。

进门左手边是卫生间，前面从近到远依次是客厅、卧室和阳台，客厅跟卧室之间做了小隔断，沙发前面放着衣柜，床尾有一张木质书桌，瞧着有些年代感，家具都用防尘白布盖着……除了沙发。

沙发的防尘白布被揉成一团扔在地上，屋内一片白，明黄色的布艺沙发很扎眼。

更扎眼的是上面还躺着一个人。

少年的右手腕搭在眼睛上，腕骨突出，指节细长，客厅的暖黄灯光打下来，给他勾勒出一圈毛茸茸的边。

听见屋内动静，他睁眼看过来，睡眼惺忪，"边慈？"待看清眼前人的脸，然后是笃定的语气，"是你。"

边慈听得一怔，对他没有丝毫印象，奇怪地问："你认识我？"

"不认识……"

他坐起来，起身快步离开，外套被风掀得翻起一片。

人从边慈身边走过时，她闻到一丝清淡的洗衣液香味。

徐婆婆站在门边，叫住往楼下跑的人，大喊："给我站住臭小子！你什么时候回来的？吓死人了！"

回答她的只有一阵更急促、渐渐远去的脚步声。

徐婆婆急得直跺脚，回头冲边慈说："那个，边慈啊，你先随便看看，我一会儿来找你。"

边慈说了声好，接着随口问道："那个人是？"

"我外孙。"

徐婆婆抬腿追下楼，嘴上叨叨："没一个让人省心的！"

2

没等琢磨透为什么要跑这个问题，言礼已经一口气跑到了大街上。

跑这点路是不累的，可是心脏跳得突突响，好似下一秒就要在胸腔炸开。

言礼随便钻进两个车厢楼之间的空隙，靠外墙站着，胸口微微起伏，眼神飘忽。

徐婆婆的声音从外面的街道传来，正一遍一遍地叫他的名儿。

言礼抬手揉了把脸，压下情绪高声应道："外婆，我在这儿。"

看见外孙从不远处车厢楼的空隙晃出来，徐婆婆火气下去了些，稍感欣慰，不过嘴上还是不饶人："你继续跑啊，你不是爱跑吗？"

言礼走过去，长臂一伸搭在老太太肩上。他个儿高，服软必须弯腰低头，不然会显得欠揍。

"不跑了，再跑您老追不上。"

徐婆婆侧头哼了声，拍开言礼的手，囔囔："少跟我贫。你要回来也不提前打个电话，越来越不把我这个老太婆当回事了。"

言礼把徐婆婆扯到阴凉处站着，接着，手伸进两个裤兜，只掏出一张身份证："没钱没手机，怎么打？"

徐婆婆当然不会认为两千多公里的距离，单靠两条腿就能解决，腿再长也不行。

"那你怎么回来的？"她瞪出一个凝视傻子的眼神。

言礼只能如实说，但省去了自己砸窗户玻璃、翻外墙、顶着烈日暴走五公里到之前办过会员卡的网吧的具体过程："去网吧上QQ，托朋友买的机票。"

徐婆婆信了半分，又问："那你的钱跟手机去哪儿了？"

提到这个，言礼脸上的笑意淡去："被我妈没收了。"

徐婆婆惊讶道："为什么？"

"关禁闭。"言礼伸手比了个四，不冷不热地陈述，"我在卧室里待了四天。"

徐婆婆听完脸色大变，当场吼出来："简直胡闹！你妈发什么神经！"

这话听着过于舒坦解气，言礼稍不小心就告了老妈一状："她偷偷改了我的高考志愿，上周录取通知书寄过来我才知道，我们闹了一场，我前脚进卧室，她后脚就把门锁了。"

自己大女儿什么德行，徐婆婆比谁都清楚，她刚压卜去的火气又蹿得老高。不好在外孙跟前发作，她缓了缓情绪，拍拍言礼的肩膀，把家里的钥匙放在他手上，说："你回家洗澡吃饭，我先把楼上的租客安顿好。"

言礼握着钥匙，想到楼上那位神色有些复杂，走了两步又停下，回头叫住徐婆婆："外婆，她要住多久？"

徐婆婆回答："不知道。不过好像高三了，应该要长住。"

"在哪里读？"

"你这不废话？在五中附近租房，还能在别处读书不成？"

徐婆婆后知后觉地意识到言礼问得有点多，看着他，询问："怎么，是你认识的人啊？"

言礼背脊僵住，回避开徐婆婆的视线，回答得很轻："算不上。"

房子看完，边慈很满意，按照之前谈好的价格交了三个月租金。至于合同，她叫了个同城跑腿给何教练送过去，何教练那边签好字再送回来。

徐婆婆跟边慈简单介绍完店里的生活设施，交了钥匙才离开。

边慈用方便面解决了午饭后，就去附近小超市添置了生活必需品，回来就绾起头发开始大扫除。

久不住人的房间积压了不少灰尘污垢，不过打扫屋子也是整理心情。日暮西斜，边慈终于收工，面对焕然一新的落脚处，总算找回一些久违的安全感。

都会好起来的。边慈抬手抹掉额头的汗，对自己说道。

接下来的几天被安排得紧紧凑凑。入学前体检、跑转校手续、准备开学摸底考，边慈很忙，忙得只有时间考虑学习。

何教练托自己老同学的关系，把她安排到高三重点班——估计是怕她情绪低迷自我沉沦，索性把她扔到最高压的环境里绝地求生。

开学前两天，边慈去学校领完教材，回到店里，发现了几张新面孔，徐婆婆也在。

徐婆婆冲边慈招手，跟她介绍人，分别是徐婆婆的小女儿、小女婿还有小外孙女麦麦。看着都是好相处的，边慈挨个叫人，互相混了个脸熟。

介绍完毕，徐婆婆欲言又止，把边慈拉到一边，寒暄几回合也没扯到重点。

边慈主动递出台阶："徐婆婆，你都问我三次早饭吃的什么了。"

徐婆婆笑了笑，不再绕弯子，直接说："我那个外孙要复读，学校宿舍没空位，我和他外公睡得早，作息不同生活不方便，我想了想，只有这店里的杂物间可以腾出来给他住，就是不知道你介不介意？"

外孙?

哦……那个睡不醒、跑得快、穿着浅蓝色衬衫的大帅哥。

边慈拉回思绪考虑正题,楼下有店主一家住着,自己每天也就是回来睡个觉,房间各归各,没什么不方便。

停顿片刻,她点头答应:"不介意,我都可以。"

徐婆婆喜笑颜开,握着边慈的手说了好几声谢谢。

比起研究即将到来的新邻居性情如何、怎么相处,边慈还是更担忧近在眼前的摸底考试。

吃过午饭,边慈回到房间继续复习。五中学的内容比体校难得多,语文、英语还能靠基础应付过去,不算吃力,但是理科的四扇大门,边慈费半天劲堪堪推开一条门缝。

这样下去可不行,得想想办法。

边慈打开网银App,对着不到两万的存款思考,要是每天馒头咸菜配凉水,她能不能上得起补习班。

听说这边补习班每小时三五百不等,姑且算中间值,四百块钱,四门每周两小时就是三千二,一个月一万二千八……每天喝西北风都凑不上。

这时,肚子配合脑子的愁绪咕咕叫了两声。

生活艰难,边慈依然败给饥饿,她放下手机推开课本,决定先下楼去厨房煮碗鸡蛋面。既然已经穷教育了,不能再穷肚子。

已经晚上八点多了,边慈没想到厨房还有人在。

空气里是咖喱鸡的味道,混着土豆和胡萝卜,闻着特别香。

他头发很乱,身上的衣服睡得皱巴巴,棉T恤卷起一角,抬起手开头上的橱柜门的时候,露出一截窄瘦的腰,比脸还白。

边慈不好多看,打算等他吃完再下楼弄自己那份,结果后退的时候不小心踢到椅子,响动不大,但足够惊动身后的人。

照面已经打了,招呼不跟上只会徒增尴尬。边慈收回步子,不知道他叫什么名字,总不能叫人外孙,最后只能干巴巴地笑了笑:"嗨,你好。"

可能这招呼真的太干了,他听完只"嗯"了一声,又回头继续翻锅里的食物。

没什么久留的必要,边慈避开刚才踢到的椅子回屋,走了两步,他发话了:"你吃了没?"

咖喱汁在锅里咕噜咕噜冒泡,连声音都在勾引味觉,此时此刻,边慈想做一个诚实的人。

"没吃。"她摸了摸肚子,真诚又恳切地补充了句,"闻着更饿了。"

他关了火,分出一只手拉开身后的椅子,示意她先坐。虽然不热情,边慈仍从分羹行为里品出一丝友善的风味。

他从电饭煲里盛了两碗饭,倒扣在盘子里,最后把咖喱鸡淋在米饭上。

边慈不好意思吃白食，主动去端菜拿餐具。

只是勺子筷子都在下面的橱柜，他站在灶前正好挡着，总不能直接上手推别人的腿，边慈握着橱柜的把手，抬头看他，说："我拿下勺子。"

他侧身让开，边慈拉开橱柜，余光瞥见他埋了理衣角的卷边。拿完勺子，边慈把橱柜推回去，又悄悄瞥了眼，结果他又在抓头发，头顶有撮呆毛睡翘了，怎么也压不下去，他正较着劲，连眉头都皱了起来。

边慈有点想笑，出于礼貌忍住了。

还挺在意个人形象的，就是反射弧有点长，可能睡迷糊了吧。边慈替他找了个借口。

边慈当作没看见，回到餐桌坐好，等他也过来坐下后，才拿起勺子开动。一口下肚，她忍不住笑起来，竖起大拇指对他比了个赞："好吃，你手艺真棒。"

面对夸奖，他很淡定，只说："锅里还有。"

边慈表示吃这一碗就够了，他也没再多说。

她食量不大，以前练体操必须控制体重，每天吃得比猫还少，现在不练了可以正常饮食，不过这么多年的习惯已经养成，就算想多吃点，胃也会表示抗议。

快吃完的时候，边慈主动提议："一会儿我洗碗，谢谢你的晚餐。"

他起身添饭，说："不用，你放那儿就行。"

虚头巴脑的花腔听着累，边慈吃完剩下的两口饭，端着自己那份餐具去洗碗槽，用行动表示诚意。

流水声打破餐厅的安静，边慈莫名多了些社交的勇气，主动挑起话题："对了，我还不知道你叫什么名字，我叫边慈，'慈悲'的'慈'。"

"言礼，'礼貌'的'礼'。"

他没有抛新问题回来，话题只能终止。

边慈洗完自己的餐具，回头看见言礼也吃完了，但是他在那儿坐着不动，估计想等她洗完上楼才洗自己那份。

这名字取得真好，就没见过这么懂礼的。

边慈不打算给他客套的机会，故意没关水龙头，冲他说："盘子递给我。"

言礼张嘴正要说不，冷不丁被边慈打断："快点呀，我没关水，很浪费的。"

言礼："……"最后还是边慈洗了碗。

言礼守在旁边，把剩下的饭菜用保鲜盒装起来放冰箱，接着用干布把她洗了的餐具擦去水珠，放回原位。

洗完最后一个锅，边慈顺手递给言礼让他擦，自己用肥皂洗手，突然问起："你那天没有钥匙，怎么进屋的？"

锅也放回炉盘上，听完她的话，言礼一怔："翻外墙进的，窗户锁坏了。"

边慈想到徐婆婆之前说这片治安好，关掉水龙头，顺嘴开了个玩笑："看来你是社会治安的漏网之鱼。"

言礼眉心蹙了一下，盖上锅盖，淡声说："明天给你装个防护栏。"
边慈见他误会，连忙摆手，笑道："不用不用，我逗你玩的。"
"还有窗户，换扇新的。"
边慈笑意僵住。

言礼转身往楼上走。边慈看见他头顶上用清水压下去的呆毛，又翘了起来，随着他走路的步伐前后晃动。

他似有所感，伸手抓头发，又跟那撮呆毛较上劲，然后又压不下去，索性掌心压着头发上了楼，背影是大写的烦躁，烦到不想活了的那种。

边慈傻站着眨眨眼，此刻也搞不懂他到底是在生玩笑的气，还是生那撮呆毛的气了。

3

杂物间没有配卫生间，洗头只能去一楼用公共卫生间，但边慈还在一楼。
言礼陷入死循环。

明明一路压着头顶上来，那撮呆毛反而翘得更厉害了，在镜子里冲他耀武扬威。

迟早去理发店削了你。言礼心道，道完还觉不够，他随手抓起一件衣服扔到穿衣镜上盖住，眼不见心不烦。

大大小小的打包纸箱堆满房间角落，睡了个晚午觉还没来得及收拾。房间乱心更乱，一乱人更懒，言礼盘腿坐在床上，面无表情地听外面传来广场舞歌曲，即将"老僧入定"。

细算下来他也挺牛，前后没几天，总共就跟边慈打了两次照面，愣是丢完了他这十八年攒的脸。

估计他七情六欲过重成不了僧，入定被无情打断。

从外公那里捎来的老年机跟疯了一样唱起来，曲风跟外面的广场舞背景音意外和谐，二重奏炸得他的太阳穴直蹦。

言礼连来电显示都没看，直接按了接听加免提。
话筒里传来温和的声音："粥粥，你睡了吗？"
言礼的太阳穴蹦得更厉害了，他甚至连话都不想说。
"粥粥？"声音依然温和，甚至带着细微讨好的意味。
言礼眉心紧蹙，表情抗拒，很不耐烦。
"睡了。"他从嗓子眼挤出来两个字。
"你真幽默，要是睡了还怎么接妈妈电话？"开玩笑的口吻，配合打圆场的笑声，嘴上自称母亲，态度跟平时应付客户没什么两样。

言礼太懂亲妈的套路，看透懒得点破，直接问："你有什么事？"

"这次关你禁闭是妈妈不对，不过出发点都是为了你好。粥粥，你已经成年了，不要任性，听妈妈的话，留在这边读大学吧。金融专业多好，以后毕业了就来公司帮我的忙。"

言礼沉默不语。

言秀华趁热打铁游说:"你考得够好了,何必浪费时间再复读一年。粥粥,我就你这么一个儿子,你非要抛下我去北方读大学吗?"

这波情感绑架勒得言礼有点喘不过气,他脑子里有很多狠话重话打转,控诉的、质问的、嘲讽的,但他都没说,谁让他是老妈唯一的儿子。

"我没有抛下你,我只是想学自己喜欢的专业,仅此而已。"

"可我也仅仅是想让你留在我身边啊。"讨好意味变成了恳求。

言礼厌倦了这种死循环,直奔结果:"入学手续已经办完了,你这两天要是有空,把我的行李寄过来,外公的老年机我用不惯。"

言秀华的好脾气到此为止:"言礼,你还要闹到什么时候!我都说了不行,你听不懂吗?"

"听得懂。"

言礼听见隔壁传来关门声,边慈大概已经回到房间。

两个死循环终于结束了一个,言礼对电话里那位发表了结束陈词:"你没空寄就算了,我去补卡买新的。生活费不用再打,复读这一年的所有开销我自理,你照顾好自己。"

言秀华比言礼更快挂了电话。她向来如此,吵完架无论是否占理,总能第一时间占据受委屈方的位置,等着别人来哄。

言礼从八岁哄到了十八岁,这次他不想哄了。

边慈以为言礼只是在气头上说说而已,没想到第二天上午,他真的带着工人师傅来店里装防护栏和窗户。

哐哐啷啷一小时装完了防护栏,接着又是窗户,新的换旧的,得先把旧的卸下来,工人忙上忙下动静不小。

徐婆婆买完菜回家路过店里时,看见这阵仗,上来问了一句。

这头在闲聊,那头装窗户的工人突然问起:"靠墙这头需不需要焊死?"

边慈刚想说不用这么封闭,言礼抢先开了口:"需要。"表完态,她感觉言礼似乎扫了自己一眼,接着又听见他说,"省得有人往里爬。"

边慈一怔。

全球内涵自己第一人没跑了。

徐婆婆不了解他们之间的弯弯绕绕,在店里待了一会儿就准备回家做饭,临走前想到一茬,对言礼说:"明天开学了,你的校服还在家里,记得回来拿。"

言礼点头:"知道了。"

老年人总有操不完的心,徐婆婆走了几阶楼梯又抬头冲二楼喊:"粥粥啊,小边也在五中上学,她刚来这边不熟悉路,明天你等她一起上学。"

zhou……zhouzhou?

边慈瞳孔微缩，侧目打量言礼。她快速想象了记忆里那张脸长大后的样子。

言礼生得好看，光是站着什么都不做就是一幅水彩画。不像那个人，总爱低着头，说话总是很小声，站在人群里没有存在感，也不爱笑，应该是同名而已。

边慈迟迟不出声，徐婆婆以为她脸皮薄怕麻烦他人，又说："你们都高三，说不定还在一个班，小边你几班的？"

边慈回过神，如实回答："二班。"

徐婆婆又问言礼："你呢？"

言礼怔怔地说："二班。"

"瞧我说什么。就这样，你明天跟小边一起去学校。"交代完所有事情，徐婆婆放心地提着菜篮子回家做饭去了，留下言礼和边慈在二楼干瞪眼。

气氛尴尬总要说点什么，徐婆婆一番好意，边慈哪能让她的亲外孙当恶人，识趣地对言礼说："其实我认得路。"

言礼垂眸，没接茬，转而问："我外婆说的话，你都听清了？"

边慈不明其意，但懒得深究，只回答听懂的那部分："听清了。你放心，我不会背后告你状的，我真的认得路。"

"我不是说这个。"

"那是说什么？"

"我外婆叫我粥粥。"

边慈停顿了一下，彻底搞不懂他的心思了，好脾气地试着问："所以……你是想让我也这么叫你？"

大概是边慈的错觉，言礼的眉头似乎很快地蹙了一下。

"我不想。"言礼别过了头，看向楼梯口。

气氛莫名变僵，边慈隐约感觉言礼的不悦是针对自己。

她本来就不喜欢给别人添麻烦，加上言礼的情绪梗在这里，更显得她欠了他天大人情似的。边慈也有点恼了，又强调了一遍："我认得路，可以自己去学校。"

言礼往自己房间走，手抄裤兜幽幽开口："那等我明早检查。"

吃过午饭，周见萱打电话过来慰问边慈。

聊到近况，边慈自然提起了住在隔壁的邻居兼新同学。

"房东太太人很好的，她外孙的性情怎么这么难捉摸呢，头疼。"想到言礼说最后那句话的表情和语气，边慈猛翻了几页课本，书页哗哗响，吹起她额前的碎发，"还检查，他以为自己是老师吗？我凭什么要让他检查。"

周见萱幸灾乐祸提醒："谁让你吃人家的咖喱鸡饭了，吃人嘴软懂不懂。"

边慈理亏，小声反驳："那谁让他煮得那么香。"

周见萱乐得直笑，笑过之后，她又分析道："说不定他是开学前焦虑呢。你想，他是复读生，失败过一次，马上又要跟优秀的学弟学妹们同班，心理落差大，你理解一下前辈。"

边慈挑出关键词反问:"你怎么知道他失败了?万一他成绩很好呢,只是高考发挥失常。"

周见萱信誓旦旦:"我查过了,五中没有复读班,他情况肯定跟你一样,是走后门插班到高三年级的。

"还有啊,你们都是班级新成员,何必内部厮杀,赶紧化干戈为玉帛抱团才是正途。怎么说呢,今日你对他伸出援手,明日他回报你真心,我也不用担心你在新班级孤苦无依了,多好。"

周见萱的说法夸张归夸张,事后边慈细想又觉得有点道理,高考就像度劫,普通人一生一次都要脱层皮,更何况像言礼这样来两次的。

面对饱受高考重创的前辈,边慈决定对他多一点儿包容,少一点儿计较。

开学当天,边慈跟言礼一起上学,谁也没有提起昨天小小的不愉快,一路迎着朝阳,时不时说两句像"我还没预习完教材,开学考就像裸考""不过想到不止我一个人拉低班级平均分,心情就好多了""乐观点,虽然成绩上不去,但考试难度也下不来嘛"这样只适用于学渣之间的调侃话。

都是同类,就算说得委婉,边慈相信言礼能充分感到自己的善意,虽然他今天的话少得可怜。

老前辈果然很焦虑。边慈见言礼表情复杂,又偷偷在心里嘀咕。

五中的校门外有一条人行道,道路右侧的墙壁有六块玻璃展板。

上一届高考的余热还在,展板上都是考上重点大学的毕业生证件照,照片下面附带名字、高考分数、省排名以及录取大学信息。

从最后一块看到第一块,分数越来越高,哪怕垫底的分数也没有数字"5"开头的,边慈感觉自己可进步的空间还很大。

第一块展板紧挨校门口,边慈停下脚步。想到身边还有一位焦虑的"老前辈",她看着省状元的名字,安慰言礼:"第一名711分,学校能培养出这么优秀的,我相信在这里读一年,我们肯定可以考到6开头的。"

言礼低沉的嗓音从身后传来:"别看了,还要去趟教务处。"

边慈"哦"了一声,没再开口,目光还落在玻璃展板上,第二名704分……五中都是些什么怪物!

边慈还想看看第二名的名字,后方传来一阵喧闹,三个穿着校服的男生跑过来,个子最高的那位刚好挡住她想看的信息。

"言哥,真是你啊,昨天班头在群里说你要来咱们班复读,没一个人相信的。"

"言哥吃早饭没,走,食堂,刷我的校卡。"

"滚边儿去,少套近乎。言哥,我昨天刚买了一套题,不知道你有没有兴趣?"

……

三个男生就差没拿言礼当菩萨供着了,高个搭着言礼的肩膀,跟他展示自己高价收的内部试题卷,玻璃展板的位置空出来。边慈这才看清了第二名的庐山真面目。

蓝白相间的校服,他面对镜头时脸上带着笑,是少年人特有的恣意轻狂。

高考分数704,省排名第4,被财大金融专业录取
高三(2)班,言礼

边慈傻眼。

言礼被熟人包围脱不开身,回头见边慈没跟上来,也不知道她在发什么愣,抬手挥了挥,出声叫她:"边慈,走了。"

晨曦穿过树梢,落在路面变成光斑,踩单车的人从沥青路晃过,拉出一道虚影。她被爽利的嗓音拉回现实。

那棵被她视为同在泥泞里挣扎的幼苗,虚影褪去后她才看清,原来他是站在光里,向阳生长的瑶林琼树。

这一路发表的学渣言论,在脑中循环播放,边慈被自己臊得耳根通红,攥紧书包背带,低头追上去。

"来了。"

第二章　边慈赠我

边慈：谢谢不能说，
那不加红豆的烧仙草能不能喝？

1

几个人进了校门就分路而行。

言礼和边慈往东，去教务处办入学登记，三个男生往西，去知行楼。

摸底考从九点开始，时间还早，就算高三了，开学第一天还是热闹更多，看书的没几个，聊天的扎堆凑。

文理科一共四个重点班，就数二班学习氛围最好，教室前后门紧闭，倒不是这个班纪律有多好，主要是班主任来得早。

三个男生是踩着铃声进来的，推开门，迎上班主任关飒的冷脸，全都吓得一哆嗦，浑身汗毛竖起。

"试卷都还没发，你们居然就来了？"

这是反讽，连语文常年不及格的焦宇达都听出来了。

为首的大高个陈泽雨反应最快，扬了扬没来得及收进书包的试题卷，赶在关飒质问前开口："飒姐，我们在食堂讨论题目，这才耽误了时间。"

"对对对，这套题太难了，难到早饭消化不良。"焦宇达说完，附赠一个真情实感的饱嗝。

"所以我早就说了，不要死磕浪费时间，数学有难题，直接找飒姐。"

秦成书说完，被陈泽雨猛撞了下胳膊肘，他骂道："大傻，这是化学卷！"

"你不早说！"秦成书一脸惊恐。

焦宇达崩溃道："你们小声……嗝……点啊！"又是一个响嗝。

现场翻车，全班爆笑。

踩点三人组被关飒训了个狗血淋头，提神又醒脑。

之后，关飒被教导处一通电话叫走，二班才真正活跃起来。

陈泽雨把课本卷起来当话筒，站上讲台，清了清嗓："都肃静，本学委要说正事了。"

"赶紧下去，快考试了谁想听正事。"

"不听算了，本来还想跟你们唠唠言礼和新来的女同学。"

全班"尔康手"："学委请留步！"

听到"言礼"的名字，班上仅有的十个女生都疯了："言礼真要来我们班啊？你见到他了？"

一听还有女同学，班上所有男生的眼睛都在发光："女同学？好看吗？"

"校门口碰见的，他跟女同学去教务处办登记了，一会儿就来。"这是回答女生的。

"好看？仙女下凡你说好不好看。"陈泽雨心眼小，就爱踩一捧一，"隔壁一班不总显摆他们有级花吗？我这么说吧，以后我们有校花了。"

以上，是回答男生的。

男生们嗷嗷兴奋乱叫。

人群中不知道是谁在问："女同学从哪个学校转来的？"

这个问题超纲了，陈泽雨摊手表示无知："来路不明。"

来路不明的边慈办完登记，正跟言礼并肩往知行楼走。

言礼没提上学路上的乌龙事件，路过校内标志性建筑时，会停下来说两句，告诉边慈哪条路通向什么地方。等到知行楼的时候，边慈脑子里关于五中校园地图已经成形了一大半。

对陌生环境的快速了解，是获取安全感的第一步。边慈这一步走得很顺，进办公室前，她放下尴尬，对言礼说了声谢谢。

他说不用谢。

言礼敲响办公室的门，里面有老师说请进，言礼先进，边慈紧随其后。

言礼斜背着一个运动包，黑色背带从左肩横跨到右腰侧，校服布料勾勒出来肩胛骨的轮廓，少年人肩背宽，不如成年男性那般厚实有力，却有种特别的气质。

关飒认识言礼，上一届优秀毕业生没什么需要叮嘱的，在登记表上盖完章，她让言礼先去教室，留下边慈一人。

关飒的年纪跟何教练差不多，四十上下，不过她留着一头短发，显得更利落干练，浓眉间有一股英气，当真配得上名字里的"飒"字。

边慈的情况关飒事前已经听何教练提过，多余的寒暄对小姑娘来说是心理负担，她直奔主题，从教案里抽出边慈在体校的成绩表，笑道："你的成绩我看过了，不算差，只是学校之间进度不同，你需要一个适应过程，所以不管这次摸底考结果如何，你不要气馁，慢慢进步就好。"

边慈点头："我知道的，关老师。"

"我们班的学生都叫我'飒姐'，你也可以这么叫。我教数学，学习上或者生活上有困难都可以来找我。我答应过你们何教练，这一年会关照你，你安心在二班学习，别有心理负担。"

边慈继续点头，这次改了口："好，谢谢飒姐。"

关飒替边慈整理了一下校服领口，开了个小玩笑："这么紧张做什么，我不爱骂人，不像你们何教练那个火炮儿，一点就着。"

这时，早自习下课铃响起，二班几个男生"猛猪出笼"，从办公室门前的走廊狂奔而过，目标是小卖部冰汽水和食堂热狗肠。

关飒走到窗边，对着那几个男生就是一声吼："楼都要被你们奔塌了，那几个饿死鬼投胎的，看什么看，说的就是你们，倒回来给我用走的步伐！"

训完学生，关飒回过头，轻咳两声，补充道："我不爱骂人，除非忍不住。"

边慈干笑了一声，感觉关飒的脾气也没比何教练好多少。

第一节课的预备铃响过，关飒带上教案，跟边慈一起往二班教室走。

早自习前才在班上训过人，但杀鸡儆猴的效果并不明显，预备铃都响了，教室外面的走廊还是围着好多人，言礼站在人群中，手随意搭在栏杆上，听大家说话。

关飒拿着教案，走上去挨个往这些闲聊人后背上拍："都聋了？听不见预备铃响了？"拍出一片鬼吼鬼叫。

被拍过的人个个捂着后背，大喊着"飒姐我错了"，脚底抹油往教室里窜。看似态度端正，实则借窜进教室的空当，光明正大打量新来的女同学。

内敛的只是用表情表示惊艳，豪放的当场吹了声口哨表示欢迎。

边慈头皮发麻，下意识地往关飒身后挪了两步。

最后只剩下言礼，他走到教室的第一扇窗户外站着，室内的"饿狼"视线被人为屏蔽。

关飒夹着教案，对两人说："你们先在外面等一会儿。"

两人说好。

教室前门虚掩，只留出一道细缝，关飒的声音从缝里传出来，还是训人的话。

边慈偷偷瞄了一眼，大家都坐得很端正，鼻梁上的眼镜闪烁着学霸的光芒。她参加过无数次比赛，比赛场的人原比现在多，但她从不怯场，甚至每次上场前会感到兴奋。

这次不一样，大概因为她知道，这里面的人不是观众，而是在她不擅长领域的佼佼者。

"紧张？"头顶传来低低的一声。

边慈抬眸撞上言礼的视线，沉默片刻，然后轻点了下头："嗯。"

"那你看我为什么不紧张？"言礼靠着墙，站姿随意，"我成绩比他们都好。"

边慈意识到这是安慰后，嘴角浮现浅浅的笑意："你说得对。"

关飒训完人，打开教室门，让门外的新同学进去做自我介绍。

言礼对边慈做了个"请"的手势。

边慈松开书包带子，深呼一口气，抬腿走进去。

大家的视线都集中到这个新来的女同学身上。

边慈走到黑板前，用粉笔写下自己的名字。写完后，她往旁边挪了几步，在讲台旁边站定。松软的黑发扎成马尾束在脑后，额前垂下几缕碎发，门窗外溜进来的阳光落在她身上，衬得水水润润的肤色，白里透着红。

短袖校服下露出一截瘦弱细长的手臂，手指节搭着百褶裙边，站在那里亭亭玉立，气质安静，像月光下的湖。

"我叫边慈，从元城体校转过来的，以前是一名体操运动员，很高兴进入二班。"没人料到新同学居然来自体校，边慈说完这番话，教室气氛短暂凝固。

打破局面的是个小圆脸女生，她给边慈"呱唧呱唧"了好几下，大声说："好！我们也高兴！"

"小圆脸"的号召力有点厉害，她带了头，几秒内所有人都"呱唧呱唧"起来，鼓掌声热烈得让边慈以为自己拿了比赛冠军。

边慈说完轮到言礼。二班的人都认识他，看见他进教室，气氛比刚才还要热烈，以陈泽雨为首的男生甚至拍起了桌子来。

"行了。"言礼写完名字，回过头冲台下的同学说。

三秒内，教室鸦雀无声。

"我叫言礼，来复读的。"

陈泽雨模仿"小圆脸"，给言礼"呱唧呱唧"起来，卖力喊道："好！热烈欢迎！"这波鼓掌声依然热烈，边慈以为言礼也拿了个比赛冠军。

欢迎仪式结束，关飒给两人安排座位。二班都是单人单桌，边慈被安排坐在"小圆脸"后面，言礼跟"踩点三人组"同排。

言礼放下包坐下来，抬头只能望到边慈的后脑勺，还是隔着好几个人头的那种。

长太高也不是什么好事。他有点心烦。

第二节课开始考试，剩下的时间关飒留给学生自习。

言礼从包里抽出一张卷子，打算在考前练练题感。卷子写到一半，从侧面飞过来一团纸，正好落在他笔尖处。

踩点三人组撑着头对他挤眉弄眼，示意他赶紧看字条。

言礼不急不缓展开纸团，上面模仿群聊界面画了个聊天框。

焦宇达：言哥，你跟边慈熟吗？

秦成书：边慈成绩怎么样？我觉得我们应该给新同学关爱和帮助。

陈泽雨：屁话真多，我来总结，他俩意思很明确：关于边慈的一切，我们都想知道。

言礼提笔写了几个字，把纸团扔回去，正好砸到陈泽雨的脸。陈泽雨收到回复，焦宇达和秦成书也偷偷凑过来了，三个男生挤在一起，小心翼翼地展开了纸团。

上面一行飘逸大字力透纸背：

想得挺美。

踩点三人组一怔。

2

摸底考仿照高考的科目顺序，不过高三时间紧任务重，六科一天内就要考完，上午考语文，下午考数学和理综，晚自习考英语。

语文考完，边慈感觉还不错，除了题型跟体校的不太一样，知识点都差不多，何况这种靠日积月累的语言类学科，只要基础在，崩盘的可能性很小。

走读生没有宿舍可以回，下午一点又要接着考，吃过午饭，边慈往教室走。二班大部分都是住校生，午休时间教室里的人不多。几个叫不出名字的男生在后排扎堆，为答案的取值范围到底有没有等号争论不休，学习气氛浓厚。

边慈听不大懂，也认不得人，在教室外的储物格拿出教辅资料，直接靠着走廊柱看起来。

她的专注力向来不错，进入学习状态很快，考试当前，对新环境的难以融入感也渐渐抛诸脑后。

直到有人拍了下她的肩膀。

"小圆脸"提着两杯奶茶，余光瞥见边慈手上的资料，了然道："你好认真啊，怪不得没听见我叫你。"

边慈叫不出这个同学的名字，不过记得她是上午带头给自己鼓掌的人，不好意思地笑了笑，说："上午的事，还没来得及跟你说谢谢。"

"上午？" "小圆脸"停顿了下才回想起来，大大咧咧地摆摆手，"嗐，多大点事，你不用放在心上。"说完，她自来熟地把其中一杯奶茶递给边慈，"这个给你喝。"

边慈摇头婉拒："不用了，谢谢你。"

"小圆脸"猜到她要拒绝，将奶茶杯转了半个圈，又说："你看上面写的什么？"

边慈垂眸，入目四个字——芝士附体。图案设计得清新可爱，大概是这杯奶茶的品牌标志。

"你确定要在考试前拒绝'知识'附体吗？" "小圆脸"笑着问。

谐音梗，脑筋转了个弯才听懂，边慈失笑。

台阶递到这个份上再不接受，反而显得她不知趣。边慈伸手接过："改天我请你。"

"请就不用了，以后多来光顾就行。"

"光顾？"

"这是我家开的奶茶店,就在校门对面。"

"小圆脸"给自己那杯奶茶插上吸管,举起来说:"我叫明织,是二班班长,上午的鼓掌是代表集体,这杯奶茶是代表我个人……"

可能是说得太官方了,明织自己说完就笑了场。她清清嗓,继续说:"反正就是欢迎你来二班,高中最后一年了,一起加油。"

边慈插上吸管,跟她碰了个杯:"一起加油。"

没人愿意在新环境做孤岛,无论明织是出于班长职责还是广结善缘,这个情她都领下了。

下午四门理科比上午的语文难度大得多,整杯芝士附体都进了肚子,效果不过尔尔。

边慈不好意思交太空白的卷子上去,基础题做完,绞尽脑汁往不会的题目上填了些公式。这种蹭老师同情分的行为,周见萱和赵维津从前没少做,边慈没想到自己也有沦落至此的一天。

好在晚上的英语给了她一点儿心理安慰,考下来不仅感觉良好,而且停笔时间也跟二班的人差不多。

交完卷子,边慈长舒一口气,心道:总算扳回一点儿面子。

考试结束,监考老师装订好试卷离开。没过两分钟,关飙又来了,进门第一句就是:"考一天试,同学们都辛苦了。"

同学们拖着要死不活的长音:"为高考服务——"

"觉悟挺高。课代表来把卷子发了,今天就两张大题卷,大家利用碎片时间做完,然后早点睡觉。"

边慈一脸蒙,两张卷子,还只用碎片时间?

然而这只是一个开始。

关飙布置完作业,其他五科的老师相继进入教室。无一例外,进门第一句都是问候"大家考试辛苦了",紧接着"作业关怀",最后以"早睡别熬夜"结尾。

边慈观察了一圈,发现二班的人除了嘴上抱怨以外,脸上毫无惊讶之意。

这说明什么?说明这种作业量在五中就是常态!

走读生晚自习下课是九点四十五分,住校生要在教室多上一节自习课。住在学校周边的,回到家最快算晚上十点,洗澡吃点夜宵,按二倍速算,二十分钟搞定,十点二十分开始做作业,然后今天有十张试卷……

这些老师是把良心扔了,才能说出"早睡别熬夜"这种鬼话的吧!

边慈略感崩溃。

晚自习下课铃响起,边慈怏怏地收拾书包,前排的明织转过身来敲了敲她的桌子:"边慈,你住哪儿?"

"老街里面。"那一片七拐八绕,再具体的位置,边慈也形容不出来了。

估计不太顺路,明织转而说:"那一起出校门?"

"好。"边慈点头。

边慈装好作业，跟明织一起出教室，还没走到楼梯口，身后有人叫她。

边慈回头，是言礼。

言礼身边还跟着三个男生，他上前几步，对边慈说："一起走。"

边慈默认为他是怕自己大晚上迷路，善意收下，也应了："好，谢谢你。"

言礼轻笑，不知道是调侃还是感叹："你太爱道谢了。"

边慈赧然。

明织在旁边附和道："我也觉得。边慈你别这么见外嘛，大家都是一个集体。"

陈泽雨趁机打趣明织："班长你现在官腔越来越重了，迟早变成小老太婆！"

明织抬腿对着陈泽雨的屁股就是一脚，当然，陈泽雨闪得快，没踢中。

明织瞪了陈泽雨一眼，明嘲暗讽："喊，也不知道是谁，早上在讲台上一口一个本学委的。"

这两个人见面就吵吵，焦宇达还惦记女神的周边信息，难得同路，他主动挑起话题："言哥，早上你就跟边慈同路，晚上又一起回，你们住一起吗？"

砰！

一个直球踢过去，打了两个人的脸。

边慈干笑着解释："没有，只是邻居。"

焦宇达趁热打铁："住哪里？"

边慈如实说："老街里面。"

焦宇达一拍手掌："巧了。"

"你也住附近？"边慈礼貌回问。

女神主动跟自己搭话，焦宇达美得快飘起来了，憨憨道："对，我住在离老街十八个地铁站，只需要转两条线的庆阳街附近。"

秦成书实在是看不过眼，挤开焦宇达，转移了话题："有点饿了，想吃夜宵，你们吃不吃？"

后面斗嘴的两人连带着美飘了的焦宇达，异口同声道："你请客就吃！"

边慈惦记着那十张试卷，下意识要说谢谢不用了，倏地想起刚才言礼调侃她的话，莫名地，她多解释了两句："你们去吧，作业太多了，我怕熬通宵都写不完。"

大家理解她刚转过来还不太适应五中的学习节奏，没有多劝，目光集中到没表态的言礼身上，带着期待的光芒。

没想到言礼也拒了，还说："我也怕。"

边慈心理平衡了，分数"7"开头的学神都怕，何况她这个"5"开头的渣渣。

众生皆苦，老天爷真好。

一行人在校门口分别。

等言礼和边慈走后，明织才捡起几分钟前的话题，怔怔问起："那个……言礼做题速度是多少来着？"

陈泽雨作为跟言礼在学生会共事过的铁杆迷弟，脱口而出一串数据："100分钟刷一套理综，分数没低于过280。顺便一提，上一届二班作业比我们这届还多，日均十三张卷子。"

理综考试时间是150分钟，五中做过内部统计，分数260以上的同学，平均做题时间120分钟，言礼的做题速度和正确率都远高于平均水平。

言礼熬通宵都写不完今天的作业？过于看得起这十张试卷了。

长达半分钟的沉默。

明织懂了："大神这是嘲讽。"

陈泽雨顿悟了："言哥不是刻薄的人，这是善意提醒我等凡人要勤奋。"

秦成书自闭了："我突然不想吃夜宵了，熬夜刷题它不好吗？"

唯有焦宇达嗨了，他指着街对面一家烧烤店，单方面拍板决定："那家人少，走，吃那家去！"

三人黑脸："滚！"

边慈和言礼回到文具店时，一楼的灯还亮着，没有关门，言礼的小姨夫坐在前台清点今日账目。

听见脚步声，小姨夫抬起头来"放学了，厨房有冰镇的绿豆沙，想吃自己盛。"

话是对两个人说的，但边慈自然不好意思去吃，她叫了声叔叔，称自己要写作业，先一步上了楼。

没多久，二楼传来关门声。

小姨夫感叹道："边慈这孩子跟人客气得很，这么懂事，做父母的可真享福。"

言礼不置可否，顺手拿了块放在前台的薄荷糖，拆了包装扔进嘴里："我小姨呢？"

"在屋里检查麦麦作业。"小姨夫保存好账目，关了电脑，问言礼，"今天开学感觉怎么样？"

"老样子，考了一天试。"

言礼把薄荷糖嚼碎，清凉感在口腔弥漫开，莫名意兴阑珊。他抬腿往楼上走："我也回屋了，作业多。"

少年心事猜不透，小姨夫只问："绿豆沙不吃了？"

言礼懒洋洋道："一会儿吃。"

小姨夫叮嘱："记得给边慈盛一碗。你们一个班，人家初来乍到，能帮衬就帮衬点儿。"

"她不吃绿豆，喜欢吃红豆。"话说完，言礼才意识到自己嘴瓢了，面色淡定地补了句，"我今天听同学说的。"

"那下回弄红豆的。"小姨夫似乎想到了什么，面露为难，"可是你不吃红豆啊！"

"那就换着弄。"

话越说越烫嘴，言礼仓皇上楼，窜进房间，关上了门。

边慈用二十分钟洗了个澡，头发擦成不滴水的状态，没顾得上吹，在书桌前坐下，打开书包拿出试卷，开始写作业。

四十分钟完成语文和英语，接着写理科卷。

然而，她刚提笔写了个名字，笔就没墨水了。

这阵子做题量大，一盒中性笔芯不知不觉见了底，边慈翻遍房间也没有找到多余的笔芯，桌上还有好几张卷子等着完成，总不能就这么干耗着。

边慈走到阳台前，看见隔壁房间的窗户有光透出来。

言礼还没睡。

边慈从兜里拿出三十块钱现金，离开房间，敲响了隔壁的门。

过了一会儿，门才被打开，言礼没穿鞋，赤脚踩在地板上。

他刚洗完澡，发梢的水珠滴落下来，洇进T恤领口，眼睛沾着浴室的水汽，清澈又亮，在暖黄灯光下显得有些温和。

边慈愣怔了一瞬间。

"什么事？"小姨一家已经睡下了，偌大的门店里，只有他们两个清醒的人，言礼说话的声音比平时轻，听着更低沉。

边慈回过神，说明来意："我想买盒笔芯，阿姨睡了，你能不能帮我拿一下？"

"好。"

言礼回去穿上拖鞋，跟边慈一起下了楼。

为了不打扰到小姨他们睡觉，他们没有开一楼的大灯。

言礼打开手机手电筒，领着边慈轻车熟路穿过教辅区，来到卖笔的货架前。

开学生意好，笔芯又是必需品，卖得特别好，边慈用惯的牌子货架上已经空了，最顶层纸箱里的存货还没来得及摆出来。边慈踮脚去够，够不着又倔强地蹦了两下，指尖堪堪碰到纸箱外壁。

两人都沉默了。

"我来。"言礼把手机递给边慈，让她先拿着。

他的手温热，扫到边慈手心时她仿佛被烫了一下，手指下意识地合拢，却将手机紧紧握在手中，但是手机上也有余温。

边慈改为双手拿手机，手电筒的光对准货架顶部的位置，她问："看得见吗？"

话音落，言礼已经将纸箱从货架上拿了下来。

让边慈又踮又蹦的遥远距离，言礼只需要伸个手。

其实边慈在体操队还算个子高的女生，不对比不知道，她跟言礼站在一块，只到他胸口往上一点儿的位置。他好高，衬得她像小矮人。

言礼打开纸箱，从里面取出一盒笔芯，递给边慈："是不是这个？"

边慈看了下笔芯型号，点头接过："是。"

言礼合上纸箱，原封不动地放了回去。边慈还他手机，顺便付了钱。

"笔芯的钱，你替阿姨收着吧。"

言礼一一接过："还缺不缺什么？"

边慈摇头："不缺了，今晚……"

言礼轻笑打断："又要谢谢我？"

放学路上才被打趣过一次，边慈不好意思地笑了笑："我差点忘了。"

"那回吧。"

"好。"

走完最后一阶楼梯，回房间前，边慈出声将言礼叫住。她从纸盒里抽出一支笔芯，放在他手心里："送你一支，上面有个'福'字。"

言礼端详这支笔芯，问："有什么说法？"

"也没什么，就是想把福气和好运送给你。"夜晚大概能让人情绪放松，边慈难得多说了两句，声音温柔，"你成绩很好，虽然不知道你为什么要复读，但再来一次就是存有遗憾吧，希望明年今日，你的遗憾都能被弥补，得到自己想要的。"

言礼眼眸微颤，静静地望着手上这支笔芯。

这么浪漫的时刻，言礼想回赠点什么，一摸裤兜，空的。

这也太不浪漫了，糖都掏不出一颗来。

言礼想到楼下冰箱里还有一盒表妹藏的冰激凌，他心念一动，说话时人已经跑远了："你等等。"

边慈一头雾水。

言礼拿完东西跑回来，学边慈刚才的动作，把冰激凌放在她手心里。

"这给你吃。"

边慈看着手上的冰激凌，有点无奈，心想这也要回礼吗？你真的太对得起自己的名字了。

"那我回去了？"边慈扬了扬冰激凌，算是接受了。

言礼握着笔芯，脑袋发晕："好。"

次日一早。

麦麦起床第一件事就是打开冰箱检查自己最后一支存货，发现它不翼而飞后，大叫着冲进言礼的房间。

"姓言的，我跟你拼了！"

口头威胁没用，麦麦扑到床上，隔着被子对表哥一顿爆捶。

言礼被麦麦活活折腾醒，不费吹灰之力将夸毛小鬼单手拎起来，眯眼瞧她："进房间要先敲门。"

麦麦双脚悬空，对着空气拳打脚踢："半夜偷我冰激凌吃，我唾弃你！"

言礼把她放下，从钱包抽出仅有的一张红票子塞到小鬼手里："赔给你，吵得我头疼。"

　　麦麦哼了一声，眼尖地发现钱包里还有三十块钱，伸手要拿："你还有私藏，交出来。"

　　言礼合上钱包，搁在衣柜上层："这是别人给我的，不能给你。"

　　麦麦瞪大眼睛："我知道了！"

　　"什么？"

　　"你倒卖我的冰激凌，还赚了三十，姓言的你不是人！"

　　言礼的手掌覆上麦麦的头顶，又开始骗小孩儿："没见识，你那冰激凌换来的东西，无价。"

　　麦麦又相信了，还问："无价是多少钱？"

　　"比你值钱。"

　　"你分我一半。不行，都是我的。"

　　麦麦气疯了，冲下楼找亲妈评理。

　　没过多久，楼下传来一声呵斥："你还敢藏冰激凌？这个月零花钱全扣光！"

　　摸底考结束，高三年级组连夜组织老师改试卷，隔日就公布了成绩。

　　这次大家最关注的就是言礼和边慈，想看前者考得有多好，也好奇后者考得有多差。

　　毕竟五中是省重点，就算大家当面不议论，背地里对边慈空降重点班的事情，还是会存在鄙夷。

　　体校来的？200分都考不到吧。

　　大课间，年级大榜由各班老师发到各个学生手中。

　　这次摸底考难度大，但言礼比今年高考还考得好，总分713，年级第一，甩第二名37分，任谁看了都要道一声牛，你学神还是你学神。

　　至于边慈，班级倒数是肯定的，但竟然不是年级倒数！

　　语文：140分。

　　数学：100分。

　　英语：142分。

　　理综：171分。

　　总分年级排名561，语文单科排名年级第一，英语年级第九。

3

　　早上出门急没吃早饭，边慈趁着大课间去了食堂。

　　关飒不喜欢学生踩点进教室，边慈在打铃前五分钟回了教室。

　　本来在楼梯口都能听见二班教室里的喧闹声，可等她出现在教室门口，大家又瞬间鸦雀无声。

边慈抬头看了眼班级门牌，是高三（2）班没有错，又低头看了眼手表，确实没有迟到。

边慈一头雾水地走回自己的位置，椅子脚跟地面发出的摩擦声像是一个开关，让教室又沸腾起来。

不少同学拿着年级大榜跑到边慈座位旁，很快，以她的课桌为中心，被包围成了一个圆圈。说话的人太多，每个人说的内容又不一样，叽叽喳喳，边慈在混乱中勉强听到三个关键词。

排名、倒数、第二。

边慈忽然记起今天是公布成绩的日子。

所以这帮学霸是没看见过学渣考倒数第二吗？就算没见过觉得新鲜，这样围着她公开处刑也有点太尴尬了吧。

快被淹没在人堆里的边慈举起手，做了个暂停的手势："那个……我考倒数也没什么值得惊讶的，你们淡定点。"

离她最近的明织捞起课桌上的年级大榜，指着边慈的名字说："深藏不露啊边慈，太厉害了你。"

边慈放下手，注意到自己名字前面的年级排名，561，如果她没记错的话，高三年级总共才623人。

明织这反讽用得挺含蓄的，还自带倒装句。

边慈有点理解这帮长期占据年级前一百的学霸了："好吧，是有点太差了，大家习惯就好。"

明织见边慈没明白大家兴奋的点，直接在语文和英语的成绩上戳了两下："什么太差，是太好了！"

陈泽雨跟着说："整个年级语文上140分的就你一个。"

秦成书："你的理科成绩要是能提上去，重本小意思。"

焦宇达："说起来我也有个'一'，重点班语文不及格的就我一个，真是好巧啊哈哈哈。"

众人一脸冷漠。

焦宇达纳闷："我怎么又冷场了？"

秦成书屁股一撅把他挤开，嫌弃道："你的嘴只能用来吃饭。"

边慈看完自己的成绩，总分553，跟她以前的水平差不多，但五中的题难度更大，这样看来，她还算有进步。

看来开学前的复习不是完全没用，边慈稍感欣慰。

上课铃声响起，边慈身边的包围圈作鸟兽散。

这节课是语文，老师邱越明走进教室，言礼抱着一沓试卷跟在他身后。

等言礼把试卷搁在讲台上，回到座位后，陈泽雨大喊起立。没等同学们站起来，邱越明伸出手掌往下压了两下，出声制止："高三时间紧，以后我的课都不起立了。"

邱越明三十岁上下，至今未婚，长了张娃娃脸，穿衣品位上乘，看着跟刚毕业的大学生似的，课后会跟学生一起打球，学校各项文体活动的积极分子，在高三年级很受欢迎。

如果把关飒比喻成二班人心中的苦寒地，那邱越明就是温柔乡。

邱越明拉开身后的黑板："课代表来把卷子发一下。"

陈泽雨发出学委专属的温馨提示："邱老师，这学年的课代表还没定。"

邱越明教学有个不成文的习惯，新学年的课代表，由新学期摸底考试语文最高分担任。

陈泽雨的话音落下，不少人的目光落在佟默身上。

佟默是高二上学期考进重点班的，语文单科成绩次次占据年级第一，从未被超越。要是这学期边慈不转来，课代表还是她来做。

邱越明想起这茬，拍了拍脑门，笑道："哪个同学叫边慈？站起来我认识一下。"

专注研究年级大榜的边慈突然被点名，她起身，端正站直，条件反射喊了声到。

不只班上同学，就连邱越明都笑了笑。

自知犯了个傻，边慈低下头，很快，耳根泛起了红。

"好了，别笑了。"邱越明拿起讲台上的试卷，对边慈说，"来，课代表把卷子发下去。"

边慈走过去，把卷子接过来，感到有点为难。班上的同学她还认不全，名字和人脸对不上号。

可是邱越明已经开始总结这次摸底考总体情况了，边慈也不方便喊同学名字，只能捧着一沓试卷满教室转悠，挑能对上号的磕磕巴巴发了五六张。

发到言礼那份时，边慈将试卷放在他桌上。

手里还剩三十多张，除开她自己那份，剩下的人她都不认识了。

边慈心里急得团团转，正打算举手告诉邱越明实情的时候，左边伸出一双手，轻轻扯走了她手上的试卷。

边慈抬头看言礼时，他已经单手拿着一沓试卷站了起来。

言礼把最上面那张 140 分的试卷抽出来，递给她："你的。"

边慈双手接过，见言礼有要继续发的意思，怔怔出声："那个试卷……"

言礼眼睛盯着试卷左侧的姓名栏，一只手托着最下面，一只手翻试卷边角，指节在纸张之间跃动，显得很干练。

"我帮你发，回去坐着。"

说句话的工夫，言礼已经把周围同学的试卷挑了出来，递给排头，让他们自己传，不到半分钟就发了十张。

边慈看得有点出神，张嘴又想说谢谢，迎上言礼似笑非笑的视线，耳边响起他前几天说过的话——"你太爱道谢了。"

唉!

没办法,谢谢只好憋回去,边慈冲言礼点点头,轻嗯一声,回到自己的座位。

没过多久,边慈听见后方传来拖动椅子的声音,她扭头往言礼座位那处瞧。

试卷已经发完了,他刚坐下。

言礼察觉到边慈的视线,迎上去,靠着椅背,伸手对她做了个"OK"的手势。

边慈粲然一笑,眼尾上扬,露出两个小酒窝,看着很甜。

言礼低头,握着笔在试卷上写写画画。

边慈只当这是结束交流的信号,回过头,打开笔帽开始听邱越明评讲试卷,不过专注之前开了个小差。

她决定下次请明织喝奶茶的时候,也给言礼带一杯。

谢谢不能说,奶茶总可以喝的吧。

教室最后一排。

陈泽雨坐在言礼旁边,眼睁睁地看他用笔帽在试卷上戳了三分钟有余,终于看不下去了,趁邱越明不注意,拍了下他的胳膊。

"言哥,你笔帽没摘。"

言礼手上的动作倏地停住,侧眸看陈泽雨,有点蒙:"什么?"

陈泽雨拿起自己的中性笔冲他扬了扬:"笔帽。"

言礼收回视线,瞧自己手上的笔,这才"哦"了一声,慢条斯理地把笔帽给摘了。

接着,陈泽雨充分展示了作为班干部对同学的关心:"言哥,你不舒服啊,脸怎么这么红?"

红笔在试卷上画了一条杠,力道失控,停笔处甚至在纸上戳了一个小洞。

言礼扔下笔,难得不耐烦:"没有,听你的课。"

成绩公布之后,六门科任老师分别利用下课时间找边慈单独谈话。

语文老师和英语老师以表扬为主,希望她继续保持现有水平。

四门理科老师则希望她更进一步,争取高考时成绩能达到年级平均分,最后考个重本。

至于怎么更进一步,老师们各有说法。有让她利用课余时间去办公室问题的,有让她平时多寻求班级同学帮助的,也有让她去校外报个补习班的。

补习班最靠谱,但是最贵,边慈承担不起费用,没办法,她只能利用课余时间配合教辅刷题,吃力地追赶班级进度。

只是效果甚微,七天过去,从她的周考成绩来看,理科分数没什么变化。五中周日休息,周六和周日不上晚自习。

下午放学后,边慈去学校周边的补习机构问了一圈。价格跟之前打听的差不多,而且现在开学了,小课名额剩得不多,边慈跟老板讲价的工夫就有一对母女火速报了名,刷卡交钱,非常果断。

佟默余光瞥见旁边的人,觉得眼熟,抬眼细看,果然是熟人,拍了下边慈的肩膀:"边慈,你也来报名啊,你上哪个班?"

讲价的说辞被半路打断,边慈愣了几秒,想起这是同班同学,好像叫佟默。特别好学一女生,上课积极发言,下课就往办公室跑,至于成绩,似乎在二班中下游徘徊。边慈跟她接触不算多,临时碰见也只能笑笑:"我还没报。"

"名额很抢手的,你抓紧报。"说着,佟默热情地问老板,"老板,这我同学,排课给我们排一块儿行吗?"

"排课也要你同学先缴费报名。"

老板开完发票,递给佟默的妈妈,目光扫过边慈时,嘴角勾起一丝讥诮的弧度。

"同学,你也看见行情了,我们这聘请的都是高级教师,五中大部分学生都在这儿上小课。高考就是千军万马过独木桥,你仔细想想吧,这节骨眼了,到底是钱重要还是分重要。"

边慈盯着卡里的余额,盯久了眼睛生疼,她将手机放回裙兜,对老板说:"不好意思。"然后看向佟默,语气很淡,"我先走了,佟默。"老板和佟默母女探究的视线被她抛在身后,边慈推开补习机构的玻璃门,往出租屋走。

人声鼎沸的街道,时不时有学生与她擦肩而过,他们或讨论题目,或商量去哪儿消遣。边慈忍不住回头望,自己和他们明明穿着一样的校服,处于同样的年龄段,她却感觉自己那么格格不入。

这时,裙兜里的手机响起来,将边慈的胡思乱想打断。

4

边慈掏出手机看,是班级小群里的消息。

小群里没有老师只有同学,远比大群热闹,放假水群的人很多。

消息刷得很快,边慈好不容易翻到第一条。

陈泽雨:@全体成员,不吃绿豆大神的个人主页更新了!有两道数学压轴题的解法比飒姐教的还简单,诸位速阅!

陈泽雨口中的大神,是最近很火的知识共享平台"名校我可以"的签约分享人。

不吃绿豆最开始是无偿分享,这个月点击量和下载量飙升后,他与平台签约,所有课件进行付费阅读。

这个平台的用户是奔着学习而来,自然不会对知识吝啬金钱。收费后,平台给的曝光更多,不吃绿豆的课件各项数据,反而有上涨趋势。

秦成书:那天飒姐讲得有点绕,我都没听懂,大神的解法简单多了。我越来越好奇不吃绿豆皮下本尊了,不知道他缺不缺大腿挂件。

焦宇达:说不定岁数都能当你爹了,你私信他叫爸爸,看他认不认你。

秦成书:请你退群,谢谢。

陈泽雨:哈哈哈哈哈哈哈哈哈!!!!

群里聊得热闹,边慈插不上话,准备锁屏的时候,明织戳她私聊。

明织:边慈,这几份课件你看看,例题难度由浅入深,大部分都是以前老师讲过的内容。

边慈回了明织一个好,等回到出租屋,吃过晚饭,她才点开看。

这一看就看到了大半夜。那些在教辅里晦涩难懂,堪比大怪兽的冗长公式,通过不吃绿豆在课件里的解说,辅以例题应用,全部变成了一刀毙命的小怪。

边慈毫无困意,趁热打铁拿出周考卷子,挑出涉及课件知识的错题重做了一遍,再对照发下来的参考答案——她居然第一次在评讲试卷前,靠自己订正了错题!

这个进步简直是质的飞跃。

边慈仿佛看见理科的四扇大门终于为她敞开,甚至还听见有人对她说:欢迎来到学霸的世界。

边慈拿起手机,果断在平台上注册账号,填昵称的时候,她忽然想起大神的名字——不吃绿豆。

边慈灵机一动,在框框里输入"我也不吃绿豆",提交却显示:昵称已存在。

这么不着边的昵称居然还能重名?边慈切出注册界面,在全平台搜索"绿豆"这个关键词,结果出来一大堆更不可思议的名字——

"你不吃绿豆我也不吃""绿豆有什么好吃的""不吃绿豆就能上名校""大神不让我吃绿豆"等。

绿豆行不通,最后边慈给自己取了一个"爱吃红豆",这下好了,没有重名。

注册好账号,边慈进入不吃绿豆的个人主页,仔细研究了一番他的课件,挑了些适合自己的收藏。

课件看完,边慈发现签约分享人还有一个专属功能,名为"一对一语音教学房间",分享人可以私下授课,按时长收费。

50元一小时,预约课程时长不能低于60个小时,算下来最低消费就是3000元。

这个价格边慈能承受,她点进申请通道,之后,跳出来一个房主公告栏的窗口,上面写了两点要求——

1. 申请者需要提交个人真实姓名、学校班级以及最近一次考试成绩单。

2. 线上教学作用有限,一本线以上本科线以下勿扰。

难怪二班学霸们这么喜欢不吃绿豆的课件,却没听见谁说预约了他的课程。

原来是学霸们太优秀了。

边慈不知道该哭还是该笑，怀着复杂的心情提交了个人资料。

晚上睡得晚，早上起不来。

边慈一觉睡到自然醒，睁开眼看时间，十点半了！

她鲤鱼打挺坐起来，快速洗漱换衣服，收拾好自己，捞起书包就往外冲，走得急没看路，在楼梯口跟言礼正面撞上。

幸好两个人都反应快，第一时间侧身闪开了，避免一场事故。

"不好意思。"边慈为自己的冒失道歉，惊魂未定看着言礼，"你没事吧？"

"没事。"

言礼见边慈穿着校服，结合她这匆忙的架势，瞬间了然。

"今天不上课。"他说。

边慈傻傻地眨了眨眼，反应过来后，笑叹一口气，用手轻轻捶了下自己的脑袋："是哦，我都忘了。"

言礼还想说什么，麦麦在他房间拖着长音大喊："哥，我做完啦——"

不去学校，暂时也不用下楼，边慈往回走，对言礼说："那我先回屋了。"

麦麦没得到回应，继续扯着嗓子喊哥，言礼还能说什么，他只能说好。

边慈进屋，言礼"进贡"。

言礼把手里的棉花糖抛给麦麦，瞪她一眼："吃，堵住你的嘴。"

麦麦吃着糖，把写完的计算题递上去，难得没顶嘴，还讨好她哥："哥，我都写完了，我想看《小猪佩奇》。"

言礼从笔筒里抽出红笔，一列20道题，他一眼扫完，提笔画了12个"×"。

麦麦注意到她哥的脸色越来越臭，心头涌上一股不祥的预感。

果然，下一秒，他就开始语言暴力小孩儿了："还看什么《小猪佩奇》，自信点，你就是个佩奇。"

麦麦哭丧着脸。

言礼改完100道题，将试卷放回原位，敲了敲桌面，无情道："错的全部重做。"

麦麦不情不愿"哦"了一声，抱着棉花糖坐回书桌前，还没来得及多吃两个，糖就被抽走了。

"没收，不写完不准吃。"

"我的糖！"麦麦跳起来要抢，言礼一记眼刀飞过去，她马上老实了，噘着嘴说，"那你也不准吃。"

言礼拎着包装袋，往懒人沙发上一躺，轻嗤："谁稀罕吃。"

麦麦这才放心了，坐下来继续写题。

言礼从兜里摸出手机，登录"名校我可以"的后台，房间申请后面那一栏又是99+的消息。

正经提交资料的没几个，询问隐私、要私人联系方式的最多，其次是一些奇葩的人，求求课件资源的。

言礼懒得点开细看，只要前几个字跟个人信息无关，全部删除。

顶着死鱼眼删了快十分钟，言礼删得直犯困，恍惚间，他瞥见两个熟悉的字眼，眼睛霎时睁大，赶紧往回翻，最后停下，还是那两个字，他没有看错。

@爱吃红豆：姓名边慈，学校元城五中，班级高三（2）班……

言礼点开申请，个人信息下面还附带了一张成绩表，是之前摸底考的，边慈给自己以外的人名都打了马赛克。

个人信息陈述完毕，下面还有一段话。

"不吃绿豆老师您好，深夜冒昧打扰，我今天拜读了您的课件，感觉受益良多，在此说一句感谢。另外，我非常想预约您的一对一教学，期待您的回复。"

言礼不受控地挺腰坐直，哪只手握手机都觉得不对，他只好将手机搁在小茶几上，两手空空，心里没着没落。他随便拆了块棉花糖塞进嘴里，机械式咀嚼，表情木然，脑子宕机。

麦麦听见撕包装袋的声音，回头看见她哥正在吃她的棉花糖，不满地嚷嚷："明明说了不稀罕的，骗子！"

骗子不仅不理她，又拆了一块糖往嘴边送，可以说非常嚣张了。

麦麦急了，跑过去抢糖。这回轻轻松松，她哥任由她抢，毫无战斗力。

尽管如此，麦麦也不敢过于放肆，抢完糖自觉回到书桌前写题，这次写得开心多了，一边晃腿一边吃糖，嘴里还学佩奇说话。

耳朵里塞满各式各样的猪叫，言礼从虚空处收回目光，重新把手机拿起来，又读了一遍那条申请，然后，确认通过。

教学房间的收费可以由房主自己定价，50元一小时是默认价格，言礼毫不犹豫把数字"5"删了，只剩下"0"，点击确认。

确认失败，系统提示，一小时收费不能低于10元。言礼蹙眉望着这条提示，他一想到边慈要掏这么多钱，眉头蹙得更紧了，退出页面，去联系软件客服。

不吃绿豆：教学房间能给我改成不收费状态吗？
客服741：亲，不能哦，最低收费10元起哦。
不吃绿豆：那我解约，解约不收费总行了吧。
客服741：解约可以，但是未签约分享人没有一对一教学房间权限哦。亲如果执意解约，需要赔付开发商相应违约款哦，具体文件马上发给亲。
客服741：《解约条款细则》.docx
不吃绿豆：这编号真适合你。
客服741：谢谢亲。(#^.^#)

同一时间，隔壁房间。

边慈抱着随便看看的心态，登录"名校我可以"后台，没想到，通知栏出现了一个红色数字1。她点开之后，系统提示跳出来。

尊敬的用户@爱吃红豆，您提交加入分享人@不吃绿豆一对一教学房间的申请已被房主通过，现在你们就可以开始学习啦。

边慈进入教学房间，正想跟大神打个招呼，结果先看见房间内提示：房主@不吃绿豆将房间收费改成10元每小时。

爱吃红豆：大神？您……手滑了？
不吃绿豆：没有，你的钱够不够？

这句话问得没头没脑，不知道高智商的人是不是都这么说话，边慈有点跟不上大神的节奏。
估计看她没回复，那边又发来一条消息。

不吃绿豆：银行账号发我，我转给你，你先付给平台。

看完消息的边慈一愣。
你们高智商的思维逻辑也太奇怪了吧！
边慈心情复杂，甚至开始怀疑对方是不是骗子。还没想好怎么回复，不吃绿豆就发了一连串大笑表情包过来。

不吃绿豆：逗你玩的，你是我第一个客户，我没教过别人，经验不够，不占你便宜，你按最低价给就行。
爱吃红豆：真的吗？您刚才吓我一跳，我还以为您被盗号了。大神，您人太好了，万分感谢！
不吃绿豆：客气。

言礼放下手机，躺在沙发上，望着头顶的天花板发呆，如释重负地长舒一口气。
好险，差点就被当作江湖骗子了。克制，以后要克制。
言礼翻身站起来，走到麦麦身边打了个响指，心情大好："走，佩奇，给你买哈根达斯吃。"

5

边慈在平台上付完课程款,两人达成一致,暂定每晚十点半到十二点半上课。简单聊完基本情况,不吃绿豆说了声"晚上见",就下线了。

边慈用白天的时间完成了周末作业,另外,她还做了个知识盲区清单,晚饭后,给对方发了过去。

爱吃红豆:《知识盲区清单》.docx
爱吃红豆:老师,这些都是我不会的,以后就麻烦您了。

没想到绿豆老师居然秒回。

不吃绿豆:《一个月针对性学习计划》.docx
不吃绿豆:不麻烦,方案已出。

边慈震惊。原来上午老师问自己要作业和试卷,不是为了备课,而是出学习方案吗?可是这速度也太快了吧!

边慈打开绿豆老师发过来的文档,刚点开又被震惊到一次。

这是一个细化到每个时间节点,并且说明了安排原因的学习计划表。

比如早读结束到正式上课之间的二十分钟,完成十二道选择题练习(清晨大脑最活跃,适合做快题);午休结束到下午上课之间的半个小时,完成五道计算题或者实验题练习(午后易犯困,做运算逐渐复杂的题可以提神醒脑);晚自习开始前十五分钟,做一道压轴题(课前酝酿学习情绪,提高上课注意力)等。

计划表最后有一行小字——完成度无要求,量力而行,每天坚持一定会渐入佳境,加油。

计划表之后,是目录页,目录详细陈述了需要教学的知识点,边慈大致扫了一眼,跟她自己做的知识盲点清单,重合度高达95%。

边慈震惊的不止内容,还有这些碎片时间,每一块都能跟五中的课程安排对上。

什么时候下课,什么时候休息,休息多久……不吃绿豆全都了如指掌,就好像他在五中读书,不,教书一样。

爱吃红豆:老师,您在五中任职吗?
不吃绿豆:我是五中毕业的,顶多算你学长,用不上"您"这个字。
爱吃红豆:学长好。你太费心了,要不然还是收我50元一小时吧。
不吃绿豆:你的成绩提升了,我也能收获成就感,说费心言重了。
爱吃红豆:那……我一定会好好学习的,绝不辜负学长!
不吃绿豆:我记住了。我先去洗个澡,今晚讲物理。

爱吃红豆：好。

离上课还有一段日子，边慈收拾了一下书桌，然后发现自己还差一个手机支架。

万一需要开视频拍练习册什么的，她总不能一只手举着手机，一只手写字，太不方便了，不能因为这种小事情影响上课效率。

说干就干，边慈拿上现金下楼，正好碰见言礼的小姨在前台，她走过去问："阿姨，店里有手机支架卖吗？"

小姨在收银不得闲，说了下大概位置："有，前两天才进的货，就在卖本子那一块，你找找。"

"好。"边慈很快找到小姨说的位置，支架款式不多，最便宜的就是塑料的，贵一点儿就是不锈钢的，承重能力好，能调整高度和方向，灵活性更强。

她毫不犹豫地选了不锈钢的，拿上东西去结账。

"小边，你买支架做什么？"小姨送走店里的客人，随口问道。

边慈如实说："我报了一对一网课，万一需要开视频看题，有个支架方便点。"

"真好学，麦麦要是有你的一半，我跟她爸都得乐疯。"说着，小姨突然想起一茬，"对了，厨房有冰镇红豆汤，我给你盛一碗当夜宵。"

边慈连忙摆手说不用，小姨已经拉着她往厨房走了。

路过楼梯口时，言礼拿着毛巾和换洗衣服下楼，看样子是要洗澡，小姨看见他，惊讶地问："你今天怎么这么早洗澡？"

言礼回答得简单："热。"

"别中暑了，去厨房喝点糖水，冰着呢……哎呀！"

言礼抬眸："怎么了？"

小姨叹了口气："上次你跟姨夫说，小边不吃绿豆爱吃红豆，我今天就全做的红豆，倒把你给忘了。"

一句话惊了两个人。边慈受宠若惊，言礼惶然无措。

边慈愣住："你……"她的唇瓣嚅了嚅，"你怎么知道我不吃……"

她吃了绿豆容易肚子疼，会刻意避开这个食物，知道她不吃绿豆的人很少，一只手都能数过来，除了体校那两三个好朋友，就只有"zhouzhou"了。

难道……难道……

可是言礼偏头，却说："我猜的。"

霎时，边慈的心似乎被扔在棉花上，不痛不痒，就是没了着落。

言礼轻飘飘转了话茬："小姨，手机支架在哪儿？我要一个。"

小姨问："你怎么也要？"

言礼笑："架手机呗，拿着多累。"

"那边，我给你拿。"小姨走了两步，回头对边慈说，"小边，你自己盛一下红豆。"

边慈点头说好，垂着头往厨房走，眼底闪过一丝强烈的失落。

小姨把不锈钢支架递给言礼，突然提起："不对啊，粥粥，你小姨夫说，小边不吃绿豆是同学告诉你的，你刚刚怎么又说是猜的了？"

言礼接过支架，含糊回答了句："同学猜的。"

"所以小边到底吃不吃绿豆啊？"

言礼丝毫没犹豫："她不吃。"

小姨却不上当了，拍了他的胳膊，哼道："又是猜的，对吧？"

言礼还是笑，趿着拖鞋往浴室走，路过前台时把支架搁在上面："先放这儿，我洗完澡出来拿。"

小姨笑骂："不给钱哪你，臭小子。"

"不给，钱给你闺女买哈根达斯了。"

小姨一听就炸了："说了不要给她买冰激凌，都三颗蛀牙了！"

"下不为例。"

晚上十点半，边慈调整好手机支架，刚坐下来，就收到了不吃绿豆那边发过来的语音邀请。

边慈点击接听，接上耳机，先一步跟那边打招呼："学长你好。"

回答她的是一个浑厚的大叔音："你好，这个变声器听着怎么样？"

变声器？边慈扫了眼语音界面，发现有个卡通喇叭的图标，点开后，里面有二十多种变声类型。

"有点吞字，听不太清。"边慈说。

不吃绿豆又换了一个正太音："这样呢？"

边慈迟疑了几秒，含蓄道："像小朋友。"

接着是3D环绕空灵音，边慈听完，眉头颤抖了两下："闹鬼了吗？"

试完所有类型，最后还是用了正太音。

耳边萦绕着小朋友的声音，边慈终于还是没忍住，问了一句："学长，你为什么要用变声器？"

学霸的身体，幼儿园的童音："声音难听，我自己都嫌。"

边慈："那你平时说话怎么办？"

不吃绿豆："周围人都以为我是哑巴。"

"……"

"现在好了，我每天都可以跟你说话，这变声器你听着不难受吧？"别说，话里还真有几分愉悦的情绪。

边慈对这位学霸表示由衷同情："不难受，学长你随便说。"

"那我们开始吧，方便开摄像头吗？我做了PPT，你看着听容易理解。"

"方便。"

摄像头打开后,边慈看见了一台笔记本电脑,上面正是PPT的界面。

一双骨节分明的手在镜头前挥了挥,因为离得近,边慈还注意到,他的左手无名指右下角有颗小黑痣,跟她右手无名指的一样,位置刚好对称。

耳机里传来声音:"卡不卡?看得清吗?"

边慈回过神:"不卡,看得清。"

"中途你哪里没听懂就喊停,我重新讲,知识点讲完再做练习题。"

"好。"

不吃绿豆直接进入正题,他的语速不快不慢,讲到高频考点时会停下来,就此考点延伸出的题型做简单说明,比如近五年高考里最爱怎么考,易错点和干扰项在哪里,以及快速解题、排除错误选项的小窍门。比起学校的老师,不吃绿豆的授课风格更适合急于速成的备考生,或者说,更适合边慈。

因为他很清楚,边慈哪里会、哪里不会,哪里需要细讲,哪里可以一句话带过,他只需要照顾一个学生,而不是一群学生,针对性自然更强。

边慈拿着笔和纸,边听边记笔记,跟平时上课一样专心,慢慢地,对正太音的不适感也淡了。毕竟学霸的气场,用变声器是压不住的。

讲的人认真,听的人专注,时间过得很快,不知不觉就到了十二点半。

讲完最后一道练习题,不吃绿豆提醒道:"时间差不多了,今晚先到这儿。"

边慈点点头,尽管知道对方看不见:"好,谢谢学长,你讲得太好了,通俗易懂。"

"是你聪明,其实你学习能力挺强的,成绩提升会很快。"

隔着网线,又是不认识的人,边慈自然而然放下警惕心,说了些平时不知道对谁说的话:"其实我是这学期才转到五中的,重点班的同学都很厉害,我感觉我追不上大家。不过幸好有学长帮忙,你让我跑得快一点儿了。"

不吃绿豆没有马上回答,边慈以为是网速不行,拿过手机,从Wi-Fi调整成4G,那边还是没有声音。

边慈试着问:"学长,你还在吗?"

"在。"不吃绿豆转而问起,"边慈同学,你听过丑小鸭的故事吗?"

边慈不明其意,但还是回答了:"听过。"

"这个故事告诉丑小鸭……"

鸡汤的开头,边慈忍不住接话:"要有努力的方向,坚持朝目标前进,还有不要以貌取人,内心善良才是美,对吧?学长,你不用拿哄小朋友的童话来鼓励我,道理我都懂。"

不吃绿豆否认:"都不对,你说的这些,是对小鸭们讲的,不是对丑小鸭讲的。"

"有什么区别吗?"

"当然有。"

不吃绿豆笑了声,变声器处理过的声音充满稚气,却有一种温柔的力量。

"这个故事告诉丑小鸭,不用妄自菲薄,因为天鹅不管在哪里,都会是天鹅。"

6

当天晚上,边慈做了一个梦。

是在老家林水镇发生的事情,那时她才九岁,还没到元城省队。

林水镇的体操馆和县小学隔得很近,中间那个巷子口有个卖绿豆糕的大娘,每天放学,会开着电动小三轮准时出现。附近的小孩都爱吃,那时物价也低,五角钱能买两个。边慈没有零花钱,教练也不让她吃零食,因为会胖,胖了就跳不动,一旦跳不动,她就不能继续练体操,只能被送回家。

更严重的是,这样一来,每个月体校给家里的五十块钱补助,爸妈也拿不到了,最后她还得挨顿打。所以那时候,在边慈心里,吃绿豆糕就等于挨打。

不过看别人吃绿豆糕真的太香了,于是,边慈有了个小小心愿,等哪天她有钱了,就算挨顿打,她也要尝尝这绿豆糕是什么味道。

说来也幸运,她最后吃到了绿豆糕,但她没有花钱,更没有挨打。

因为那块绿豆糕,是"zhouzhou"请她吃的。

只是吃完没多久,她就开始肚子疼,疼了整整一天,第二天训练称体重,她还轻了两斤,被教练一顿夸。

事后"zhouzhou"仔细分析,说她应该不能吃绿豆,吃了就会肚子痛。

边慈对绿豆糕念念不忘,遗憾道:"可是绿豆糕好好吃啊。"

"zhouzhou"一脸严肃,像个小大人:"好吃的东西很多,你可以吃别的,让你不舒服的东西不能再吃了。"说完,见边慈还有点贼心不死的样子,无奈叹了口气,学大人哄小朋友的语气,"阿慈,你要听话。"

从来没有人这样哄过她,边慈觉得新鲜,连连点头,心里暖得像住了个太阳。

这段结束,梦里的场景突然切换到某个下午。

"zhouzhou"已经转学离开了,正值暑假,白天爸妈上班,边慈一个人在家,不知道哪根筋没搭对,偷偷给自己做了一份绿豆汤。

绿豆汤没有绿豆糕好吃,还是大娘的手艺好。

夜深人静,边慈捂着肚子痛得额头冒冷汗,蜷缩在小床上时,她才终于相信了"zhouzhou"说的话。

边慈觉得庆幸,翻个身的工夫,看见窗外高悬于夜空的月亮,心情又骤然低落。

"zhouzhou"已经走了,以后还有谁会注意她爱吃什么,不能吃什么呢。更让人低落的是,以后日子还有那么长,万一她太倒霉,又误食不能吃的东西,也没有人会哄着她,说什么阿慈你要听话了吧。

想到这里,边慈第一次对着月光哭了鼻子。不知道是哭以后再也不能吃大娘的绿豆糕,还是哭以后没人给她买绿豆糕。小朋友是思考不明白这个问题的。

梦里的小朋友哭着哭着,就把梦外的大朋友哭醒了。小朋友的哭声红了大朋友的眼睛,睁开眼,所见事物都罩上了一层水雾。

边慈掀开被子坐起来，轻轻揉搓眼睛，低头有一下没一下地深呼吸，呆坐了好几分钟，情绪缓过去，小朋友的哭声终于消失在她耳边。

她伸手捞过手机，摁亮屏幕，一看时间还不到六点。

不过窗外已经蒙蒙亮，月亮和太阳同时挂在天上，半明半暗。

躺下去也睡不着，边慈索性起床，做了一套物理专项练习题，碰到昨晚不吃绿豆讲过的知识点时，她做题明显得心应手许多。

不吃绿豆的人，看来运气不会太差。

有的成了学霸，没事就在平台上普度学渣；有的成了学渣，但随便找个平台就有学霸协助度劫。

做完题，边慈收拾好书包，洗漱梳头，穿戴整齐出门。今天周一，单数周是语文早读，她要提前去教室。

边慈在路边小摊买了八宝粥和小笼包，边走边吃，到校门口时，早餐也解决了。

离打铃还有半小时，教室里居然已经有不少人，大家凑在一起对昨天的英语作业答案。两百道单选，错十道以上都要当众挨批，这种公开处刑的糗事，谁也不想落在自己头上。

陈泽雨坐在课桌上，高声张罗："最后一题，选 A 的举手。"

稀稀拉拉举起来三只手，还加上了陈泽雨自己，另外两个英语成绩都处于下游水平。

明织瞥了陈泽雨一眼，当众拆台："选 C 的举手。"

话音落，除开刚才那三个，剩下的都举起了手。其中包括英语课代表卢凝思，以及总是年级前十的明织。局面如此，小数服从多数，除了陈泽雨，剩下的两个同学当众倒戈，划掉试卷上的 A，改成了 C。

陈泽雨作为一个有骨气的学委，用笔杆子戳那两个叛徒的心口："从众思想要不得，真理掌握在少数人手上！"

选 C 阵营送给陈泽雨一堆白眼。

明织抽走自己的试卷，跟卢凝思手挽手，忍不住激陈泽雨："那你千万别偷着改，改了请全班喝奶茶。"

陈泽雨最受不得激，跳下课桌，反驳回去："行，那如果正确答案是 A，你什么说法？"

明织问："你要什么说法？"

陈泽雨被问得愣住，低头看见脚边的篮球，随口一说："要是选 A，这学期的篮球赛，你穿玩偶服举牌给我喊加油，牌子上还得写'陈泽雨最帅'，敢不敢玩？"

明织忍住翻白眼的冲动，爽快地应下："当然敢。"

回到座位，卢凝思靠在明织的课桌旁，低头小声问："小织，你真的要跟陈泽雨赌吗？"

明织不以为然："赌，他上回英语考崩了，还不到 130 分。"

"万一真的选 A 怎么办？"

"不可能。"

"万一呢！陈泽雨输了最多破财，你输了就要丢人。而且陈泽雨这人多骚包，你又不是不知道，要是成真了，这件事够他吹半辈子的。"

明织本来很有底气，被卢凝思这么一说也开始动摇。

抬头看见边慈在开多媒体，明织跑上去偷偷问："边慈，英语作业最后一题，你选的什么？"

"想不起来了，我去看看。"

明织跟着边慈回座位，守着她打开书包、拿出试卷、翻面，然后锁定最后一题，直到——题号前面，端正的字母 A 映入眼帘。

明织略感窒息，但还想抢救一下："为什么选 A？"

边慈做题基本靠语感，很难凭语法说出所以然，她将四个选项代入题干，全部念了一遍，最后确定："A 读着通顺，我选 A。"

卢凝思全程围观，忍不住感叹："边慈，你口语太好了吧，怎么练的？"

边慈如实说："我有个前队友是混血儿，刚学英语的时候比较吃力，她教了我很多。"

卢凝思被口语征服，马上提笔改答案："真厉害，那我也选 A。"

明织瞪大眼睛，推她的胳膊，不满地反问："你怎么也叛变了？"

卢凝思笑嘻嘻地说："边慈分比我高，口语又比我好。"

明织快哭了："你别说了，再说我也要改了。"

"你打赌了，不能改。"

边慈害怕误导人，忙说："不用改，说不定是我选错了。"

明织苦着脸，望向教室门口："言礼怎么还不来，我想知道考 150 分的大神有没有选 A。"

卢凝思补刀："可能有，我听说言礼也是靠语感做题的。"

明织崩溃："卢凝思！"

卢凝思脚底抹油往座位溜："我错了姐。"

然而这一天，饱受关注的言礼迟到了，第一节上课前才到教室。

第一节就是数学课，被关飒抓个正着，言礼在教室门口站着上了一节课。

课间休息，言礼一回座位，明织和陈泽雨最先冲到他面前，异口同声问："英语最后一题，选 A 还是选 C？"

昨晚睡觉空调开得低，今天有点中暑，头疼得不行，冷不丁被这么一问，言礼过了几秒才迟钝地问："什么题？"

陈泽雨着急要个结果，直接伸手："英语作业给我。"

言礼懒得翻，拎着挎包边角，把里面的东西全部倒了出来。

陈泽雨扒拉半天，也没找到卷子，纳闷问："你作业呢？"

言礼扫过凌乱的桌面，面无表情地吐出三个字："忘带了。"

陈泽雨："节哀……"

第二节英语课，言礼因为没交作业，又去教室外面站了一节课。

大课间做操，言礼以中暑为由请假在教室休息，边慈被邱越明叫到办公室分试卷，也没有去做操。

边慈忙完回教室，发现同学们还没回来，只有言礼趴在课桌上睡觉，只露出半张侧脸，下颌骨线条清晰可见，脸色不太好。他校服T恤贴在背上，尽显肩背弓起的轮廓，呼吸很轻，轮廓没什么起伏。

边慈是从后门进来的，路过言礼座位时停顿了一下，想上前关心两句，又感觉不太合适。抬腿走了两步，听见身后传来窸窸窣窣的声音，边慈立刻回头，原来只是言礼换了一只胳膊枕。

他并没有睡熟，或者说，睡得不安稳。

边慈很难再装作熟视无睹，她退回去，轻轻推了下言礼的胳膊："言礼，你不舒服吗？"

言礼低低应了一声"嗯"，没有任何动作。片刻之后，大概是听清说话的人是谁，他倏地睁开眼，抬头，猝不及防与边慈担忧的视线相撞。

俯视不礼貌，边慈蹲下来与他平视，又问了一遍："你脸色不太好，没事吧？"

言礼坐得端正笔直，跟刚才在课桌上懒成一摊泥的那位判若两人："没事……有点中暑。"

边慈了然，问："吃药了吗？"

言礼偏过头，盯着桌角："没有药。"

"我有藿香正气液，我拿给你。"

边慈站起来，跑回自己的座位，拿出口服液，里面还剩两支，她连带着外包装一起拿过去，递给言礼："现在喝一支。"

言礼抽出一支口服液，握着吸管就往瓶子戳，吸管不太给面子，现场表演了一个字面意思上的折腰。

"要先用白色那个塑料针戳一下。"边慈温声提醒。

言礼："嗯。"

边慈见言礼心不在焉的，叹了一口气，抽走他手里的口服液，插上吸管后才放回去。

"可以了，喝吧。"

言礼一口喝完，口感偏苦，他的眉心快速蹙了一下。

教室陆陆续续有同学回来，边慈最后叮嘱道："剩下那支午休前喝，没好转就去医务室。"

言礼捏着喝空的口服液，点了点头，等边慈走远了才敢垂眸，打量手中的小玻璃瓶。

这口服液真奇怪，苦后竟然回甘，比葡萄糖还甜。

7

上午的课程结束，明织邀请边慈去学校外面吃牛肉面。店面开了几十年，环境简陋，但是味道特别好，一到饭点，店门外就会排起长龙。

同行的还有卢凝思和佟默，边慈跟她们不算熟悉，好在有明织在场，她擅长调动气氛，一顿饭四人行，谁也没有落单。

卢凝思是个八卦小能手，上到校长的婚姻状况，下到门卫大叔暗恋高二某个语文老师，她全都知道。佟默呢，大概就是老师和家长眼里的乖乖女，勤奋好学，十句话有九句都在说学习，尤其爱聊自己擅长的科目。

不知道是谁起的头，话题绕到补课班上，佟默对小课赞不绝口，说到兴头上，看向边慈："边慈你报名没？那个小课很不错吧。"

前一句明明在询问，后一句又自顾自地评价起来，肉眼可见的矛盾。

边慈清晰地记得那天，她离开补课机构的时候，佟默还在场。那样的情况，任谁都能看出来，她最后没有报名吧。

无意关心还是有意伤害，人性这种东西，边慈没兴趣研究，反正她没想过刻意隐瞒什么。

"没有报，太贵了，我的钱不够。"

佟默大概没料到边慈会这么直接，干笑了下："这还不简单，没钱问家里要啊，钱花在学习上，父母肯定乐意。"

边慈看着佟默，脸色渐渐冷下来。

卢凝思突然"啊"了一声，对旁边的明织说："我要先回学校，去图书馆借书。"

明织点头："那你快去。"说完，她又看向佟默，"你今天不回家午休吗？"

佟默低头看了眼手表，回过神来："都快一点儿了，我先回去了。"

"好。"

卢凝思和佟默前后脚离开，边慈和明织站在店门口，一时无话。

明织隐约感觉到边慈心情不太好，原因不明，她不好细问。正要说点什么缓和气氛，边慈反倒开了口："明织，斜对面是你家的奶茶店吗？"

明织顺着边慈的视线看过去，点头道："对，就是那个。"

笑意重回边慈脸上："走，光顾你家生意去。"

明织松了一口气，挽住边慈的手，满脸热情洋溢："好啊好啊，我给你打折！"

奶茶店是小复式结构，装修以明黄色为主，与店名"芝士附体"相呼应。陈设摆件充满童趣，一楼候餐区后面的墙体，用黑色记号笔写满了东西。

边慈本以为是一些表白或者记录小目标的句子，结果走近一看，竟然全是各学科大大小小的知识点。

省重点就是省重点，就连附近的奶茶店都充满了学霸气息。

明织妈妈在吧台忙，见孩子带了新面孔过来，分出神问："小织，这是你朋友吗？"

明织拉着边慈走过去，扑到吧台上："是，她叫边慈，这学期刚转过来的。"说完，她转头看边慈，"边慈，这是我妈妈。"

边慈对明织妈妈笑了笑："阿姨好。"

"你好你好，长得真标致，是元城本地人吗？"

"不是，我老家在林水镇。"

"水乡就是养人，你皮肤太好了，青春期都不长痘痘哦。"说着，明织妈妈递出餐单，"想喝什么随便点，阿姨请客。"

换作之前，边慈肯定会说"不用了谢谢"这样的客套话，她认为这样是对的，因为人情这个东西不能欠，欠了还不清，留在心里是一根刺。

可是有人说，她太爱道谢了，她过于客气。边慈意识到，自己用了十多年的与人相处法则，或许正确，或许礼貌，但拒绝麻烦的同时，也拒绝了好心好意。

如果温柔朝她奔来时，她能暂时打开心房，会不会存在一种可能——万家灯火的光，烟火气息的热，愿意在她身上停留。其实这个世界不冷，只要推开门，芸芸众生该有的暖，都在外面等。

边慈没试过，但现在，此刻，她特别想试试。

她没有拿客套话回绝，翻着餐单，用开玩笑的口吻说："下次吧阿姨，第一次就吃白食，以后我都不好意思来啦。"

然后，她听见明织妈妈笑了。

明织妈妈摸了摸她的头，说："好，那阿姨等着你下次再来。"

须臾之间，边慈在虚空处看见了答案。

答案说会的、会存在的。

边慈点了一杯招牌奶茶和一杯烧仙草，询问后得知烧仙草配料里有红豆，她让阿姨换成了椰果。

明织以为她是给自己点的，给妈妈打下手的时候顺便问："你不吃红豆吗？"

边慈摇头："我不吃绿豆。"

等餐的间隙，边慈闲着无事，问明织要了记号笔，去墙面那处找空白处写了一句：奇变偶不变，符号看象限。

写完，边慈发现在她落笔的上方，有一行物理口诀：反相振动正相反，同相振动完全同。

口诀不陌生，字迹也很熟悉。跟她前阵子住院时，每天收到的神秘人信件笔迹一模一样。

边慈拿出手机拍了一张照片，这时，两杯奶茶做好了，明织提着包装袋走过来，瞥见边慈屏幕上的照片，不解地问："你拍这个做什么？"

"你知道这是谁写的吗？"边慈问。

明织凑近细瞧，无奈摇头："不知道，店里每天人来人往的。"

边慈本就是随口问问，没抱期待，自然谈不上失望。她收起手机，接奶茶的时候只接了那杯烧仙草，对明织说："我先回教室了。"

明织还在研究墙上那行物理口诀，回过神时，边慈都已经走到了店门口，但招牌奶茶还在她手上。她直起腰，出声喊："边慈，这里还有一杯呢！"

边慈推开玻璃门，暑气扑面而来，她转过头回答："那杯是给你的，班长。"

明织拎着奶茶愣了几秒，倏地笑出声，朝着边慈那边灿烂地挥手："谢啦新同学，欢迎下次光临。"

边慈背朝她做了个"OK"的手势，踩着树叶碎影往校门走去。

教室里有同学在午休，连走廊都很安静，偶尔能听见几声蝉鸣。

一进教室，边慈先往最后一排看，见言礼在座位上写题，提着烧仙草直接走过去。

课桌边有道阴影落下来，言礼停笔，还没来得及抬头，一杯奶茶就放在了他的手边。

"谢谢不能说，那烧仙草能不能喝？"

顾及周围有同学在休息，边慈声音很轻，近乎气音，只有离她最近的言礼才能听见。

女孩声音入耳，言礼薄薄的眼皮轻颤了一下。

午后阳光下，他的眸色沾染暖光，视线扫过来，不经意的一瞥也带着热意。

炎炎夏日，边慈却似乎被不知道从哪儿来的静电扎了一下，猛地收回目光，抬起头理了理明明不乱的刘海。

言礼从奶茶杯上收回视线，眸光垂落到边慈身上，他静默片刻，想忍住不笑，开口时还是破防了。

"能喝，不过你这算是记上仇了？"

边慈放下手，情绪恢复正常，听出言礼是在开玩笑，学着他说："是啊，所以你也不能说谢谢，不然我会怄死的。"

奶茶杯外壁贴着小标签，备注栏上面有"不加红豆"四个小字。言礼嘴角的线条出现细微变化，他没说什么，只是插上吸管，喝了一大口。

嘴里的食物全部咽下后，他握着奶茶杯，开口道："很好喝。"

"那你多喝点，这个能解暑。"

两人说话声惊扰到前面睡觉的同学，那人不太耐烦地哼了两声，边慈递过去抱歉的目光，用食指和中指在桌面上点了几下，模仿走路的姿势，嘴唇张合，无声对言礼说："我回座位了。"

言礼会意，低低应了一声"嗯"，眼神落在边慈的背影上，直到她拉开椅子坐下，才悄然收回。

言礼继续写题，写着不加红豆的奶茶杯，被他放在目光所及的位置。

他没发觉更没细数，这一天下来，自己冲这杯子到底笑了多少次。

晚自习下课回家，到了十点半，言礼用不吃绿豆的账号，跟边慈上完今天的辅导课。

课程结束，在线上互道晚安，各自下线。

月亮高悬，隔壁房间的灯还亮着，言礼推开窗户，说不上是赏月还是赏灯。

让脑子放空了一会儿，言礼回书桌前继续写题，再抬头看时间，又是半夜两点。

言礼拿起衣服下楼洗澡，走到门前时，想起包里那个被带回来的奶茶杯，他倒回去，把奶茶杯一起带下了楼。

他在厨房将杯子清洗干净，放在沥水槽上，做完这些，才捞起衣物去卫生间洗澡。

洗完澡出来，杯子上的水分已经被沥干，言礼带着它回到二楼。

进屋关门，言礼立在书桌边，伸手抽了张纸巾，擦掉奶茶杯表面的小水珠，然后用指腹在外壁缓缓摩挲，确保墨水不会被晕染，才坐下来，提笔往上面写字。

他下笔很轻，字迹也淡，台灯的白光映在他眼眸中变成一个点，随呼吸熠熠。

2013-08-13 边慈赠我

周二早读结束，卢凝思去办公室拿周末的英语作业。

明织和陈泽雨因为赌约的事情暗中较劲，但其实两个人都没什么底气，所以宁可憋着也不主动去办公室问老师正确答案，非要等到作业批改完，发下来自己看。

卢凝思抱着作业还没走到教室，就被暗中较劲的一男一女在楼梯口拦截。

英语老师批改作业有个小习惯，正确率最高的卷子会被放在最上面。

明织毫不客气抽走这一沓试卷最上面的那张，正好是边慈的，她直接翻面锁定最后一题——题号前面的大写字母A，没有红色斜杠。

重点班的老师们批改试卷和作业，为了节省时间，只会在错题上画斜杠，不会在正确的题目上打红钩，因为年级前一百名的学生，再差也不会差到哪里去，做错的一定少于做对的。

陈泽雨从明织脸上复杂的神情中看见了胜利曙光，他憋着笑，抽出第二张卷子，这张是言礼的，翻面看最后一题，果然，字母A没有红色斜杠。

陈泽雨难掩兴奋，高呼一声，凑到明织面前："是我赢了，班长！"

明织一把将他推开，把试卷还给卢凝思，气呼呼地往教室走。

陈泽雨举着试卷连蹦带跳跟上去，跟个花孔雀开屏似的，从明织左边晃到右边，问："班长，你喜欢什么样的玩偶服，我给你买。"

卢凝思抱着卷子在后面看热闹，笑着调侃："小织喜欢水冰月哦。"

陈泽雨夸张地"哇哦"一声："不行，太性感了。这样，织，你脸圆，我给你买阿拉蕾吧。"

明织彻底参毛，揪住陈泽雨的后衣领追着他打，一边打一边骂："你要死啊姓陈的，你才脸圆，你全家都脸圆！"

拜课间这通闹剧所赐，一个上午过去，年级大部分人都知道了明织跟陈泽雨打赌的事情。

高三学习压力大，生活枯燥，一点点小事都能引起议论，如果是男生和女生之间，不管真相如何，总会被人为披上暧昧的薄纱，成为学习之余的消遣谈资。

下午第二个课间，接杯水的工夫，边慈就听见其他班的两个女生在嚼舌根，他们嘴里的版本，已经上升到陈泽雨和明织在早恋了。

"他们胆子好大哦，高三了还敢谈恋爱，不怕影响学习吗？"

"有什么可怕的，重点班的闭着眼睛都能考个不错的大学。"

边慈实在听不下去，摁灭出水开关，打断两个女生的碎碎念："同学，不好意思，你们是哪个班的？"

两个女生聊得正起劲，冷不丁被打断，语气不算好："十班的，你有事吗？"

边慈看向没吱声的那个："你也是十班的？"

没吱声的那个一开口语气更差："是，跟你有关系？"

"没关系。"边慈语速不快不慢，"就是想跟你们说一声，没有证据的话不要乱讲。"

女生听完就凶起来："你谁啊，要你来管我们讲什么！"

边慈扫了眼两个女生的脸，笑容无害，语气发凉："你们的脸和班级我都记住了，要是以后有人造明织的谣，我就默认是你们说的，我是管不着，但你们班主任和家长总管得着吧。"

两个女生心虚地低头，水也不想接了，拿起水杯仓皇而逃。

边慈摁亮出水开关，等接满了水，慢条斯理拧上杯盖，准备回教室，转身抬头，迎上四张熟悉的脸。

踩点三人组和言礼不知道在门口站了多久，从"四脸"震惊的表情来看，刚才她说的话并没有逃过他们的耳朵。

总归不是什么美好的画面，被同班同学撞见，尤其是被言礼撞见，边慈下意识地握紧水杯，心头涌上一丝不自在。

不对……言礼为什么要"尤其"？

边慈愣了一下神，很快在心里自问自答。

谁让言礼长得帅呢，想在优秀异性心里留下好印象，是人类的本能。

踩点三人组不清楚边慈的真实想法，见她冷着脸不说话，联系她对外班女生说过的话，顿时肃然起敬。

从这一刻开始，边慈身上除了"女神"和"高冷"两个标签，又增加了"讲义气"

和"护短"。

作为八卦当事人之一的陈泽雨，他站出来，对边慈致以最高的敬意："边慈同学，你是个好人，我决定退位，让你继承学习委员的宝座。"

边慈委婉拒绝："我已经是课代表了，不能身兼两职。"

秦成书推了下鼻梁的眼镜，拿出年级第七的诚意："边慈同学，以后学习上有困难，欢迎你随时找我。"

边慈点头："谢谢你秦同学。"

焦宇达不甘落后，既没有官位可以送，也没有成绩拿得出手，他只能走心："边慈同学，要是你想谈恋爱，我可以陪你。"

边慈："不，我不想。"

"焦宇达。"

言礼突然出声，焦宇达红光满面看过去，对上言礼的视线，后背莫名发凉。

"什么事，哥？"

言礼轻笑，笑得焦宇达身后阴风阵阵："没事，看你又做白日梦了，叫叫你。"

焦宇达一怔。

陈泽雨和秦成书"嘿嘿嘿哈哈哈"地笑起来。

笑闹过后，三人组进去接水。

边慈回教室，走了两步，余光扫到言礼始终跟在一步之遥。她停下脚步，回头看他，一语道破他的心思："你有话想说。"

不是疑问语气。

言礼眼底掠过惊讶，很快接上她的茬："聪明，那再猜猜我想说什么。"

这个问题超纲了，边慈只能盲猜："你是不是觉得，我跟那两个女生说的话太冲了，容易得罪人？"

言礼否认："不冲，很客气。"

"那我猜不到了。"

言礼走上前，目光落在边慈的小白鞋上，温声提醒："鞋带散了。"

边慈低头去看，鞋带还真散了，而且散得很彻底，稍不注意踩到就会摔跤。

只不过她没想到言礼心这么细，察觉到这种小事就算了，还特地跟上来和她单独说，没有当着陈泽雨他们的面提。

要是提了的话，刚才那种情况她肯定会更加尴尬吧，系上不对，不系也不对。

边慈向言礼投去一个感激的眼神，握着水杯蹲下来，周围不知道被谁洒了水，地面不太平整，都是大大小小的水坑。

边慈本想将就放，回教室再擦杯子，往地面搁杯子的动作刚冒出苗头，眼前突然出现一双细长的手，指甲紧贴指腹，白白净净。

"杯子给我。"

课间嘈杂，走廊人来人往，诸多声音路过耳朵，只有言礼这一声，在边慈脑海中回放。

边慈"嗯"了声，把杯子放在他的手心，伸手系鞋带。蝴蝶结她一直系得很熟练，今天不知怎的频繁出错，系了四次才弄好。

可能蹲得有点久，边慈噌地站起来，气血上脸，耳朵泛起淡淡的绯红。

边慈拿回水杯，被男孩握过的杯壁存有余温。身体先于脑子反应，等她回过神时，手已经由握杯身换成了抓杯盖，跟老干部拎茶杯似的。

好在言礼没注意看，上课铃也及时响起来。

边慈回到座位才发现，自己的鞋带又散了，敢情系了四次还没有系好。

边慈啊边慈，你能不能别这么没出息！不就是提醒你系了个鞋带，又帮你拿了下水杯吗？这种谁都可以做的芝麻小事有什么好回味的！

好像也没有谁都可以，这么细心的人也只有言礼一个吧……目前。

那他就是性格好，关爱同学与人为善，你只是恰巧切身感受了一下而已。

脑中两个小人叽叽喳喳吵来吵去，边慈的后脖颈儿到耳朵尖全红，无语又无奈，仰头喝了一口水，放下杯子，终于表态：别争了，你们说的都对。

脑中小人这才消停下来，边慈弯腰又系了一次鞋带，这次她系了个死结。

看你还敢不敢随便散开。边慈晃晃脚，带着挑衅意味瞪了小白鞋一眼。

系好鞋带，边慈挺腰坐直，不知是心虚还是自恼，在老师进教室前，故意把中性笔掉到过道，给自己寻了个理所当然弯腰并且往后面看的理由。

教室后排，言礼正在跟陈泽雨聊天，聊到兴头上，他靠着椅背笑起来，喉结跟着轻微震动，嘴角两边浮现两道小括弧。

他的气质清爽干净，一笑起来，少年气在眼角眉梢散开，像飞鸟穿过夏日绿林，冲破喧嚣蝉鸣，在湛蓝天际留下一道白色轨迹，让赏景人的心情也跟着明亮灿烂起来。

边慈捡起中性笔，那些说不清道不明的别扭情绪渐渐消散，老师夹着卷子进教室，说这节课随堂小测，教室内又是哀号一片。

边慈接过明织手里的试卷，抽出一张往后传，打开笔帽写名字，填班级时，写到"高三（2）班"，她倏地笑了声。

明织听见笑声，朝后靠去，背抵上桌子，问边慈："你在笑什么？"

边慈收敛了几分笑意，语气轻快："没什么，我就是突然觉得能坐在这里写试卷的感觉真好。"

明织转过头，诡异且同情地盯着她，表示受到了惊吓。

边慈低头开始写题，眼神清亮，优哉得犹如在小岛海钓。

明织见状，捂胸口望天花板，痛心感慨："完了完了，又学疯一个。"

第三章　言礼同学，你就是"警察"，替我摆平所有不公

他们太好太好，以至于让她认为只要待得足够久，她也能在心灵上找到一个栖身之所。

1

八月下旬在枯燥繁重的课业中一晃而过，九月初，高一高二开学返校，给整个校园增加了喧嚣和活力。

五中为了让毕业班拥有清静的学习环境，每年在正式开学后，组织毕业班搬进最东边，也最鸟不拉屎的致远楼。

说它鸟不拉屎，倒不是致远楼环境有多差，相反，这栋楼年年翻修，教学设备每学期更新，是五中最拿得出手的教学区域。

致远楼千好万好就一个不好，这一片的信号被学校做了屏蔽处理，手机无服务是常态，2G不常有，3G是奇迹，除了连学校Wi-Fi，手机基本等于板砖。

不过Wi-Fi密码天天换，后勤办只在教职工群公布当天密码。

致远楼从高处看像一个"门"字，文科在左理科在右，重点班在最高层。

升旗仪式结束，高三年级开始不情不愿搬教室。

理科班占了男生多的优势，女生拿不动的东西有男生帮忙，两节课不到的工夫就搬完了。

教室收拾得差不多，去帮老师搬办公室的几个男生陆陆续续回来，焦宇达率先冲进教室，连拍三下讲台，大声道："我要告诉你们一个噩耗！"

众人双眼无神地望着焦宇达，脸上仿佛写着一行字：你放屁，哪有比要在这栋破楼待一年更坏的。

结果，焦宇达一开口，大家才知道：还真的有！

"咱们教室跟办公室中间就隔了个楼梯！"

重点班的任课老师只带一个班级，所有老师都在一个办公室办公，连办公室门牌号都是×班教师办公室。

现在跟老师们做邻居，上课见完下课见，见完这科见那科。

类似上课偷玩手机解解乏啊、自习课摸摸小鱼补个小觉啊、上课前趁班头儿

没来跟同学吹吹牛皮啊,这种学校不让干但学生都会干的边缘行为,以后想都不要再想。

因为你永远不知道,教室后门外会出现多少张老师的脸,也不知道一节课他们会出现多少次,毕竟"邻里之间"就是常来常往,多多走动。

每个人显然都想到这一层,满脸丧气,抱怨声四起。

"学校领导有病吧,这跟坐牢一年有什么区别,我备战高考是度劫又不是服刑。"

"谁不是呢,一回家我爸妈张口闭口不离高考,本来以为在学校耳根子能清净点,结果还不如在家,家里至少还有网!"

"要高强度管理就整个年级一起啊,什么都针对重点班。看着吧,回头碰见平行班的,又得被阴阳怪气一波,学校干啥啥不行,替咱们拉仇恨第一名。"

"我记得上一届也没管这么严吧,敢情我们14届又成实验品啦?去年直播班也是拿我们年级开刀,结果效果不好,15届就不搞了,无语。"

⋯⋯⋯⋯⋯⋯

声音越来越大,到最后把关飒招过来,前一秒大家还在愤愤不平,下一秒瞬间寂静无声。

关飒一个眼刀扫过教室:"继续说啊,一个个不是挺能说的吗?"

关飒走上讲台,将试卷摔在桌面上,手指向黑板旁边的高考倒计时:"就两百多天了,你们以为高考很远吗?这节骨眼了,一个个还想着怎么耍小聪明偷懒,明年考不上好学校有你们哭的,觉得备考很痛苦是吧?那你们是还没体会过复读!"

教室里死寂数秒,然后一个、两个、四个、八个……四十九个脑袋都朝教室后排转,九十八只眼睛盯着言礼看,情绪还挺复杂。

言礼本来在算题,被一群人这么盯着,题也算不下去了,抬头似笑非笑道:"什么眼神,看不起复读生啊?"

关飒敲敲黑板,说:"他们想看你痛不痛苦,言礼你自己说,你痛不痛苦?"

言礼在诸多眼神中,寻到边慈的那一双。

视线交汇,没过三秒边慈就偏过了头,可能害怕伤到他的面子,想笑又好不意思笑,硬是憋着,小脸都憋红了。

言礼挺想告诉边慈,你笑出声也没事,因为你一笑,我也会想笑。

言礼也挺想告诉关飒,他一点儿都不痛苦,复读的初衷是为了跟老妈示威,尽管复读重考耽误了他整整一年。

但这些话也只能想想,任何一句说出来教室都得炸。

言礼最后违心地配合:"痛苦,你们别步我的后尘。"

话是好话,可是演技不到位。

这位嘴上说痛苦的人,长腿搭在课桌下面的横杠上,中性笔在指尖无声打转,转几圈被抵停一次，节奏丝毫不乱，让人感觉不止转笔，所有事情落在他身上，他都可以游刃有余。

关飒本想拿言礼当典型，虽然典型没做好，不过丝毫不耽误这帮小崽子受刺激，她还是欣慰，趁刺激劲还没过，补了一刀："都别看言礼了，这种人小考总拿第一的痛苦，你们复读估计是感受不到的。"

教室里有人没忍住，哼哼唧唧了两声。

关飒激他："哼什么？不服气就把言礼考下去，还能不能行了你们？"

这下，大部分人都摇头回答："我们不行，哼！"

边慈终于忍不住，趴在桌子上，笑得双肩轻颤。

关飒被气笑了，恩威并施给小崽子们灌老鸡汤。等鸡汤喝得差不多，看小崽子们又有点斗志昂扬的势头，她及时打住，让课代表把试卷发下去，以"这节自习做套题，下课交卷"收尾，最后功成身退。

关飒走到办公室门口时，听见教室里那帮才意识自己被套路秀了一波的小崽子，开始疯狂哀号，嘴角露出了得意的笑容。

小样，我还收拾不了你们了。关飒心道。

不吃绿豆的补习课持续快一个月了，边慈每天按照他拟订的学习计划练题，过程艰难，收效甚微，偶尔晚上做梦还会被成了精的公式追着索命。

但边慈不想放弃，她很清楚，当自己感觉走得很累时，其实是在走上坡路。

不吃绿豆每天都会鼓励她，边慈不吝夸奖，说他是位好老师。

周六例行周考，发试卷前，关飒依然将教室座次打乱，这次边慈坐到了言礼旁边。

下午考理综的时候，边慈竟然碰见了两道原题，其中一道是20分物理大题，昨晚不吃绿豆才跟她讲过解题思路，印象特别深刻，边慈做起来得心应手。

考完试，听班上不少人叫苦，边慈才意识到这道压轴题有多难，然后由衷升起一丝自豪感。这种自豪感呢，又不好跟同班同学分享，回家后，边慈翻了一圈手机通讯录，最后切到App，跟不吃绿豆发了一条私信。

爱吃红豆：学长，今天我周考，碰见了一道物理原题，就是昨晚你跟我讲的那道！

这是边慈第一次在非上课时间给不吃绿豆发私信，发完她也没寄希望对方会回复，结果刚放下手机，屏幕就亮了。

不吃绿豆：真厉害，讲一次就记住了，那道题挺难的。

爱吃红豆：我有什么厉害的，还是学长教得好。

不吃绿豆没有再回复，分享喜悦的目的已经达到，边慈也没有再打扰他，打开书包，开始写周末作业。

天快暗时，房门被敲响。边慈起身开门，肚子咕咕叫，她乍然想起自己还没吃晚饭。

敲门的人是麦麦，她戴着一个黑色鸭舌帽，帽子头围过大，松松垮垮的。

麦麦贴着门槛，仰头望着边慈，嘴甜甜地叫了句："边慈姐姐，你今天好漂亮，我能进去玩吗？"

边慈没办法拒绝小可爱，侧身让她进屋。

门一关，麦麦就问："姐姐，你吃晚饭了吗？"

边慈摇头："还没吃。"说完，她想到叔叔阿姨今晚似乎有同学会，不在店里，言礼放学到现在也没回来，反问麦麦，"你吃了吗？"

"我也没吃，但是我可以请你吃，不过姐姐你要先答应我一件事。"麦麦说得一本正经。

边慈被她逗笑，问："什么事？"

麦麦叹了一口气，取下帽子，露出一头宛如被狗啃过的头发，苦着脸说："带我去理发店吧，我毁容了。"

边慈震惊，蹲下来细看她的头发，发现是被剪刀剪成这样的，以为小朋友在学校受了欺负，神色严肃，忙问："麦麦，这谁干的？"

"我自己。"麦麦扯着自己的头发，一脸嫌弃，"我想剪刘海和耳发，就像古装剧里面的那种，结果……结果现在丑得我吃不下饭。姐姐你救救我吧。"说完，麦麦拉着边慈的衣角来回晃，冲她撒娇，"我身上没有钱，理发店也不让小孩单独进。"

原来都是臭美惹的祸。

边慈无奈又好笑，纵然麦麦发型有点辣眼睛，可也挡不住她可爱啊，可爱的小朋友总能让人轻易心软。

边慈从麦麦手上拿起鸭舌帽，给她戴上，这下顺眼多了。边慈故意逗她："可以是可以，不过你没有钱，怎么请我吃饭呢？"

麦麦信誓旦旦："姐姐先垫着，等我哥回来了，我让他还你。"

边慈刮了下麦麦的鼻梁："鬼机灵。"她站起来，拿起手机钥匙和钱包，开玩笑道，"走吧，带你整容。"

麦麦扑上来抱着边慈的腿，用脑中贫瘠的词汇将她赞美了一番。

小朋友好面子，特别叮嘱边慈不要去火车坊周边的理发店。

因为都是街坊熟人，这种黑历史要是被熟人看见了，一传十十传百，整条街都知道她的黑历史啦。然后她会被老妈追着打，被小伙伴们取笑，好久好久都抬不起头，很伤自尊的。

边慈笑得肚子疼，连声说好，用手机搜周边地图，找了家五站地铁外的理发店。

进店后，帽子一摘，麦麦的发型亮出来，理发师都傻了。

理发师研究许久，最后遗憾道：长发是保不住了，只能剪短发。

麦麦不太乐意，不过听见理发师说能再修个刘海之后就释怀了。

边慈跟理发师交涉好，让麦麦在店里乖乖洗头，她去隔壁小吃店买点吃的。

洗头过程中，麦麦兜里的手机响起来，她只有周末才能用手机，知道号码的也只有家里人。

麦麦接起来，开了免提，言礼的声音传出来："你又野哪儿去了？"

"我在剪头发呢。"麦麦怕被骂，飞快地补充，"边慈姐姐带我来的，我没有乱跑。"

言礼停顿片刻，省去过程，只问结果："哪家店？"

麦麦报了个店名："哥，你要来接我吗？我想喝奶茶，帮我买一杯。"

言礼皱眉："你长蛀牙，不能喝。"

麦麦采用迂回战术："那你给边慈姐姐买一杯好了，她也想喝。"姐姐人那么好，肯定会跟自己分享的——麦麦心里的小算盘打得脆生响。

果然，还是迂回战术好使，一听是给边慈姐姐买，她哥语气都变好了，还问姐姐要喝什么，要几分糖，加什么不加什么。

麦麦哪知道这些，按照自己的口味报了上去，她哥照单全收。

打完电话没多久，边慈也拎着一袋炸鸡柳回来了。麦麦吃着鸡柳，跟她说："姐姐，我哥一会儿要来，他给你带了奶茶哦。"

边慈一头雾水："为什么要给我带奶茶？"

麦麦冲边慈嘻嘻笑："我说我想喝，他不给买，然后我说你也想喝，他就去买啦。姐姐，这大概就是电视剧里常说的那个……什么来着，哦，想起来了，英雄难过美人关！对不对？"

边慈用一块鸡柳堵住麦麦的嘴，哭笑不得："不要乱讲。"

2

一袋炸鸡柳被两人消灭干净，理发店生意好，店里就两个理发师，剪头发需要排队，麦麦前面还有七个人。

小朋友闲不住，好在店里有电脑供顾客使用，边慈打开视频播放器，问麦麦："想看什么？"

周围没有多余的转椅，麦麦头上裹着毛巾窜过来，跟边慈挤在同一张椅子上，兴奋得手舞足蹈："我要看佩奇！"

边慈搜索《小猪佩奇》，有中文版和英文版，她操作鼠标刚放在中文版的选项上，麦麦就说："边慈姐姐，我哥让我看英文版的。"

边慈不知道麦麦想看哪一集，松开鼠标让她自己选。椅子空间有限，麦麦坐在左边够不到鼠标，边慈索性将她抱到自己腿上坐着。

麦麦选好集数，放大视频窗口，可能是版本问题，动画片只有英文字幕。

边慈见麦麦聚精会神看了五六分钟也没吭声，不免惊讶，称赞道："麦麦，你的英文这么好啊。"

麦麦却说："不好，我听不懂。"

边慈一怔："可是你看得很认真。"

麦麦叹气："就是听不懂才看得认真啊，看图猜台词。"

好像是这么个道理，边慈提议道："那看中文版吧。"

"不看。"麦麦态度坚决，"我哥说中文版看多了会变成佩奇，因为只学会了猪叫，我不想变成佩奇。"

边慈心想，言礼怎么能这么骗小孩儿呢。

麦麦又说："不过平时我看英文版的时候，我哥会给我翻译，姐姐你会吗？"

哦，看来是以学习为目的骗小孩儿，言礼不考师范可惜了。既然目的是为了孩子好，边慈也不拆穿言礼的谎言了，甚至昧着良心说："嗯，你哥说得对。"

"不知道会不会，我试试吧。"边慈这句是实话。

边慈握着鼠标把进度条拖到起点，陪着麦麦一起看，一边看一边解释。

幸好句子难度不大，生词也少，不至于在小朋友面前丢脸。

麦麦好奇心旺盛，碰见感兴趣的短句会主动提问，让别人教她读，她学会了好去小伙伴面前显摆。小朋友好学，边慈这个小老师做起来也有成就感。

有事情做，等待的时间就没有那么漫长。只是七八岁的小朋友还是有点分量，抱久了腿麻，边慈把椅子让给麦麦坐，站着歇歇腿。

这时，店门口的感应系统机械地说了"欢迎光临"，边慈抬头看去，发现是言礼，第一反应就是：终于有人来接自己的班了！

边慈眼睛一亮，转了下椅子，让麦麦也看向她哥："麦麦，你哥来了。"

麦麦的目光从动画片上恋恋不舍地移开，落在她哥身上时双眼无光，兴致缺缺，看哥不如看佩奇。

等言礼走近了，麦麦看见他手上拎着的两杯奶茶，眼睛顿时又亮又圆，眼珠子都快掉奶茶里。麦麦跳下椅子，朝着她哥飞奔而去，嘴里说着骗鬼的话："哥哥你真好，哥哥我爱你。"

画面是温馨的，尤其是边慈冲他笑，麦麦朝他奔来时，往夸张的方面说，言礼不知道为什么这一刻感觉自己跟电视剧里面那种出差多日提着行李从机场出来，被老婆孩子簇拥的丈夫没什么两样。

前一秒还说着爱自己的小棉袄，下一秒连看都没多看他一眼，魔爪伸进奶茶包装袋，一边扒拉一边催："哪杯是我的？松手松手，我拿不出来。"

言礼拍开假棉袄的手，目光扫过去，冷飕飕地道："没你的份，蛀牙妹。"

"你明明买了两杯！"

言礼抽出红豆双皮奶递给边慈，慢条斯理地说："是啊，两杯，你姐一杯你哥一杯，你有意见？"

"有！"麦麦瞪着言礼，"麦麦也想要一杯！"

言礼又抽出一次性勺子递给边慈，小朋友的怒意被他无视得明明白白："蛀牙妹不能吃甜的。"

硬的不行，麦麦只能来软的："那我少吃一点儿，很快吞进肚子里，蛀牙不会发现的。"

言礼差点就要心软了，幸好这时理发师叫麦麦过去剪头发。

毛巾一摘，被水打湿的发型更奇葩，言礼受到惊吓，挑起一缕层次不一的头发，问："你被狗啃了？"

麦麦也拍开他的手，侧头哼了一声："要你管。"

言礼摸出手机，对着麦麦咔嚓了好几张。麦麦听见快门声就急了，想站起来抢，被理发师按住肩膀并警告："小朋友别动，当心剪成秃头。"

麦麦不想变秃头，也不想留下丑照，嚷嚷着："你删了，不删我跟你拼命！"

言礼趁机谈条件："奶茶还喝不喝了？"

麦麦偃旗息鼓："不喝了。"

"哥哥还好不好？"

"好……"极不情愿的语气。

"还爱哥哥吗？"

"爱！"麦麦咬牙切齿，"我可真是爱死你了！"

言礼捏了下麦麦气鼓鼓的脸，甚是欣慰："乖孩子。"

边慈吃着双皮奶目睹完兄妹俩相爱相杀的画面，等言礼走过来时，她忍不住感叹："你们感情真好，比亲兄妹还亲。"

言礼笑了笑，靠着电脑桌，问边慈："她特能闹人是吧？"

"是有点，不过我发现你治她挺有一套的。"边慈对身后暂停中的《小猪佩奇》画面抬了抬下巴，"她说想看《小猪佩奇》，有中文版不看，说你让她看英文版的，还有刚才喝奶茶的事情，怎么说呢，麦麦闹归闹，但还是很听你的话，不管你在不在。"

"她就是窝里横。"

言礼有点介意麦麦的狗啃头，刚才有外人在他不好问，现在时机正好："她那个头发怎么回事，你知道吗？"

边慈听懂言礼的话外之意，轻摇头，回答："不是被欺负了，她自己剪的，放心吧。"

言礼这才安心，接着感到费解："头发怎么她了？被祸祸成这样。"

"古装剧看多了。"说到这个，边慈就想笑，"她突然来敲我房间门，说要去理发店，她毁容了，你是没见到她那个表情。"光说不够生动，边慈凭着记忆模仿麦麦当时哭丧着脸的表情,没坚持几秒就笑开了,"她就这样子看着我,可爱死了,你妹妹真是个小活宝。"

麦麦做过的蠢事,言礼门清,见多了笑点自然也被拔高了,这件事但凡换个人跟他讲,他都不会觉得好笑,偏偏这个人是边慈。

言礼本还想端着,可是看见边慈的脸,嘴角就不自觉往上扬。他喝了口奶茶,附和道:"有时候是挺可爱的。"比起你,还是差点意思。

等笑劲过去,边慈重新拿起桌上的双皮奶:"其实麦麦是骗你的,我白占你一杯双皮奶的便宜。"

"又打算请我喝烧仙草?"调侃的语气,一如之前调侃她爱道谢那样。

边慈再次被说中心思,看着言礼,带着投降的意味:"不是吧,烧仙草也不能喝啦?"

"能喝。"言礼话锋一转,"不过你再请我,就是我占你便宜了。"

这话边慈没听懂:"什么意思?"

言礼看了眼边慈手里的双皮奶:"这家店的红豆酱熬得很好,跟麦麦打电话时,我正好路过店门口。"

"然后呢?"

"然后想请你尝尝,你不是爱吃红豆吗?"

言礼偏头,眸光扫过来,边慈在他眼睛里看见了自己。

"本来就要买的,麦麦骗不骗都一样。"

言礼对上边慈的目光,挑了一下眉,又绕回原点:"所以,你那杯烧仙草还请吗?"

边慈下意识地握紧杯子,忍住没躲,迎上去,轻快地笑了一下:"请。一杯烧仙草而已,什么占不占便宜的,没那么严重。"

言礼"嗯"了声,还想说什么,手机倏地响起来。应该是非接不可的电话,他放下奶茶,对边慈做了个去外面接电话的手势。

边慈忙点头,手掌朝外推了推,示意他先忙。

言礼接起电话,叫了电话那头一声江哥,往店门外走去。

边慈捂着胸口,如释重负长舒一口气,说不上刚才那几秒到底在紧张什么。

最后,理发师给麦麦剪了个波波头,小朋友自己还算满意,直到听见她哥说她像颗菠萝,瞬间炸了,非说要重剪一个,她不想做菠萝。边慈和言礼连哄带骗劝了半个小时,总算把这个"小祖宗"劝好了。

离开理发店,三个人在附近的商场吃了顿不知道算晚餐还是夜宵的饭,坐地铁回火车坊,十点半早就过了。

但说来也神奇,今天迟到的人不止她一个。边慈在路上给不吃绿豆发私信,说自己有点事情,今晚要耽误二十来分钟,没多久,不吃绿豆回复他,自己也是。

罪恶感顿时少了一半。

上课的和听课的都迟到了半小时，晚上十一点，边慈上线进房间，不吃绿豆的声音在耳机里响起。

"来了？"

边慈调整好手机架，回答："来了，今晚陪我邻居妹妹剪了个头发，耽误了时间，不好意思。"

不吃绿豆说："你要这么说，那我也该不好意思了。"

边慈妥协："行，那翻篇。"

屏幕里，不吃绿豆从旁边抽过一张试卷，右手握着笔，在试卷上轻点了下："今晚讲化学，先看这道题⋯⋯"

不知道是不是因为昨晚那道物理难题，让不吃绿豆觉得边慈悟性高，今晚讲的知识点比平时更深，边慈感觉些许吃力，有几处不吃绿豆停下来讲了两三遍她才懂。

等讲完事前安排的课程量，言礼再看时间，马上半夜两点。

"今天先到这儿，你明天看看，有什么不懂的，晚上再讲。"

"好。"

边慈退房间前，注意到左下角有个磁盘小图标，出于好奇点了一下，结果她发现这段时间课程的视频都被系统自动保存在个人云端里，方便用户课后复盘。

言礼见边慈迟迟没退出，以为她还要继续熬夜，出声提醒："不早了，去睡觉，学习不差这一时半会儿。"

边慈解释："没有，我是刚刚才发现课程视频都自动保存到云端了，这样我有什么知识点忘了，可以自己复盘回看，省得你再跟我讲一遍，这功能好人性化啊。"

言礼却反驳："你忘了我再跟你讲就是，不用去复盘，浪费时间。"

边慈又一次感觉到学霸是大好人，隔着屏幕点头："好，谢谢学长，我下线了，晚安。"

"晚安。"

周一，周考结果出来，整个年级，那道物理大题拿到满分的就两个人。

一个是言礼，物理考了110分，又是满分。一个是边慈，物理只考了71分。而物理单科年级平均分就有93.92。

整个早自习，各班级私底下都在小声议论这件事，最开始话还没那么难听，一节课的工夫，考试那天边慈就坐在言礼隔壁的事情传出去后，议论声就变了味。

课间休息，边慈照例去办公室交全班的语文作业。

边慈一走，教室里就开始嘀嘀咕咕议论，尤其是言礼座位周围。

"那道大题边慈怎么做出来的？太奇怪了吧。"

"我也觉得。也不是说她作弊啦，可年级就两个人做出来了，言礼考了满分，她还坐在人家旁边。"

"你们说话不要这么刻薄，边慈从体校转过来的，理科成绩不好，重点班压力大，着急是人之常情吧。她可能就是太想证明自己了，理解一下。"

陈泽雨拼命给这几个说话的递眼色，示意他们闭嘴。那几个人见言礼一直握着手机，脑袋低垂，心情不太好甚至有发火的前兆，心里微微发怵，没再说什么。

唯有刚才让大家说话不要太刻薄的佟默，反而走到言礼座位前，笑得很善解人意："边慈肯定不是有意的，你不要生她的气。"

言礼回她一声凉凉的笑。

佟默笑意凝固。言礼握着手机站起来，椅子跟地板的摩擦声，在此刻显得格外刺耳。

可能是脸上没什么表情，嗓音语气都很冷，他扫了佟默一眼，问："这些话是边慈让你说的？"

佟默摇头："不是啊。"

言礼又问："那你亲眼看见边慈作弊了？"

佟默开始心慌："没有没有。"

言礼问完，替她总结："所以你是什么都不知道，还要做'理中客'。"

眼看气氛不对，陈泽雨赶紧跑出来打圆场："行了哥，都一个班的，别较真。"

也是刚刚好，有个外班的同学跑进来，替老师传话："言礼、边慈，政教处主任让你们去趟办公室——"

陈泽雨趁机跟言礼说："主任找你，快去快去。"

教室里这么多人看着，佟默感觉丢脸，试图挽回局面："言礼，你误会我了，我不是那个意思，边慈她肯定不会……"

没等佟默把话说完，言礼推开陈泽雨，径直往教室外走。

无视有时候就是最好的羞辱，佟默杵着，眼睛渐渐红了。陈泽雨一看吓一跳，他可哄不好这个，跑去找明织求助。

明织走过来，拉着佟默回座位，嘴上说着安慰的话。佟默越听越委屈，闷声低喊："言礼他什么态度啊！我明明一番好心，成绩好了不起，傲给谁看呢！"

明织不太耐烦，拍拍佟默的肩膀，敷衍道："好了，你也少说两句。"

言礼一口气跑出了致远楼，上课铃像是一种变相的提醒，提醒他必须做点什么。

手机信号还是很弱，言礼快步往操场走，等信号恢复得差不多时，他登录App，点开边慈的头像，进入私信聊天界面。

言礼快速输入"其实我就是言礼，政教处要查周考的事情，问到你，你就如实说，云端不是有视频备份吗？说不清你就交出去，这件事怪我，我跟你道歉，边慈你"，他还没打完字，那边先跳出来两条信息。

爱吃红豆：学长，有个紧急情况，那道物理大题，年级只有我和第一名做出来了,我成绩不好,考试又坐在第一名旁边,现在事情有点说不清楚,我不想让老师和同学误会我作弊。

爱吃红豆:所以我现在需要把对应的课程视频,交给学校领导自证清白。可能等不到你回复了,如有冒犯,事后我向你郑重道歉。还有一句话,不知道该跟谁说,就告诉你吧。其实今天成绩刚出来的时候,我特别开心,原来第一名才会做的题,我这个最后一名也能做,谢谢你教我做题,让我知道,我并没有大家眼里那么差。

言礼看完这两段话,心口堵得难受。

现在表明身份,只会让边慈陷入尴尬,犹豫再三,他只能把打好的字全部删除,重新输入新的,并转身往政教处的方向走。

不吃绿豆:当然可以,该道歉的人是我。
不吃绿豆:你本来就不差,你是最好的,一直都是。

3

看见不吃绿豆的回复,边慈倍感安慰。

一个连面都没见过的网友,始终对她存有善意,并且愿意鼓励她、帮助她渡过难关。

在她身边,可能也有像不吃绿豆这样的人,只是她自己不够勇敢,不敢去试探。

从早自习到课间,明织有好几次想提起这件事,都被边慈生硬地转移了话题。

她害怕从明织眼里看见跟其他人一样的失望怀疑,害怕听到明织问自己——边慈,你真的作弊了吗?

还有言礼,二班除了明织,跟她关系最好的人就是言礼了。

可是她连回头看他一眼的勇气都没有。她不知道言礼会怎么看她,毕竟他也是当事人之一。信任就像一张纸,一旦起皱,展开只剩下褶。

边慈不想让这张纸被不相关的人踩踊,她必须要解释清楚,还自己一个清白。

整理好心情,边慈收起手机,抱起手边的作业本往致远楼跑。

跑进办公室,邱越明还在,边慈放下作业准备回教室,却被他叫住:"等一下边慈,先去政教处办公室,张主任在找你。"

边慈不用想也知道是什么事,她没多问,只说好。

周考的事情邱越明略有耳闻,见边慈心神不定的样子,连头发都跑乱了,不免心软,出声安慰道:"别担心,老师相信你是个好孩子。"

边慈心里泛起一阵酸,她闷闷"嗯"了声,留下一句谢谢老师,快步离开了办公室。

政教处在知行楼,跑过去不算近,天上的太阳已经冒出头,边慈跑到楼下时浑身散发着热气，碎发贴在额头，马尾摇摇欲坠。

反正已经晚了，不能这么狼狈去见人。

边慈拐进一楼的卫生间，洗了个冷水脸，重新扎好马尾，再看镜子，里面的人精神了许多。

边慈将擦过水珠的纸巾团成团，抛进水池边的垃圾桶里，深呼一口气，做好心理建设，往三楼的政教处走。

政教处的门虚掩着，边慈轻叩了下门，轻声喊道："报告。"

话音落，办公室里的谈话声也停了，安静三秒，里头传来严肃的一声："进来。"

边慈推门而入，在场的老师不多，就张主任、关飒以及教物理的吴老师三个。

言礼比她先到，在办公桌前站着，不知道在她到之前，老师们跟他聊了什么，他的脸色是少有的难看。

边慈到言礼身边站定，他的视线在她身上只停留了短短几秒，里面的情绪太复杂，边慈没有读懂，但总归不是愉快的意思。

可能他觉得很烦躁吧，因为一件跟他没关系，某种意义上他还是受害者的事情耽误了上课，还要在这里接受三个老师的质问。

想到这里，边慈下意识地攥紧裙边，内心平添几分不安。

桌面上摊着两份物理试卷，关飒率先站出来打破局面，对边慈说话的语气还算温和："边慈，别紧张，老师们叫你来就是想问问情况。"

边慈稳住心神，点了点头："我懂，老师你问。"

关飒拿起边慈那份试卷，翻到最后一道大题："这道题，是你自己做出来的？"

边慈毫不犹豫："是。"

吴老师坐不住，走过来插话："边慈，这道题是从五中内部的竞赛题库挑的，前两问很多同学都能拿到分，难在最后一问，它是用来拉分差的，你知道吗？"

出自竞赛题库？最后一问用来拉分差？边慈还真不知道。

不吃绿豆会细讲这道题，只是因为它刚好集中了这半个月讲过的知识点，很适合做经典例题罢了。

张主任没有两个老师这么有耐心，板着脸，半劝导半威胁："边慈，成绩差不可怕，可怕的是品行不端，你是毕业班的学生，只要你勇敢承认错误，这件事学校会从宽处理，给你改过自新的机会，不记入个人档案。"

边慈神色坦然，有条有理地解释道："我不知道这是竞赛题，但这道题是我自己做出来的，因为在周考的前一天晚上，我的补课老师给我讲过原题，所以我拿到了满分。张主任，我成绩确实不好，但我不会作弊。"

边慈从关飒手里抽出自己的试卷，翻到前面的选择题部分。

这次考试的选择题，涉及她比较多的知识盲区，所以这部分丢分严重。

一道选择题6分，总共7道，边慈指着选择题评分栏的数字"18"："说句冒犯的话，张主任，如果我铁了心要作弊，我为什么不直接抄选择题？

"选择题就一个字母，大题有字母有数字有符号，步骤繁多，对视力要求高，能配个放大镜最好。假设这些条件在考试的时候我都具备好了，我抄到最后顶多拿17分，而我抄7道选择题已经有42分了，这么简单的数字比大小，我还是算得清的。"

张主任没料到边慈看着文静乖巧，嘴皮子翻起来会这么厉害，他一时没反应过来，边慈已经掏出了手机。

视频进度条事先被她拉到讲这道题的位置，边慈按下播放机，把手机递过去："这是那晚上课的视频，我的个人云端有时间记录，老师们请看。"

不吃绿豆的正太音在办公室响起，瞬间将严肃的氛围打乱，勾起了老师们的带娃回忆。老师们明显一愣，边慈反过味来，淡定补充："我的老师说他声音太难听，所以用了变声器。"

站在旁边的言礼很心塞。

如果这世界上有比掉马甲更尴尬的事情，那它的名字一定叫公开处刑。

三位老师顶着强烈的不适，看了几分钟这段视频。时间和题目都对得上，足以证明边慈的清白。

关飒和吴老师看完视频向边慈投以欣慰的目光，张主任被边慈怼了几句，面子有些挂不住，看完视频，非让边慈再讲一遍解题过程。

边慈丝毫没推辞，连试卷都没看，就这么干站着，从第一问讲到了第三问，思路清晰，惹得吴老师频频点头表示赞赏。

说完最后一个步骤，张主任看向吴老师，后者毫不吝啬夸奖："说得不错，下午我的课评讲试卷，最后这道题你上台给同学们讲。"

明面上是让她讲题，实则是让她亲手把上午丢掉的脸面捡回来。

印象里这个吴老师一直不太喜欢她，因为她会给二班拖平均分，导致物理总考不过一班，而一班的物理老师跟吴老师是死对头，两人明里暗里斗二十多年了。

边慈不免感动，诚恳地说："谢谢吴老师。"

关飒搂住边慈的肩膀，护犊子意味十足，看向张主任："既然事情都查清楚了，我的两个学生可以回教室上课了吧，张主任？"

每个人都在堵他的嘴，最后他反而里外不是人。张主任不耐烦地挥挥手，下逐客令："都走都走，别在我办公室碍眼。"

关飒赔笑："得嘞，麻烦主任了，主任你先忙。"

吴老师端起自己的茶杯，慢悠悠地说："我也走咯，回去备课。"

一行人走到门口时，张主任厉声叫住关飒，怄气一般甩了句："关飒，下次周考别安排言礼和边慈坐在一起，徒生误会，浪费时间！"

吴老师资格老，才不怕区区一个政教处主任，笑声回荡在走廊。

关飒不敢这么放肆，强忍住笑，顺老虎的毛："了解，谨遵主任指示！"

张主任骂个不停："滚滚滚！"

从知行楼出来，等张主任听不见他们说话的声音了，关飒才对边慈说："你今天受委屈了，下午上课前我去班里开个小会，跟同学们说说。边慈，老师希望你不要因为这件事产生心理负担，好吗？"

边慈轻轻摇头："不用了飒姐，事情查清楚了就好。"

关飒却很坚持："我是班主任，你是我的学生，你受了委屈，其他同学不了解情况误会你，从中调解是我的职责。"

"那好吧。"边慈隐约猜到关飒在担心什么，索性表了态，"我不会有心理负担，也不会因为这件事对同班同学心生怨怼，现阶段学习最要紧，我都知道。"

话都被边慈说了，关飒正好省了心，没再多言。

倒是言礼，从头到尾都没怎么说话，沉默得反常。

关飒关心完边慈又关心他。男生跟女生不一样，贴心肉麻那一套用不上，她改用调侃的口吻："我们第一名怎么不吭声了？之前小嘴叭叭的，还抢脏水往自己身上泼。"

脏水？边慈听得一怔，问："什么脏水？"

言礼后背僵直，含混不清地回答："没什么，飒姐乱说的。"

关飒"嘿"了一声，奇怪道："我怎么就乱说了？先前跟张主任顶嘴，说什么'你凭什么认定是边慈抄我，怎么不怀疑是我抄边慈？做领导不能太双标'的人不是你吗？

"言礼，我也要说你两句，你别仗着自己成绩好，就不把学校领导放在眼里，我们对领导基本的尊重还是要有的，这俗话说得好……欸，你跑什么，我的话还没说完呢！"

言礼最开始只是加快脚步，被关飒这么一嚷嚷，直接跑了起来，他腿长个高，一步顶别人两三步，跑过拐角只留下一道残影。

边慈整个人完全傻掉。

关飒无奈地笑了下，跟边慈小声说："害臊了这是，脸皮还挺薄。"

边慈还惦记着言礼那句话，木然地问关飒："飒姐，那句话真的是言礼说的吗？"

"是他说的，原话就那么冲，我可没添油加醋。你说这言礼平时性格多好，冲动起来还是没个度，到底是年轻啊……不行，回头我还是得找他谈谈话，这都复读了，可别惹事留下什么污点影响前程，成绩再好不能这么造。"

关飒絮叨劲上来挡都挡不住，边慈偶尔回她一个嗯，思绪早就随着那道残影飘走了。

回到教室还没下课，边慈也不好找言礼说话，只能坐下先听课。

边慈刚把课本翻开，明织就偷偷递了一张字条过来。

我相信你，你不可能作弊，这话早自习我就想说了，可是你一直打断我！气

死我了！算了，原谅你，张主任没为难你吧？这件事要怎么处理？要不然下课我们去保安室问问，看能不能查监控？

  这张字条很小，可是平平整整，没有一丝褶皱。
  边慈眼眶温热，鼻子酸得要命。
  相信她的人不止不吃绿豆一个，她在五中遇见的每一个可爱的人，原来都会为她点亮一盏灯，温暖地照亮她的心。
  边慈没有在这张字条上回复，她把字条小心翼翼地放进笔袋，然后另外撕了一张便利贴，写上字递给明织。

  那道大题是我的补课老师教我做的，我把上课视频给老师们看了，事情已经解释清楚，放心吧。

  明织看完，手背在身后，竖起大拇指给她点了个赞。
  边慈用大拇指跟明织碰了一下，两个人都笑起来，她用只有两个人才能听见的音量，凑到前面，对明织的后背说："谢谢你，小织。"
  明织拍了下她的手，转过头笑骂："笨死你算了。"
  下课铃一响，边慈刚起身准备找言礼说话，结果他的动作比自己还快，拿着卷子就往办公室走，跟后面有鬼追似的。
  没辙，边慈只好等他有空的时候再去。
  这一等就等了一天，晚自习下课，看见言礼第一个冲出教室，边慈可以确定，他在躲着她，因为平时他们都是一起回家的。
  边慈收拾好书包，跟明织一起出校门。
  在校门口分别后，边慈往左，走了两步想起有张卷子没带，转身原路返回，一抬头就看见了言礼。
  他不知道从哪里冒出来的，不过从这一脸错愕的表情来看，估计一直跟在她后面。
  边慈有点想笑，怕笑出来言礼臊得更厉害，还是忍住了，只像寻常聊天那样问他："你不是先走了吗？"
  言礼沉默了一瞬，答非所问："我们顺路。"
  边慈假装没看出他的别扭，就着他的话问："我卷子拿漏了，要回去拿，你是先回家，还是等我一起？"
  言礼找了个很生硬的借口，用无所谓的口吻道："哦，我好像也拿漏一张，一起。"
  他这么努力圆场，边慈都舍不得拆穿了。
  回教室拿好试卷，再下楼时，校园里已经没有什么人，走读生走得差不多，住校生在教室上第四节自习。

往校门口走的这段路静得过分，白天的绿荫到了晚上被晚风刮得哗哗响，显得鬼影憧憧。

边慈不敢往旁边看，但眼神又不知道往哪儿放，回了一下头，整座学校被夜色笼罩，教室里乳白色的光透在玻璃上，从远处看，像是悬在半空中的光斑，夹杂在绿荫中，连风声也变得温柔。

她顾着看灯，脚步没跟上。言礼在几步之外停下，出声叫她："边慈。"

边慈扭过头，小跑两步追上去，趁着气氛好，憋了一天的话，终于找到了说出口的机会："言礼，我想跟你说谢谢，不能说我也要说，就当破个例好了。你相信我，还帮我在张主任那里说话，我真的很开心。"

似乎过于煽情正经了点，边慈又补充："所以我打算请你喝一周的奶茶，口味随便挑，你不能拒绝，再贵的我也请不起了。"

两句话无声化解了围绕言礼一整天的窘，边慈把话说到这个份上，除了接受，他还能说什么呢。

总不能一直别扭着，男子汉大丈夫，给台阶就得下。

"别太甜就行，我不挑。"言礼说。

边慈见言礼恢复正常，松了一口气，笑着打趣他："胡说，你红豆都不吃，这还不挑？"

言礼轻声反驳回去："你不吃绿豆我说什么了？"

边慈理亏，手腕交叉，做了个就此打住的手势："我们半斤八两，谁也别挤对谁。"

"我同意。"

后来不知道是谁起的头玩英语接龙，两人词汇量相当，快到文具店门口时都没分出胜负。

"equal（能力）。"言礼回答。

边慈灵机一动，接连标出三个单词："location（地点）、net（网）、tight（不适的）。我赢了，我说了三个！"

言礼回过神来，说："哪有你这么耍赖的。"

边慈说得那叫一个理所当然："马上就到家了，总要有个结果，明天让你赢。"

家和明天都是令人浮想联翩的字眼，言礼心想，输了把游戏，赢了个好心情，也值了。

"边慈。"

身后传来一道陌生的男音。

边慈和言礼同时回头。

店外门廊站着一个穿着运动服的平头男生，目光穿过昏暗的光线，牢牢锁在边慈身上。

"你怎么才回来？"

边慈看不太清人，只能凭着声音不确定地问："赵维津？"

"不然呢？"赵维津抬步走到边慈面前，单手插兜，又气又怨，"除了我，还会有谁在这儿喂几个小时蚊子等你啊。"

说完，赵维津看着边慈身边的言礼，微抬下巴，问："哥们儿，你是谁？"

来者不善，语气欠揍。

言礼赢来的好心情瞬间全无，谁让他心情不好，那人心情也别想好。

言礼望向赵维津，对视数秒，轻嗤了声："哥们儿，你站我家门口，还问我是谁？"

言礼一句话扎到赵维津的心口，而且这一刀下去，还必须是噗噗直往外飙血的那种。

果然，赵维津嗓门猛地抬高，逼视言礼："这是你家？"

言礼点头："对，我家。"他有意无意往边慈身前挪了一步，以一种护食的姿态，眸光从眼尾瞥向赵维津，"我的。"

4

人都挑衅到自己眼前了，赵维津哪可能还会忍。

言礼往边慈身前站，赵维津就抓住边慈的手腕，将人拉到自己身边，不耐烦地说："你家就你家，什么你的，说句话主谓宾都不全，谁听得懂。"

"你把嘴巴放干净点。"

言礼上前捏住赵维津的手腕往旁边掰，他手劲不小，赵维津没料到这个长了副好学生皮囊的人会动手，毫无防备，等回过神时已经占了下风。

边慈顺势抽出手腕，手腕上留下几道手指红痕，她皮肤白，看起来更加明显。

入目几道红，言礼的心顿时被拧了一下，他一把甩开赵维津的手，赵维津踉跄两步，还未抬头就被他冷言警告："要动手冲我来，拿女生逞什么威风？"

毕竟赵维津的本意也不是想伤害边慈，他自知理亏，也感到愧疚，但在边慈以外的人面前示弱，他也做不到。

"这是我和边慈的事，你少插手。"

眼看两人越闹越凶，颇有扰民的势头，边慈恼火得很，站出来对赵维津说："行了，赵维津，这是我同班同学，你能不能好好说话？"

边慈一凶，赵维津就老实了，可他看这男的还是不爽，尤其是边慈凶他的时候，这人还似笑非笑地看着他！

他以为他是谁，不就一个新同学！

赵维津低头去拉边慈的手："疼不疼？我看看。"

边慈却缩手，往后退了些。

赵维津丢了面子又被捅了刀子，还不招人待见，顿时气恼道："至于吗边慈，为这么点小事你就跟我闹脾气？"

边慈不想跟他吵架，扯开了话题："你来找我做什么？"

说到这个，赵维津更来气："你转学这么大的事情都不跟我说，今天我不来找你，你是不是打算一直不见我了？"

"没有，我只是……算了。"边慈看向言礼，说，"言礼，你先回去吧，我跟他说点事。"

落在赵维津眼里，他自己活脱脱成了一个外人："你跟他交代什么行踪，我们——"话没说完，边慈一记眼刀飞过来，他只能把后半句憋回去。

言礼的嘴唇抿成一条直线，视线在边慈身上停留了半分钟，最后收回，沉沉地"嗯"了声，越过赵维津，进店关门，只剩下门框上挂着的风铃在清脆地响。

边慈感觉言礼好像有点生气。

说来也是，明明几分钟前他们还有说有笑，没多久就被她朋友莫名针对，脾气再好的人也会生气吧。

回头一定要找机会道个歉。

边慈收回思绪，暂时把刚才发生的不愉快抛到脑后，对赵维津平静地说："走吧，找个适合说话的地方。"

"你想吃什么，我请你？"赵维津笑起来，讨好似的去扒拉边慈的书包，"我帮你背。"

边慈拍开他的手，脸色挺凉的："附近有家便利店，去那儿说？"

赵维津连连点头，不敢再惹她不高兴："好好好，都听你的。"

平时五六分钟的路程，边慈有意加快脚步，只用了三分钟。

赵维津比边慈小一届，是省跳高队的队员，暑假一直在外地集训，为十月份的比赛做准备。

比赛前后不能外食是硬性规定，边慈也不饿，买了两瓶矿泉水，结完账找了个靠窗的小方桌坐下。

边慈递给赵维津一瓶，开门见山地问："你怎么知道我住这边？"

赵维津拧开喝了一大口，水直接没了一半，拧上盖子，他才回答说："翻我妈房间，找到了你的租房合同。"

"何教练知道你来找我了？"

"她不知道。"

边慈没好气地说："你逃课来的，她迟早会知道。"

赵维津嘿嘿赔笑："大不了挨顿打，我又不怕。"

老实交代完自己的情况，赵维津开始问边慈："你到底为什么要转学？年底国家队的冬训名额，我妈绝对要报你的名字上去，你这成绩，国家队教练肯定看得上，就差临门一脚了，你怎么还往后缩？"

离开体校那天，周见萱说过类似的话，面对不同的人，边慈还是同样的回答：

"医生说我至少要休养半年，何教练让我听医生的话。"

赵维津难以置信："你的腰伤有那么严重？"

边慈淡声道："医生说的。"

赵维津骂了声，接着说："那你也不用转学来靠文化课高考啊，走体考进最好的体大，对你来说轻而易举。"

"我不进体大，我要去综合类大学。"

边慈摸出手机看了眼时间，马上十点二十分了，今晚的课肯定赶不上，她点开不吃绿豆的头像，发了条请假的私信过去。

赵维津见边慈还有心情玩手机，伸手叩了下她那边的桌面："你到底有没有听我说话？"

边慈摁灭手机："听着呢，你说。"

赵维津语速加快，比边慈这个当事人还着急："排名靠前的综合类大学也有体特生名额，你是国家一级运动员，这些年比赛成绩又那么好，闭着眼睛都能进，你走普通高考，最多上普一，这笔账你算不清楚？"

边慈反问赵维津："体特生报考综合类大学，只能进体育相关专业，你忘了？"

"没忘，这怎么了？"

"我想学别的。"

"学什么？"

"没想好，反正不是体育专业，看高考分数再定。"

赵维津越听越不对劲，一个更不对劲的念头突然冒出来，他试着问："你该不会打算彻底放弃体操了吧？"

边慈用沉默回应。

赵维津太难接受这个事实，情绪激动，噌地站起来："高考前进不了国家队有什么大不了，明年你肯定能进，为这点病痛就放弃职业生涯，边慈你疯了吧！"

赵维津这一声吼，引得便利店的客人和服务员频频回头看。边慈感到一阵头疼，手掌挡着侧脸，压低声音冲他说："傻死了赵维津，你给我坐下！"

赵维津别过头，气得胸口痛，缓了好一会儿才拉回椅子。

边慈只能尽量温和地跟他解释："你不用这么惊讶。其实我就是吃不了苦，体操总是让我受伤，从小到大睁眼闭眼就是训练比赛，我明年就成年了，维津，我想过一种没有体操的生活。"

赵维津听完忍不住冷笑："你吃不了苦？边慈，你骗鬼呢。每年过生日，你都不吃蛋糕，宁可去蛋糕店外面对着橱窗许愿，还安慰自己这样省钱又不长肉。初一的时候，你比赛，队里让自费买服装，不交服装费不让上场，你爸死活不给钱，你就去食堂求阿姨让你偷偷洗盘子，就一件三十块钱不到的破衣服，你整整洗了一个月的碗，最后比完赛直接晕在后台，差点把我妈吓死。

"我妈把你从林水镇带回来那天，我们就认识了。八年了，边慈，我认识你八年了,你要骗我也找个聪明的理由,我不是傻子,我有脑子,我知道你是个什么样的人,体操就是你全部的希望。"

这是赵维津第二次跟她正儿八经说这么多话。

第一次是半年前那场毫无铺垫的表白。

两次都让边慈不知道要怎么回答,上次是怕回答不好,伤害这八年的友情,这次是怕再说下去,她会自揭伤疤。

便利店的客人走了一拨又进来一拨,外面那盏路灯隔二十七秒会闪一次,在它闪第三次的时候,边慈收回落在虚空处的目光。

"你说得对,体操就是我的希望,但不是全部的。我妈离家出走那天,我就明白了一个道理,人这辈子不能只靠一个希望活着,否则,一旦它毫无预兆地走了,被留下的人会感觉活不下去。

"体操现在对我来说就是如此,我不想再做被留下的那一个,如果离别不可避免,我宁愿是我先走。"

赵维津在边慈眼里看见了决绝,他知道她不会再回头了。

"这些事周见萱知道吗?"赵维津问。

边慈:"不知道,我没跟她说,怕影响她准备冬训。"

赵维津顿时心理不平衡了:"那你就不怕我影响比赛?"

边慈扔给他一个白眼:"气得大吼大叫非要打破砂锅问到底的人,难道不是你?"

赵维津有点委屈。

"但你千万别受影响,何教练不跟你说,就是怕你意气用事,你争取今年进国家队,也算了了她一桩心事。"

"我知道,不用你说。"赵维津靠在椅背上,满脸愁容,"突然觉得好没意思,以前明明约好一起进国家队的,你、我、周见萱,我们铁三角组合再也凑不齐了……"

边慈没接茬,越接越伤感,没有必要。

这时,手机屏幕亮起,几分钟前发出的私信,不吃绿豆现在才回复她。

不吃绿豆:什么私事?很重要?

爱吃红豆:挺重要的,我发小来找我。不过现在处理得差不多了,我半小时内能上线,今晚还上课吗?

不吃绿豆:不上了。

爱吃红豆:好,学长你早点休息。对了,周考的事情已经解决好了。

不吃绿豆:嗯。

奇怪。上午明明还好好的,晚上怎么这么冷淡了?

心情不好？身体不舒服？跟女朋友吵架了？咦，学霸有女朋友吗……好吧，她也不知道。

算了，学霸心海底针，岂是我等学渣能参悟的。

从便利店出来，赵维津坚持要送边慈回家。走到文具店楼下时，他到底没憋住，问出了口："你不练体操，跟刚才那个男的有没有关系？"

边慈好笑地看着他："你这脑补能力不写小说可惜了。"

赵维津旁敲侧击："那男的长得挺帅，校草吧。"

边慈不以为然："难得听你夸回人。"

赵维津冷哼一声，不服气道："就算是校草，也跟我还差一截。"

临走前，赵维津还是不太放心，跟边慈没头没脑强调了句："边慈，反正你记好，是我先认识你的，起码比那个什么校草早。"

边慈学他的语气："赵维津你也记好，我们是永远的朋友。"

赵维津的心脏又中了一枪，暴躁地喊停："行了行了，你别说了，没一句我爱听的，走了！"

边慈冲他挥手说再见："路上小心，专心训练，我等你和萱萱的好消息。"

"知道了，保持联系。"

"好。"

店门已关，边慈只能从后面的侧门进。

边慈从包里摸出钥匙，顺便打开了手机手电筒。从侧门玄关上楼梯那段路没有灯，一到晚上关了店就特别黑。

边慈拧门锁，压把手，轻推开门，握着手机对准前方，然而从手电筒发射出去的一束光，很快消失在一片更强烈的光里。

玄关的塑料凳上放着一个充电台灯，将这段黑暗的路照得通亮。

前几天，麦麦跑到言礼房间玩，失手弄坏了台灯，小朋友怕挨骂，赶紧跑下楼拿了个新的给她哥补上。货架高她够不着，还是拜托边慈帮她取下来的。

当时麦麦赔给言礼的新台灯，就是现在放在塑料凳上的这个。

临别时分明是已经生气的样子，可是又会记得给她留灯，不知道该说他温柔还是傲娇。

边慈关掉手电筒，拿起台灯走上二楼。她没着急回屋，走到言礼门前，从门缝里透出来的光落在她的鞋面上。

伴随咚咚两下敲门声，鞋面上的光唰地飞快消失，快得边慈根本没来得及开口。

还是说傲娇比较贴切。

说不上为什么，边慈就想逗逗这个傲娇怪。

"言礼，你睡了吗？"边慈贴着门，小声问。

果然，门里没有传来任何回应。

边慈开始自导自演、自言自语："睡这么早啊，台灯给他放门口好了。"

说完，边慈放下台灯，很快又悄悄捡起来，拿着台灯往自己房间的方向走，做出离开的假象，实则躲在楼梯口靠边那面墙后面暗中观察。

　　过了大概四五分钟，边慈听见房间内响起了脚步声，她探出头往外看。

　　房间门被打开，光从一条细线变成不规则的块，言礼站在门口，脸上丝毫不见困意，四处看了看，许是没发现台灯，眉头蹙得更紧。

　　言礼没打算多找，还有一堆作业没写。他准备回屋，左肩膀冷不丁被人从后面拍了下，他往左看，没有人，女孩的声音在右侧响起。

　　"你在找这个吗？"

　　边慈捧着台灯双手递上，眼神带笑："看来这台灯很重要嘛，你睡那么熟，它都能把你叫醒。"

　　物件哪会叫人，分明是在调侃他装睡。

　　言礼自知掩饰得太拙劣，接过台灯，视线没往边慈脸上停留一下，只回了一个"嗯"。

　　晚自习下课那阵，边慈已经见识过一次言礼的傲娇程度。

　　男生都是要面子的，边慈笑归笑，也知道点到为止，跳过台灯这个话题，放下手说："我替我朋友跟你道个歉，他性格比较暴躁，其实不是针对你，你别往心里去。"

　　这话客气有礼，可就是听着不顺耳，言礼无意迁怒于边慈，心头的无名火还是烧得滋滋响。

　　"不是针对我？"

　　边慈本来不想细说，毕竟也不是什么值得挂在嘴边的光荣事迹。

　　但言礼的语气过于强势，明明他没有做出任何动作，只是一动不动地看着她而已。

　　气氛僵持，边慈败下阵来，无奈地解释："只要在我身边出现的男性，都会被他针对一次。"

　　"都会？"言礼倏地轻笑，"你和他是朋友吧？"

　　边慈乐得轻松："是，不过也没什么，就当还我清静了。"

　　"所以你其实是允许他过界的？"

　　"你说谁？"

　　"你那个朋友。"

　　边慈摇头："谈不上，他始终是我的普通朋友。"

　　"你们认识这么久，就只是普通朋友？"口吻平静，像是随口一问。

　　边慈听出言礼的话外音，索性直说了："我没有时间去想别的，每天要做的事情太多了。"然后顺便礼尚往来关心回去，"你对这个话题这么感兴趣，莫非有认识很久，但没办法再把对方只当成朋友的存在？"

　　言礼承认得坦坦荡荡："有。"

5

边慈稍微一愣："你们现在怎么样了？"

"老样子。"

"为什么？"边慈顺势猜测。

"她还不知道。"

"那你怎么不说？"

"她跟你一样，没时间想别的。"

边慈没想到自己会无意间揭开了少男心事的疤，尴尬又愧疚，在脑子里搜索了一圈，只吐出一句万金油安慰语："别难过，你条件这么好，以后会遇见更好的。"

没想到言礼还是个痴情种："不会有比她更好的了。"

边慈只能顺着他说："那你加油，她肯定会注意到你的。"

言礼附上身去，饶有意味地问："你怎么知道？"

她怎么会知道？

她当然不可能知道了，这不是为了安慰你在胡说八道嘛！

边慈很想这么说，只是在脑子里一过，感觉过于残忍，无异于在人家血淋淋的伤口上撒盐，于是又抛出一句更万金油的话："女生的直觉，你信我。"

"行，我信你。"言礼挺腰站直，似笑非笑地往屋里走，听不出是说着玩还是讲真的，"反正不准就找你负责。"

边慈一愣。

找她负责？负责继续用直觉画大饼吗？

边慈写作业写到大半夜，关灯没多久，窗外就开始刮大风。

闪电将夜幕撕开一道裂口，接着惊雷炸响，豆大的雨滴砸到周围房屋的雨棚上，耳边全是噼里啪啦的声音。

天亮还要早起上课，边慈不敢硬熬着，戴上耳机听不吃绿豆的课程回放，接二连三的公式数字无异于是催眠神器，听一刻钟就睡着了。

第二天起床时雨还没停，雨下了整夜，连日来的闷热总算有所缓解。

早晨开窗，混着泥土味的空气吹进来还带着点冷意，边慈出门前特意拿上了校服外套，以备不时之需。

什么都想到了，唯独忘了伞。也不能说忘了，以前用习惯的那把伞应该落在体校宿舍，边慈翻遍房间也没有找到。

外面的雨没有要停的意思，边慈背好书包下楼，问老板阿姨借伞。

阿姨翻箱倒柜找出两把闲置的雨伞，一把是小商场搞促销送的艳红色赠品伞，一把是麦麦幼儿园表演用过的道具小洋伞。

比对了一下，阿姨也选不出美丑来。

"粥粥用的那把伞大，能撑两个人呢，可惜他比你先走。小边要不你等等，我去隔壁店给你借把正常的。"

时间要来不及了，边慈也不想折腾人，心一横，拿起跳楼甩卖的赠品伞，拦住阿姨："不用了阿姨，我就用这把。"

边慈走得比平时快得多，越到校门口人越多，赠品伞回头率百分之两百，边慈被打量一次，就把伞往下拉一点儿。她知道自己这种行为有点掩耳盗铃的意思，可还是控制不住，直到伞骨钩住她的一缕头发，风吹来生疼，她才稍微举高了点。

幸好没几步就进入商业街，边慈收起伞，沿着屋檐走，淋不着雨又不用撑伞，两全其美。

"我头发没乱吧？镜子呢，给我再照照。"

"哎呀，你再啰唆下去，言礼都进校门口了，还能撑着伞一起走几步啊！"

"好吧，好吧，那我去了，祝我好运。"

"快去！"

边慈隐约听见言礼的名字，下意识地回头看，后面有两个女生。

"卷卷头"把雨伞放在自己朋友手里，摘下书包顶在头上，就这么冲进了大雨中，直奔言礼那行人的方向。

"卷卷头"在言礼面前站定，就这么几步，脸都被雨淋红了。

"学长，我没有带伞，可以跟你一起进学校吗？"

陈泽雨他们又是起哄又是"哦哦"乱叫，动静吸引了小部分路人的注意。边慈远远看着，感觉言礼一定会答应，不管是出于好心举手之劳，还是碍于情面不好拒绝。

结果都不是。

言礼看了眼"卷卷头"，把自己的伞塞到她手上："伞小，给你用了。"

同行的陈泽雨他们都骑的单车，身上穿着雨衣，没办法共享，言礼让他们先走，自己拔腿往屋檐这边跑。

"卷卷头"一脸蒙地撑着伞站在雨中，这下不只是脸红，连眼睛都红了。

言礼跑过来，看见边慈也在，微怔后，问："怎么不跟我打招呼？"

"没看见你。"这么说似乎不太准确，边慈又补充，"刚看见不久，还没来得及叫你。"

言礼拍掉手臂上的水珠，淡声道："来不及叫我，却来得及看我好戏。"

"你倒也不必这样拆台。"

边慈轻咳一声，别扭地岔开话题："你把伞送给那个女生，你自己用什么？"

言礼回答得理所当然："用你的。"

边慈感觉不太对劲，具体哪里不对劲又说不太上来。过了几秒，她问："你没遇见我怎么办？"

言礼就是不说陈述句："可我不是遇见你了吗？"

边慈重新换了一个问题："你为什么不答应那个女生的要求？"

"何必徒生误会。"

"所以，不想徒生误会就不同撑一把伞，这是你的逻辑？"

"对。"

边慈总算知道哪里不对劲了！

她惊讶地望着言礼："那你为什么要跟我撑一把？难道你……"

"嗯，我想让你误会。"言礼抢答，这话接得毫不回避，接完还知道绕回原题，"现在可以用你的伞了吗？"

边慈一怔。冷风吹过来，她很快清醒过来，感觉自己刚才不过大脑的猜测过于荒唐。

幸好言礼没有入心，边慈用笑掩饰尴尬："我开玩笑的，你这么说也太看得起这把伞了。"

言礼看了边慈一眼，脸上没什么情绪，转身说："走了。"

言礼在前，边慈在后，沿着屋檐走，谁都没再说话。

一直走到最后一家商铺，前面就是过马路的红绿灯口，空旷大平地，没有避雨的东西，只能撑伞。

边慈这才想起自己手上这把伞有多辣眼睛，她陷入要不要撑伞的犹豫之中。

言礼见边慈还没有撑伞的意思，奇怪地说："过马路了，伞给我。"

边慈脸上大写的抗拒，提议："要不我们跑进去吧，也没多远了。"

言礼却不赞同："雨很大，会感冒。"

边慈："我不怕。"

"我怕你感……怕我们感冒。"差点说错话，言礼直接上手拿，边慈还在旁边拦："别别别，这把伞它——"

"哗"的一声，赠品伞已经被撑开了。伞面在两人的腿前展开，艳红色的面料，荧光绿的"跳楼甩卖"字样，经典红配绿一贯能一秒抓住大众眼球。

言礼一怔。

边慈任由被命运宰割，面无表情说完后面三个字："——特别丑。"

言礼毫不犹豫地收回伞面，神情木然，只问："垃圾桶在哪儿？"

"你右前方50米有一个。"边慈缓过神，温声提醒。

言礼握着伞柄跑到垃圾桶前，将红配绿送回了它的归属地，自始至终没多看一眼。

边慈扯住校服外套的衣领，认真思考它能不能遮住两个人的头，还没思考出结果，就听见言礼说："食堂里有备用伞，我让陈泽雨送过来。"

边慈怕耽误时间，最后连累言礼也一起迟到，说："我有外套，要不然我们将就一下？"

言礼顾着看手机，头也没抬："淋湿了你穿什么？"

边慈一怔。

两句话的工夫，消息已经发了出去，言礼收起手机，叫上边慈："去那边等，风向变了，这里会飘雨。"

　　边慈收起思绪，应了声"嗯"，抬腿跟上去。

　　身后是卷帘门，眼前是雨幕，撑着伞的学生老师来往经过，唯独他们站在人家店门口，不走又不动，以静态将这一片动态收入眼底。

　　——最美的不是下雨天，是曾与你躲过雨的屋檐。

　　边慈脑子里没来由地闪过这句歌词，连她自己都吓了一跳，下意识地侧头偷看旁边的人。

　　言礼在玩俄罗斯方块，方块落得速度很快，边慈还没看清形状，就已经被他消除了一行。

　　人的视线大概是有温度的，结束一局，言礼抬眸触及边慈的目光，将手机往前递了递："想玩？"

　　边慈连忙摆手说不，从书包里拿出单词书看起来。

　　一个个高频词入眼，浮躁的心渐渐归于平静，她暗自长舒一口气，决定以后少听周杰伦的情歌，没事就多看看书。

　　清晨一场雨，让每个班的迟到人数翻了倍，关飒走到教室一看，发现走廊外站着的比教室里坐着的还多，气得比平时多训了五分钟。

　　早自习结束，罚站的陆陆续续进教室。

　　边慈刚坐下，明织就转过来，趴在她桌子上，八卦兮兮地问："听说言礼早上在学校附近被女生搭讪了？"

　　"你怎么知道？"

　　"言礼平时去小卖部买瓶喝的，后脚就有女生去跟老板打听，他买的什么水，自己也要喝同款。这种小事都一堆人盯着，更何况是上学路上的搭讪了。"

　　边慈从书包抽出马上要交的作业，听完明织的话，略感惊讶："学校喜欢言礼的人很多吗？"

　　"当然了，多的不敢说，平均两个班有一个吧。"

　　边慈放下作业，稍微算了下这个数量，由衷地感叹："长得太好看也是一种罪过。"

　　那些喜欢言礼的女生，要是知道他在暗恋里苦熬，不知道会作何感想。

　　这头求不得，那头给不起，有人被偏爱，有人被辜负。

　　爱慕者的眼中星，被爱者的脚下尘。

　　世间万物守恒，连情爱也不例外。

6

　　"那你罪过也不小。课间从咱们班门口经过好几次的男生，有一大半都是来看你的。"

说到这儿，明织突然想起一茬儿："开学那天，陈泽雨他们不是在校门口先见过你吗？回来就在班上胡侃，说我们班转来了一个女生，大家就问他好不好看，你猜陈泽雨说什么？"

边慈哪猜得到这个："说什么？"

明织挺腰坐直，咳了两声清嗓，有模有样学陈泽雨的语气和神态。

先是神秘的反问语气："好看？仙女下凡你说好不好看。"停顿了几秒，眉毛跟着尾音一起上扬，满脸得意骄傲，"隔壁一班不总显摆他们有级花吗？我这么说吧，以后我们有校花了。"

边慈笑得不行，明织说完也跟着一起笑。卢凝思满教室收英语试卷，听见两人的笑声，拐过来凑热闹，调侃道："那咱们班厉害了，完美收割校草校花。"

"那可不是。对了，"明织回过神，想到自己本来想问的话，一转话题，"我还听说，言礼是因为你才拒绝搭讪的？"

边慈有点无语："怎么可能，碰巧遇见了而已，不要听那些人乱讲。"

既然言礼这么无情地拒绝桃花，应该很不想被传绯闻，边慈想到这层，正经地强调："我跟言礼只是邻居，他有喜欢的人了。"

卢凝思作为专业八卦人士，从字眼里捕捉到关键词，眼冒精光，凑近边慈低声问："这位妹妹，你怎么知道他有喜欢的人？"

边慈实话实说："他跟我说的。"

卢凝思和明织同时震惊："你跟他表白了？"

边慈一头雾水："没有啊，这跟表白有什么关系？"

卢凝思贴心科普："因为言礼拒绝表白永远一句话，就是说自己有喜欢的人了。"

边慈还以为这是言礼只会跟朋友说的秘密，没想到她只是一个分母。

这是什么千年难遇的痴情种啊，被人表白都不忘自揭伤疤。

边慈瞬间对言礼的暗恋对象充满了好奇心："所以他喜欢谁？"

卢凝思无奈摊手："不知道，各种说法都有，但至今没得到过本人认同。"

边慈："是五中的吗？"

卢凝思："不知道，以前有个执着的桃花妹妹，被拒绝之后，多问了言礼一句那个女生是谁，言礼只说，是他以前的校友。"

明织接过卢凝思的话补充："所以，只要从幼儿园到初中，跟言礼同校过的女生，都成了桃花妹妹们的怀疑对象。当然，如果怀疑对象自己就是桃花，她可以自行脑补一段甜甜的恋爱了。"

边慈听完竟然词穷，好久才憋出几个字："我长见识了。"

"你以前跟言礼同校过吗？"卢凝思问。

边慈摇头："没有。我在老家的小学读到四年级，就转到体校了。"

卢凝思面露遗憾，又带一丝困惑："这样啊……我看他昨天那么生气，还以为他喜欢你呢。"

"生气？"边慈听出端倪，细问道，"昨天发生什么事了？"

卢凝思简单把昨天佟默和言礼的事说了一遍："昨天你不在，没看见言礼的表情，他平时挺亲和的，人又好相处，突然甩脸色真的挺吓人的。如果佟默是男生，两人话赶话，估计会打起来吧。"

这件事言礼一个字都没提，边慈只知道他在办公室帮自己说了话，没想到在教室还有一次。

明织注意到边慈脸上的细微表情，笑着说了句："你也说啦，言礼人好相处嘛，昨天那个情况，换成其他同学，他也会站出来的，不用过多揣测，同班同学之间发生口角多正常。就高二上学期，思思你跟你同桌因为什么事冷战来着？"

卢凝思成功被明织的话吸引注意力："她跟我用同款，还死不承认，到处说是我学她，这件事你都忘了！"

"对对对，想起来了，哈哈哈哈，卢凝思你好幼稚，这点事记这么久，人家都转班了。"

"很严重好不好，关乎我的风评好坏。"

…………

话题渐渐被带跑，边慈插不上话反而感到轻松。边慈知道卢凝思只是八卦没有恶意，但解释的话从她自己嘴里说出来，总显得有些欲盖弥彰。

幸好明织帮她说了，说完还自然地扯开了话题，避免她再次词穷。

上课铃响，卢凝思回到自己的座位，趁老师还没进教室，边慈戳了戳明织的后背，凑上去夸她："小织，你真是个好班长。"

明织听出她的言外之意，丝毫没谦虚，骄傲地应下："那是当然，不过只是好班长吗？"

"还是好朋友。"边慈从书包里拿出一颗喔喔奶糖，献宝似的呈上去，"小小心意，请好朋友笑纳。"

明织接过，拆了包装扔进嘴里："客气。"

边慈讨好地给明织捏肩："还有个事，我要买一周的烧仙草，给我打个折呗。"

又有糖吃又有人按摩，明织舒服得眯眼，阔绰道："买什么买，直接来店里喝，我妈可喜欢你了。"

边慈说："不是我喝，我请言礼喝，感谢他昨天帮了我。"

明织睁眼，侧头看她："你用一周烧仙草就把人家给打发啦？"

边慈停止手上的动作："那不然呢？"

明织伸手比了一个数字"2"，笑嘻嘻地说："至少两周，你多买我还能多赚点零花钱。"

边慈拍开她的手指，评价："你这个奸商。"

明织只问："那你买不买？"

任课老师夹着教案走进教室，明织高声喊起立。趁着全班问老师好的时候，边慈咬牙回答道："买，给我打折！"

明织爽快道："好说，给你第二杯半价。"

"成交。"

有上次周考的小插曲在前，这周六小考前，学校领导特地召集高三老师们开了个小会，讨论关于考试规范化管理的问题。

结论很简单，以后学校内部无论大考小考，一律打开教室监控。

本来是个不大不小的事情，周五上午一切正常，学生们也没有什么意见，可午休结束，风向就变了。

起因是平行班的一个女生跟重点班一个男生起争执。

女生认为这次学校安排大小考打开监控，明面是管理，深层含义是为了杜绝作弊行为，话里话外暗讽边慈并不无辜，如果边慈无辜，学校不至于在事情发生的第二个周六，就打开监控。

男生认为女生过度解读，重点班的同学不至于低劣到作弊。

女生听见"重点班"的字眼，感觉自己有被冒犯到，当场急眼，开始说学校搞成绩歧视，成绩不能决定一切，何况边慈只是一个从体校靠后门空降重点班的人，体校能有什么好学生之类的话。如果重点班愿意让这么一个人做代表，那她有理由怀疑，每次期末考试，从平行班考进重点班的那些人，到底是不是凭借自己真本事。

双方各执一词争论不休，最后老师下场教育，才结束了这场闹剧。

闹剧结束，可流言开始传播，又一次将边慈推到了风口浪尖。

各班老师在班级内解释了这件事，学生们表面嗯嗯啊啊应付过去，私底下的议论却不见少。

晚自习下课，关飒把边慈叫去办公室谈话，一番苦口婆心，大致意思就是让她不要在意流言蜚语，把心思都用在学习上。

边慈连声答应，可能状态看着太好，也可能是高三时间紧，这场谈话只进行了不到十分钟。

从办公室回到教室，除了少部分住校生在写题，就只剩下言礼一个走读生。等边慈收拾好书包，两人一起离开教室。

走出校门，边慈想起一茬，对言礼说："今日的奶茶我还没去拿，先去一趟店里吧。"

言礼"嗯"了一声，两人转身往奶茶店的方向走。

又是那个红绿灯路口，绿灯刚跳过，红灯要等一分半钟。

放学高峰期已过，等着过马路的人不多，更衬托出边慈的沉默。

言礼毫无铺垫抛出一个问题："你心情是不是很差？"

烦躁都挂在脸上,这时候否认也太假坚强了点,边慈扯出一个苦笑:"有点,你别理我,我自己缓过去就好了。"

言礼轻轻地扫了她一眼:"你自己能缓过去?"

边慈像惊醒的猫,瞬间振作起来:"当然了,我承受能力哪有那么差,今晚自习课我做题速度都比平时快,两张数学卷子我都做完了。"

人往往越刻意证明什么,越缺失什么。

言礼没有说话,等到绿灯亮起,边慈要往前走时,他出声拦住了她:"店里不用去了,回家。"

边慈奇怪地问:"为什么不去?几步路就到了。"

言礼不紧不慢地说:"你中午就请我喝过了,里面加的绿豆,你还说这是拜托明织妈妈做的特别版。"

边慈一愣,还真是,她居然给忘得干干净净。

言礼没给边慈反驳的机会,继续说:"不爽就骂,有委屈就讲,人长着一张嘴,不是只用来说我没事和谢谢你的。何况我一个大活人站在这里,最后你却只能躲被窝哭鼻子,算不算打我脸?"

边慈被言礼说得鼻子泛酸,耷拉着头,小声嘟囔:"我怕你觉得我像祥林嫂,会烦我。"

言礼轻笑:"你太看得起自己了,等你修炼到祥林嫂那个境界,我估计也入土了。"

这话听起来怪怪的,边慈抬头望着他:"你在夸我还是损我?"

"自己品。"言礼说。

"算了,就当你夸我。"情绪撕开一道口子,后面的话说起来就容易很多,"我觉得我好倒霉啊,又很冤,明明周一都说清楚了,结果今天又回到了周一,他们吵架关我什么事,我看作弊这个标签,我是撕不掉了。

"我成绩是不好,可也没有那么不好吧,再说体校生怎么了,人各有所长,让这些学霸去搞体育竞技,成绩估计比我们来搞学习更差。"

边慈连说了两句,没听见言礼吱声,停下来问:"你有听我说话吗?"

言礼开口道:"我在听,你说。"

边慈"哦"了声:"好……呃,我忘记说到哪儿了。"

言礼提醒她:"学霸搞体育竞技,成绩更差。"

"对对对,还有啊,学校分什么重点班平行班,是学校的意思,又不是我定的制度……"

边慈叽叽喳喳倒了一路苦水,体会了一把做祥林嫂的快乐。

等走到文具店门口时,她对言礼感激地笑了笑:"我舒服多了,作为回报,下次你心情不好,我也当你的情绪垃圾桶。"

言礼问:"这样就舒服了?"

边慈乐呵呵地说:"嗯,本来也不是多大的事情。"

"不想要个公道,查清这件事到底怎么回事?"

边慈沉思片刻,深知现实不可能事事尽如她意的道理,只能遗憾道:"学校都不查,我能有什么办法,等他们说烦了就不说了。"

言礼没有多说什么,以鼓励为主:"上楼好好复习,用成绩让他们都闭嘴。"

边慈点点头,备受鼓舞,甚至感觉自己有了后备力量支持。

"我这次争取考个班级倒数第二,如果老天爷保佑我的话。"

言礼从唇缝里挤出两个字:"出息。"

颇有恨铁不成钢又拿这人没丝毫办法的意味。

7

鸡血打得太过头,当天夜里,边慈凌晨四点才躺下,睡了两个多小时自然醒,精神头十足。

洗漱完时间尚早,边慈打算去学校食堂吃早饭。外面瞧着是阴天,她带上了前两天买的雨伞。

推开房门就飘来一股浓郁的食物香味,边慈细闻了闻,是豆浆油条,还有刚出锅的茶叶蛋。早上就吃这个好了,不知道食堂做的有没有这么香。

路过厨房门口,边慈听见店主夫妇和言礼说话的声音。

平时出门前碰见阿姨或者叔叔,边慈会打声招呼告知他们自己出门了,可是今天,要是她突然进去好像有点煞风景。

边慈犹豫了一下,选择悄悄出门,不打扰别人家的"其乐融融"。

边慈刚走两步,还未到前台,就听见从厨房传出来的脚步声,她下意识地加快脚步往店门口冲。

奇怪,她躲什么?她又不是做贼!

不只是边慈自己觉得奇怪,从厨房出来,准备上去叫边慈下来吃早饭的言礼也觉得奇怪。

眼看着人就要冲到店门口,言礼追上去,挡在她前面,垂眸问:"你跑什么?"

没有比莫名跑起来还被人抓住现行更尴尬的事情了,边慈用大脑里跳出来的第一个借口搪塞回去:"我赶时间,快来不及了。"

说完她就想撤回,这是什么惊天烂借口!

当面说出去的话并没有撤回键,好在言礼看破不说破:"不急,吃了早餐再走。"

边慈知道自己为什么要跑了。

她既不愿意打扰别人家的"其乐融融",害怕自己煞风景,也不愿意参与其中,害怕自己格格不入扫大家的兴。

她对"家"这个字眼既渴望又抵触,只是她平时不爱想这些东西。

本以为不想就不存在,没想到情绪狡猾得很,不在你眼前晃,就躲在你的潜意识里，随时可以跳出来支配你的行动。"

　　这些东西边慈没办法跟言礼说，她不知道要怎么说，更糟糕的是，她越急着找个拒绝的好借口，越是找不到。

　　两人站门口杵着，谁也不说话。

　　小姨没听见任何动静，放下碗筷从厨房走出来，正好看见店门口的两个人，纳闷问道："你俩干吗呢？过来吃饭，一会儿都凉了。"

　　找不到借口索性不找了，边慈扯出一丝笑容，婉拒道："阿姨，你们吃吧，我先去学校了。"

　　小姨走上前挽住边慈的手，直接将人往厨房带："时间还早，不差这一时半会儿的，边慈你来帮我尝尝茶叶蛋入不入味，我好久没做手生了。"

　　邀请转变为帮忙，边慈很难再说不。她嘴上答应着，回头向言礼投去求助的目光，结果这人倒好，不帮忙只帮腔："看我做什么，让你尝又没让我尝。"

　　边慈无语，真有你的。

　　厨房餐桌上放着一个小竹篮果盘，底部铺了一层油纸，用来装刚出锅的油条。

　　麦麦不在，今天周末小朋友不需要早起，可是桌子上摆了四副碗筷。

　　所以在她没下楼前，他们就计划了她的那一份。

　　小姨夫在灶前忙碌，用漏勺捞电饭煲里的茶叶蛋，听见脚步声，他举着漏勺转过头，跟小姨一样热情地招呼边慈："来了小边，快坐，马上开饭。"

　　小姨过去打下手，嘴里使唤言礼："粥粥把碗拿过来盛豆浆。"

　　言礼端着四个碗走过去，顺便问有没有加糖，他要多加点。

　　小姨说糖在橱柜最上面，要吃自己拿，言礼打开橱柜，问为什么放这么高，小姨说为了防麦麦偷吃，然后话题又扯到上次的冰激凌和麦麦的蛀牙问题。

　　边慈拉开椅子坐下，盯着眼前炸得焦黄的油条出神。

　　家长唠叨，孩子随口应付，家常琐碎佐以粗茶淡饭，就是新的一天的起点。这是一个普通得不能再普通的清晨，可她连梦都没梦见过。

　　言礼把盛满豆浆的碗端到她面前，手里拿着白糖罐，问："加不加糖？"

　　边慈恍恍惚惚，回过神后知后觉说了声谢谢。答非所问。

　　言礼在她身边的位置坐下："烧仙草都还没喝完，说什么谢。"白糖罐被他搁在两人手边，"放这儿了，嫌淡自己加。"

　　边慈"嗯"了一声，用勺子轻轻搅碗里的豆浆，热气扑上来熏得眼前雾蒙蒙的。她舀一勺递到嘴边吹了两下，喝进嘴里，没有放糖只有黄豆的味道，豆浆被过滤过，没有豆渣，口感非常细腻。

　　"有味道？"言礼一边撕油条到豆浆碗里泡着，一边问。

　　边慈放下勺子，笑道："有，已经很甜了。"

　　小姨把捞出来的茶叶蛋端到桌上，也坐下来吃早餐，见边慈没怎么动筷子，拿起一根油条递给她："你这孩子，客气什么，快吃，放凉就不好吃了。"

边慈双手接过:"好,谢谢阿姨。"

小姨推了下装茶叶蛋的碗:"再吃两个鸡蛋,你俩都吃,今天考试都考100分。"

考试当天吃一根油条和两个鸡蛋就能考100分,这还是很多年前听过的话。

言礼取出一个茶叶蛋在桌子上敲了敲,剥蛋壳的时候说:"考100分?那我们还是别吃了。"

小姨问:"为什么不吃?"

言礼说:"满分150,吃了你的茶叶蛋只能考100分,亏本买卖。"

小姨瞪着他:"那你别吃了!让小边一个人吃,你考零蛋!"

言礼难得听话,还真的把剥好的茶叶蛋放在边慈的空碗里:"来,小边,给你吃。"

边慈哭笑不得:"你真不吃了?"

"要吃,我又不迷信。"言礼伸手要去拿茶叶蛋,被小姨一掌拍开后,他无奈道,"好好好,满分满分,吃了你的油条和蛋,我们全考750分。"

小姨笑骂:"去你的,就知道骗人。"

小姨夫听得乐呵呵,站起身,给每个人手边都放了两个茶叶蛋,息事宁人:"吃饭吃饭,你们吃了考满分,我们吃了发大财,大家都上进。"

"姨夫,这蛋被你说得都神化了。"言礼拿起一颗茶叶蛋,剥了壳仔细端详了一番,问,"我从哪儿下口才不会辱神?"

这下连脾气好的小姨夫都急眼了:"臭小子,那你别吃,你不许吃!"

小姨一脸看好戏的样子:"引发众怒了吧,就你话多。"

言礼看向边慈:"你说我吃不吃?"

言礼平时没这么多话,边慈知道他是在故意调动气氛,想到这儿,她的心变得无比柔软,连玩笑也舍不得开了。

"你吃吧,你是个好人,神不会怪你的。"

"行,听你的。"

或许是边慈一本正经的样子太有喜感,又或许是言礼努力调动气氛起了作用,这顿早餐一桌人都吃得很开心。小姨当场拍板决定,高考结束前只要有考试,当天早晨都做油条豆浆加茶叶蛋,给家里两个备考生讨个好彩头。

边慈觉得不太好意思,言礼一眼看穿她的想法,抢在她开口前说:"吃呗,你不吃他俩都不给我吃了,就当看在神的面子上。"

开玩笑的成分居多也掩盖不住一片好意,甚至在言礼说完这句话后,小姨和小姨夫还正经地附和了两句。

"好。"边慈笑着说,只有她自己知道,她的鼻子好酸好酸。

她回想起刚到火车坊的第一天,徐婆婆领她看房时的情景。慈祥的老太太热情地给她介绍店里的一切,完事还问她,晚上她自己住二楼会不会害怕。

这个文具店是个很神奇的地方。从徐婆婆到言礼,从言礼到店主一家,每个人都是那么温柔善良，他们太好太好，以至于让她有了一种错觉，只要她在这里待得足够久，她也能在心灵上找到一个栖身之所。

太贪心了。边慈心道。

吃完早餐，边慈和言礼一起去学校。路上闲来无事，第一堂考试又是语文，边慈提议课文背诵接龙。

言礼当然没意见，只要是边慈说的，让他在街边玩击鼓传花都成。

从《蜀道难》背到《赤壁赋》再到《师说》，一人一小段，谁也不卡壳，语速跟平时说话差不多。

在校门口碰见明织和陈泽雨，两人强烈要求加入背诵游戏，到教室那一路，四个人又一起背完了《陈情表》，陈泽雨分到最后一段，背到最后小半截卡壳。

"……愿陛下矜悯愚诚，听臣微志，庶刘侥幸，保卒余年。臣、臣……"

"臣"了半天也没背出来，陈泽雨又倒回来重背，第二次又卡在这里。明织忍不住笑话他："爱卿何必欲言又止，朕准奏了。"

陈泽雨："去，别闹我。"

本来就卡壳，被这么一打岔更想不起来了，陈泽雨烦躁地抓了把头发，偷偷耍赖："臣……臣那什么啊嗯嗯哦呃情！谨拜表以闻，背完了！"

明织跳到陈泽雨面前，嚷嚷起来："什么就完了，别以为我没听见你嗯嗯啊啊敷衍带过，保卒余年后面，重背！"

陈泽雨开始求饶："哎呀，班长大人，我都背到'拜表以闻'了。"

奈何班长大人刚正不阿："不会背的也知道最后一句是谨拜表以闻，理由驳回。"

明织看向边慈和言礼，提议道："陈学委输了，让他请客怎么样？"

言礼直接提要求："我要薄荷糖，提神。"

边慈附和："我要冰绿茶，醒脑。"

明织跟上队形："我要碎冰冰，解暑。"

陈泽雨快晕了，吐槽："我要金银花，清热。"说完六只眼睛盯着他，陈泽雨只能投降，"我请，我请行了吧。"

三人异口同声："学委破费了。"

陈泽雨挥挥手："客气，不过保卒余年后面到底是什么？"

明织回答："臣生当陨首，死当结草。臣不胜犬马怖惧之情，谨拜表以闻。"背完，她拍了拍陈泽雨的肩膀，语重心长道，"革命尚未成功，泽雨兄仍需努力啊。"

陈泽雨抱拳回礼："谨遵织妹教诲。"

他们迈上最后一级台阶，到达重点班所在的六楼。今天来得早，办公室的门都还没开。

二班教室门口格外热闹，从前后门到靠近走廊的窗户都围满了人，议论声大得整层楼都能听见。

人群中不知道是谁低喊了声"边慈来了",议论声戛然而止,众人的目光有意无意往边慈身上扫。

边慈一头雾水,另外三个人也满脸茫然,等走到人群中,他们才了然。

教室前后门都用黑色喷漆瓶写了几个大字,前门是"作弊班",后门是"关系户",靠走廊的每扇窗户也没能幸免,写了一句话——"抵制特殊化管理,校内人人平等",其中"平等"二字被画了个大圈,格外醒目。

陈泽雨看完就骂出了声:"哪个傻子弄的,有病就去治啊!"

焦宇达在教室冲他们挥手,脸色也难看得很:"你们进来看,这儿还有更过分的!"

言礼和陈泽雨率先冲进去,明织和边慈随后。教室里本来还在围观的同学,看见当事人出现,自发性让开一条道。

焦宇达说的"这儿"是边慈的座位。

跟门窗的手法差不多,她的课桌椅被油漆喷成了黑色,然后用白色油漆笔写了字。桌面上写的"滚出重点班",椅子上写的"你配不上",字迹一笔画一顿,歪歪扭扭,刻意丑化过,不知道出自谁手。

原本放在课桌和抽屉里的书本被推得满地都是,教室里人来人往,有些练习册、课本和试卷被踩烂,变成不规则的两半,上面还有脚印。

教室里一片死寂。

言礼弯腰捡起脚边的数学卷,掸了两下,吹走上面的灰尘。

姓名:边慈,总分:112

这是前天随堂小测的卷子,边慈第一次上110分,关飒特地在班上表扬了一番,说她进步很大。

结果现在呢,用红笔写的分数上面多了个鞋脚印,怎么吹也吹不走,碍眼得很。

言礼拿着试卷,扫了眼在场的人,视线又落回试卷上,他看着边慈的名字,开口打破了死寂。

"谁干的?"

无人知晓,无人回答。

言礼合上试卷,换了一个问题:"今天谁值日?"

"是我……"

身后传来怯怯的一声。

佟默走上前,满脸担忧的表情:"是我值日,可是我到教室的时候门是打开的,边慈的座位已经变成这样了。"

"你没看见可疑人员?楼道,或者走廊。"

"没有,我来的时候一个同学都没碰见。"

陈泽雨急中生智："监控,去保安室查走廊监控!干这事儿的人总躲不过摄像头吧!"

焦宇达叹气："早想到了,没用,致远楼信号差,今天考试要开监控,楼道和走廊的摄像头昨天都关了。"

陈泽雨气得直骂："这人是算准了来的吧,作孽还挑日子!"

明织试着问："查校门口或者宿舍楼的监控呢?"

佟默说："查倒是能查,可就算有人员出入,也不一定是冲着二班来的,证据不足。"

焦宇达踢了脚椅子,怒骂："所以咱们拿这人没辙了?我们重点班这么好欺负啊!"

一语激起千人愤,在场围观的重点班同学你一言我一语地骂起来,有的是同情边慈被莫名针对,有的是感觉重点班被恶意中伤,话越说越难听,从个人上升到集体,很快,重点班和平行班的人吵作一团。

"什么叫一定是我们平行班的人做的?我看就是你们重点班内部厮杀,嫉妒边慈凭关系空降,你们却要挤破头硬考吧,你们别乱甩锅,成绩好了不起吗?"

"我们嫉妒边慈?边慈有什么可嫉妒的,要嫉妒也是你们嫉妒,特殊化管理怎么了?规则是学校定的,分数我们自己考的,我们凭本事待在六楼,没本事的少说酸话。"

"最烦你们重点班这些高高在上的人了,我看今天这事儿你们被针对也不冤,学校就是不公平,早就该整改了!"

"那你跟学校说去啊,让那些领导改革啊,跑重点班发什么疯?"

"你说谁发疯?又不是我喷的油漆!要是现在还按照成绩实行走班制,你们当中某些垫底的早该滚出六楼了,得意个什么劲儿,还不是仗着高三不走班,自己凭那点破成绩能在重点班稳如狗!"

…………

"砰"的一声巨响!

边慈一脚踢翻了自己的课桌,桌子倒下,差点儿砸到正在激情开麦的两个男生的脚,地板微震了几下。

总算安静了。

边慈冷着脸对在场的人说："散了吧各位,我还要收拾东西。"

她看了眼椅子上的大字,转而对明织说："小织,涂改液借我用用。"

明织愣了几秒,回过神来,连声说好,去自己抽屉里拿笔袋,抽出涂改液递给边慈。

边慈打开涂改液的盖子,摇晃几下,蹲下来把椅子上的"你"和"不"字涂掉,接着在两个字下面,分别写上了更大的"我"字和"得"字。

"你配不上"变成了"我配得上"。

做完这些，边慈盖上涂改液的盖子，站起来还给明织。

还是没几个人走，边慈也懒得再催，当场放话："我不知道干这事儿的人在不在这里，不过没关系，反正大家热心肠，肯定能传到这位同学耳朵里，所以我就明说了。

"都快成年了还玩小学生这一套，这位同学，你挺有意思的。你说我配不上，我也回你一句，但凡你走到我面前，对我讲这些话，我都会高看你一眼。

"对，我是关系户，我成绩不好，但我为什么还这么理直气壮呢？就凭我当着这么多人的面骂你，你也没胆站出来替自己声辩一个字。"

全场哗然。

没有一个人料到平时那么斯文安静的女生，发起火来会这么彪悍。

边慈点到为止，踢翻了的课桌得收拾收拾，一会儿考试还要用。她的步子刚抬起来，还没落地，有个人已经先一步过去，利落地把课桌扶了起来。

言礼开始掏抽屉里的课本资料，几秒钟的工夫，手里垒起一沓。

边慈走过去低声问："你做什么？"

言礼回答："东西先挪我座位去，这套桌椅不能再用。"

"可是一会儿还要考试。"边慈提醒。

言礼早有后招："我去后勤部给你领新的。"

边慈一怔，而言礼抱着书本已经走远了。

那头，陈泽雨和焦宇达也高声喊起来："行了，都回自己班里去，少在咱们班看热闹。"

明织和佟默走过来，帮边慈捡地上的个人物品。佟默可能被刚才的场面吓得不轻，只捡东西不说话，明织一边捡一边安慰边慈，说老师们一定会还她一个公道。

边慈笑了笑，内心并没有什么期待。

教室内的座位很快整理好，教室外的字却擦不掉，围观的人只增不减，很快惊动了刚上班的老师和领导。

周考当前，各班主任只能强制呵斥班内学生回教室看书，但是人散了，流言还在。

课桌椅换了套新的，旧的那套被关飒当作证据搬到了政教处。

关飒不在，早自习是邱越明来守的，才发生了这么不愉快的事情，二班气氛死气沉沉，一个个都闷着头复习，不愿多说一个字。

教室最后一排。

言礼已经盯着教室里的监控摄像头看了整整三分钟。

陈泽雨背完《陈情表》，伸懒腰的时候注意到言礼的动作，凑过去跟着他一起看，奇怪地问："言哥，你对着摄像头发什么呆？"

"之前老焦说，因为今天考试要开监控，楼道和走廊的摄像头昨天都关了。"

"是啊，怎么了？"

"每次大考前为了避免出纰漏，头天晚上都会做测试，每间教室的监控会开到住校生下晚自习。"

"对。"

"昨晚住校生下课后，大家都以为整栋致远楼都是无监控区域。"

"没错，所以现在才查不到喷漆那人是谁。"陈泽雨越听越糊涂，"不是，什么叫以为？本来就是啊，言哥你到底想说什么？"

"这个摄像头不亮灯，但是每隔37秒会转动一次，会转就代表它是开机状态。"

话音落，言礼让陈泽雨看摄像头，他嘴里轻声数着秒数："33，34，35，36，37……"

陈泽雨低骂："真的转了！"听到现在，他终于明白言礼到底想说什么，"难道我们教室的监控从昨晚到现在一直都没关？"

言礼"嗯"了声："不确定，要去保安室查一下才知道。"

陈泽雨若有所思地点点头，随后反问："喷油漆的人行动前难道不会看一眼监控吗？留下证据不全玩完了。"

这点言礼还是能确定的："如果这人看了，就不会发生今天早上的事情。"

陈泽雨无言以对，愣了好久才感叹："我都不知道该说这人聪明还是蠢了。"

言礼举起手，跟邱越明示意自己要去厕所，邱越明点头默允。

陈泽雨当然不认为言礼会真的去厕所，小声问："你上哪儿去？"

言礼站起身，掌根压住手指节，发出"咔"的一声脆响。

陈泽雨往后一缩，双眼惊恐："别冲动哥，文明社会，能动嘴别动手。"

言礼无语至极："我去保安室。"

陈泽雨松了一口气，心有余悸道："那就好，我还以为你要送那喷漆的人去太平间永居。"

言礼白了他一眼。

8

教室内弥漫着一股浓郁的油漆味，熏得全班同学鼻子难受，一个早自习尚且如此，更别提在这种环境里进行一整天的高强度考试。

校领导显然也想到了这一点。

自习课结束，关飒跟几个后勤部的老师来致远楼，对二班教室门窗上的油漆印进行拍照。

教室里里外外，叽叽喳喳，喧闹得跟菜市场似的。

关飒走进教室，对同学们说："都别看了，大家收拾一下考试用品，咱们班去一楼的阶梯教室考试。"

教室里的同学们开始收拾东西，大部分人都一副欲言又止的表情。

沉默了十秒左右，焦宇达沉不住气了，站起来看了眼正在外面拍照的几个老师，高声问道:"拍照是为了留证据报警吗?"

踩点三人组永远不会只有一个人战斗。

焦宇达问完,秦成书跟着站起来,阴阳怪气地附和:"光拍照可不够,我看电视里演的破案片,还要取指纹样片。"

"行了,你们两个不要一唱一和的。"

陈泽雨推了下眼镜,息事宁人的语气,却是咄咄逼人的质问:"这么专业的事情,我觉得还是不要辛苦老师们了,直接报警让警察来处理比较好。"

"我同意。"明织举手表态,进一步拔高事态严重性,"喷油漆的人欠边慈一个道歉,也欠我们二班一个道歉。这件事一定要调查出真相,才能平息平行班和重点班之间的争吵,还高三一个清净的学习环境。"

卢凝思没那么严肃,更像是吐槽:"高考在即,我们年级还在玩这个,真的太影响心情了。"

也有别的声音,来自那几个高二时才凭走班制挤进二班的同学,立场跟陈泽雨这些二班原住民自然不一样。

"我觉得还是应该分开看,分班制度是学校定的,历届都要凭成绩硬考,如果所有人都遵守游戏规则,就不会有不服气的情绪,也不会发生今天早上的事情。"

"喷漆确实不对,学校应该引起重视展开调查,但不对的事情不止这一件。"

"反正解铃还须系铃人,这件事不从根源上解决,类似的事件还会发生第二次,这个高三谁也别想安宁。"

谁也没有提边慈的名字,但好像每个人都在提。场面几乎还原了自习前平行班和重点班的那场争吵,只是矛头从学校制度变成了边慈。

原住民阵营和非原住民阵营眼看要吵起来,关飒一拍讲台,拿起多媒体话筒,厉声制止:"你们是在给我表演什么叫班级内讧吗?一个个嘴里一套一套的,我看都能直接做集团领导了。

"这件事学校自然会查清楚,你们现在的首要任务就是学习,就是高考!与其琢磨这些毫无意义的弯弯绕绕,不如多做两道题。

"安宁是自己给自己的,心不静去寺庙复习一样白搭。你们以为自己在重点班就稳赢吗?高考就像一场龟兔赛跑,翻身逆袭的乌龟和骄傲自满的兔子我都见过,不要以为自己是重点班的一员就了不起,在座的每一位,你们随时可以超越别人,也可以被别人超越,都长点心吧,同学们!"

立场不同的两方不可能因为关飒几句话就互相理解,只是再不服气也要压在心底憋着。

只有位于矛头中心的边慈始终没有说一个字,她一直在收拾课桌,她的东西一团乱。

那些被踩脏踩烂不能再用的习题册、试卷以及课本,全被边慈收进了垃圾袋里,在关飒说完那番话之后,她的课桌抽屉恢复整洁。

关飒的电话响起来，似乎是什么急事，她接起来说了两句就离开了教室。

边慈给垃圾袋系了个死结，拎着袋子站起来，过道被那几个非二班原住民挡着，她过不去，抬头看了他们一眼，淡声道："麻烦借过。"

佟默的座位正好在边慈站的旁边，她笑着站起来，伸手要去接边慈手上的垃圾袋："我帮你扔吧。"

然而她的手还没碰到垃圾袋，边慈就换了一只手拎，这时，那几个同学也让开了道。

"谢谢不用了。"

边慈没有看佟默一眼，但谁都知道，这句客气话是冲佟默说的。

佟默的笑意僵在脸上，手悬在半空中，放也不是，不放也不是。

旁边有个跟佟默同时期从平行班转进来的男生，见此状，不冷不热地问了句："佟默，你到底站哪边啊？"

佟默收回手，瞪了男生一眼，语气不善："跟你有关系吗？"

"没关系，好奇罢了，你跟边慈好，刚刚怎么不帮她说两句，现在都吵完了，又要主动帮人家扔垃圾了，两边都想讨好，两边都不受待见，说的就是你这种人。"

"你有病吧，杀红眼了见谁咬谁？"

男生抛下一句"whatever（所有的）"，翻着白眼出了教室。

佟默莫名被怼一通，在教室待不下去，也拿上笔袋愤愤走了。

教室里的阳台上。

扔完垃圾，边慈打开水龙头洗手，水柱砸到手上溅起小水珠，教室里的声音被窗户隔绝在外，难得的清净。

致远楼后面有一棵银杏树，据说是建校那年种下的，到现在已经一百多年了，现在长得又高又大，是历届毕业班学生的乘凉地。

站在六楼的阳台能看见树顶，枝丫四处分散，变成天然屏障，像一张会呼吸的绿网。

夏天接近尾声，银杏叶褪去嫩绿颜色渐深，再刮几阵秋风，等到凛冬前再从这里往外看，定是金灿灿的一片。

拧上水龙头，边慈甩了甩手上的水珠，从阳台回到教室。

班上的同学走了一大半，明织还在座位上等着她。

边慈走近之后才发现，明织正在帮她收拾考试用品袋。

五中考试有要求，只能用透明笔袋，为了怕学生遗忘，每次考试前学校都会发，人手一个。

"你扔好啦？看看要用哪支笔，我早上新买的。"

明织举起两支中性笔，一支是小狐狸图案，一支是小猫咪图案，两支都很可爱，边慈选不出来，笑了笑说："你先选吧，我要剩下的那支。"

"不行，这是我送你的，当然要你先选。"

"那我要狐狸吧。"

明织把小狐狸那一支放进透明笔袋里,嘴上叨叨着:"狐狸啊狐狸,你要显灵保佑边慈考个好成绩哦。"

边慈被她逗笑:"狐狸怎么在考试里显灵啊?"

"那是狐狸应该思考的问题。我跟你说,听说考试前摸摸学霸的手可以获得好运。"明织骄傲地伸出自己的手,在边慈眼前晃了晃,"喏,本人免费给你摸,快来沾好运。"

边慈握住明织的手,不想说煽情的话,只好用玩笑代替:"这位学霸,我可以说你自恋吗?"

"可以,但我不承认,我妈说了,成绩好是我全身上下唯一的优点,我就这么一个优点还不许我往外说呀,那不委屈死我了。"

边慈嘴角漾开一抹笑,还没来得及说什么,明织突然上前抱住了她。

"我妈还说过,当身边的人很难过的时候,如果她自己不想倾诉,那么可以抱抱她。"

边慈垂眸,刘海挡住了她发红的眼睛。

不知道过了多久,边慈用手拍了下明织的后背,然后松开她。

"其实我有个问题一直都想问你。"

明织:"什么问题?"

边慈正视她的眼睛,声音有点哑:"你为什么想跟我做朋友?你并不缺朋友,你的人缘很好,而我们认识的时间很短。"

"我没有别的意思,只是觉得奇怪,但不管你出于什么原因,我都很感谢你,谢谢你跟我做朋友。还有,其实阿姨忘了告诉你,你最大的优点是温暖,跟你相处是非常愉快的事情。"

还有一句话边慈没有说。

只有被爱包围长大的小孩,才能有这么温暖的性格。他们会表达爱,不吝啬自己的爱,但同样地,他们也会得到很多很多的爱。

明织没料到边慈会突然问这个,她反应了几秒,不太好意思地理了理刘海,才开口说:"我告诉你原因,你不要笑话我。"

边慈点头:"好。"

"初二的时候,我爸妈到元城开奶茶店创业,我跟着他们转学过来,城市不同,教材版本不一样,我一开始学得很吃力,跟你情况差不多,班上也什么认识的朋友,一个学期过后才有所好转。所以你站在讲台上做自我介绍的时候,我好像看见了当年的自己,惶恐不安却要装作落落大方。"

"做孤岛的滋味不好受,我感受过,所以我知道。当年我希望有人主动来接近我,跟我做朋友,可是没有那么一个人。现在我看见了你,我不想让你变成第二个我,而且你比我惨,我初二你高三,万一有影响会直接耽误前途,那你要怎么办啊。我可能想得比较多吧，我总感觉我如果不做点什么，很多年后我无法坦然地面对你，我会内疚，我不想这样。

"所以我给你鼓掌，欢迎你加入这里，我请你喝奶茶，主动跟你做朋友，我做的全部都是想告诉你一件事，这里没那么糟，你不要害怕。"

说完这番话，明织将透明笔袋递给边慈："走吧，考试去，不要被外界不友好的声音影响了心情。"

"好。"

边慈接过笔袋，低头笑了声："你再说下去，我都快哭了。"

明织"哎呀"一声，后知后觉地感到难为情："你千万别这样，我就是想安慰你一下，看你挺难过的，怕你憋出病来。"

"我现在好多了。"边慈用手指着小狐狸笔，"有它保佑我，这次肯定能考好。"

明织伸出拳头跟边慈碰了一下，算是考试前的打气："加油加油，我们用实力说话！"

周考的时间安排得很紧凑，考完一门又一门，六科结束，大家的脑细胞所剩无几，只想回家休息，没有心力谈论其他的事情。

二班门窗上的油漆字已经被处理干净，只有化学清洗剂的味道提醒着来往停留的人，早上曾发生过什么。

各科老师跟往常一样，先到教室问候大家考试辛苦了，紧接着作业关怀，最后以"早睡别熬夜"结尾。

关飒是最后一个进教室的老师，布置完作业，她絮叨了几句周末注意事项，然后说："边慈和佟默跟我到办公室一趟，其余同学可以走了，回家路上注意安全。"

"边慈"现在是敏感名词，关飒一说完，全班人的眼神都变得复杂起来。

不过边慈倒是坦然，不紧不慢地整理好周末作业，放进书包后，还把椅子拿起来倒放在课桌上，方便一会儿值日的同学打扫。

佟默坐在座位上一动也不动，倒是跟她同一天值日的同学善解人意地说了句："佟默你快去吧，我一个人打扫，你回来倒垃圾就行。"

"好，谢谢。"佟默盯着桌面上的试卷，手捏住边角，留下好几道折痕。

边慈正要离开教室，言礼走上来，敲了敲她的桌子，询问："你带伞了吗？"

"带了。"边慈下意识看了眼窗外，乌云连成片，就要变天了。她收回视线，问言礼，"你带了吗？"

言礼回答："没带，我等你一起回。"

他的语气太过自然，自然得让边慈产生了一种错觉，问她有没有带伞只是借口，后面那句一起回家才是重点。

边慈愣了几秒，才开口说："我不知道要被留多久。"

"我写作业等你。"言礼好像没听出她的言外之意似的，还反过来宽慰她，"赶紧去，说不定公道站在你这边。"

边慈只是大概猜到是早上的事情，不能完全确定，可是听言礼这么说，他好像连事情原委都已经知晓。

说起来，上午考语文的时候，言礼迟到了快半个小时。

按照考场规则，迟到十五分钟就不能再参加考试，可是监考老师没有过问他一句，就直接让他进教室参加了考试。联想到这个小细节，边慈问道："语文考试前你做什么去了？"

言礼实话实说："保安室。"

边慈蹙眉不解："可是监控不是……"

话没说完，门口有同学在喊她："边慈，飒姐让你赶紧去办公室——"

言礼没有多说，递给她一个安心的眼神："你先去，去了就知道了。"

边慈只能收起话题。

二班教师办公室门窗紧闭，站在门前都能感受到一种无形的压力。

边慈深呼一口气，叩响了门。

门那头脚步声由远及近，关飒拧开门，面色凝重，看见是边慈，脸色稍缓："进来吧。"

边慈前脚进门，关飒后脚就把门关上了。

办公室里的人比边慈预计的要多一点儿，政教处的张主任、后勤部负责老师、两个不认识的同学，一男一女，然后是佟默和关飒。

边慈走进了细瞧，发现这两位同学也不是完全不认识。至少这个女生还是打过照面的，是那天搭讪言礼的那个卷卷头身边的朋友，至于男生，毫无印象。

人都到齐了，张主任直接切入正题，问边慈："边慈，你跟他们私底下有没有过节？"

边慈摇头："没有，不认识。"

关飒在旁边提醒："他们就是昨天在学校起争执的人。"

"哦。"边慈配合回想了几秒，依然摇头，"还是不认识。"

张主任又把同样的问题抛给那两个同学。

男生低着头，连声说了三句没有过节。女生死盯着男生，恨不得把他身体盯出俩窟窿来。

张主任捕捉到细节，马上反问："曹静安，你盯着马嘉俊看什么看？让你回答问题，不是让你看别人。"

曹静安收回视线，理直气壮地说："我也没过节。"

"你确定吗？"

"确定啊。"

张主任指着曹静安，冒火得不行，对后勤部老师说："来，把监控调出来给她看看。"

马嘉俊一脸茫然,曹静安脸色发白。

后勤部老师把监控调出来,放大视频窗口,按下播放键。

视频里是二班教室的画面,右上角时间显示是今天早上 7 点 03 分。时间跳到 58 秒的时候,一个鬼鬼祟祟的人影出现在画面里,身上穿着五中的校服。

老师敲了下键盘快捷键,放大局部画面。这个鬼鬼祟祟的人影正是曹静安,她手上拿着油漆瓶,动手前还心虚地四处看了看,确定没人后,飞快地行动起来。

快喷完教室后门的时候,画面里又出现了一个人,她站在前门看着曹静安的一举一动,没有上前帮忙,也没有出声劝阻。

这个人是佟默。

曹静安喷完后门那一片,看见站在前门的佟默,脸上并没有什么惊讶的情绪,拿着快空了的油漆瓶走过去,问了她一句话:"边慈的座位在哪儿?"

佟默扯着书包带,犹豫了十多秒,径直往教室里走,一直走到边慈的座位前,停下脚步。

"你站远点,一会儿喷你身上。"曹静安说。

佟默闻言退后了几步,注视着曹静安的一举一动,自始至终没有说一个字。

曹静安离开教室,佟默放下书包,在一片狼藉的教室里写习题,监控播放到这里结束。

最先打破沉默的是马嘉俊,他失望地看向曹静安:"你怎么能做这种事情?"

曹静安没有理他,估计吓得魂都飞了,兀自嘀咕:"怎么可能……监控明明已经——"

"已经关了对吗?"张主任接过曹静安的话,音调拔高,"得亏昨晚值班的保安是新来的,不知道晚自习下课要关教室监控。曹静安啊曹静安,来办公室之前你是不是还沾沾自喜,觉得自己的计划滴水不漏?"

铁证在此,曹静安知道狡辩无用,只能认错:"我没有,张主任我知道错了,我就是……就是一时糊涂!"

"你一时糊涂,就损害学校公物,公开言语伤害同校同学,你要是天天都糊涂,是不是要杀人放火啊?"

说完曹静安,张主任开始说佟默:"还有你佟默,你为什么要撒谎?为什么亲眼看见同学犯错误不作为,事后还不报告老师?你虽然没有参与这件事,但你蓄意隐瞒也是帮凶行为!"

佟默拼命摇头,好像声音越大,她就越占理:"我没有,我不是帮凶!我撒谎,不告诉老师,是因为……因为害怕曹静安事后报复我,我也是受害者,我就是无意撞见的,跟我没关系!"

曹静安被佟默这波甩锅操作气清醒了,索性破罐破摔,呛回去:"佟默,你现在装什么可怜,是谁整天在我耳边说边慈坏话的?上次周考,边慈坐言礼旁边这事不还是你告诉我的吗？话里话外暗示人家作弊，我可听人说了，你在二班阴阳怪气当'理中客'被言礼怼了。"

"你少污蔑我，现在铁证如山，你是死也要拉个垫背的，以前我还在十班的时候，没少跟你讲题请你吃饭吧，怎么现在翻脸不认人了。"

"我翻脸不认人？你考差了回家，脸上被你妈扇得都是巴掌印，是谁早上煮鸡蛋给你滚脸消肿的？我真没想到你是这种人。我就问你一件事，"曹静安吼了好几句，眼睛都气红了，"你们班的钥匙，是不是你给我的？你说你今天值日，会提前到学校开门。"

"好笑，我什么时候给你钥匙了？"佟默冷笑反驳。

曹静安从兜里摸出一把钥匙，直接摔在办公桌上："就这把，不是你给我的，我怎么会有？"

"我哪知道，偷鸡摸狗的事情做多了，配别人班级的钥匙又不稀奇。"

"你再给我说一遍！"

"都给我闭嘴！"关飒忍无可忍，抢在张主任发火前站出来，她抓起钥匙，质问两个女生，"平时个个是淑女，遇到事儿就成泼妇了？要不要我拿张镜子给你们瞧瞧自己现在什么样？"

佟默咬着下嘴唇，一副受了大委屈的样子，正要辩解，关飒举着钥匙问了她一句话——

"咱们班的钥匙，锁芯上面有个红点，佟默你应该知道吧。"

佟默瞬间垂下头，连关飒的眼睛也不敢看了。

她当然知道，因为那个红点是上学期她值日的时候，用红色记号笔不小心戳到的。

"这把钥匙上面也有一个红点，佟默，你觉得曹静安一个外班同学，会连这种事情都清楚吗？"

佟默小声道："飒姐我真的没有……"

"没有什么？"

关飒的语气很平，比平时训早自习迟到的同学温柔多了，却让佟默抬不起头。

"你很勤奋，也很好学，老师一直觉得你是个好孩子……"

关飒叹了一口气，放下钥匙，失望达到峰值，只剩下沉默。

过了一会儿，张主任站出来收场。

"事情已经查清楚了。曹静安，你为了泄愤，公然羞辱同学，藐视校规校纪，舆论会平息，油漆可以被清洗，这些负面影响都会过去，你未成年，法律也会保护你，这件事可大可小，可是你要明白一个道理。"

张主任端起茶杯喝了一口水，接着说："你今天在别人身后捅刀，迟早你也会变成别人眼里的别人。你对别人的伤害一旦造成，你赔不起，也不是一句道歉就可以翻篇的。"

曹静安一声不吭，手指死死地揪着裙边。

"这件事一定要有个交代，你和佟默周一升旗仪式全校批评，你个人记过处分。另外，你们两个这学年的评优评奖资格全部取消。"

处理完曹静安和佟默，张主任看向边慈："你的事，周一的升旗仪式上，校方会做正式澄清，还你一个清白，高三了，不要因为这种小事受影响，心思都花在学习上。"

边慈没有马上表态。

从播放监控视频到上一秒，她感觉自己看了一场闹剧，更可笑的是，她居然在这场闹剧里充当了受害者角色。

最后这个受害者，居然被轻飘飘的一个"正式澄清"打发了。

她是没被"正式澄清"过吗？"正式澄清"真的有用吗？

周一明明已经解决的事情，仍然可以因为周考开监控这种小事卷土重来，她这一刻清白，下一刻不知道又会被安插上什么样的罪名。

既然学校堵不住大家的嘴，那就让她自己来堵。

"张主任你说得对，是该有个交代。"

边慈下定了决心，看向关飒，说："等周一周考成绩出来，我申请按照走班制的规定，转到相应的平行班。"

办公室所有人都猛地看过来，关飒惊讶得连眼睛都瞪圆了，问："边慈，你在跟老师们赌气吗？"

"我没有。我确实是关系户，既然特殊待遇引起众怒，那我就不要了。我是来这里考大学的，不是来当受气包的。"

直到现在这一刻，边慈才感觉堵在心口的那口气顺了。

痛快。

9

张主任没有马上表态，只给了个保守回答，说校方会考虑，等周一成绩出来了再定。

事情处理完，该走的人都走了，关飒独留下边慈。

人一走，办公室的气氛轻松不少，关飒用纸杯给边慈倒了一杯温水，拉过旁边的转椅让她坐。

边慈捧着纸杯坐下，喝了一小口水润嗓，就听见对面的人问："现在办公室没别人了，你跟老师说实话，是不是在赌气？"

"真不是。"纸杯被边慈搁在桌上，她知道关飒是真心实意的关心，所以露出了进办公室这么久的第一个笑容，"我从开学到现在，一直在努力证明我可以待在二班。我本以为只要我在进步就行了，但事实好像不行。其实我能理解别人的偏见，因为不管是体校还是五中，都是用成绩说话的地方，大家只看结果，在意过程的人只有自己。"

不可否认,边慈说的话都是事实。可关飒面对学生终究是心软的,大道理谁都对他们讲,关心话却少有人说。

"不是只有你在意,你的努力我也看见了。边慈,你完全不用活在别人的目光里。"

"我就是因为不想活在别人的目光里,才会申请转到平行班的。"边慈坦然地看着关飒的眼睛,"我要的只是问心无愧,现在连我自己都觉得待在二班名不正言不顺。"

良久之后,关飒回了一声叹息,再无奈也只能妥协:"我要怎么跟你们何教练交代啊。"

"我会自己跟她解释,不会让飒姐你为难的。"边慈体贴回应。

"我是为难吗?我是担心你!你这孩子太倔了,一开始老何跟我这么说,我还不信,明明这么懂事听话一姑娘,今天我算是见识了,你呀……唉。"

唠叨归唠叨,关飒深知再怎么劝也无用,转而说:"就算转到平行班也不能松懈,我会关注你每周的考试成绩,要是有明显下滑,不管我还是不是你班主任,都会找你谈话的,你做好心理准备。"

边慈"嗯"了一声,笑着说:"好,我会努力的。"

从办公室出来,外面的天阴沉沉的,随时都可能暴雨如注。

放学到现在将近半个小时,整栋楼都快空了,二班教室里只剩下言礼一个人。

边慈手里握着的那把教室钥匙是关飒给她的,让她走之前顺便锁门。

听见脚步声,言礼的视线从试卷上移走,落在边慈身上,没有半分久等得不耐烦,只轻问了句:"事情处理好了吗?"

边慈看见他,后知后觉地意识到一件事。

如果她转到平行班了,就不能跟言礼做同学了,不知道到时候他们还会不会一起回家。

还有明织,不知道会不会生她的气。

在办公室的时候,边慈总感觉自己无牵无挂,不管在哪里都一样。可现在回到教室,她发现自己并没有那么洒脱,以至于,她不知道要怎么跟言礼开口说自己已经申请转班的事实。

"处理好了。"边慈看了眼躺在手心里的钥匙,最终还是避重就轻,"周一升旗会通报批评,曹静安被记过,她和佟默这学年的评优评奖资格被取消了。"

"那你呢?"

"什么我?"

"学校给你什么说法。"

边慈怔了怔,轻笑了声:"张主任说,升旗的时候校方会做正式澄清,还我一个清白。"

言礼眉头微蹙，手指顶了下笔，笔转动两圈，他的手没接住，笔掉到了地上，啪嗒一声。

笔滚动几圈，在边慈的脚边停住，她弯腰捡起，吹走上面的灰，在言礼的草稿纸上画了两笔，墨出不来，纸上只留下几道划痕。

一道惊雷炸响，强光透过窗户蹿进教室，轰然曝光，眨眼的一瞬，光亮褪尽，教室变得比之前还灰暗。

"笔尖砸坏了，要换根笔芯了。"

边慈盖上笔帽，把笔放进笔筒里，看着窗外被乌云压得很低的天空，说："回家吧，今天肯定有一场暴雨。"

言礼盯着那支笔，若有所思。

边慈回座位收拾书包，收拾到一半，听见后方传来一声："早知道我就报警了。"

"报什么警？"边慈拉上书包拉链，回头反问。

"就这件事，应该直接报警。"言礼拎着斜挎包走上来，半开玩笑道，"警察来处理，说不定还能有点赔偿金。"

言外之意，"正式澄清"这四个字实在是太不值钱了。

边慈听出他是在替自己打抱不平，心里一高兴，忍不住就说漏了嘴："没关系，反正我也不吃亏，学校不作为，我自己作为就是。"

"你怎么作为？"言礼顺势问回来。

自己挖的坑，哭着也要往下跳。现在说谎等周一被拆穿，就是徒增尴尬和嫌隙，边慈没得选，只能和盘托出。

言礼听完连半开玩笑的心情都荡然无存，逮着边慈最后半句话，重复了一遍："你要转去平行班？"

说不上为什么，边慈就是感到心虚，甚至有一种自己辜负了谁的错觉，情感作祟，连说话都少了几分底气："对啊，不过张主任没表态，还不知道能不能行呢。"

又是一记惊雷。

边慈吓了个激灵，脑中突然闪过一句话——先斩后奏，天打雷劈。

老天爷似乎是在印证她这句话，暴雨倾斜而下，雨声哗哗响。

"我确实应该报警。"

言礼闷声说道。

风吹动教室的阳台门，"砰"的一声巨响，连天花板都跟着颤。

边慈回过神时只听见了"报警"这个字眼，她以为言礼还在气"正式澄清"那一茬，张口开解道："报警其实也不可取，到时候校方觉得我们过分夸大，损害学校名声，占理也变得不占理了。"

言礼没有接话，转身去关阳台门。他单方面结束话题，正好边慈词穷，她走上讲台锁完多媒体设备，又给每扇窗户牢牢扣死，以防风从缝隙里钻进来，吹乱教室里的书本。

两个人各忙各的，最后只剩下前门，言礼拿起课桌上的雨伞，先一步出了教室，边慈随后跟上，关门反锁。

雨下得比刚才更大了，站在走廊，雨水夹着穿堂风呼啸而过，刮在外露的皮肤上，生冷生冷的。边慈搓了搓胳膊，抬头对言礼说："行了，走吧。"

言礼睨她一眼，扫过她细瘦伶仃的胳膊，还有校服裙摆下白净的两条腿，脸色又臭又难为情，偏过头，语气不算好："阴天出门不知道带外套？"

不能跟在气头上的人一般见识，尤其还是被自己气到的人，边慈笑嘻嘻地顺毛哄："知道知道，就是忘记了，不过我记得带伞了嘛，功过相抵。"

言礼才不看她笑，一看他哪里还有心思生气。

他只朝她伸出手："钥匙给我。"

"你东西忘拿了？"边慈把钥匙放在他的掌心。

言礼没回答，用钥匙三两下开了门，进教室抽走搭在椅背上的校服外套，拿出来扔给边慈："穿上。"

同款洗衣液的味道，边慈抱着有些不知所措。

言礼重新锁上门，回头见她还没动作，脸色胯下来："我早上才收下来的。"

"我不是嫌脏。"边慈发现自己也回答不上具体理由，想了半天，只好说，"我穿了你穿什么啊？"

"我又不冷。"

"那我也……"后面的话戛然而止，因为边慈感觉言礼的眼神太凶了，有种"你敢说你不冷试试"的威慑力。

没辙，边慈只好摘下书包，穿上外套。

言礼个子高，外套尺码比边慈的大了好几个号，她就像偷穿了妈妈高跟鞋的小孩，滑稽又别扭。

袖子吊着大半截，衣服直达膝盖以下，边慈举起手，自我调侃了句："我可以登台唱戏了。"

"小矮子。"言礼启唇吐出三个字。

"哪有，明明是你长太高了。"

边慈将袖子挽了三圈，拉上拉链，感觉利索了些，这才重新背上书包，一副整装待发的样子："这下可以走了吧，言礼同学。"

言礼"嗯"了一声，两人并肩下楼。

走到一楼，言礼撑开伞，风拉着伞面往东边扯，雨下得又大又密，跟地面原来的热气发生化学反应，蒸腾出水雾，视野能见度不超过五米。

言礼换了一只手撑伞，走到边慈右侧，顺便提醒她："雨太大了，书包背前面。"

"好。"她的书包不是防水材质，淋了雨，里面的试卷习题册都得遭殃。

人行道上铺的地砖有些年久失修，松动不平的踩上就是污水小陷阱，两人分工合作，言礼撑伞看前面的路，边慈低头看地面的路，一路上没怎么说话。

直到回到文具店，言礼收了伞，边慈才发现他右侧的衣服裤腿全湿透了，反观她自己，只有腿上溅了几滴泥点子。

小姨正在厨房备菜，听见动静，穿着围裙出来瞧了眼，看见言礼身上湿透的衣服，着急地嚷嚷起来："你怎么淋成这样？快去洗个热水澡，别感冒了！"

边慈愧疚得不行，跟着催促："对，你快去洗澡驱驱寒。"

"小题大做"四个字挂在嘴边，言礼本来想对小姨说的，等边慈催完，他又不想说了，甚至想多耽搁会儿时间，等她再催两句。

还没等他开始耽搁，边慈就等不及了，抢过他手里疯狂滴水的雨伞，嘴上催不管用，直接上手推他的后背："愣着做什么，快去啊你，这个季节感冒可难受了，动起来动起来。"

"边慈你别管他，磨磨蹭蹭的，让他感冒，难受到自己身上才知道好歹。"小姨刀子嘴豆腐心，说完就进了厨房，没过几秒，又高声喊道，"你们两个一会儿都来喝碗姜汤！"

"好——"

"知道了——"

言礼任由边慈推着走，脚实打实踩在地面上，魂儿早飘在了半空中。

飘到房间门口，边慈的声音将他拉回现实。

"你快去洗澡，要是感冒了，我罪过可就大了。"

言礼心想他哪里还需要喝什么姜汤，心火烧得可以燎原了。

想归想，明面上还是要端着的，言礼毫不在意地说："不至于，我身体好得很。"

边慈欲言又止。

言礼拧门进屋，麦麦白天估计又在他房间里作了什么妖，空气里弥漫着劣质香水的味道，他下意识地嗅了嗅，偏头就是一个喷嚏。

门外的边慈顿时惊恐地回头。

"你还说不至于，快洗澡吧，一会儿姜汤你多喝一碗！不，喝两碗！"

边慈不好多打扰，耷拉着头往自己的房间走。

言礼正想解释，刚一张嘴，吸一口空气，又是一个喷嚏。

走到半路的边慈回过头，内疚得小脸能拧出苦水来，恨不得给言礼鞠上一躬。

"对不起言礼，我以后一定买一把超大的雨伞，再也不让你淋雨了！"

"我真没……阿嚏——"

边慈无颜面对言礼，小跑着钻进了自己的房间。

言礼无奈。

他迟早要把熊孩子揍一顿。

绝对。

第四章 边慈,那你让老天爷也照顾照顾我,成吗?

落日的余晖映在少年的脸上,泛着橘红色的柔光,
边慈在他眼睛里看见了自己。

1

回到房间,边慈脱下校服外套挂在衣架上,准备今晚清洗一下,明天再还给言礼。

袖子挽过的地方有折痕,边慈用手捋,可是怎么也捋不平,就像她乱糟糟的心情。

手机铃声突然响起来,打断了边慈的思绪。

来电显示是何教练,边慈大概猜到这通电话的缘由,她松开衣服,缓了几秒,整理好情绪才按下接听键。

"何教练。"边慈率先跟那头打招呼。

何教练一改往日直奔重点的说话方式,声音甚至带笑:"边慈,你在忙吗?"

"不忙。"边慈并不适应这样的交流方式,单方面结束含蓄,替何教练打开这通电话的突破口,"教练,关老师给你打电话了吗?"

何教练愣了几秒,然后叹了一口气。

"打了,学校的事情她都跟我说了。"

常年带队训练的缘故,何教练的声音低沉且偏粗,但比起刚才压着嗓子的细声细语,边慈还是觉得她这样说话比较亲切。

"对不起,教练。"

"为什么要道歉?"

"我太任性了,你托关系让我进重点班,我辜负了你的好意,还让你在好友面前为难。"无人在场,边慈还是下意识地垂下头,手指不安地绞着校服裙边。

"你多想了,我没有为难。"

何教练说不出关飒那种暖心窝子的话,她就不是那种容易心软的性格,所以连安慰都显得硬邦邦的:"选择在什么样的环境重新开始,是你的自由,大学是给你自己考的,与我无关。"

"我知道了。"

隔着电话，何教练的威严仍能传递到边慈面前，她一如往常那般惶恐不安。

以前她能用一次又一次的好成绩向何教练证明，教练没有挑错人，她是值得被栽培的选手，所以千万不要放弃她。

可是现在她没有办法用行动证明了，教练不用再栽培她，可她还是不想被放弃。

边慈攥紧裙边角，握着手机，对那头的人诚恳保证："教练，我会努力考回重点班的。"

"我听关飒说了，五中高三不实行走班制。"

言下之意，再怎么努力都没有用，这次离开是单程票。

边慈心慌起来，忙解释道："那我……那我也会努力的！我会考到能进重点班的年级名次，教练，我绝对不会给你丢脸的！"

电话那头，有人在叫何教练，边慈听出来是体操队的前队友。

何教练的声音没什么起伏："你不是我手下的队员了，丢脸也丢不到我身上，你自己的事情自己做主，我这边有事要忙，先挂了。"

边慈松开手，冲那头喊道："教练我——"

"嘟嘟嘟——"

电话被那边率先挂断。

边慈怔怔松开裙角，手指垂在裙边，找不到落脚处。

看着暗下来的手机屏幕，边慈徒生出一种无力挫败感来。

何教练说的每个字都是事实，她可以理解教练的立场，因为体操队还有很多队员需要教练去操心、去栽培，教练是大家的教练，不是她一个人的。

用心栽培这么久的队员，临到关头突然功亏一篑，这件事放在谁身上都很难接受吧，难为何教练还那么好心，替她铺好后面的路。放弃体操的人是她，任性离开重点班的人还是她，她一直都在让教练失望，又一直那么依赖教练。

她哪里值得。

她不值得。

这场雨断断续续地下了一天多，直到周日傍晚才停下。

放晴赶上黄昏，天空被照得特别亮，各家各户开始做饭炒菜，站在窗边都能听见菜下油锅的声音，空气中飘着食物的香味。

边慈写完作业，抱着脏衣篓上了顶楼，按深浅色分好类，扔进洗衣机里。

小姨在阳台种了许多花花草草，小姨夫在左边角落用木头修了个小凉亭，藤蔓爬满屋顶，形成天然的绿色屏障，听麦麦说，一年四季，阳台都有植物开花，这处凋零那处盛开。

边慈第一次闲下来欣赏阳台的风景，周围都是差不多高的低矮建筑，楼与楼的间距不大，连对面楼顶的菜园子种的什么菜都能看清楚，有那么一瞬间，她感觉自己回到了林水镇。

街头巷尾很近，就在她的脚下，高楼大厦很远，好像在黄昏的尽头。

边慈趴在栏杆上吹着风，不知不觉就失了神。

"边慈姐姐——"

"姐姐——"

声音由远及近，边慈回过神，往声音源头看去，麦麦抱着一桶肯德基在楼下朝她疯狂挥手。

对上边慈的视线，麦麦才放下手，扯着嗓子邀请她："哥哥给我买了肯德基，姐姐你也来吃吧。"

言礼站在麦麦两步之外的距离，一只手提着肯德基的口袋，一只手拿着甜筒冰激凌，冰激凌化了滴在他的手背上，他嫌弃地走到麦麦面前，将冰激凌粗暴地递到她嘴边："快吃，化了黏我一手。"

"我没手了。"麦麦理所当然地把炸鸡桶递给他哥，自己拿着冰激凌快速吸溜了一口快融化的地方，又抬头对边慈热情道，"还有冰激凌哦姐姐，你快下来嘛。"

言礼一脸无语："你吃过的还请人家吃？"

麦麦一脸无辜："这不是分享吗？"

"你都舔过了不叫分享。"

"可冰激凌就是舔着吃啊。"

…………

眼看兄妹俩要吵起来，边慈连忙圆场："没事，我不吃，麦麦你自己吃吧，我在洗衣服呢。"

麦麦点点头，立刻改了主意："那我上去。"

边慈一怔。

小朋友的脑回路令人迷惑。

麦麦带着肯德基和她哥一起上了顶楼，看见边慈就冲过来挽着她的手，往凉亭拉："姐姐你还没吃饭吧，我们一起吃，哥哥买了好多，都吃不完。"

言礼把口袋里的东西挨个拿出来，很快摆满了木桌。

"你们怎么买这么多？"边慈奇怪地问。

言礼扫了麦麦一眼，意有所指："某些人说自己都能吃完。"

麦麦讪讪地挠头："我好久没吃了，都想尝尝嘛。"说完，感觉她哥脸色还是很臭，又补充，"吃不完就给爸妈留着，反正不会浪费。"

"行。"言礼给可乐插上吸管，递给边慈，凉飕飕地对麦麦说，"佩奇，你妈已经三天没有打你了。"

小姨一贯不让麦麦吃甜食和垃圾食品，要是被她看见，肯定会挨骂。

麦麦后知后觉想起这茬，顾不上跟她哥顶嘴，话锋急转直下，盯着满桌的食物，斗志昂扬道："不能留，全部都要吃光。"

边慈怕小朋友吃坏肚子，委婉提醒："吃光就真的成佩奇了。"

"不吃光就不是佩奇了吗？"麦麦叼着鸡块反问。

言礼抢答："是佩奇预备役。"

"什么叫预备役？"

"早晚会成佩奇的意思。"麦麦咽下鸡块，嘴炮反击，"我是佩奇，你就是佩奇她哥。"

言礼反击："佩奇只有弟，没有哥。"

麦麦就等着他这一句，用鸡腿指着言礼："我有哥，所以我不是佩奇。"

边慈没忍住笑出声，麦麦转头问她："边慈姐姐，我的话是不是很有道理？"

"对。"边慈摸了摸麦麦的头，"你比你哥聪明。"

麦麦冲言礼骄傲地扬起下巴："我赢了，你服不服输？"

言礼轻笑，话是对麦麦说的，眼神却落在边慈身上："服，你说的我都认。"

麦麦大喊"Yes"，边慈迎上言礼的视线，不自在地偏头移开，拿起手边的可乐喝了一大口。

肯德基买得实在太多，好在吃到一半，麦麦在楼顶看见了自己的小伙伴，她果断拿起没碰过的那些炸鸡下了楼，跟大家分享。

麦麦一走，楼顶只剩下边慈和言礼两个人。楼下几个小朋友的笑闹声将他们之间的沉默衬得更加明显。

边慈的视线落在墙角的洗衣机上，想起那件还没来得及还的校服，暗喜总算找到一个可聊的话题，正要开口，电话却响了。

她的手机就放在桌上，屏幕一亮，来电显示两个人都看见了。

是关飒老师。

边慈拿过手机，看了眼言礼，他正低头玩手机，没注意自己这边，她倏地松了一口气，接起电话。

师生互相问候了两句，关飒切入主题。

"你昨天提出的转班申请，学校领导的意思是尊重你的意见，但就我个人来说，边慈，我希望你留在二班。

"周考成绩出来了，我刚拿到年级大榜，你这次考得不错，583分，年级313名，班级也不是倒数第一。"

听到最后，边慈惊讶地问："我不是倒数第一？"

"你是倒数第二。"

"倒数第一多少分？"

"580分。"

就3分，老天爷还真的显灵了。

关飒那边还在劝："边慈，你是在进步的，老师能看见，同学们也能看见，不要一味否认自己。"

"谢谢飒姐。"边慈心怀感激,但脑子还是清醒的。

四个重点班,单数班级文科,双数班级理科,每个班50人,只有前100名才有资格留下来。

313名没有资格,100名就是100名,差一名都不行。

"还是按照学校本来规定处理吧,这件事闹得大家都不开心,到此为止对每个人都好。"

关飒自知劝不住,点到为止,继续说明:"那按照周考成绩,你这次应该转到十二班,我最后问你一遍,真的确定要转班吗?"

边慈很坚定:"我确定。"

"那好,你准备一下,明天升旗仪式结束就搬教室,一会儿我会在班级群跟同学们说一声,明天早自习跟大家好好道个别。另外,我昨天在办公室跟你说过的话一直都有效,边慈,以后也要加油啊。"

"好,我会的,飒姐。"

一通电话结束,边慈怪不是滋味,说不上是喜还是愁。

对面玩手机的人,不知道什么时候抬起了头。

"边慈,你要走了吗?"言礼缓缓地问。

边慈"嗯"了一声,抬头看着他:"明天升旗仪式结束就搬教室。"

言礼仍然一动不动地注视着她。

边慈心情渐渐沉重,挤出一个笑来,努力制造轻松的氛围:"我这次周考真的考了倒数第二,老天爷太照顾我了。"

"是你自己努力。"

"没有啦,我就比倒数第一多了3分。"

"所以你认定是老天爷照顾你?"

"对,这就是运气好嘛。"

言礼倏地凑近边慈,眼神里浮现很多她看不懂的情绪。

"那你让老天爷也照顾照顾我,成吗?"

边慈一怔,愣愣问:"怎么……照顾?"

"以后还会下雨,你那把超大的雨伞,我还没来得及用上。"言礼顿了几秒,语气变轻,"以后再下雨,我还是会淋雨的。边慈,要不你让老天爷别下雨了。"

边慈无奈失笑:"这也太难了。"

"那没办法,供伞的人非要走,拦都拦不住,只能靠老天爷关照了。"说完,言礼竟然还反问回来,"我这点要求应该不过分吧?"

边慈愣愣地看着言礼。

2

再听不出言礼话里有话,这些年的语文算是白学了。

只是边慈比较奇怪，言礼居然会因为转班这种小事跟她闹别扭。

难道是淋雨淋出心理阴影了？

做出的承诺就要兑现，边慈伸出右手放在言礼的肩膀上，严肃又认真地保证："你放心，以后下雨的日子，我们一起回家。"

夕阳在地平线下沉，天暗下来就几句话的工夫，言礼坐在背光处，日落余晖褪去，夺走了他身上的光。言礼脑袋稍侧，看了眼放在肩上的手，嘴角轻扯了下，眼眸微垂，情绪不太高的样子。

保证没有得到回应，边慈感到些许尴尬，讪讪地收回自己的手。

好像自己有点热情过头了。

言礼开始收拾桌上的残局，他的动作干脆利落，虽然一个字没说，但边慈还是感觉出来，他不想让自己帮忙。

幸好这时候洗衣机响了起来，之前放进去的衣服已经洗完了。

边慈如获大赦，噌地站起来，双手一时间不知如何安放，下意识地背在身后，这动作就好像跟老师打报告的小学生，她立马松开，左手指了指洗衣机的方向，干笑着说了句："那个，衣服洗好了，我去晾一下。"

言礼没有吱声，还是低着头收拾残局，估计是没听见她说话。

边慈脸色涨红，踩下台阶，连走带跑离开了小凉亭。

等她一走，前一秒还在收拾东西的人，手上的动作渐渐慢下来。他收拾得一团糟，吃完的没吃完的都被扔进了垃圾袋，看着利落实则慌乱，幸好边慈没有注意到这些细节。

言礼给垃圾袋绑了个死结，扔到脚边。

那个说要晾衣服的人，迟迟没有再回阳台。

言礼知道自己搞砸了好不容易跟边慈建立起来的关系。

她说以后下雨的日子一起回家，他明明可以回答一句好。他为什么要赌气？为什么不能再努力克制一下情绪？为什么要用沉默来让她难堪？

他真是个贪得无厌的人。一想到不会每天都下雨，连这种偶尔下雨跟她回家的恩赐，也不想要了。

边慈抱着湿衣服回房间待了半小时，感觉言礼已经离开阳台了才上楼晾衣服。

晚上九点左右，关飒在班级群里说了转班的事情，群里顿时炸开锅。艾特消息太多，边慈没办法逐一回复，等大家讨论得差不多的时候，她编辑了一条消息发到群里，客气礼貌，相应地，收到一批同样画风的送别语。

热闹过后，班级群回归安静。

边慈翻了一下群消息，言礼自始至终没有说一个字。看来还在生气。

边慈正犯难，一个新的聊天界面跳出来，点开一看，是明织临时拉的讨论组。

她是第二个，进去后陆陆续续有其他人进来，都是平时玩得比较好的几个人。

小群说话比大群自由得多，人拉完后，明织直奔主题。

明织：边慈你什么情况？怎么突然要转班啊？
卢凝思：就是，你明明是受害者，飒姐口风好紧，我私聊她，她什么也不肯说。
边慈：是我自己的意思。这件事源头在我，我这里断了，也就彻底消停了。

相较于明织和卢凝思，陈泽雨还算了解一点儿内幕。

陈泽雨：佟默和曹静安学校怎么处理？边慈你不要意气用事，高三不走班，你这一走就回不来了。
焦宇达：佟默和曹静安？这又是什么，我缺课了？
秦成书：同问，学委快来给我们补课。
陈泽雨：是这样的，周六早自习的时候，我把《陈情表》重新背了一遍，背完课文，我觉得我自己太牛了。
明织：你怎么不把《陈情表》当众背诵一遍再开始讲？
焦宇达：你语文怎么考及格的？

废话太多，打字太慢，陈泽雨连发了五条长达一分钟的语音说明事情始末。
因为这五条语音，群里安静了很久。
五分钟的语音，只有一分钟是重点，剩下的四分钟包括但不限于陈泽雨早上吃了什么、考试前喝了几口水，以及语文考试的默写真的考到了《陈情表》最后一段等听了就想掐断语音的废话。

明织：陈泽雨，你语文考试作弊了吧，就你这叙述能力也能及格？
卢凝思：太啰唆了你！你直接说言礼发现监控没关，去保安室查录像，发现喷漆的人是曹静安不就完了嘛！
秦成书：开口就是你背诵《陈情表》，我还以为你是什么功臣，结果就是一个打酱油的。
焦宇达：连陈泽雨的语文都能及格，我却不能，苍天无眼。

话题越聊越偏，边慈没有再参与，打开英语作业写剩下的作文，作文写完，补课的时间也要到了。
小群里的消息数量还在增加，边慈扫了眼，发现他们在说言礼，点进去翻消息。
看完她才知道，起因是卢凝思爆了个猛料。
原来那个曹静安和马嘉俊在谈恋爱，前阵子才分了手。分手理由好像是马嘉俊嫌曹静安不上进，曹静安又觉得马嘉俊长得不够帅，言礼回五中复读之后，曹静安多方打听，蠢蠢欲动，这件事被马嘉俊知道后，男性自尊作祟，面子上过不去，在学校没少找曹静安的碴儿。

当然，只有公开吵架那一次惊动了老师。

边慈看完，想起昨天在办公室马嘉俊的表情和说的话，什么都能对上了。

难怪马嘉俊看完监控录像，会用那么失望的语气跟曹静安说，你怎么能做这种事情。

也难怪她跟曹静安根本毫无交集，对方却要针对她，敢情是把她当成了情敌。

陈泽雨：照这么说，这件事怪我言哥，无意招惹桃花，边慈无辜躺枪。
秦成书：所以言哥发现监控，还算将功补过了？
焦宇达：冤有头债有主，让言哥转班不就好了。
言礼：好主意。

众人一脸蒙。

卢凝思：年级第一下放到平行班，大神，你是想侮辱谁？
明织：谢谢，有被侮辱到。
陈泽雨：我感觉我可以转校了。
秦成书：那我退出高考大军。

边慈看见言礼突然跑出来说话惊呆了，尤其还说了这么一句。

顾不上聊天，边慈打开房间门，直接敲响了言礼的房门。

敲门声急促且短，言礼以为是麦麦，懒懒散散打开门，训人的话还没说出口，就被门外的人抢了先。

"言礼，你真的要转班？"

边慈连拖鞋都忘了穿，光脚踩在地板上，太过着急下意识扯住了言礼的衣角，连她自己都没发现哪里不对。

言礼没说话，她上前逼近，又说了声："你说话啊。"

"我……"言礼顿了顿，重新说，"我开玩笑的。"

边慈由衷松了一口气："那就好，你吓死我了。"

"你这么不想跟我同班？"

情绪又有要失控的苗头，言礼不想再说莫名其妙的话，抽出自己的衣角，转身进屋。

下一秒却被人抓住了手腕，言礼面色僵住。

"你胡说什么，我很想跟你同班啊！"

边慈并不想因为转班这件小事跟言礼长时间别扭下去，以至于最后渐行渐远，她珍惜每一个朋友。

话说到这个份儿上，边慈顾不上尴尬不尴尬，走到言礼面前，抬头看着他的脸："你转班太不靠谱了。你成绩这么好，当然值得在最好的班级了。我现在不够好，所以我要回到我本来的位置。就算之后不走班了，我们不能做同班同学，可我们还是朋友啊，难道你要因为这种事跟我绝交吗？"

言礼毫不犹豫地反驳："我没有。"

边慈偏头哼了一声，当场翻旧账："你就有。傍晚在阳台上，我说下雨再一起回家的时候，你都没理我，我快尴尬死了！"

"又不会每天都下雨！"

说完，言礼就后悔了，然而面对面交流不存在撤回键。

边慈愣了几秒，很快品出重点，试着问："不下雨的日子，你也想跟我一起回家吗？"

言礼避重就轻："你一个女生走夜路不安全。"

"可是徐婆婆说这边晚上治安很好的。"

多说多错，继衣角之后，言礼又一次抽出自己的手："那算了。"

边慈感觉言礼又有点不开心了，话锋一转，又说："凡事不绝对，那就一起吧，反正我们顺路。"

"随你。"言礼的手指节蜷缩了一下，贴着裤缝。

"言礼。"

边慈突然叫他的名字。

言礼的心跳漏了一拍，抬眸迎上她的笑脸，她背着手偏头说："以后下雨和不下雨的日子，我们都一起回家。"

陈述语气，可是他知道，她在等他表态。

放在裤兜的那只手，在边慈看不见的地方，因为这句话攥成了拳头。

"好。"一句不够，言礼又补充了一句，"好，一起回家。"

事情说完，边慈回到自己的房间。

小群里还在说转班的事情，言礼不知道在忙什么，也没出来解释，让他们误会得更狠。

边慈：别听言礼胡说，他不转班。

陈泽雨：言哥自己说的，不听他讲听谁讲？

这一下子把边慈给问住了，她还没想好怎么回答，总不能说是刚才她跑到言礼房间门口，听本人亲口说的吧，这大晚上的也太让人浮想联翩了。

言礼：我说了不算。

陈泽雨：谁说了算？

言礼：供伞的。
陈泽雨：你说的是人话吗？我怎么听不懂啊。
明织：说明你不是人呗。
陈泽雨：……

边慈盯着手机屏幕，感觉言礼说的那两句话奇奇怪怪，具体的又说不太上来，细想还觉得有点道理。

保守起见，边慈又委婉提醒了一句。

边慈：言礼你不要乱讲。
言礼：好。

众人："！"
边慈："？"
怎么感觉好像更奇怪了……

3
临睡前，关飒单独给边慈发了一条消息，叮嘱她明天早点去教室开门，钥匙在她手上，值日的同学开不了门。

边慈说好，并且找值日的同学说了声，明天早上的班级卫生由她负责。

值日的同学连声道歉，并顺口说等边慈下次值日的时候，她会帮忙替一回。

下次？哪里还有什么下次。

同学也意识到这句话不太妥帖，很快改了口，说请边慈喝饮料。

边慈只说了声没关系。

次日一早。

天刚擦亮边慈就出了门，到学校的时候，校门还没开，边慈敲了敲保安亭的窗户，才把撑着头打盹儿的保安叫醒。

保安打着哈欠给她开了小铁门，打量了边慈一眼，见怪不怪道："同学，你是高三的吧。"

边慈点头。

"真是辛苦啊。"保安感叹道。

边慈不置可否，跟保安挥了挥手，背着书包往致远楼走。

学校内的路灯仍然亮着，林荫道上连个人影都见不着，虽然是清晨，但跟半夜感觉也差不多，只有从西边食堂传来的锅碗瓢盆声提醒着边慈，校园即将苏醒。

边慈加快脚步，穿过林荫道，在生活区总算碰见了几个早起背单词的同学，离致远楼越近人越多，因为住校的高三生普遍起得早。

平时最冷清的区域，在清晨反而最热闹。

二班在六楼，边慈走到四楼的时候，想起十二班在这一层，脚步顿了顿，从楼梯间拐出来，往十二班的教室走去。

整栋教学楼的教室格局都一样，从外观上看没什么区别，边慈在十二班教室窗户前站了一小会儿，品出了些许不同。

班级里有四个住校生，两个人在吃早饭，一边吃一边聊闲话，声音很大，伴随着笑声，一个人在看漫画杂志，一个在抄作业。

毫无学习氛围。

边慈从中间的楼梯间上六楼，二班也有住校生已经到了，只是没有钥匙进不了教室，只能在走廊分散站着。

五个人互不打扰，不管是背单词的还是吃早饭的，都没有发出什么声音。

难怪关飒会跟她说，就算转到平行班也不能松懈。一旦松懈，在放松的环境里就很难再产生危机感。

重点班的独特之处远不只是师资配置，同水平的同学聚集在一起自然形成竞争，优秀的人或多或少心存骄傲，没有谁会甘心屈于人后，在这样高压的环境里，拼的就是上进心。

边慈用钥匙开了门，那五个人才注意到她的存在，但也只是淡淡扫了眼，比起跟她打招呼，手上的书显然更有吸引力。

走到自己的座位，边慈摘下书包，盯着学生证上班级那一栏的"高三（2）班"字样，徒生出一股强烈的不舍。

要是现在是高二就好了，她还可以努力考回来。

这个想法一出，下一秒就被边慈自我否定了。

倘若按照走班制，只有年级前100名才有资格进两个重点班，二班和四班又以二班最佳，考回二班，得年级前50名才可以。年级前50名是什么概念呢，650分只能垫底吧。

边慈去阳台拿扫帚，想起自己这回周考的583分，沮丧地垂下了头。

她哪里来的自信能考回二班，越到后面涨分越难，她这种资质，高考能保持在600分左右已经超常发挥了。

边慈怀揣着惆怅的心情做完值日，教室里陆陆续续来人，这才多了些说话的声音。

今天是边慈作为课代表最后一次收作业，班上的同学都很积极，不用她催就主动上交。

早自习结束，边慈清点作业，发现还少一本，跟花名册一对，少的那一本是佟默的。

边慈转头看向佟默的座位，空空如也。

她拍拍前排明织的肩膀，询问："佟默人呢？"

"请假了，一直没在，你没发现？"明织转过身回答。

"没发现。"岂止没发现，要不是缺了一本佟默的作业，边慈连这个人的名字都懒得回想。

班上大部分人还不知道喷漆事件的真相，明织小声地跟边慈嘀咕："她肯定是怕丢脸才请假的，一会儿升旗仪式就是公开处刑。"

"躲不掉的，早晚都要来上学。"

边慈在佟默的名字后面打了一个叉，并注明了"请假"二字，抱着一沓试卷站起来，对明织说："我去办公室了。"

"好，我在教室等你。"

"不用等我，升旗仪式我不参加。"

明织一怔："为什么？"

边慈解释："搬教室，东西有点多，趁着升旗仪式赶紧搬完，免得耽误下节课。"

转班搬教室是板上钉钉的事实，可在明织这里，心理设定上是升旗仪式结束，尽管仪式也就半小时。

一想到仪式结束回来边慈就不在这个教室上课了，明织有点不能接受，跟着站起来，说："那我也不去了，我帮你搬。"

"班长怎么能缺席。"边慈冲明织笑了笑，尽量轻快地说，"又不是不见面了，我就在四楼，很近的。"

明织恹恹地"嗯"了一声，丧气话在脑中打转，最后还是一句也没说。

她一个局外人都感觉这么难受了，边慈肯定比她难受更多更多。

"那……中午一起吃饭，你在教室等我。"明织努力挤出一个笑，"上周你不是说想吃米线嘛，我们中午去吃，我家附近有一家店味道超好的，一会儿课间我给我妈打个电话，让她叫老板给我们留两个座位，这样还不用排队了，还有——"

"小织。"边慈轻声打断明织语无伦次的话，"等飒姐评讲完周末作业，你给我讲讲最后两道大题吧，我没做出来。"

"好……好！"明织眼尾上翘，拍着胸口保证，"我回头把步骤都抄下来，其他科的你要不要？我一起抄。"

边慈没拒绝，还打趣她："那就辛苦明班长了。"

明织爽快道："边代表不用客气。"

去一趟办公室，边慈被二班的科任老师们轮番关心叮嘱了一番。

尤其是邱越明，面对得意门生一直惋惜叹气："你是我手下任职期最短的课代表了。"

话说出来徒增伤感，没等边慈回答，他又改口："稳住水平，要是下次考试，你语文考不到第一，我就要找老赵谈话了。"

老赵是十二班的班主任，也是语文任课老师。

听邱越明这么说，边慈顿时压力倍增："邱老师，你应该找我谈话才对。"

"找你做什么，你在我这里就没考过第二，要是去老赵班上考不到第一，肯定是老赵教得不好，边慈你不要有压力，你成绩下滑肯定不是你的错。"

边慈一愣。

感觉压力更大了是怎么回事。

"行了，邱老师逗你呢，别入心。"关飒走过来勾住边慈的肩膀，趁机摸了摸她的头，"忙去吧，动作麻利点，别耽误第一节课。"

边慈乖巧应下："知道了，飒姐。"

从办公室出来，学校的广播响起升旗的音乐，穿着校服的学生从各班教室出来，结伴下楼往操场走。边慈反方向逆行，回教室收拾东西。

课桌椅不用搬，主要是课本教辅资料，她把抽屉里的东西拿出来放在桌面上，努力往储物箱里塞，想着一口气抱着箱子去四楼，省得跑两趟。

然而想法是美好的，每天拿上拿下不觉得多，突然全部收拾出来，一个储物箱根本装不下。

桌子上堆成了三座"小山"，储物箱也满满当当，边慈弯腰试图抱了一下箱子，箱子纹丝不动。

太重了。

不知道跑四趟能不能搬完。

边慈挽起校服袖子，背上书包，抱起桌上最高的一沓书往门外冲，打算一鼓作气跑到十二班教室。

没想到刚冲到讲台，书没堆平整，眼看"山"就要倒了——

边慈试图用下巴抵着最高处，有一双手比她动作更快，托住最底部压住最高处，眨眼之间"小山"就移了位。

"你以为自己是大力水手吗？"

言礼把一沓书放在讲台上，挪开上面那部分，抽走中间的小词典，又把上面那部分垒上去，最后将小词典递给边慈："你拿这个。"

"你没去升旗啊。"边慈接过小词典，言礼已经抱着书率先离开了教室，她抬步追上去，笑嘻嘻地问，"你专门留下来帮我搬东西？"

"我头疼，请假了。"言礼一本正经地胡说八道。

边慈"哦"了一声，反问："你头疼还能搬东西？"

言礼狡辩："头疼又不是手疼。"

边慈面露为难："使唤病号，我良心不安。"

言礼蹙了一下眉，又说："我自愿搬的，不算使唤。"

边慈停下脚步，意味深长地看着言礼。

言礼顿了几秒，反应过来前后语自相矛盾，拙劣的借口被自己戳穿，嘴唇张合两下，想说点什么，最后又咽了回去。

"我发现了，你很喜欢口不对心。"

看在言礼帮她搬东西的分儿上，边慈决定提点提点他："你要诚实一点儿，嘴随心走，这样比较好，不然别人永远不知道你在想什么。"

言礼没有说话，脸色紧绷。

边慈以为自己踩到了他的什么雷点，识趣闭嘴，没有再多言。

沉默一直持续到搬完所有东西。

十二班也是单人单桌，边慈的座位在靠窗最后一排。她清点了一下个人物品，抬头对言礼说："辛苦你了，都搬完了。"

言礼拉开前桌的椅子坐下，完全没有要回去的意思。

边慈奇怪地问："哪里不对吗？"

"其实我不头疼。"言礼没头没脑抛出一句，"我在等你找我帮忙搬东西，我没等到，就只能骗你了。"

边慈愣怔片刻，反应过来他是在回答自己那句"嘴随心走"，失笑道："你反射弧太长了吧。"

然后她又说："因为我自己搬得动，只是要多跑几次，就没有找你帮忙了。"

言礼站起来，没有接茬，算是接受了她这个说法。

"我回去了。"

"好。"

走出教室，言礼想起一件事，推开窗户，叫她："边慈。"

边慈抬眸："嗯？"

"中午一起吃饭。"言礼用自认为最自然的语气说道。

下一秒，却被边慈很干脆地拒绝了："不行，我已经跟小织约好了。"

言礼无声地把窗户推了回去。

边慈顾着收拾东西，以为他已经走了。

几秒之后，清朗的男音从教室前门传来。

"你们去吃什么？"

边慈听得莫名其妙，下意识地"啊"了一声。

言礼补充道："我也想吃。"

"可是我还没说吃什么……"

"吃什么不重要。"

边慈僵在座位上，心跳倏地加快。

"重要的是我不知道吃什么。"言礼面不改色地自圆其说。

"哦。"

边慈轻扯嘴角，眼神黯淡下去，心想，思考下一顿吃什么，果然是世界级难题。

4

楼梯间的方向渐渐嘈杂起来，脚步声说话声混在一起，应该是升旗仪式结束了，大家各回各班。

言礼没有久留，最后对边慈说了一句"走了，中午见"，从教室前门走出去，很快消失在走廊外。

快得边慈还没来得及应一声好。

边慈稍顿，摇了摇头，把脑中那些荒唐的念头甩掉，继续收拾课桌。

教室陆陆续续进来人，喷漆事件在升旗仪式上已经有了说法，散会后不少人在私下议论。

"曹静安这回丢脸丢大了，看她以后还怎么在五中待。"

"她还算心大的，佟默今天直接请假了，这缩头乌龟会不会直接转学？"

"不知道，不会吧，这件事边慈最惨了，她以后在重点班的处境也挺尴尬的，但话说回来她确实是关系——欸！你打我干吗？"

说话的人顺着朋友的视线望过去，看见坐在最后一排忙着收拾东西的边慈，顿时僵在原地。

"什么情况这是？"那人压低声音问同伴，"边慈怎么在我们班？"

同伴朝她翻了个白眼："她转我们班来了，早自习老赵说过的，你耳朵离家出走了？"

"我补觉呢，没听见。她为什么转班？"

"这不知道，不过听说是她自己跟学校提出来的。"

"牛。等等，她座位前排是何似吧？她们会不会打起来啊，何似跟曹静安关系那么好……"

"借过。"

那人抬头撞上何似的脸，又一次面如土色，拉着同伴让开道，尴尬得说不出一个字来。

何似冷着脸越过两人，走进教室，在自己座位前停下，目光落在后座的边慈身上。

边慈过了几秒才注意到前桌的存在，一眼认出她就是上次跟言礼搭讪的"卷卷头"。

"是你。"边慈跟她打了声不咸不淡的招呼。

何似神色复杂，好几秒后，"嗯"了一声，拉开椅子坐下，再无后话。

边慈被她这态度一刺激才想起她和曹静安是朋友，搭讪那天，曹静安也在场，还鼓励她要把握住机会。

不对啊！

喜欢言礼还鼓励自己朋友去搭讪自己喜欢的人，到底算情敌还是算闺密？

算了。跟她又没半点关系，爱谁谁。

十二班第一节课是语文，老赵夹着教案走进教室，班长喊起立。

站起来的一瞬间，听见的不是明织的声音，边慈还恍惚了片刻。

陌生的教室，陌生的同学和老师，离开还不到一个小时她就已经开始怀念二班，明明也没在那个班待多久。

"从今天开始，边慈也是我们十二班的一分子了，以后大家好好相处，共同进步。"

班级里没什么人回应。

边慈在座位上干坐着，品出一丝尴尬来。

老赵似乎习以为常，很快转移了话题："周考成绩出来了，有些同学的成绩呈断崖式下跌，要是按照走班制，咱们班要走三分之一的人。

"课代表来把卷子发下去。这节课评讲试卷，这回咱们班的语文平均分又降了3分，你们还真给我面子，年级最高分138，咱们班最高分108。"

说到这儿，一个瘦高个男生举手打断老赵的话："班头儿，最高分来咱们班了，咱们班最高分是138才对啊。"

老赵一怔，然后开口："也对。你们都跟边慈学习学习，都是学理科的，人家以前还是体育生，语文都能考这么高的分数。"

经过这么几句话，边慈算是听出来了，十二班这个班主任业务水平不知道怎么样，情商是真的低，不到三分钟的工夫，愣是把她在班上的好感值给彻底归零。

班长发完试卷，人手一份，除了边慈，她的那份还在二班老师手里。

老赵在讲台上自顾自安排："边慈，你把课桌搬到何似旁边，跟她凑合一节课。"

边慈万般不情愿，可是在课堂上只能硬着头皮答应，起身将课桌搬到了何似的旁边。

何似不情不愿地把试卷移过来，边慈看见总分栏上的"108"，一怔。

得，好感值现状是负数了。

老赵，真有你的。

边慈一走，二班教室空出一张桌子来，但谁也没有去动。

上第一节课的时候，任课老师让排头往后传试卷，注意到边慈的空位，顺嘴说了句："下课把空桌子移走，卡在中间传试卷不方便。"

坐在前排的明织难得顶了嘴："没有不方便，我站起来往后传就行。"

老师板着脸，说："你站起来，别人也站起来，纪律全乱套了，还上什么课。"

明织不以为然，嘟囔道："哪有那么严重。"

"明织，你非要跟我对着干是不是，你现在就给我把桌子搬到教室后面去！"

明织坐在座位上，盯着自己的卷子一声不吭，脸上又委屈又不服气。

这个表现落在老师眼睛里无异于无声抗议。

老师将教案往讲台上一甩，眼看就要火山爆发，陈泽雨噌地站起来，笑着圆场："老师，别生气，明织她不是那个意思。"

话音落，坐在旁边的言礼也跟着站了起来。

不过言礼没有说话，径直走向边慈用过的那套空桌椅，抓住椅背的铁杠，将椅子倒扣在课桌上，动作利落地把桌椅搬到了最后一排，自己座位的旁边。

老师在讲台上看愣了，过了几秒，回过神来问："言礼你做什么？"

"搬桌子。"

言礼拉开椅子重新坐下，神情语气跟平时差不多："搬完了，上课吧老师。"

老师总感觉自己被莫名其妙怼了一通，可又挑不出言礼的错，只能翻篇，整理好情绪继续上课。

这段小插曲过去了几分钟后，陈泽雨看气氛回归和谐，才敢做小动作。

陈泽雨冲言礼"picipici"了两下，后者眼风扫过来，他小声问："言哥，你心情不好啊？"

言礼头也没抬地说："没有。"

"哦，我还以为你跟明织一样，因为边慈转班的事情闹情绪呢。"陈泽雨抓了下头顶的板寸短发，"小女生就是麻烦，不就是转个班，上下楼就能见，搞得跟异地恋似的，你说是吧言哥？"

"闭嘴。"

你是成年人了，要成熟一点儿。

言礼对自己说。

陈泽雨还在感慨："不知道边慈会不会适应，刚升旗的时候我听女生说，曹静安那个好朋友叫什么何似的也在十二班……"

"陈泽雨，你来回答。"

突然被点名，陈泽雨脸上大写的蒙，另一边的秦成书贼兮兮地提醒："选A选A。"

陈泽雨才不信秦成书的话，胸有成竹地回答："这道题，我觉得应该选C。"

"都讲到填空题了，上课开小差，这节课你给我站着听！"

陈泽雨瞪着秦成书，用口型问候了他的祖宗十八代。

讲到填空题了？

言礼后知后觉给试卷翻了个面，老师讲的每个字他都听得懂，可就是没办法定位到具体是哪道题。

挣扎了一分钟，言礼放弃，承认自己心不在焉的事实。

他靠着椅背，一只手夹着笔，笔转了不知道多少圈，眼神又一次失焦。

"基础题就不用讲了，现在来看第一道大题……"

又讲到大题了。

言礼放下笔，抬眸看向边慈坐过的位置。

课桌搬走后，后面的同学挨个往前挪，空位从那一列的中间移到了最后，边慈的位置被其他同学代替。

再不是那个上课坐得笔直，遇到难题会用笔帽戳自己脑门，除了看黑板就是低头记笔记的人了。

好像本来就应该是这样。

他被老妈改了志愿，回到五中复读，度过平凡普通又枯燥的一年，生活跟以前没什么区别，路还是那条路，家还是那个家，视线范围内还是看不见她。

可她分明存在过，因为存在过，现在不存在的事实才那么难以接受。

就像八年前一样。

言礼从桌肚里摸出手机，看了眼时间，不到九点，还要上四节课才到中午。

太漫长了。

"言礼，你起来讲讲这道题。"

混乱的思绪终于被打断，言礼站起来，有种如释重负的解脱感，捏着试卷问老师："哪一题？"

全班一愣，学神你这个勉为其难给学渣讲题的语气是怎么回事啊！

老师强压住火气，反问言礼："你不知道我讲到哪道题了吗？"

言礼很诚实："不知道。"

老师气得快翻白眼："为什么会不知道？"

"我没听，走神了。"话题拉得有点远，言礼不动声色地将话题拉回来，又重复了一遍，"所以是哪一题？"

面对优等生，这堂课憋了太多火的老师终于爆发了，指向教室外的走廊："你给我出去。"

言礼照做不误，同在罚站的陈泽雨幸灾乐祸地笑了声，被老师捕捉到，下一秒："陈泽雨，你也出去！"

陈泽雨笑意僵住。

教室外的走廊。

言礼和陈泽雨并肩罚站，前者一脸无所谓，后者一脸有苦难言。

陈泽雨憋了半天憋出一句："言哥，你走神害得我好苦，我想采访你一下，你为什么走神？最好能给我一个极具说服力的答案。"

言礼沉默了一瞬，回答："时间过得慢，我心情不好。"

陈泽雨一头雾水："这二者有因果关系？"

言礼觑他一眼，不愿深聊，只说："成年人的烦恼，你懂什么。"

5

语文课结束后，老赵让班长把年级大榜和班级排名表发到每个同学手上。

每次考试结束，除了自己的成绩，最受大家关注的就是年级前100名。

"言礼又考了720多分，他还是不是人啊。"

"尊重点儿，那叫学神，瞻仰一下得了，超越是不可能的。"

"二班和四班掉出前 100 名的人不少啊，要是还走班就好了，六楼绝对要大换水一次。"

"佟默才考 580 分？这成绩还有脸待在重点班？我都比她考得高，凭什么高三不走班，太不公平了吧。"

……

课间喧闹，议论声此起彼伏。

边慈听了，心里悄悄嘀咕，估计前几次考试，别人看她考了那么点分还在重点班待着，也是这么吐槽她的，可能吐槽得更狠。

佟默这次考得比她还差，确实挺意外的。印象里，佟默成绩在二班不算拔尖，但在年级也能排个 90 名左右，这次掉得这么狠，难怪惹人不满。

十二班的班级排名表上没有边慈的名字，她粗略扫了眼，发现第一名竟然是何似，考了 600 来分，是班级里唯一考到"6"开头的人。

不知道何似是不是也跟其他人一样心有不忿。

语文课共看试卷的尴尬，边慈不想体会第二次，趁着上课铃还没响，她跑了趟二班办公室，找以前的任课老师要自己的周考试卷。

办公室进进出出的人不少，边慈连报告都省了，脚刚抬起来，还没往前面迈，就被里面抱着作业冲出来的男生撞了下，险些没站稳，幸好有人在后面扶了她一把。

"小心点儿。"

声音太耳熟了，边慈惊魂未定地回头看，迎上言礼的脸，嘴角不自觉漾开一抹笑：“你怎么也在这里？"

被罚站了一节课，当然是来办公室挨骂的。言礼本来觉得没什么，一想到边慈会看见他的窘态，脸皮顿时变得比纸还薄。

现在走吧，少了几分钟跟边慈说话的机会。

现在不走吧，就要在边慈面前挨训，出个洋相。

言礼陷入两难，忘了身后还跟着猪队友陈泽雨，他不说话，陈泽雨主动跳出来代言："言哥上课走神被罚站了，来办公室挨骂的。"

"啊？"边慈惊讶地看向言礼，"你还会走神？"

陈泽雨抢答："边慈你不懂，这是成年人的烦恼。"

边慈偏头表示疑惑。

言礼忍无可忍，将陈泽雨推进办公室，生硬地转移了话题："你来办公室做什么？"

经他这么一问，边慈想起自己上楼的正事："来拿周考卷子。"

说完，关飒那边在叫言礼的名字。

边慈不好耽误他的时间，补充道："你去吧，飒姐在叫你。"

言礼进退两难，无奈地"嗯"了一声，走了一步又退回来，跟边慈没头没尾解释了句："我其实很少走神。"

边慈似懂非懂，笑着附和道："肯定的，毕竟成年人的烦恼也不是天天都有。"

剩下的四节课，边慈有了试卷，没再跟何似说过一句话。

十二班的讲课进度比二班慢，周考卷子二班老师一节课就能评讲完，十二班的老师要分两节课，解法讲得还没二班那么深。

边慈感受过快节奏，突然慢下来，结束上午的课程，隐约有点没吃饱的感觉。

更让她不习惯的是，十二班的作业量只有二班的一半，而且老师布置完作业，班上居然还有不少人在叫苦说作业多。

中午吃饭的时候，边慈跟明织聊起这件事。明织听完，提议道："那这样，二班的作业我每天帮你复印一份，你私底下做。"

边慈感动不已："小织你太好了。"

明织眼馋边慈那碗米线里没怎么动的牛肉，乘机打劫："那你的牛肉分我一片。"

"都给你吃！"边慈把牛肉全部夹到明织碗里，夹完还不够，又说，"要不然再加一份肉。"

明织忙摆手，出声阻拦："不了不了，我吃不完。"

强行加入午饭局的言礼，听着两人的对话，感觉自己有点像电灯泡。

但就算作为一个电灯泡，也有发光发热的责任。

"二班的作业你也要做的话，你是打算熬通宵吗？"

言礼那碗米线刚端上来，他将最上面的牛肉夹到边慈碗里，却换来两个女生异样的眼神。

他慢条斯理拌米线，掩饰自己的真实目的，随口找了个借口："看什么，我今天不想吃牛肉。"

明织一下子就发现了关键所在，问："那你为什么不往我碗里夹？"

"你已经吃了两份了。"言礼递给她一个和善的眼神。

道理确实是这么个道理，可明织愣是听出了护短和警告的意味。

一定是她的错觉。

边慈的关注点并不在牛肉上："言礼，你是想说两个班的作业量太多了吗？"

"非常多，你写不完的。"言礼实话实说。

"那我怎么办？"边慈戳了戳碗里的牛肉片，小脸苦着，"我成绩本来就不好，我担心这么安逸下去，会越考越差。"

明织打趣她："你是不是找虐啊？大家都巴不得作业少点好呢。"

"不是，以前题海战术我都追不上你们，要是现在减少做题量，我更追不上了。"

"那你挑着做。"言礼不紧不慢地说，"重复题型每天只需要做一道，掌握的题型可以省略，高频考点多练，这样筛选二班的作业，加上十二班本来要完成的，做题量跟你以前差不多。

"明织你不用复印，试卷每天都有多的，全剩在陈泽雨那里打草稿了。回头我让他留一份，直接给边慈做就行。"

边慈瞬间感觉醍醐灌顶，向言礼投去一个感激的眼神："好办法，言礼你太厉害了！"

言礼一怔。

视线相撞，不过五秒，两人很有默契地偏过了头。

"我去趟洗手间。"言礼突然起身道。

边慈装作去拿桌子旁边的醋，没看他的眼睛，说了声："好，你去吧。"

等言礼走后，明织撑着头，一脸八卦地问边慈："你们两个什么情况？"

边慈一边往碗里倒醋，一边回答："什么什么情况？"

"就刚才，你俩'唰'一下，画面过于纯情，我感觉我在看少女漫画真人版。"明织说完，见边慈倒醋的动作还没停下来的意思，一把抢过醋瓶，"你要把自己酸死啊！"

本来被红油覆盖的米线，现在染上了一层淡淡的黑。

醋倒多了，肉眼可见的酸。

"没什么，小织你想多了。"边慈用筷子搅着碗里的米线，醋的味道钻进鼻腔，酸得她眼睛发涩，"我刚才有点激动，言礼他可能不太习惯被人这样夸奖吧，就……有点尴尬而已。"

明织半信半疑："我还以为你对言礼有想法呢。"

边慈停下手上的动作，压下心里刚冒头的念头，像自言自语，又像是回答明织的问题："没有，不会的。"

"那就好。"

"为什么？"

"他心里有人了，求而不得不是很可怜吗？"明织想到学校里那些暗恋言礼的桃花们，感慨道，"前面一大片森林呢，何必在一棵树上吊死。"

边慈听完没表态，低头尝了一口米线，酸到了心坎里。努力咽下米线，她盯着碗里那几片牛肉，垂眸道："嗯，小织你说得对。"

当天晚自习下课，回家的路上，言礼把二班的作业交给边慈。回到家，边慈写作业的时候摊开细看，发现了试卷上的标记。

需要做的题，题号上被打了红钩，个别难题旁边还有一两句备注，说明考点，方便她翻教材对照公式定理打开思路。

翻到最后一张试卷，上面贴了一张便利贴：

明天早自习之前我来收作业，不会做就空着，找时间给你讲。

边慈将便利贴小心收好，放在抽屉里，然后挽起袖子开始写题，浑身充满了干劲。

她一定要更努力学习才行，不能辜负言礼的一番好意。

线上有不吃绿豆补习，线下有言礼一对一喂题辅导，虽然离开了重点班，边慈的学习效率反而有所提高。

这周结束就是国庆假期，周考结束，各班科任老师到教室布置作业。

七天长假，作业量前所未有的多，各个教室哀号声不断。作业布置完，老赵合上教案，大家收拾好书包跃跃欲试，只等班头儿啰唆完第一时间冲出教室，拥抱小长假。

然而——

"中午开了个教职工大会，有个事情，要跟你们说一声。"

老赵的语气凝重又严肃，就连沉迷算题的边慈都抬起了头。

"最近有不少同学给校长信箱写信，说的都是关于高三恢复走班的事情，学校领导考虑了一周，认为高三年级这种良性竞争意识更不可缺少，决定延续走班制的传统。

"但考虑到高三年级时间紧任务重，频繁更换学习环境弊大于利，所以，走班机会整个学年只有三次，以三次省内诊断性考试为准，最近的一次就是一诊，还有两个月，希望各位同学认真备考，六楼重点班的大门，向所有人敞开。"

场面话说完，老赵决定再讲点接地气的："你们私底下一直喊不公平，觉得自己也是重点班的料，现在好了，机会来了，都给我铆足劲拼一拼，别光知道耍嘴皮子。"

消息一出，全班炸锅。

边慈好像被什么东西炸了一下，脑子都是蒙的，铺天盖地的狂喜涌上心头。

恢复走班制？所以她有机会考回二班了？只要考到年级前50名就行……

年级前50名？

边慈想到自己那"5"开头的成绩，鸡血变冷水，从头浇到脚，脑子很快清醒过来。她趴在桌子上用笔帽戳自己的脑门，懊恼不已。

做什么白日梦呢你，这点可怜巴巴的分数怎么可能考得进年级前50名啊！

6

老赵甩完重磅消息宣布放学，任由学生们自己消化。

隔壁班响起一阵尖叫，楼下教室有人兴奋得在拍桌子，各种声音交汇在一起，让平时死气沉沉的致远楼充满了人气。

教室里、走廊上、楼梯间，无一例外，每个人三句话不离"走班"两个字，本该备受讨论的国庆长假反而成了大家最不关心的事情。

边慈慢吞吞地在座位上收拾书包，十二班还有许多没有离开教室的人，都在议论走班这件事。

"我要让我妈给我找家教了，高中最后进重点班的机会，我一定要抓住！"

"你哪是抓住进重点班的机会，是抓住跟言礼同班的机会吧。"

"你乱讲，我是为了学习好不好。"

"要跟你男神同班可不容易，年级前50名，我算算，你应该还差个六七十分，这也太难了。"

"还有两个月呢，我一定可以！前有男神突然复读，后有高三恢复走班，这是上天的暗示，天赐良机。"

…………

对于桃花妹妹们而言，重点班的吸引力远不止学霸云集本身，还有一个言礼，这两个点加在一起，足够让很多人拼老命挤进二班了。

她根本不是一个人。

想到这层，边慈不知道是该庆幸自己有一大票"战友"，还是该苦恼这一大票"战友"跟她水平差不多，她们还有共同的目标，名额有限的情况下，这些桃花妹妹的干劲应该比自己大得多吧。

她的胜算好像更低了……毕竟她没钱请家教。

前桌的何似站起身来，有两个叫不出名字的女生在教室外面等她，她一出去，那两个女生立马迎上去，拉着她兴奋地聊天。

边慈坐在窗户边，三个女生说话的声音窜进她的耳朵里。没什么特别的，还是关于走班的事情，那两个女生觉得何似最近成绩进步很大，等一诊的时候，肯定能考进二班。

何似说了句，事在人为，充满自信的语气。

看来何似心意未改，一如往昔。边慈心道。

三个女生的声音渐渐远去，边慈收拾好东西，暂时抛开混乱的思绪，拉上书包拉链站起来，打算去图书馆学习两个小时再回家。

"咚咚"两声，从窗边传来。

边慈顺着声音看过去。

"磨蹭什么呢？"言礼缓缓收回叩响窗户玻璃的手，低头看了眼腕表，"放学都快十分钟了。"

脑子里想的人突然出现在自己面前，边慈有点不知所措，握着书包带问："你找我有什么事吗？"

言礼愣了一秒，伸出手指戳了下边慈的脑门。

边慈松开书包带，双手捂住刚才被言礼戳过的地方，宛如受惊的小鹿："你干吗？"

"失忆了？"言礼又气又无奈，"想想，中午吃饭的时候你答应了什么。"

中午吃饭？

边慈回想了几秒，终于反应过来："呀！我答应了明织，去她家店里品尝新品的！"

"还算有救。"言礼稍感安慰，提醒她，"你说放学上楼找我们一起走，结果一直没等到你。"

"我忘了，不好意思……"边慈放下手，后知后觉地问，"明织他们呢？"

"先去店里了。"

"哦……你是专门下来找我的吗？"

"不然呢？"

边慈词穷，在心里暗暗吐槽，自己都在问一些什么傻瓜问题。

"那我们走吧。"边慈背起书包，从教室后门出来，两人并肩往楼梯间走。

从走廊到楼梯间过渡的区域，有一个小台阶，边慈心里装着事，没顾得上脚下的路，一脚踏空，身体趔趄了一下，幸好扶住了旁边的墙，勉强站稳。言礼停下脚步，回头看着她，眉头微微蹙起。

"你没事吧？"

边慈摇头，对他笑了笑："没事，走神了没注意看路。"

不愿深聊的说辞，换作平时，言礼也不会往深了问，可现在他很难做一个识趣的人："为什么走神？"

"没——"

"没什么"三个字还没说完，就被言礼打断："你不说的话，我们就站在这里耗着。"

楼梯口人来人往，杵这里站着，跟任人打量的雕像没什么区别。

边慈没想到言礼这种好脾气会突然这么强硬，真实理由又难以启齿，她干笑着，试图敷衍过去："其实真的没事，我们先去店里吧。"

言礼没有说话，侧身给经过的人让开路，倚在楼梯扶手旁，姿态松懒，大有一副跟你耗到天黑的架势。

僵持片刻，边慈败下阵来，她扯了扯言礼的校服袖口："好好好，我们边走边说好不好？"

言礼"嗯"了一声，不为所动："说不好就停下，你看着办。"

"我以前怎么没发现你这么强势啊。"边慈小声嘀咕。

言礼步子放缓。

边慈算是怕了他了，扯着他往楼下走："学校不是打算在高三年级恢复走班制了嘛，我心情有点复杂。"

"怎么说？"言礼恢复平时说话的语气。

"我想考回二班，可是我又很清楚，以我的成绩是考不回去的。"

倾诉这件事，一旦被撕开一条口就很难停止。

"我就感觉空欢喜一场,看大家干劲十足的样子,又觉得很心慌,不知道要怎么办了。"

拉拉扯扯总算走出了教学楼。

边慈说得差不多了,言礼却一直没插话,她感到一丝难为情,偏过头说:"就这个,我讲完了,你不许笑话我。"

"别人都干劲十足,你怎么跟别人反着来?"

边慈递给言礼一个明知故问的眼神:"我跟别人不一样啊,我成绩那么差,大家都很优秀的好不好。"

"有多差?不到两个月,你从五百多名考到了三百多名,进步已经很大了。"

"可是有什么用,三百多名又考不回重点班。"

想到班里那些女生,想到何似,边慈懊恼地低下了头:"比我优秀的人比我还努力,找家教的找家教,上补习班的上补习班,我追不上他们的。"

言礼说:"你也在上网课。"

"可是我——"

"你是觉得你那个网课老师不好吗?"

"他特别好。"边慈毫不犹豫地道,"老师是好老师,是我不够好。"

"如果再加上我呢?"

"什么?"

言礼弯腰,与边慈平视,语气自然得好像在询问她晚上想吃点什么:"除了你的网课老师,再加上我帮你补习,这样你还觉得自己比别人差吗?"

落日的余晖映在少年的脸上,泛着橘红色的柔光,边慈在他眼睛里看见了自己。

"重点班是挺难考的,你会很辛苦,不过我还是想问你一句。"言礼顿了顿,可能觉得自己太严肃会吓着人,轻笑了声,才重新开口,"边慈,你想不想回二班跟我做同学?"

边慈目光闪烁,她依然不自信,可是当下这一秒,她还是用力点了头。

"我想回去。"

哪怕回去很难,哪怕可能性微乎其微。

"行,那就回吧。"

言礼挺腰站直,眼角眉梢都是笑意:"只要你想回,剩下的就不是什么难事了。"

7

补习的事情就这么简单地达成了共识。

国庆长假第一天,店主一家外出,带麦麦去游乐园玩,节日高峰期,一家人天未亮就开车出了门。

店里安安静静,言礼的房门紧闭,边慈以为他跟店主一家同行,吃过早餐回到自己的房间,按照头天的计划开始学习,没有主动过问补习的时间。

边慈进入学习状态总没有时间概念，直到肚子咕咕叫起来，阳台外飘进来各家各户炒菜的香味，她才意识到又到午饭点了。

做完最后一道化学题，边慈放下笔，站起来伸了个懒腰。

去巷子尾的面馆吃碗酸辣粉加一个肉夹馍，回来午睡一小时，下午再接着学。完美。

在心里打好小算盘，边慈拿上钱包、钥匙和手机出门，走到一楼，隐约看见厨房里有人影闪过。

边慈心口一紧，余光瞥向店里的小侧门——

小侧门是打开的！

青天白日，小偷居然连文具店都不放过了？情况紧急，容不得边慈过多思考，她随手抄起靠在墙边的扫帚，轻手轻脚往厨房门口挪。

挪到一半，边慈看了眼手里塑料材质的扫帚杆杆，脑子清醒了一大半。

万一小偷身强力壮又不止一个人，她这样冲上去不是白给吗？

钱财诚可贵，生命价更高。

边慈求生欲爆棚，握着扫帚原路退回去，用楼梯做掩体躲在暗处，探出一个脑袋偷偷观察。她都打算好了，只要确定家里来的是小偷，她马上从侧门跑出去报警。

不过说起来这小偷也够傻的，放着收银台里面的现金不翻，在厨房折腾个什么劲儿啊，难道要现拆家电事后倒卖？

这时，脚步声由远及近。

他来了他来了，他扛着抽油烟机微波炉热水器燃气灶朝大厅走来了！

边慈握紧扫帚杆杆，死盯着厨房门口——

那人手里没有任何家用电器，只有两盘卖相极佳的菜，香味飘过来，惹得边慈饥肠辘辘的肚子又叫了一声。

再看长相，边慈傻了，扫帚落在地上，闷闷的一声响。

言礼闻声瞧过来，见边慈缩在角落里满脸惊恐的样子，皱眉，不解地问："你藏在那里做什么？"

"言礼？"不敢置信的语气。

"是我。"言礼的眉头拧得更紧，放下餐盘，走到边慈面前，"一觉醒来不认识我了？"

"怎么可能！"边慈从暗处走出来，拍胸口压惊，如释重负地说，"我以为店里进了小偷，没想到是你。"

言礼弯腰捡起地上的扫帚，淡淡扫了边慈一眼，抛出一句："嗯，毕竟我是社会治安的漏网之鱼。"

你们学霸记仇跟记公式一样在行呢。

这种茬边慈才不会接，她明明白白地转移了话题："你没有跟阿姨他们去游乐园吗？"

扫帚被言礼放回原位置，他转头看她："我去了谁给你补习？"

视线仿佛带着静电，落在身上酥酥麻麻，边慈下意识想说，原来你还记得啊。

话到嘴边她咽了回去，若这么说，这几个字就很……娇憨，人奇怪了。

有了先入为主的想法，说什么都感觉不合时宜，边慈最后只笑了笑。

好在言礼没有逮着这个话题不放："去洗手，可以吃饭了。"

说完，言礼往厨房走，一边走一边取下身上的小熊围裙，随手搭在餐桌椅背上。

到饭点有人叫吃饭，餐桌上摆着刚出锅的菜，热气腾腾，荤素搭配营养均衡，家的气息过于强烈，让边慈生出一种陌生又熟悉的感觉来。

言礼端着紫菜汤从厨房出来，边慈还在原地傻站着，一动不动，他又催了声："边慈？"

"欸，马上就去。"边慈应了一声，进厨房洗手。

言礼后脚跟进来，打开电饭煲盛饭。

米饭的热气上升，流水声哗哗。

洗完手，边慈关上水龙头，言礼盛完饭，也扣上了电饭煲，"咔"的一声。

心里有个开关好像被打开了，说不上是光芒还是暖流，边慈吸了吸鼻子。

两人面对面坐下，言礼将筷子递给边慈，她接过，打量桌上这三道菜，轻声说："这是我第二次蹭你的饭了。"

第一次是那顿咖喱鸡，也得亏那顿咖喱鸡，让他们第一次说上了话。

言礼不用想都能猜到边慈后面想说什么："又要跟我说谢谢？"

边慈点头，目光炯炯："我可以说吗？"

"不可以。"第一口食物，言礼夹到了边慈碗里，"有空假客套，不如尝尝这个鱼，我第一次做，不知道好不好吃。"

鱼肚子的肉最嫩，也没有刺，火候刚刚好，鱼皮只脆不焦，鱼肉的鲜味跟调料的麻辣相融合，好吃得让边慈下意识地眯了眯眼睛。

"好吃。"边慈咽下鱼肉，伸出大拇指比了个赞，"太好吃了，你这手艺可以开店了。"

吃的人给面子不吝夸奖，做菜的人自然心生欢喜，言礼全盘接受，又给边慈夹了一块鱼肚子肉："那你多吃点。"

"你也吃啊，别给我夹了。"

边慈好久没有吃红烧鱼，饥饿关头，美食当前，她说话随意多了："说真的，你第一次做都这么好吃，太难得了。"

言礼被边慈夸得有点飘飘然："你喜欢吃，我再做就是。"

"给我做太浪费了，你找个机会，做给你那个朋友尝尝。"

"不用了。"言礼回答。

边慈一怔，随后问："她不喜欢吃鱼？"

言礼看了眼只剩下鱼刺的鱼肚子："不是。"

"那不就得了。"

"只做饭就行了吗？"言礼顿了顿，没敢看边慈的脸，补充道，"做饭也太简单了，搞得我在敷衍人似的。"

边慈感觉碗里的菜突然就不香了。

她垂着头，嘟囔了声，带了些埋怨和不满："这都不行，她还想要天上的星星不成。"

话音落，餐桌陷入诡异的沉默。

边慈开始后悔，自己不过脑子说了这么一句冒犯人的话。

她算什么人？有什么资格对言礼的朋友指手画脚。

边慈干笑了声，故意忽略心里那股酸劲，解释道："不好意思，我话说太过了，那个……我也不太懂这些，可能没办法给你什么好建议。"

就算有，她真的愿意说吗？

边慈拒绝回答这个问题。

言礼"嗯"了一声，只说："吃饭吧。"

边慈暗自松了一口气，看样子他没有生气。

吃过午饭，边慈主动要求洗碗，言礼说油烟重，没让她进厨房，安排她收拾桌子和倒垃圾。

这么温柔体贴的人，边慈想到那个被言礼重视的朋友，心里更不是滋味。

被偏爱的永远不知道自己错过了什么。

收拾完厨房，言礼提议午睡一个小时再学习，边慈没有意见。

店里没有其他人，补习去谁的房间都不太方便，最后定在露天阳台的小凉亭，正好今天没下雨，入秋之后太阳也不晒人了。

午睡醒来，边慈拿上书本资料和笔袋上三楼，离言礼说的一个小时还差十分钟，她以为她是更先上来的人。

然而，她推开楼顶的木门，站在阳台上时，言礼已经在小凉亭里坐着了，看桌子上摆放随意的资料，也不像刚到的样子。

边慈迟疑片刻，抱着东西走过去。

听见脚步声，言礼抬眸，看见是她，伸手薅走另一边的试卷，给她腾出放东西的地方。

"还没到一个小时。"

边慈弯腰坐下，五味杂陈地说："这句话应该我来说，你没有睡午觉吗？"

言礼翻了一页书，头也没抬地回答："没有那个习惯。"

"那你还提议午睡。"

"我没有，你有。"

边慈耳根一红，赶紧理了下头发，用耳发遮住。

天气在入秋，她却被一个人吸引，不自觉地奔向春天。

"我做了个七天安排表，假期结束再定新的补习时间。"

说着，言礼抽出书页里的A4纸，递给她："你看看，我不知道你假期有什么安排，不合适的地方就提出来，现在就改。"

边慈双手接过，不小心碰到言礼的指尖，两个人都下意识缩了下手指。

"我没有安排。"边慈粗略扫了眼安排表，放在桌上，说，"听你安排，你是老师。"

"行。"

言礼轻咳一声，将手边的习题册推过去，用左手点了下折角的书页："我勾了十道题，你先看例题，然后自己做，做完我再讲。"

"好。"

边慈接得很快，言礼的手还没来得及收回去。他的指节细长，骨骼分明，白净的皮肤下，左手无名指那颗黑痣显得很特别，说是这双手的点睛之笔也不为过。

"好巧啊。"边慈突然感慨。

言礼抬眼望她："什么？"

边慈伸出右手，翘了下无名指："我右手也有一颗黑痣。"

言礼心里一动，看了看她的右手，又看看自己的左手，然后笑道："是挺巧的。"

他正欢喜于这个小小的相似点，边慈"呀"了声，又补充了句："我那个网课老师左手也有一颗痣，跟你位置差不多欸！"

言礼欢喜不起来了，甚至不安地收回了自己的手，放在桌子下。

"挺常见的，手指上有痣。"言礼违心道，试图扰乱边慈的视听。

"是吗？我还一直觉得很特别欸。"边慈倏地一笑，自顾自地说，"也是缘分啦，我周围就你们两个手上跟我一样有颗小黑痣，然后你们还都是我的老师，一直都在帮助我。"

话是好话，就是听多了心有点虚。

言礼含含糊糊"嗯"了一声算是回答。

"就是不知道那个老师叫什么名字，他说他也是五中毕业的，对了！"边慈灵光一现，问言礼，"他说自己声音特别难听，大家都以为他是哑巴，言礼你有没有听说五中哪个学霸是哑巴啊？"

"不知道……"言礼开始坐立难安。

边慈失望地"哦"了一声："哑巴学长真的太神秘了。"

神秘的哑巴学长合上书页，用严肃掩饰慌张："你快做题，少说话。"

边慈端正态度，乖巧说好，拿出笔开始学习，没有再说小黑痣和哑巴学长的事。

言礼靠着椅背，暗自松了一口气。

好险。

8

考虑到还有一堆假期作业需要完成,下午补习到五点半,言礼主动喊停。
"差不多了,今天先到这儿,明天继续。"
高强度学习之后大脑格外疲惫,对于授课方和听课方来说都一样。
"好,辛苦你啦。"
边慈其实还能继续学下去,但她不想因为自己勉强言礼,打算一会儿回了房间,自学一个小时再吃晚饭。
"劳逸结合才能提高学习效率。"言礼似乎看穿了边慈还想私下加码的小心思,淡声提醒,"十点半你还有网课,晚饭前就不要再学了。"
边慈无奈地笑了笑:"你是不是学了读心术?"
"你的想法都写在脸上。"言礼收拾好自己拿上来的东西,率先起身,问她,"一起下楼?"
边慈哪还好意思说不行,拿起自己的东西,前后脚跟上去。
走了两步,她回过神来,奇怪地问:"你怎么知道我的网课是十点半开始?"
言礼握紧书本边角,又开始一本正经地胡说八道:"你以前提过。"
"有吗?"边慈脑子有点蒙,"我怎么没有印象。"
言礼眼不红心不跳地瞎扯:"脑力消耗过多,记忆力下降,所以才让你休息。"
"还真是。"边慈冲言礼感激地笑了笑,"你学习好你说了算,我都听你的。"
单纯又没防备的笑,轻易勾起言礼对她隐瞒真相的愧疚情绪,嘴唇张合两下,最后轻声吐出三个字:"不至于……"

国庆长假在补习中一晃而过。
返校当天上午,上次周考成绩公布,边慈的班级名次上升了四位,开学这么久,第一次考进班级前十。
虽然只是平行班的。
第一名还是何似,边慈注意到她一直在稳步上升,照这个趋势,一诊之后考进二班不是没可能。
中午吃饭的时候,边慈没忍住跟明织嘀咕了一嘴。
明织听完,反过来打趣她:"你最近感觉跟何似较上劲了一样,喷漆那件事还没翻篇吗?"
一句话让边慈如梦初醒,她假装挑菜里的葱花,不太在意地说:"没有吧,这不是随便说说嘛。"
"有,自从你转到十二班之后,你提过最多的人就是何似。"明织突然感慨,"说起来也很奇怪,喷漆那件事之后,何似跟曹静安就没有来往了。"
边慈挑完最后一粒葱花,用勺子挖了一勺蒸蛋到碗里拌米饭吃。

明织问边慈："你觉得，曹静安和何似真的都对言礼有想法吗？"

"我不知道。"边慈给明织碗里也挖了一勺蒸蛋，"你尝尝这个蛋，拌米饭可好吃了。"

明织尝了一口，心思还在八卦上，话题又绕回去："太奇怪了她俩，谁会跟感情上的竞争对手做闺密啊。不行，我回头问问思思，她消息灵通，肯定知道。"

边慈看了明织一眼，没头没尾地冒出一句："要不然十二班的作业，我也给你带一份吧。"

"为什么？"明织不解。

"看你还有心思八卦别人，肯定是作业不够多。"

明织气笑了："好哇你，现在都敢拐着弯骂我了。"

"这明明是善意的提醒。"

"你难道对这件事就没有兴趣吗？"明织问。

"没有，她们都不是言礼心里的人。"边慈说。

明织听出潜台词，长"哦"一声，调侃边慈："这么说，你对那个人到底是谁很感兴趣？"

否认更显得欲盖弥彰，边慈索性光明正大地承认："是啊。"然后用众人当挡箭牌，"感兴趣的人也不止我一个。"

"其实说真的，要不是你跟言礼没有同校过，我都要怀疑那个人是你了。"明织掰着手指头一一列举，"你看，不管发生什么事都站你这边，给你补课，每天放学跟你一起回家，这些待遇好多人都羡慕不来。"

岂止是明织怀疑，再说下去，连她自己都要自作多情了。

边慈自己对自己说。

青天白日，边慈没有做梦的习惯，理智压过一闪而过的情绪，她对明织说："不要想太多了，言礼对谁都挺好的，换个人来做他邻居，他依然会按照自己外婆的叮嘱，像对我一样对其他人。"

专门解释给明织听的话，说完，她反而先入了心，觉得不是滋味起来。

她在难过什么？因为深知自己不是特别的，又希望自己是特别的吗？

边慈握着筷子，一个陌生大胆的念头一闪而过，把她自己吓了一跳。

后面明织说了什么，她都听得不太真切了，恍惚感一直持续到吃完饭回到教室。

午休时间，班长关掉了白炽灯，教室里很安静，窗外刮着风，又是阴天，室内昏暗得宛如即将入夜。

边慈坐下来，掏出桌肚里的小毛毯披在肩上，趴在课桌上午睡。

平时总是睡不够，趴下来眼皮子就开始打架，今天反而毫无困意，明明昨晚熬到了两点多。思绪乱飞的时候，教室后门被人推开，边慈用余光扫了眼，是何似。

何似顺手将后门带上，动作很轻地拉开课桌椅，弯腰坐下。边慈以为她也要午睡，懒懒散散盯着别人的后背看了半分钟，发现人压根没有睡觉的意思。

何似打开了自己的充电小台灯，夹在课桌边，接着拿出习题册，开始写今天的作业。

教室里的人，除了何似都在午睡。边慈偏偏只看见了何似，而且有一种很莫名其妙的想法——她都不睡，我凭什么睡？

边慈挺腰坐直，撤走肩头的小毛毯，拿出试卷闷头刷题。

或许明织说得对，她就是在跟何似较劲，归根结底，却不是因为喷漆那件事。何似对言礼有想法吗？有。

一诊过后何似进了二班，她没有进，行不行？

绝对不行。

入秋后天气转凉，季节变换，不少学生感冒请假。

面对各班每天都有学生缺课的状况，继高三恢复走班制之后，学校又出了个新政策——

恢复高三年级的体育课，并且每节体育课都要先跑800米热身。

消息一出，一半欢喜一半愁。

边慈有病假条不用上体育课，正好用来上自习，直到课表出来，她看见十二班和二班每周的体育课都在同一节，立马改变了主意。

倒是老赵比较紧张，听说边慈要照常上体育课，特地把她叫到了办公室询问身体情况。毕竟她的新伤旧伤加在一起，病历本厚得跟个重症患者似的。

病历当前，边慈只差没有当场给老赵来个后空翻，证明自己的腰伤已经痊愈，好说歹说，老赵总算在申请书上签了字。

等边慈美滋滋地拿着申请书离开办公室，老赵后知后觉地意识到一个问题——既然边慈的腰伤早就没有大碍，何必要退役？

老赵没有想明白，事后拐弯抹角问了问关飒。关飒含糊其词，什么所以然都没说出来。

第一节体育课在周三，下午第二节课。

下课铃一响，班上的男生瞬间躁动起来，有人抱着篮球开始喊话："走了走了，占篮筐，回头被其他班抢完了。"

女生则比较淡定，更有甚者在座位上思考拿作业下去上课。

边慈特别注意了一下何似，她拿了一张数学试卷。

体育课争分夺秒学习并非边慈本意，然而，身体比思想诚实，等反应过来时，她的手上也捏了张试卷。不是数学，是物理。

右肩膀被人从身后拍了一下，边慈往左边看，果然是明织。

被抓住现行，明织哇哇叫起来："你怎么不往右边看啊！"

"套路玩多了就不新鲜了。"

边慈将物理试卷折成小方块，放进裤兜里，然后又拿了一支笔。明织注意到她的动作，问："不至于吧你，体育课都要学习？"

"反正解散之后也没有事情做。"

"打羽毛球啊。思思先去器材室借球拍了，解散了你也来呗。"

边慈还在犹豫，明织先一步替她做了决定，抽走她手里的笔，又把她裤兜里的试卷掏出来，搂着她的肩膀往教室门外走。

"咱不差这一时半刻，该玩就得玩，死读书会变成呆子的。"

明织心直口快，边慈根本没来得及捂她的嘴巴。十二班跟何似结伴的几个女生从她们身边走过，听到这句话，有两个人直接甩了白眼，轻嗤道："重点班了不起哦。"

边慈叹了一口气。

明织还在状况外，莫名被扔了白眼，过了几秒才反过味来，好笑道："有病吧，我是跟你说话，又没提到她们，这么着急对号入座？"

"挺多人都拿了作业下去写的。"这事也分不清对错，边慈只能安抚，"算了，我们走吧。"

好在明织不是小气的人："你是看大家这么做，才拿卷子的？"

边慈摇头："我看何似拿了，我就没忍住。"

"又是何似。"明织戳了戳边慈的脑门，恨铁不成钢地问，"她给你下蛊啦？你怎么老跟她较劲啊。"

"她成绩比我好，好多人都说一诊过后，她能考进二班。"

"所以呢？"明织一头雾水。

"就……不想输给她。"越说越别扭，边慈打断话题，推着明织的后背往前走，"哎呀，你不要问了嘛，上课去，马上要打铃了。"

"欸——等等，你等等！"明织急刹车，转过身来，拉着边慈走到墙角，"我好像懂了！边慈，你真的很不对劲。"

边慈傻笑，试图敷衍过去："我怎么了？"

"成绩好的人多了去了，你为什么盯着何似不放？而且你哪里比她差了，你也很优秀好不好！"

边慈张口欲言，还没出声，明织一个意味不明的眼神甩过来，让她顿时词穷。

"你是不是拿何似当假想敌了？"

短暂的沉默。

"好像……是吧。"边慈懊恼地点了点头，语气又喜又丧，"小织，我完蛋了。"

明织一时不知道是要先恭喜，还是先表示哀悼，最后拍了拍边慈的后背："小可怜，没关系，以后还会遇见更好的。"

这话听着太耳熟了，之前她也这么安慰言礼来着。

边慈半信半疑，问她："是吗？你摸着良心再说一遍。"

"当我没说过。"

9

　　往操场走的这一段路,边慈反复叮嘱明织,千万要保密,绝对不能让言礼知道。明织嗯嗯啊啊一通答应,比起这个结果,她显然更关心过程。

　　"上次吃米线我问你,你还否认来着,你那时候就瞒着我了。"

　　"不是。"边慈顿了几秒,说,"是今天聊到这儿了,我才意识到的。"

　　明织暂且放过她,转而问:"那你打算什么时候跟他说?"

　　边慈失笑,毫不犹豫地摇头,果断道:"我不会说。"

　　"为什么啊,要是言……唔——"

　　这回边慈及时捂住了明织的嘴巴,她说前半句的时候,嗓门骤然拔高,引得周围的路人驻足回头看,边慈宛如被踩到尾巴的猫,拉着她就跑。

　　两人体力相差甚远,明织跑了几百米就喊受不了,喘着粗气甩开边慈的手,弯下腰,手撑着大腿,只差举白旗求饶了。

　　"我……我跑……跑不……动了……歇……歇会儿……"

　　边慈站在旁边等她,呼吸没乱,心倒是乱糟糟的。

　　上课铃响起,明织也休息得差不多,两人结伴往操场里面走。

　　有刚才被迫跑步的阴影罩着,明织这次说话小声了很多,用只有她们两个人才能听见的音量。

　　"你不说,是害怕以后相处起来尴尬吗?"

　　"也有吧,但不全是。"

　　边慈凑到明织耳边,不太好意思地说:"你就让我多装睡一会儿吧,醒了就得面对现实,现实还不是我想要的。"

　　怎么说呢……

　　明明很坦诚,可是感觉更心酸了。明织不自觉地难过起来,叹了一口气,真诚道:"我以后再也不吐槽桃花妹妹了。"

　　边慈下意识地"哈"了一声。

　　"吐槽他们就是吐槽你,我舍不得。"明织郑重地拍了下边慈的肩膀,普通的安慰话在此时此刻就是明明白白地画大饼,她说不出口,憋了几秒,憋出一句,"你大胆睡吧,我绝不叫醒你。"

　　"我应该说谢谢吗?"

　　"省了吧,你够不容易了,呜呜呜。"

　　操场隔壁是篮球场,上课铃响完,不少男生抱着篮球往这边走。

　　边慈一眼就注意到了言礼。

　　他跟陈泽雨走在稍后的位置,陈泽雨似乎在跟他显摆刚入手的篮球,边走边拍,像个铆足劲地开屏的孔雀。

　　言礼估计嫌陈泽雨聒噪,乘其不备劫走他的球,运球往前跑,陈泽雨在后面追,快追上的时候，言礼把篮球抛给了焦宇达。

"焦宇达，你吃完辣条洗手没？别碰我的球！"陈泽雨在后方哇哇乱叫。

"忘了。"说着，焦宇达把篮球摸了个遍，最后用食指顶住，边走边转，"不对啊兄弟，你的球怎么一股辣条味？"

"我今天跟你拼了！"

陈泽雨扑上去，焦宇达又把篮球抛给秦成书，让陈泽雨一时之间不知道该找谁算账，杵在原地傻了几秒。

一群男生大笑起来，陈泽雨爆了句粗，扑上去无差别攻击，管他是谁，逮着就是一顿爆捶。

最后篮球还是回到了言礼手上，前面的人闹得欢，他拿着球慢悠悠跟在后面，脸上也带着笑。

明织看着陈泽雨在人群里窜来窜去的样子，忍不住摇头吐槽："傻死了这些男生，永远长不大一样。"最近被陈泽雨传染了踩一捧一的恶习，她又补充，"言礼就不跟他们一起闹，成年了就是成熟稳重，难怪那么招人惦记。"

不，你那是没见过他逗他妹的样子，跟这些男生半斤八两。边慈心想。

这时，焦宇达往她们这边跑过来，陈泽雨老远就冲明织喊："班长，抓住老焦，看看他到底有没有洗手！"

"幼不幼稚啊你。"

嘴上骂归骂，明织行动力倒是很足，上前挡在焦宇达面前："体委，你洗手了吗？"

在女生面前，男生还是比较正经的，焦宇达伸出手掌给明织看了看："我的手干净得很，充满了知识的芬芳。"

明织看完"嗯"了一声，然后冲陈泽雨那边喊："他没洗，陈泽雨你的篮球脏死了！"

焦宇达："！"

陈泽雨："！！！"

"我们走。"恶作剧结束，明织拉着边慈就跑，回头看了眼陈泽雨气得快冒烟的样子，偷笑出声，"陈泽雨爱球如命，尤其是新买的，他今晚回去至少要擦十遍那个篮球。"

"小织，你也很幼稚啊。"边慈失笑感慨。

明织大大咧咧地承认："无所谓嘛，我是未成年。"

为你的双标鼓掌。

这个时间上体育课的，加上高一高二年级，一共有十多个班。

集合之后，做完热身运动，每个班的体育老师下了同样的指令——先跑两圈，也就是800米。

操场地盘有限，高一高二年级的老师特别谦让，主动腾出地来，让高三年级的先跑。

然而高三年级一点也不想跑，除了一些热爱体育的积极分子在前面打头阵，剩下的完全是敷衍走个过程，可怜弱小又无助。

高一高二的站在中间，目睹这番景象，脸上流露出同情，对高三的恐惧又加深了一层。

打头阵的基本上是男生，一圈过后，有几个女生追上来。

边慈陪着明织慢跑了一圈，以她来看，这个速度慢得跟快走差不多，然而明织还是一副快原地去世的样子，特别是在听见边慈说"最后大半圈了，我们提速吧"之后，吓得往后退了一步，忙说："你快冲，千万不要管我，让我安详地吊车尾！"

"那我走了，你调整一下呼吸，岔气会肚子疼的。"边慈原地跑，对明织叮嘱道。

明织累得说不出话，冲边慈做了个"OK"的手势。

很快，高一高二的亲眼看见一个扎马尾辫的学姐从车尾冲到车头，轻而易举地超越了一大票男生，成为领跑。

再一细看，还是一个长得特别漂亮的学姐，大家瞬间来了精神。

围观的远不止高一高二年级，高三的也在看边慈，开学这么久，可以说此时此刻，大家才真正意识到体育生是什么概念。

她还不是田径专项运动员，一个练体操出身的女生居然都比一帮男生跑得快，这让平时在运动会大放异彩的男生怎么能忍，一个个拔腿直追。

一个，两个，三个……一群人拼命加速追上来，场面格外壮观，愣是把一节普通体育课的普通800米长跑，搞出了运动竞技的气氛。

不知道是谁在人群里声嘶力竭喊了声："冲啊边慈，加油——"

一石激起千层浪，加油助威声此起彼伏，喊边慈的最多。

边慈只想活动活动身体随便跑跑，没料到事情会发展成这样，她分神看了眼身后，就是这么一分神，一个高个男生从她身边超了过去，还不屑地抛下一句："我还以为运动员有多了不起。"

你可以看不起我的学习，但不能看不起我的专业。边慈成功被激起胜负欲，冲刺追上去，故意在高个身边停留了一秒："那只是你以为。"

风扫过高个的脸，眨眼的工夫，边慈留给他的只剩一个背影。

最后100米，边慈用尽全力加速，成为第一个到达终点的人。

全场欢呼，就连体育老师都对边慈竖起了大拇指。

至于明织，早就趁机横穿操场偷工减料，在终点迎接她了。

"太飒了边慈选手。"明织毫不吝啬自己的赞美，顺便伸出了掌心。

边慈抹了把额头的汗，跟明织击了个掌，粲然一笑。

虽然只是体育课的热身小长跑，但仍勾起边慈对竞技赛场的怀念，好在她还没退化到给"运动员"三个字抹黑的地步。

回是回不去了，但这样也足够了。

边慈对自己说。

第二名是刚才在跑道上嘲讽过边慈的高个，被女生赢了一次，面子上挂不住，他冷哼了一声，转身要撤，一只胳膊搭在了他的肩膀上。

"兄弟，你这就要走了？"言礼脸上挂着笑，语气却凉凉的。

高个认得言礼，平时在路上还言哥长言哥短的，他心虚地笑了笑，问："有事儿啊哥？"

"边慈赢了你，你嘲讽她在先，现在不打算说点什么吗？"

明面上闲聊，只有高个才感觉得到，言礼说完这句话，胳膊的力道重了几分。

如果自己此刻说"不"，言礼估计要表演一个当场锁喉。

多一事不如少一事，高个冲言礼讪讪笑了下："要说要说，差点忘了，多谢言哥提醒。"

言礼放下胳膊，还挺有礼貌回了句："不客气，举手之劳。"

跑完步，老师宣布自由活动，明织叫上边慈打羽毛球，走了没两步，被高个拦住去路。

明织下意识地挡在边慈面前，凶巴巴地说："你想干吗？"

"没什么，就跟边慈道个歉。"高个停顿片刻，艰难地说后半句，"我不该嘲讽你，你很厉害。"

边慈压根没指望这人会道歉，怔了怔，回答："哦……没关系。"

完成了任务，高个不想多留片刻，脚底抹油就跑，跑了两步正好碰见往这边走的言礼，停下来，邀功似的说："言哥，我道过歉了啊，边慈不跟我一般见识，不信你问她！"

10

与言礼同行的还有二班的几个男生。

高个没头没尾的一句话，听得他们一头雾水，纷纷看向言礼。

"你们先走，我一会儿来。"言礼对旁边的男生说。

纵然好奇心爆棚，男生也不敢多问，应了声好，叫上其他人先走了。

高个见言礼不搭理他，又忙着说："言哥你不信啊？边慈就在那儿，你当面问她，我刚才是不是——"

"行了。"言礼绷着脸，头疼得要死，对高个说，"我知道了，你也走。"

"行行行，言哥你对你邻居也太上心了哈哈哈。"

高个求之不得，赔了个笑，很快消失在言礼的视野中。

果然刚才应该直接动手的，讲什么道理，这人压根儿没道理可讲。言礼无奈。

高个走了，边慈还在。她不仅在，还直接走了上来，上来就是一个直球，"啪"地砸到言礼脸上。

"是你让他给我道歉的吗?"

说不是也太假了,言礼没有第二个选择,只能承认:"是我。"

"你怎么知道他嘲讽我……"

"我离你们不远。"

边慈回想了一下,之前跑步的时候,言礼确实一直跑在前面来着。

听见也不奇怪,当时排名咬得很紧,她和高个也没有刻意压低声音说话。

换作以前,边慈可能不会再深想,可是现在不一样了,就算言礼现在打个喷嚏,她也要自作多情一下,是不是因为自己在心里偷偷念叨他。

"阿嚏——"

言礼偏头打了个喷嚏,揉了揉鼻头,对边慈说了声不好意思。

边慈顿时一怔。

太灵验了!

"你为什么要让他给我道歉?"边慈假装不在意地问。

言礼后背一僵,唯恐表情出卖了自己的真实想法,连头都不敢回,就这么侧身含糊说了句:"他本来就应该给你道歉。"

明知道听不到自己想要的答案,听他说完,边慈还是免不了有些小失望。

他就是这么一个温柔的人啊,她知道的。

今天换作其他人,他也会这么做吧,没什么特别的。

边慈擅自终止了脑中的胡思乱想,冲言礼笑了笑:"那还是多亏了你。"

"小事情。"

多说多错,言礼用手指了下外面的篮球场,说道:"我先过去了。"

"好。"

言礼离开后,边慈的视线还落在他的背影上,久久未往回收。

下午的课程结束,在食堂吃过晚饭,边慈跟前几天一样,拿上作业和笔袋去了自习室。

晚自习七点开始,中间有一个多小时的吃饭时间,国庆之后,言礼把这点碎片时间利用起来,约边慈去自习室补习。自习室由以前的学生活动中心改造而成,大平层空间,用木板做了隔断,分隔成三十个小教室,因为环境比图书馆嘈杂,座位不是那么抢手。

今天回教室找试卷耽误了一点时间,边慈到自习室的时候,平时待惯了的位置已经有人占了,她只好去其他小教室。

怕言礼一会儿来找不到人,边慈用手机给他发了条消息。

边慈:我在104房间等你。

发送出去,边慈看了眼,感觉歧义太重,又重新发了一条。

边慈：不是房间，是小教室。

怎么感觉歧义更重了。

言礼没有回复，估计是没有信号。边慈摊开试卷，自己先做题。

隔壁的几个人说话声太大，边慈静不下心，拿出耳机戴上听轻音乐，音量调到了最大，勉强盖过他们的声音。

做完第三道题，边慈停笔，摘下耳机伸了个懒腰，脑袋往后仰，睁眼迎上言礼的侧脸，吓得她立刻收手坐直。

"你……什么时候来的？"

言礼拉开椅子在她对面坐下，手指在倒数第三个解题步骤上点了点："你算到这里的时候。"

这么早？那她伸懒腰的全过程肯定被他看到了啊！

边慈大感丢脸，恨不得找个地洞钻进去。

当然，她只能在心里想想，脸上依然淡定，拧开瓶盖喝了一口水，才说："那你不叫我。"

"叫了，你没听见。"

"好吧。"

边慈关闭音乐播放器，连带着手机和耳机一起推到一边，把昨天的课下作业拿出来，献宝似的呈给言礼："检查一下。"

"计时了吗？"言礼接过，问道。

"计了，只用了28分钟。"

规定时间是35分钟，不过自己说"只用了"也太自恋了吧！尤其还是在学神面前。

边慈不安地捏住书本的页脚，小心翼翼地观察言礼的表情，生怕他流露出轻视的情绪。

好在言礼没有，许是听出她话里求表扬的情绪，他抬眸看了她一眼，稍顿，还夸她一句："厉害，进步很大。"

"最后一题的不等式范围没算全，但思路是对的，考试最多扣两三分。"

"其他的题呢？"

"全对，你学习能力很好，昨天我讲了一遍你就能举一反三了，比如这个第三题，要用公式变形，题干条件有陷阱，很容易做错。"

如果夸人有等级，言礼无异于是最高级。

轮番夸奖往边慈身上砸，她飘得有点收不住，低头浅笑："都是你教得好，你说得我都不知道要拿什么话回夸你了。"

"我说的是实话，好了，先讲题，你坐过来。"

边慈起身坐到言礼旁边，他抽出提前准备好的例题，取下笔盖，落笔却不出墨。

他在草稿纸上画了好几笔，还是如此，边慈随手拿起自己的笔，递过去："用这支吧。"

言礼握在手上，有种拿着小朋友玩具的感觉，他低笑了声，一边写公式一边问："你也喜欢这种可爱的东西？"

边慈一怔，看见言礼手上那支小狐狸笔，立刻懂了："喜欢，你觉得幼稚吗？"

言礼毫无原则："你用就不幼稚。"

"什么意思？"

关键时候，还得推表妹出来做挡箭牌："麦麦用就幼稚。"

边慈失笑："麦麦听见又要闹你了。"

言礼"嗯"了一声，停笔随口说："那你帮我保密。"

"好。"边慈信以为真。

一直到晚自习放学回到家，边慈才发现那支小狐狸笔落在言礼那里了。

其他笔送给言礼倒是无所谓，这支是明织送给她的，意义不同。边慈思索片刻，决定明天补习的时候，找个合适的机会要回来。

言礼性格那么好，肯定不会不高兴的。

洗完澡，边慈收拾好书桌，差不多到十点半，她登录App，提前进网课房间等着。

刚进房间，系统就跳出一条提示，说她的课时不足五个小时，请及时充值。

边慈不知道不吃绿豆有没有续课的打算，不敢擅自充值。

十点半到，不吃绿豆准时上线。

边慈记挂着续课的事情，不吃绿豆一开麦，她问了声好，在上课前直奔重点："学长，课时要用完了，我还想续课，你的时间方便吗？"

续课意味着又要交钱。

言礼不乐意再收边慈的钱，可是又不能直说，一时之间陷入沉默。

边慈以为是价格问题，主动说："收费标准还是改成50块钱，这段时间我受你的恩惠够多了，不能再继续占你的便宜。"

"没有，是我占你便宜了。"言礼脱口而出。

说完，那边的人蒙蒙地"啊"了一声，言礼只好找补："没什么，我是说……算了，先上课，别浪费课时，这件事课下再聊。"

边慈感动得一塌糊涂："学长，你真是个好人。"

心里装着事，言礼上课难得有些心不在焉，好在课件是提前做好的，他照着讲也没什么问题。讲到关键处，他跟往常一样，拿起笔当教棍，在电脑屏幕上指指点点。

听了这么多节课，边慈早就看习惯了不吃绿豆那素净的书桌，除了教辅封面有点鲜艳的颜色，他的文具不是黑色就是灰色。

可是今天，他居然拿出了一支浅棕色的中性笔，还是小狐狸的图案。

边慈的注意力被那支笔吸引，倒不是这支笔多好看，主要是这支笔越看越像明织送给她的那一支。

一个大胆的猜测浮上心头。

边慈根本没有心思去思考这个猜测的可能性有多大，在理智打败冲动前，她已经开了口："学长。"

"哪里没听懂？"不吃绿豆的正太音从耳机里传来。

边慈轻笑："我今天掉了一支笔在朋友那里，跟你手上那支一模一样，你说巧不巧？"

不吃绿豆试图解释："这支笔是我……"

边慈的语速比上一句更快，将他的话打断："更巧的是，我那个朋友的左手无名指，也有一颗小黑痣。

"我那个朋友也是五中毕业的。

"我那个朋友，细究下来，我其实也该叫他一声学长。

"对了学长，上次拿到压轴题，你教我的解法跟我那个朋友一模一样。

"我那个朋友叫言礼，礼貌的礼，毕业于五中2013届高三（2）班，学长，你认识他吗？"

边慈一口气说完想说的话，耳机那头安静得连呼吸声也听不见。

他没有否认。

边慈扯下耳机，静坐了一会儿，情绪还是压不下去，她站起来走到隔壁，敲响了言礼的房间门。

第五章　我永远守护我的小天鹅

"世界上没有无差别的爱，大家都会偏心。"

1

边慈只敲了一下，夜深人静，再大的事情也不能扰民。接着是漫长的等待。

当然，只是心理作用下的漫长，实际上可能就过了……半分钟？一分钟？边慈不清楚，她没有看时间，更没心思看时间，只觉得等了半个世纪那么久，在她快变成一座面无表情的雕塑时，面前这扇门终于打开了——

一条门缝。

相顾无言。

说相顾其实都有点勉强，因为言礼站在门后，只探出个脑袋，门缝又太窄，边慈只看见他半只眼睛。

嗯，睫毛挺翘的。

再往下看，哦，又没穿鞋。

明明磨蹭了那么久才行动，结果还是没穿鞋，大概是真的不喜欢穿鞋吧。

边慈感觉鲁迅先生不仅是一代文豪，还是预言家，比如那句"不在沉默中爆发，就在沉默中灭亡"在此时此刻就特别应景。

来敲门之前，她有一肚子的问题，情绪也五味杂陈，现在全部宣布灭亡。

万念俱灰红尘看破，人间它又不值得了。

隔着一扇门，面对言礼那半只眼睛，边慈什么问题都不想再问。

她朝着那条门缝伸出手，平静地说了句："还我。"

说话还是有用的，现在她可以看见一只完整的眼睛了。

"什么还你？"

言礼的声音是前所未有的低，不是散发荷尔蒙让人心脏乱跳的低，是做了亏心事百口莫辩还必须要说话的那种低。

"小狐狸笔，还我。"

边慈说这话时，连眼皮都没有动一下，好像她来这一趟，真的只是为了让他还一支笔。

言礼轻叹了一口气,拉开房门,他比她高一大截,现在站在她面前,他却感觉自己挺不直腰杆。

"你很生气吗?"他小心翼翼地问。

"那支笔是明织送我的,我再转送给你,是辜负了她的心意,不好意思。"

答非所问。

那就是非常生气了。

言礼早就料到会有这么一天,他也不是完全没有心理准备,只是没想到这一天会来得这么快。

明明下午他们还在自习室有说有笑的,约好明天继续。

言礼看了眼边慈面无表情的脸,心想,明天大概是无法继续了。

无法继续的不止补习,他们之间好不容易产生的联系可能也要……不行!他不允许这种事发生第二次!

言礼拿起书桌上的小狐狸笔,走回来递给边慈,跟她有商有量地说:"小姨他们都睡了,我们去楼上谈谈,好不好?"

边慈停顿片刻,还是接过了言礼手上的笔。

快要抽走的时候,那头突然发力,他们两个人的手变成了拔河的两端。

"边慈。"无奈的语气,像是在服软。

"你先还给我。"边慈垂眸道。

言礼松开了手,边慈握着小狐狸笔,停顿片刻,才说:"走吧。"

她率先离开,走在前面,耳朵留意着身后的脚步声,听见言礼有跟上来,才放心加快了脚步。

推开楼顶的门,风灌进来,边慈下意识往后缩了一下,她还穿着短袖睡衣。

现在回去拿衣服太逊了,边慈咬牙,硬着头皮走上楼顶。

她听见门被带上的声音,正要回头,双肩被什么东西压了一下。

边慈低头看,肩头被披上一件棒球衫外套。

男士款,是言礼的,上周末见他穿过一回。

"外套穿上,夜里的风很凉。"言礼站在她旁边,轻轻说了一声。

边慈拢紧外套,并没有把手套进袖子里,然后说:"谢谢。"

"你又开始跟我说谢谢了。"言礼走到花坛边,手撑着栏杆,望向远处,声音被风吹散,显得惆怅,"难道你要跟我绝交吗?"

"我没有。"边慈走过去,站在他身边,注意到他跟自己一样也只穿了件短袖,忍不住问,"你不冷吗?"

"不冷。"言礼快速否认。

骗人。边慈心道。

与其等边慈问,不如自己说,言礼心一横,豁出去了。

"其实发生周考那件事的时候，你在 App 上给我发消息之前，我就想跟你摊牌了，后来看完你的消息，当时那种情况下，我感觉说了只是徒增尴尬，就想着往后缓缓。这一缓，就缓到了现在。

"我承认我是故意骗你的，从我看见你发的那条私信开始，之前的事纯属巧合，之后的都是我蓄意安排，我没什么可辩解的，跟你说声对不起，骗你这么久。"

边慈一怔，她没料到言礼会坦诚到这个地步。

被骗的感觉不好受，尤其是在她确认不吃绿豆就是言礼那一刻，想到过去这段日子以来，自己对他吐过的苦水，在他面前犯过的傻。

她想隐藏的灰色情绪，不愿意被他看见的脆弱，他在很久之前就已经知道了。

可是他又是那么热情地帮助她，做她的倾听者，给她安慰和建议。

她无法不感激他。

有多感激，就有多难堪。

与其说她实在生言礼的气，不如说，她是在气自己。气自己那些无法自我纾解的情绪，更气在不知道对方是谁的时候，就把自己暴露得干干净净。

刚转学那阵子，她的内心太孤单了，新环境没有朋友，以前的朋友不了解她的新生活，她找不到一个说心里话的人。偏偏这个时候不吃绿豆出现了，还有什么比素未谋面的陌生网友更适合做倾诉对象的人呢。

事已至此，强行揭过这一页反而显得狼狈，她没有选择，只能面对。

"一直以来是我在受你帮助，你不用跟我说对不起。当然了，被骗的感觉也不太好，想到以前跟你吐了那么多苦水，现在不知道该怎么面对你了，又恼又烦，但不是生你的气。"

边慈悄悄往旁边挪了一步，不好意思离言礼太近。

"网上听课就罢了，现在课下你还给我补习，我……我不能再这么麻烦你了，占用你那么多时间，我欠你的人情太多了，我该怎么还给你啊……"

"是我要给你补习，不算你欠我人情，更谈不上还。"言礼打断边慈的话，目光从远处收回来，看着中间隔出来的空位，神情渐渐黯淡，"你非要跟我算这么清楚吗？"

边慈下意识地摇头："不是跟你算清楚，是你……唉，是你帮我太多了，怎么说呢，我有点……嗯……有点受之有愧，对，受之有愧。"

言礼看向边慈。

视线交汇的一瞬间，她偏过了头。

宁愿看枯萎的花枝，也不愿意看他。

言礼悄然捏紧了栏杆，青色的血管在手背凸起。

"我不讨厌你跟我抱怨，相反，如果我的话能开解你半分，我觉得很开心。我帮你不是为了让你感谢我，只是因为我想这么做。"

"为什么？"边慈直接反问回去。

言礼不太明白:"什么为什么?"

别再问了,到此为止。

有道声音在脑子里不停重复,边慈听得清清楚楚,可是她却没有照做,反而执拗地重复:"为什么你想这么做?明明我们认识的时间不长,交情也不深。"

靠墙的那只手,在言礼看不见的地方已经不安地攥成了拳头,微微发颤。

边慈问完就开始后悔,可是又疯狂地想听到一个答案。

指甲戳着掌心的肉,隐隐作痛,这种疼强迫她保持冷静,除非听见她想要的答案,否则不要再说出更耐人寻味的蠢话来。

"是吗?"

轻飘飘的一句,像是说给风听的。

言礼倏地笑起来,笑声真切,脸上却没什么笑意。

"原来我们认识的时间不长,交情也不深啊。"

言礼收回视线,转身走了两步,又停下:"可我总感觉我们认识很久了,这又是为什么?边慈,如果我这样问你,你能回答我吗?"

胸口似有冷风呼啸而过,边慈莫名感觉空空荡荡。

"我不知道。"她说。

言礼深呼一口气,手掌搓了搓胳膊,说:"现在感觉有点冷了。"

"那……那回去吧,会感冒的。"边慈闷头往前走,快走到门口的时候,将身上的外套脱下来,还给言礼,"这个给你。"

言礼接过,两人前后脚下楼。

边慈踩下最后一级台阶的时候,身后的人打破了沉默:"补习还继续吗?"

她回头看他。

他站在高处,月光从墙壁上的天窗透下来,落在他们之间。后退一步还是黑,前进一步就是光。

边慈收回脚步,转身,顺着台阶往上走,她站在一半的月光里:"还可以继续吗?"

言礼走下来,另一半月光落在他身上。

过了几秒,他笑着说:"当然可以,你付钱,你是我老板。"

"你还是我老师呢。"经这么一说,边慈想起买课时那件事,顺口问了,"后面补习怎么办?我还是按照50块钱给你吧,你还有时间上课吗?"

"你这样说也太看不起我了。"

"啊?"

"后面照常补习,你都说我是老师了,不把你带回二班,怎么对得起你?"

"那钱呢?"

"欠着。"言礼敷衍地说,"等你考回二班再说。"

边慈皱眉,小声嘀咕:"考不回去怎么办……"

"考不回去？那你就是在砸我的招牌。"言礼弯下腰，与边慈平视，威胁恐吓加鼓励，"你自己看着办，教了你这么久，你要用什么来回报我。"

边慈点头如捣蒜："我会努力学习，用好成绩来回报你的！"

这态度，老师听了都说好。

2

时间已经过了十一点，两人各自回到房间。

书桌还是之前那个书桌，手机还架在支架上，一切看起来毫无变化，唯有App弹出来的"主播暂时离开了36分钟"系统消息提醒着他们，被耽误的半个多小时内发生了什么。

边慈拉开椅子坐下，手搁在大腿上，对着摆满教辅书本的桌子竟然有些恍惚。

她的网课老师就是言礼。

给她课时最低价的人是言礼，在最短时间内出学习计划方案的人是言礼，每晚雷打不动教她学习，陪她熬夜到凌晨的人还是言礼。

她刚到二班，追课程追得很吃力，怀疑自我能力的时候，他给她讲了丑小鸭的故事，告诉她不用妄自菲薄，因为天鹅不管在哪里，都会是天鹅。

周考被误解，她想用上课视频自证清白，给他发消息不小心表现出脆弱的时候，他没有嘲笑她，反而对她说，你本来就不差，你是最好的，一直都是。

边慈仰头靠在椅背上，望着头顶天花板上的光圈，眨巴眨巴眼，仍然烦躁不安，却又怀揣着一丝丝自知不可能的美好幻想。

两种截然不同的情绪交织在一起，犹如寒夜里点燃了一簇火焰。木柴烧得刺啦响，飘出呛人的烟，她坐在火堆旁边，呛得眼睛鼻子通红，可仍然贪恋这片刻的暖，舍不得离开半步。

愁死了。

这时，耳机里传来细微的说话声，边慈下意识地挺腰坐直，捞起耳机戴上。

"听得见我说话吗？边慈？"

入耳不是魔性的正太音，边慈还不太习惯，顿了几秒，才道："听得见，很清楚。"

短暂的沉默。

"那个……今晚还上课吗？"言礼似乎也不太习惯用本音说话，用笑来缓解尴尬，"要是你觉得不自在的话，就休息一天。"

"可是你听起来也很不自在啊。"边慈心想。

不自在归不自在，他们又不是断联系绝交了，低头不见抬头见，尴尬不会随着时间消减，总是要面对的。

想到这层，边慈断了逃避的念头，回答言礼："不用，你继续讲吧。"

"行。"

言礼调整了一下摄像头的位置，接着之前被打断的地方讲起。

边慈一开始有点走神，思路跟不上也没好意思说，后来察觉到言礼又倒回去重讲了一遍，她打心底感到惭愧，才收起心思专心听课。

接近凌晨一点，今晚的课程结束。

身份曝光之后有个好处，在上课的过程中，遇到知识点跟当天作业题型重合的部分，可以顺便完成作业，节省一点儿课后补作业的时间。

"今晚先这样，很晚了，你写完作业赶紧睡。"

跟平时一样的叮嘱，却显得不是那么寻常了。

"好。"边慈注意到课时不足一个小时的提醒，下线前，问了一声，"等课时用完了，我们还是这样线上补习吗？"

言礼摇头："没必要了，线上没有线下方便。"

边慈迟疑了一秒，试着问："那我们去哪里补习？"

"你房间或者我房间都行。"言礼没有半分犹豫，直接脱口而出。

耳机那头的安静，让言礼后知后觉意识到这句话的歧义，他脸色涨红，着急地解释："我不是那个意思，我的意思是，我们在一层楼住着还线上补习有点多此一举，而且线上更耽误时间，如果面对面的话可以实时交流……"

解释这种东西，少了显得敷衍，多了显得心虚。

再解释下去，言礼感觉自己可以就"线下补习的好处"写一篇五千字的论文了。

越描越黑不如不说，言礼认命般地阖上眼，再睁开时，已经是任人宰割的弃疗语气。

"你来定吧，什么时间什么地点，我都行。"

边慈承认，听见那句"你房间或者我房间都行"的一瞬间，自己的思想第一时间飙上了高速。

不过随着言礼语速越来越快的解释，思想很快又回到了正轨。

胡思乱想什么呢。

心里装着白月光的男人，跟闺密没有任何区别。

闺密好心好意给你无偿补习，大晚上为了方便，需要让对方在自己房间，或者自己去对方房间待两三个小时，正常吗？

当然太正常了。

得了便宜还矫情，这种事情边慈干不出来，她果断地说："我房间的书桌大，坐两个人没问题，明晚开始就来我房间吧。"

呃……

心理建设做得好归好，可是话从嘴边说出来，还是挺惹人误会的。

幸好对方是言礼，幸好没有别人听见。

不知道是不是Wi-Fi信号不好，那边过了足足半分钟才吱声。

"好，那我先下线了早点休息。晚安拜拜。"

没等边慈回复，言礼破天荒第一次先退出了教学房间。

这句话说得太快，边慈在脑子里过了三遍才捋清楚他到底说了什么。

言礼手滑点了二倍速的变声器吗？说话跟烫嘴似的。

边慈感到纳闷，跟着退出教学房间，把手机拿到床头充电。

夜已深作业还有很多，她没时间想二倍速变声器的事情，回到书桌前，很快又进入了学习状态。

做题快的人就没有担心写不完作业的烦恼。

退出房间后，言礼放下手机和笔，起身站起来，走到床边，二话不说呈"大"字，把自己砸进了被窝里。躺了不到十秒，他觉得热。

外出需要穿长袖的日子，他打开了空调。

凉气从扇叶里跑出来，扑在他身上，言礼才感觉心头那股燥热劲平静了下来。

明晚开始就来我房间吧。

脑子里循环播放边慈的声音，赶不走躲不掉，言礼翻了个身平躺，右手腕搭在眼睛上，很快，手腕的皮肤也沾染了脸上的热气。

言礼对着空气骂了句，扯过被子盖过头顶。

空气不流通，闷得跟蒸桑拿似的，没坚持一分钟，他就掀开了被子，热得呼吸声都变重了。

"没出息。"言礼踹了两脚被子，脑袋埋进枕头里，过了会儿，兀自轻笑了声。

次日一早。

边慈在闹钟响完后也没成功起床，再惊醒时，已经快八点了。

转校到五中这么久，这是她第一次迟到。

边慈匆匆忙忙洗漱完，抓起书包就往楼下冲，在走廊跟言礼狭路相逢。

确认过眼神，是熬过大夜的人。

边慈看着言礼的熊猫眼就跟照镜子似的，强忍住笑意，问："你几点睡的，困成这样？"

言礼知道边慈每天的作业量和做题速度，昨天的作业量跟平时差不多，照理说她不会熬太晚，结果今天居然迟到了。

他是因为想东想西失眠，她又是因为什么？

难道还在生他的气？

"不知道，你呢？"

边慈当然不好意思说实话，随便找了个借口："有点饿，没睡好。"

饿的？原来不是生气。

言礼倏地松了一口气。

两人着急忙慌地下楼，碰见送麦麦上学的小姨夫，见他手上拿着车钥匙，言礼直接开口说："姨夫，送送我们，睡过头迟到了。"

"行，走吧。"小姨夫爽快答应，对麦麦说，"先送他们再送你，你不着急。"

"好。"麦麦咽下牛奶,幸灾乐祸地看了言礼一眼,"哥,你等着被罚站吧。"

"你就今天没迟到,得意什么。"言礼揉了把麦麦的短发。

麦麦拍开言礼的手,瞪了他一眼:"你管我,我没迟到我光荣。"

小姨听见动静,从厨房探出头,看见言礼和边慈还在店里,惊讶地说:"你俩还没走啊,肯定迟到了!"

"我开车送他们。"小姨夫说。

"等一下,三明治拿两个走!"小姨扭头进厨房,用油纸包了两个三明治,拿出来递给两人,"拿着车上吃。"说完,又看向小姨夫,叮嘱道,"开车注意安全,仨孩子呢。"

"我知道。"小姨夫按住麦麦的头,轻推了她一下,"走了小鬼,就知道跟你哥吵吵,没大没小的。"

麦麦捂着头,迈着小短腿追上去,跳到小姨夫的背上,不满地嚷嚷:"我哪有,爸爸你偏心,不说哥哥只说我!"

"是吗?"小姨夫摸了摸心脏的位置,笑着说,"没偏,爸爸的心正着呢,还在老位置待着。"

"我说的不是这个心!"

父女俩打打闹闹往店门外走,言礼走了两步,余光瞥见边慈没跟上来,回头看,见她握着三明治对着前面某一处出神。

顺着视线看过去,言礼看见麦麦趴在小姨夫的背上,正在揪他的胡楂。

说不上为什么,这一瞬间他感觉很难受。

"你俩愣着做什么,快上车。"小姨夫单手控住麦麦的动作,还不忘抬头催促另外两个孩子。

"来了叔叔。"边慈抢先应声,过来前先回头对小姨说了声谢谢,路过言礼身边,也对他笑了笑。

看着没什么异样。

难受的感觉还在,那个眼神不在了,言礼甚至怀疑是不是自己产生了错觉。

四个人上了车,言礼和边慈坐在后座,音响里播放的是麦麦最近迷上的明星新专辑,中英文结合,一会儿抒情一会儿摇滚,听得人头疼。

麦麦听得很嗨,手脚一起跟着节拍挥舞,小姨夫听不懂,但尊重孩子的爱好,也假装很嗨的样子。

言礼心想,做熊孩子的父亲也是不容易。

切歌的空当,小姨夫终于找到间隙唠叨:"你们赶紧把早饭吃了,你们学习任务重,早上的营养必须跟上。"

"好。"

两人异口同声。

今天的三明治里放了酸黄瓜,言礼其实不爱吃这玩意儿,他正要点评两句,听见小姨夫问边慈:"小边,你吃得惯三明治不?吃不惯的话,前面有包子铺。"

"吃得惯,叔叔。"

边慈看着加料丰富的三明治,张嘴咬了一口,面包皮容易掉渣,她小心翼翼地用手接着,很怕弄脏别人的车。

又是几分钟前在店里那个感觉。

言礼隐约明白了自己难受的根源。

大部分人都习以为常的存在,在边慈那里是空白,而这个大部分人包括他自己。

想到这儿,点评酸黄瓜的那些话变得难以启齿,言礼默默憋了回去,连带着那几片酸黄瓜一起进了肚子。

小姨这次腌的黄瓜特别酸,酸到了他的心坎里。

不知道边慈吃着是什么滋味。

言礼不敢细想。

十二班没有迟到罚站的传统,老赵在教室门口训了边慈两句就放她走了。

言礼就比较惨了,赶上关飒今天心情不好,迟到的人又只有他一个,正好撞在枪口上,被罚站了整整两节课。

课间操结束,回教室的路上,学校广播响起来,负责体育的老师简单说了说下个月校级篮球赛的事情。

广播响完,整个年级都很兴奋,在高压学习下,好不容易有个能透口气的课外活动。

学校要求每个班都必须参加,随机抽签,两个班级为一个队,三队组成一个小组。

考虑文理班的男女比例,一般是一队里面一个文科班、一个理科班。但这一届文理班的数量不一样,注定会剩下两个理科班落单,组成一队。

学校利用午休的时间,让各班体委去体育办公室抽签,下午抽签结果显示,二班和十二班都抽到了白签,没有匹配班级,自动组成一队。

十二班全场沸腾,比赛还没开始,男生们仿佛已经看见了胜利。

二班有篮球队队长焦宇达,五中出了名的大前锋,球场篮板王,每年都能带领班级和队伍拿到不俗战绩。再加上今年有言礼加入,有外线神投手跟焦宇达配合,战斗力又提升了一个档次。

这无疑是抱着大腿在毕业前出风头的大好机会,男生们争先恐后地报名参赛。

女生可以报名啦啦队,有舞蹈基础的优先,会在比赛前找专业的啦啦操队员进行一个月的培训。

班上有点舞蹈基础的女生都报了名,有的是为了加操行素质分,有的是为了出风头。

毕竟女生跳啦啦操跟男生打篮球一样,都能散发个人魅力。

下午最后一节课结束,明织下楼找边慈一起吃晚饭。

路上聊起篮球赛的事情，明织问边慈："你报名啦啦队的选拔没？"

"没有。"边慈说。

"你不去吗？"明织鼓励边慈，"你练体操出身的，这还不是小意思，展示自己的大好机会，不要错过。"

"要培训一个月，我问过体委，会占用午休和第一节晚自习的时间。"

对体育活动边慈还是心动的，可她更清楚自己现在更需要做什么，只能二选一："我还是不去了，一诊考回二班才是正经事。"

"也是，好可惜，言礼已经报名参加篮球赛了，他肯定会上场的。"

明织突然想起一件事，转头对边慈笑了笑，故意逗她："篮球赛之后，桃花妹妹的数量又要增加了，开不开心？"

边慈推开明织的脸，一字一顿道："我开心死了。"

3

"什么事这么开心？"一道清朗的男音从身后传来。

边慈吓了一跳，扭头迎上言礼的脸，想到几秒前跟明织聊的话题，几乎要石化了。

好在明织淡定，挽着边慈的手臂，侧头哼了一声："女生之间的话题，男生不要介入。"

"这么神秘。"说归说，言礼并没有继续问下去。

踩点三人组跟上来，二人行不知不觉变成了六人行。

等话题渐渐扯远，边慈才悄悄问明织："你觉得他听见了吗？"

明织看了眼走在前面的四个男生，沉思几秒，回答："应该没有……吧？"

"没有吧？"边慈哭丧着脸，顿时连饭都不想吃了，"我感觉他听见了，好尴尬，我不去食堂了。"

"别啊，都快到了，你这个时候走不是很奇怪吗！"明织拉住边慈，小声安慰，"你要放开一点儿，自然相处，没问题的。"

边慈稍感安慰，抬眸撞见言礼投过来的视线，下意识地低头想躲。明织在旁边恶狠狠低声警告了句："别躲，冲他笑。"

瞬息之间，边慈没来得及多思考，按照明织说的，轻扯嘴角，真的对言礼笑了一下。

然后……言礼反而低头躲开了。

边慈一愣。

"看吧，没必要躲，心理战考的就是谁更会装傻。"明织得意扬扬地说道。

边慈似懂非懂地点了点头。

等进了食堂，打饭排队的间隙，边慈反过味来，问明织："我装傻情有可原，言礼装什么傻？"

"他什么时候装傻了？"

"你说心理战考的就是谁更会装傻。"

"是考你，又不是言礼。"

"那他为什么要躲我？"

这一下把明织给问住了，她沉默了一瞬，突然说："你笑一个。"

边慈"啊"了一声："什么？"

"快笑。"

没有办法，边慈只能勉强地笑了下。

"我懂了。"明织一脸正色，"说不定你笑的时候，正好有一束光落在你身上，就像电影镜头一样，然后言礼就被你迷住了。"

边慈指着自己，皮笑肉不笑："我看起来像个傻子吗？"

"不像。"明织回她一个干笑。

边慈拿过餐盘，无奈地叹了一口气："不过我是有点草木皆兵了，这样下去迟早要翻车的。"

"放轻松，翻车了实话实说就是，大不了被拒绝，最坏的结果也只是老死不相往来而已啦。"

"小织，你好像不太擅长解决感情问题，你发现了吗？"

"发现了。"明织端着餐盘，无辜地说，"因为我也是母胎单身啊，你这个问题难度太高，以我十七年看爱情剧的经验无法给你最优解。"

"难为你了。"边慈收起校卡，甩甩脑袋，破罐破摔道，"管它呢，趁车还没翻，好好享受当下，车翻了再来着急也不迟。"

作为乐天派的忠实信徒，明织伸出大拇指点了个赞："没错！"

"班长，来这边——"陈泽雨在人群中冲明织疯狂挥手，生怕她找不到位置。

明织也冲他挥了挥："看见了——"然后放下手，对边慈说，"他们在那边占了位置，我们过去吧。"

正值饭点，食堂一座难求，边慈扫了眼周围，一个空位也没有，没办法，只能硬着头皮过去跟男生们拼桌。

走近了边慈才发现，他们占了两张桌子。一张单人桌，两把椅子，可以坐两个人，一张长桌，只有四个位置，剩下的位置都有人在就餐了。

言礼在单人桌坐着，踩点三人组在长桌坐着。

现在情况就是，只有言礼的对面和陈泽雨的旁边还有两个空位置。

明织先一步替边慈做了决定，递给她一个姐妹间才能看懂的眼神："我去那边坐，你坐这儿。"她溜得飞快，边慈连拒绝的机会都没有。

"坐吧。"言礼挪了下自己的餐盘，给边慈空出放餐盘的空间，"有点挤，将就一下，饭点太多人了。"

言礼热情好心到这个份儿上，怎么好意思拒绝，边慈放下餐盘，在言礼的对面坐下。

空间有限，坐下的一瞬间，她的膝盖碰到了他的小腿。

边慈下意识地往后退，后面就是墙，再没有多余的空间。没辙，她只能并拢双腿，往里面坐了些。

大概是注意到她的动作，言礼也往旁边坐了些，两个人面对面本该是条直线，愣是被桌下狭小的空间逼成了斜线。

怪别扭的。

边慈只能用吃饭来掩饰自己的不自在，并且悄悄绷着腿，避免不小心再碰到言礼的裤缝。

食不知味还要保持一个坐姿不许动，才吃了两口，边慈已经感觉要消化不良了。

"那个……"

言礼倏地出声，习惯了沉默的边慈犹如从睡梦惊醒一般抬起头，目光炯炯地看他："我在听，怎么了？"

说完，边慈意识到自己的反应过于正式，跟上课走神被老师点名了似的，不好意思地垂眸，小声解释："我在想其他事情，有点神经质，你继续说。"

言礼轻笑道："你搞得我都紧张了，以为自己在上课。"

边慈不知道说什么，埋头吃了一口菜。

不过这么一个小插曲过去，气氛倒莫名其妙地缓和了许多。

"篮球赛啦啦队的选拔，你报名了吗？"言礼问。

边慈回答："没有，培训要占用课余时间，我怕耽误学习进度。"

光回答不回问容易成为话题终结者，边慈不想再回到之前的沉默局面，用闲聊天的口吻，问言礼："我听小织说，你报了名参加篮球赛，球队选拔跟啦啦队选拔是同一天吗？"

"这个不知道，球队选拔的话，这周六考试之后进行。"说到这儿，言礼顺便提了一嘴，"这周六放学你先回家，不用等我。"

"没事，我想去图书馆上会儿自习。"

咦……暗示意味会不会太浓了？

边慈心虚地补充："周六再说吧，说不定我比你还晚回家呢。"

"那我忙完去找你。"言礼不假思索地回答。

话音落，自己细品了一下这句话，感觉不太对。

说不用等的人是他，说忙完去找她的人还是他。

这不是自相矛盾吗？边慈会不会觉得他有毛病难伺候……

言礼这边的脑内小剧场演得正起劲，边慈全然不知，甚至觉得为自圆其说而感到窃喜。

"好，那到时候图书馆见。"

"嗯。"言礼的小剧场圆满谢幕。

吃过晚饭，一行人各回各班。

晚自习结束，言礼照常下楼，在教室门口等边慈一起回家。

今天布置的作业有点杂，边慈找对应的练习册耗费了一点时间，快十点了才离开教室。

回家路上，她记挂着补习的事情，委婉催促了言礼一声："我们走快一点儿吧，我的网课十点半开始，让老师久等……"话说一半，她反应过来不对，声音渐渐断了。

差点忘记言礼就是不吃绿豆的事情了。

过了一整天，这件事依然让她不太自在，特别是联想到从今晚开始，补课地点要从线上挪到她的房间。

言礼揣着明白装糊涂，故意逗她："让你老师久等，然后呢？"

"喂！"边慈不满地看了言礼一眼，他笑意更甚。

言礼举单手投降："好了，我不说了，请问现在还需要走快一点儿吗？"

"学生没有发言权，都听老师的。"边慈悻悻地附和。

"那还是走快点，你今天作业挺多的，二班那份我给你挑了几道题，补习的时候我带着你做。"

"好。"

边慈顿了几秒，又问："你这样帮我补习，又不收我钱，不会耽误你的时间吗？"

"不耽误，帮你补习对我来说也是复习。"

"可是你不是靠这个赚钱吗？你这样就没有时间帮其他人上课了吧。"

"那就不上，其实我本来也没打算给人上课。"言礼掏出手机，登录自己的App账号，打开后台私信，递给边慈看，"其实没几个认真找我买课时的，像你这样老实求学的人，真的特别少。"

边慈粗略浏览了一下私信，不是求资源就是问私人信息，其中也有想买课的，但并没有按照言礼的要求发送成绩。

"我还以为大家都像我这样。"边慈把手机还给言礼，问，"所以你是靠那些课件资料赚钱吗？"

"一部分，我还有其他兼职。"

言礼怕边慈多想，笑着说："放心，不赚你这份钱，我的生活也不会乱套。"

边慈听麦麦说过，言礼家里并不缺钱，他妈妈在外地开公司，但麦麦似乎不太喜欢她这个姨妈，每回提起都皱眉头。

"你一直都是自己赚生活费吗？"没等言礼回答，边慈兀自感叹道，"你好厉害，学习这么紧张还可以赚钱。"

"没有，从今年复读才开始的，跟家里闹翻了，张不开嘴要钱。"

"闹翻了？"

边慈想起第一次见面那天，徐婆婆说的那句"这家里没一个让人省心的"，试着问:"你家里不同意你复读吗?"

"我妈改了我的志愿,改到了财大,她想让我学金融,我不想学,就复读了。"

边慈一怔。

她还以为言礼家里的人都是温柔的,没想到他有个这么强势的母亲。

"你今年肯定能考上想去的大学。"边慈笑着鼓励他。

"借你吉言。"言礼拽了下挎包背带,装作不经意间问了她一句,"你想去什么大学?"

"不知道,考得上哪里就去哪里吧。"

边慈思索片刻,随口说道:"如果可以的话,比较想去北方,我长这么大还没见过雪。"说完,她问言礼,"你呢?本来想去哪里上大学?"

"还是北方。"

边慈注意到言礼说北方的时候,脸上的笑意更深了一些。某种直觉作祟,她问了个不该问的问题:"你那个朋友在北方读书吗?"

"现在不在,不过只要她想去,就一定能去。"言礼一脸笃定,说这话时连耳根都红了。

边慈心里的醋坛子翻了一地,嘟囔道:"北方有那么好嘛。"

言礼点头:"挺好的,如果她也在的话,会更好。"

边慈突然间对看雪这件事失去了兴趣。

4

后面的一段路,两个人跟往常一样,找不到话题就玩英文接龙。

边慈这边化醋意为力量,斗志昂扬,言礼却有些心不在焉,连着好几次没接上,结果很显然,边慈完胜。

这是她赢得最不开心的一次,因为言礼的心思根本不在游戏上。

他一定还在想那个朋友。

"你词汇量又增加了,我都赢不了你了。"言礼对边慈说。

夸奖的话,此刻听起来却是欲盖弥彰的敷衍之语,边慈哼了声:"你心思不在这里,当然赢不了我了。"

被说中小心思,言礼下意识地摸了摸鼻子,提议道:"那重新来一次?"

居然都不带否认的!

边慈面无表情地拒绝:"不来,都到了。"

文具店近在咫尺,今晚还没关门,一楼的灯通亮,应该还有客人在店里买东西。

这正好方便了边慈,她今天忘了带小侧门钥匙,本来需要等言礼开门的,现在她可以直接走大门。

撂下那句话,边慈二话不说甩下言礼,先一步进了店里。

被扔在原地的言礼有点蒙,这是生气了?

他招的？

可她不是赢了吗？赢了还生气？

言礼抬腿跟上去，刚进店门口，边慈的身影已经消失在楼梯拐角。

他正要追上去，身后有个人将他叫住："言礼学长。"

言礼回头，一个不怎么眼熟的人，他懒得回想，直接问："什么事？"

捕捉到他言语里的不耐烦和冷淡，何似脸上的笑意僵住了一秒，不过有上次被拒绝的经验，她这回没有再那么不知所措。

"我买了点东西，老板娘去库房找东西了，你能帮我结下账吗？"说完，何似晃了两下手里的一盒笔芯，像是在证明这句话的真实性。

言礼看了眼楼梯口，连个人影都没有。

店里还有四五个挑东西的客人，收银台空无一人，言礼只能暂时顶上。

"行，你拿过来。"

"好。"

言礼走到收银台，取下挎包随手放在一边，接过女生递过来的笔芯，用扫码器扫了一下，问："还要不要别的？"

"没有了。"

"一共23.5元，有会员卡吗？"

何似递出去一张五十块钱的纸币，闻言立马说："没有，我办一张吧。"

"累计消费350元才能办。"言礼接过，手指在键盘上熟练地敲了几下，电脑下方的收纳盒自动弹出。

累计消费……何似看了眼钱包，她今天出门没带那么多钱。

她并不甘心就这样结束话题，又接着问："会员有什么福利？"

"消费折扣，积分换文具，生日当天送礼物。"

找零、撕小票，所有东西装进小纸袋里，言礼将纸袋放在吧台上，顺便递了张传单过去，公事公办地说："详细的这上面有写，你可以看看。"

"好……"

这一系列动作客气又生疏，不是何似想要的，她拎起纸袋，走了两步又退回来，鼓起勇气问："学长，你不记得我了吗？"

言礼抬眸瞧她，反问："我们认识？"

何似拿出书包里的雨伞："这是之前下雨，你借给我的伞，一直想找机会还给你。"

下雨，伞。

言礼回想片刻，总算想起来："哦，是你。"

"这是你的伞。"何似双手递过去，笑着说，"我用清水洗过，自然晾干的，不会有雨水的潮气。"

"谢谢。"言礼接过雨伞，意有所指地说，"一把雨伞而已，不用花这些心思，麻烦你了。"

"怎么会，要是没有这把伞，我那天会淋成落汤鸡的。"

言礼只笑不说话。

正好这时小姨找到东西，从库房出来，他立马拿起包起身："你来守着，我上楼了。"

"行。"小姨把东西交给顾客，回头对言礼说，"洗完澡下楼吃馄饨，叫上小边，我做了两份。"

言礼懒洋洋地抱怨："洗完澡馄饨都泡成疙瘩汤了，不吃。"

小姨一边扫码结账，一边对言礼说："瞧给你讲究的。"嘴上嫌弃，可是又忍不住纵着他，"等你们下楼我再煮行了吧。"

言礼乐了，继续提要求："小边那份不要葱，我那份少放辣。"

小姨撕下小票交给顾客，然后瞪了言礼一眼："你再说你自己煮！"

"我走了，记得不要葱少放辣。"

小姨笑骂："臭小子。"一抬头，才注意到站在吧台不远处的何似，询问道，"同学你要买什么？"

何似回过神，摇了摇头："没有，我已经买好了。"

刚才的对话她听了个真切，见言礼已经上楼离开，她问小姨："请问边慈是住在这里吗？"

"是，你认识边慈？"

"我是她的同学。"何似"哇"了一声，称赞道，"原来边慈的妈妈这么年轻呀。"

小姨听得直笑，摆手否认："你误会了，我不是她妈妈。"

何似故作一怔："可是边慈不是住在这里吗……"

"她是租客，暂时住这里。"小姨好心地问，"你是来找边慈的？我帮你上楼叫她。"

"不用了阿姨，我就是来买文具的。"何似冲小姨乖巧地笑了笑，"我先走了，阿姨再见。"

"再见，路上小心。"

离开文具店，何似拎着纸袋在第四个路灯下停了脚步。

何似回头看身后准备打烊的文具店，想起几分钟前言礼跟店主的对话，拎纸袋的手悄然收紧，眼眶不知不觉就红了。

原来边慈不是什么邻居，只是租客而已。

既没有青梅竹马的情谊，也没有共同长大的缘分。

那边慈和学校的那些女生又有什么区别？

何似揉了揉眼睛，重新打起精神往前走。

边慈洗完澡出来，脑子比刚进屋时冷静了不少。

她用毛巾包好头发，开始收拾书桌，给言礼腾出位置，方便他一会儿坐。

收拾到一半，房门被敲响了。

"边慈。"

听见是言礼的声音，边慈放下手上的活，以最快的速度去开门。

"还没到十点半呢。"嘴上这么说，边慈还是侧过身，示意他可以进屋。

言礼却没有什么动作，反而偏头避开了她的视线，不太自然地说："那个……小姨煮了馄饨，让你下楼吃。"

原来是吃馄饨，不是补习。

边慈感觉自己主动过了头，不自在地搓了搓胳膊。这一搓，手接触到裸露在外的皮肤，她低头看了眼自己的打扮——

吊带睡裙，上半身真空，非常、无比、清凉。

"啊啊啊啊啊啊啊！"

边慈的脸瞬间红到了脖子根，什么都顾不上，"砰"的一声关上了门。

这么一喊，喊得言礼的脸也红了，他对着紧闭的房门，语无伦次地解释："我……其实……你……我什么也没看见，你别——"

"你不要说话！"边慈高声打断。

言礼叹了一口气，感觉自己比窦娥还冤。

边慈靠着门，滑坐在地板上，捂着脸崩溃地说："你先下楼……我……我马上就来。"

"好。"

脚步声渐渐走远，边慈缓了足足三分钟才站起来。

她拿过白天的校服穿上，外套拉链拉到了顶，对着镜子照了好几遍，确定仪容仪表就算让教导主任来查都找不出毛病之后，这才下了楼。

一楼馄饨飘香，言礼和店长夫妇二人在闲聊，家常的氛围舒缓了边慈的尴尬。她在厨房门口深呼了一口气，然后才强装淡定地走进去。

"小边来了，快坐，你的馄——"小姨话说一半突然卡壳，看见边慈这么正式的打扮，奇怪地问，"这么晚了，你还要去学校吗？"

言礼转过头，看见边慈身上拉到顶的外套，顿时有些无语。

"没有，我就是……有点冷。"

边慈拉开椅子，在言礼身边坐下，眼神都不敢往他那边扫一下，只敢盯着面前的馄饨。

"谢谢阿姨。"

"不客气，我之前听见你在二楼大叫，发生什么事了？"

"没事，房门口有一只蟑螂，吓了我一大跳。"边慈随口胡诌。

说完才意识到不太对，她正要弥补，"蟑螂"本人开口了。

"嗯，你叫得那么大声，蟑螂可能也吓了一跳。"

5

很好，扯平了。

看来也用不着弥补了。

对话里面的玄机只有边慈和言礼才听得懂，小姨听完，理解成字面意思上的蟑螂，还把这件事放在了心上，跟小姨夫说："老麦，你回头买点蟑螂药，去二楼喷一喷。"

小姨夫咽下嘴里的食物，应了声好。

"不过也奇怪，入秋了还有蟑螂跑进来，要不这周末找家政做个大扫除算了，我也害怕这些虫子，怪恶心的。"说着，小姨看向边慈，"是很大的蟑螂吗？有多大？"

言礼刚往嘴里送了一个馄饨，听完这话突然被呛到，侧头一阵猛咳。

馄饨带着汤水，汤水里面有辣椒油，越咳越呛，越呛越咳，没几秒钟，他咳得眼睛都红了。

小姨哭笑不得："哎呀，你吃这么急做什么，没人跟你抢。"

小姨夫起身倒了一杯凉水，放在言礼手边："喝点水。"见他咳得这么厉害，小姨夫叹了一口气，对小姨说，"你别放那么多辣椒油，晚上烧胃。"

"我没放多少，你自己看，他那碗还没我这碗辣呢，明明是他自己吃饭不专心还着急。"

一杯凉水下肚，言礼总算缓过劲来。

"给你。"边慈抽了张纸巾塞到言礼手里，见他呛成这样也有点同情，"眼泪都咳出来了，擦擦吧。"

自知失态，言礼闷声道了句谢谢，接过纸巾在脸上胡乱地擦了擦。

见他没什么问题了，小姨对边慈说："行了，小边你快吃，一会儿馄饨都凉了。"

边慈点头说好。

言礼起身站起来，又去喝了杯凉水，清清嗓子再说话，声音都有点哑了。

"小姨，吃饭的时候你别说什么蟑螂虫子的，倒胃口。"言礼放下杯子，回到餐桌，看着面前这碗色香味俱全的馄饨，食欲却减了半，他抬头问，"有水果吗？我想吃点凉的。"

小姨白了他一眼："你还真是个大少爷，冰箱里有葡萄，自己拿。"

言礼懒懒坐着不愿动弹，看向全家脾气最好的小姨夫："姨夫，我想吃葡萄。"

"别管他，让他自己拿。"小姨说。

小姨夫无奈地笑了笑，拍拍小姨的肩膀："你怎么也跟个孩子似的。"说完，他起身去冰箱把洗好的葡萄拿出来，放在桌子中间，不忘叮嘱，"少吃点，冷热交替对胃不好。"

"谢谢姨夫。"

言礼吃了两颗，见边慈一直没说话，顿了片刻，然后拿着一颗撕了一半外皮的葡萄，递到边慈眼前，嘴里却调侃着："很甜，尝尝，压压你的惊。"

边慈从言礼手中接过剥好的葡萄，葡萄冰凉又甜，水分很足，边慈含在嘴里，一双眼睛盯着言礼。

言礼扔掉外皮，用纸巾擦手，还自然地问："好不好吃？"

"嗯。"边慈慢吞吞地咽下嘴里的葡萄，低着头很小声地说，"我不吃了，你自己吃吧。"

"行。"

言礼很快又跟对面两个大人聊开了，这下没人再提蟑螂，餐桌氛围一片温馨和谐。

只有边慈游离在状况之外。

这回倒不是因为融不进别人家的气氛，只是她自己心慌得很，她又不敢暴露，只能给自己找点事情做。

餐桌上能做的事情只有吃饭，于是，边慈以前所未有的速度解决了一碗馄饨。

她吃完的时候，就连吃饭最快的小姨夫的碗里都还剩四个馄饨。

"我吃饱了，谢谢招待。"边慈站起来，将椅子靠回原位，轻声说。

三个人抬头，惊讶地望着她。

边慈不敢看任何人的眼睛，特别是言礼的，她端起自己的碗筷，放进洗碗槽，正准备打开水龙头洗的时候，小姨走过来拦住了她。

"一会儿我洗，你上楼学习吧。"

"好，谢谢……"

"行啦，你这孩子哪里来那么多谢谢哦。"小姨摸了摸边慈的脸颊，半开玩笑道，"太客气就生分了，我拿你当自己家孩子，你对我这么客气，我会伤心的。"

边慈一怔，心里感动得不行，落在嘴上也只是简单一句话："我知道了，阿姨。"

她真的太不擅长回应这些善良的好意了。

"我也吃完了。"言礼端着碗筷走过来，放进洗碗槽里，叫上边慈，"走了，上楼学习。"

边慈就像溺水者抓住救命稻草一般，连声答应，跟着言礼前后脚上了楼。

身后，小姨和小姨夫的说话声压得很低，似乎是怕吵到三个孩子。

"其实你可以放松点，这里拿你当外人的人，只有你自己。"

迈上最后一级台阶，言礼站在走廊回头看边慈，突然间抛出这么一句话。

边慈迟疑了一下，才说："我不太习惯，就……你和你家人都特别好，但我不习惯这样子，是我的问题，我有时候也会想，我这么难搞，会不会伤害到你们，但下一次我还是会这么做，我真的……抱歉。"

"看出来了。"言礼说。

"也是我运气好，碰巧到这里来租房子。"边慈走上台阶，垂眸笑道，"要是我手头宽裕一点儿,就去居民楼租房子了,要是那样,得到这份善意的人也就不是我了。"

我也不会遇见你了。后半句边慈没有说出口。

言礼听完,反问她:"你就只觉得你是因为运气好?"

"对啊。"

"你就没有想过,正因为是你,才能得到这份善意吗?"

边慈听笑了:"怎么可能,我之前跟你们素不相识啊。而且你们家的人,一看就是那种平时对谁都很好的,虽然性格都不一样,不过骨子里的温柔善良没有变。"

"你把我们想得太无私了。"言礼低眉轻笑了声,兀自说,"世界上没有无差别的爱,大家都会偏心。"

"什么?"边慈心念微动,却不敢往深了想。

"没什么碰巧不碰巧的,你已经来了,来的不是别人,你来这里得到的、收获的,都是你应得的,就像你努力学习,考试分数会上升一样。你是边慈,你来这里,大家会对你好,就这么简单。

"你最大的毛病就是把自己放得太低,又把别人捧得太高,有空你照照镜子,问问里面那个人,委屈不委屈。"

边慈活生生被言礼说红了眼眶,她不想让他看见自己的脆弱,转过身,抬手用袖子揉了揉眼睛。

一不小心说得有点多,言礼本意是想让她笑,结果现在却把人给弄哭了,前一秒还在侃侃而谈的人,下一秒就发慌了。

"你哭什么,哎,你别哭啊,我哪句话说得不对我给你道歉。"

言礼愁得抓了把头发,想上前安慰,又不好意思碰她,手里又没纸巾,着急得跟热锅上的蚂蚁似的。

"没有……我就是……就是太感动了……"边慈一边哭,一边用手擦眼泪,眼泪越擦越多,擦的速度赶不上哭的速度,急得她团团转,"我……我不想哭了,怎么……怎么停不下来……"

连哭都压着声,连哭都不敢放肆哭个痛快。

言礼不知道这几年边慈经历了什么。

以前跟同学玩泥巴灰头土脸,还能站在石头上自称仙女的自恋鬼,那么骄傲,那么理直气壮地认定自己跟所有人不一样,她是最优秀的。

现在,却因为在自己不擅长的领域成绩不拔尖,自卑到了尘埃里,看谁都比自己优秀。

以前明明是个走路摔了一跤,疼不出眼泪也要哇哇乱叫几声说自己好痛好痛的娇气包。

现在却不会喊疼,也不会哭了。

怎么会变成这样。

边慈硬生生把哭意憋了回去，擦干眼泪，等情绪平稳下来，才抬起头，对言礼说："你说得很对，我都记住了，不过我希望你忘记我刚才的样子，太糗了。"

"你刚才怎么了吗？"言礼立刻配合。

"什么都没有！"边慈偏头，用手指了下自己的房门，"时间差不多了，我先回屋，你收拾好就过来吧。"

"好。"言礼静静站在原地看边慈离开，在她快进屋的时候，出声将她叫住。

"边慈。"

边慈的手搭在门把上，笑着回头，问："什么事？"

"你有小名吗？"

"我没有小名。"边慈想了想，补充道，"硬要说的话，以前家里人偶尔叫我阿慈，这应该不算小名吧。"

"我能这么叫你吗？"言礼偏头，暗骂了一声，硬着头皮往下说，"我们现在应该算朋友了，感觉叫全名挺生疏的，那个我、我小名你是知道的吧？"

边慈愣了一会儿，随后粲然笑起来："可以，随你喜欢，你小名我知道的。你叫'zhouzhou'。"

边慈已经很多年没有叫过这个名字，虽然人不一样，怀念的感觉涌上来，她没忍住多说了句："我童年的时候有个好朋友，也叫'zhouzhou'，不知道是他的大名还是小名，你说巧不巧？"

言礼霎时僵在原地，盯着边慈，眼神里透着难以置信。

边慈被他看得一头雾水，奇怪地问："怎么了？"

"没……"言礼垂眸，强压住复杂的情绪，稳住声音问，"童年的朋友，你都还记得？"

"当然记得了，我忘记谁也不会忘记他，他是个特别好的人。"提起往事，边慈难免伤感，"不过我们断联系好多年了，我一直挺想念他的，也不知道他过得好不好。他性格超级内向，不爱说话，以前总是被同龄人欺负，那些人坏死了！"

说到这儿，边慈看了眼言礼，开玩笑的口吻，却蕴含真切的祝福："要是他能像你这么受欢迎就好了，身边热热闹闹的，就算没有我，应该也不会觉得寂寞了吧。"

言礼满眼错愕和震惊，浑身似乎被抽空了力气，连头都抬不起来。

6

边慈刚搬到店里住的时候，听到外婆叫他粥粥，她明明毫无反应。

结果她居然什么都记得。

言礼从来没期待过边慈还会记得他，毕竟他那时候那么不起眼。

这么多年，边慈站在他面前，提起以前的事情，言礼感觉跟做梦一样。

想说的话太多太多，在脑子里乱跑，组不成一句完整通顺的句子。

他是如此笨拙。

言礼垂着头，刘海遮住了眼睛，看不出他的喜怒，边慈默认为他对这个话题不感兴趣，没再继续说。

她按下门把，往房间内走，瞥见墙上的老挂钟，"呀"了声："已经十点四十了。"

回应她的是一阵急促的脚步声。

接着，她被言礼抓住了手腕，他走得极快，带动身边的空气流动，微微吹起她耳边的碎发。

"你是……是怎么看待你那个朋友的？"

言礼问得突然，神色却是前所未有的严肃。边慈本来想笑，看见他紧绷的脸，也跟着紧张起来。

老实说，她从来没想过这个问题。

她跟"zhouzhou"相处的时间并不长，真正在一起玩的次数，用一只手都能数过来。她不像其他小学生，每天课余时间都能自己支配，她经常在体操馆训练，"zhouzhou"又怕生，不会来主动找她。

后来稍微熟悉一点儿了，她打算邀请他去看自己的第一次比赛时，他就转学离开了。

多年前的通讯不像现在这么发达，而且她家里穷得连座机都没有，唯一能留下的只有地址。

"zhouzhou"那时候说，等自己安定下来，搬进新家会给她写信。

她就每天等啊等，从夏天等到了冬天，也没有等到那封信，再后来，她考进省体校，离开了林水镇，从前的家也没了，更不可能再收到他的信。

可能那封信真的存在，只是路途遥远，送到她这里太难，也可能是他们的缘分只有这么多，早晚会消散在人海中。

拗不过命运就顺其自然，有些人只能留在记忆里。

当然，这个道理她是在很久以后才明白的，在这之前，她还是偷偷埋怨过"zhouzhou"好一阵。

现在冷不丁被问起这么感性的问题，边慈想了好一会儿，认真地回答："感激吧。虽然他以前总是谢谢我，说我给他撑腰什么的，但我感觉他带给我的正面情绪更多，到现在都受益。"

边慈感觉自己表达得不够清楚，停顿片刻，换了个说法："我看过一部动漫，里面的男主角说过这么一句话，他说：'我想成为一个温柔的人，因为曾被温柔的人那样对待，深深了解那种被温柔相待的感觉。''zhouzhou'带给我的正面情绪就是这样的，我不知道这种正面情绪的影响有多大，但我知道，如果我没有感受过，我不会成为现在这样的人。"

"我记得很清楚，有一次他被那帮男生锁在教室，锁到了大半夜，又冷又黑，我和老师们找到他的时候，他全身都在发抖。事后，我提议用小聪明恶整那帮男生一顿，让他们尝尝在黑暗中呼叫没人应的感觉，结果'zhouzhou'让我不要这么做，我问他为什么，你猜他怎么说？"

言礼缓缓松开边慈的手腕，哑声问："他说什么？"

"狗咬我一口，我还狗一口，狗和我都觉得已经两清。我不要两清，我要等他们长大了，想起我、想起对我做过的事，那份发自内心却不能再弥补的忏悔。

"我问他，要是他们压根不会忏悔怎么办？

"他说，那就真的当被狗咬了一口，过去那么久，我早就痊愈了，但如果他们会忏悔，怀揣着对我的愧疚，以后不会再这样伤害别人，就不会有第二个我。

"我小时候没有同理心，做事全凭自己爽，谁讨厌我，谁伤害我，我自损一千也要伤他八百。那次之后，我才明白，别人给你的伤害只能自愈，无休止的报复，只会让自己越伤越重，心永远被困在那间寒冷不透光的教室里，得不到解脱。"

言礼听完，一方面觉得欣慰，欣慰那么不起眼的自己，竟然还能带给她一些有用的东西；一方面又觉得怅然若失。感激，再真情实感的感激，也只是感激。

老天爷好像听到了他的心里话，借边慈的嘴说："所以我很感激他，发自内心地感激。"

好了好了，我知道了你不要再说了。

言礼本来还想跟边慈坦白他是谁，听完这番话，他反而不敢说了。

万一她再把对粥粥的感激，嫁接到他的身上来，那他不是被彻底发好人卡了吗？

不，可能比好人卡还惨。他大概会变成人生启蒙导师吧……

言礼光是脑补了一下，头就开始疼了。

这回轮到他来看挂钟："十点五十分了。"他真怕边慈的倾诉欲上来了，还要继续怀念粥粥，提醒不够还催促了一番，"不能再耽误了，我去洗个脸，你先进屋写作业，我马上来。"

"好好好。"边慈连声答应，还不忘对言礼抱歉地说，"让你听我说这么久的话，不好意思啊。"

"没什么，我本来以为那个朋友对你来说是特别的。"

还是试探了。

边慈失笑："怎么会，那时候年纪那么小，还没开窍呢。"

这话言礼就不乐意听了："你这句话让那些青梅竹马情何以堪？"

"青梅竹马不一样，他们一直都在一起，友情变成爱情很正常啊，我和'zhouzhou'一开始就是友情，没等转变就断了联系，关系自然只能停在这里了。"

言礼脸色一僵，感觉有被冒犯到，转身往自己的房间走："我洗脸去了。"

"好的，粥粥。"边慈记得之前的话，主动叫了他的小名表示友好。

然而言礼听完只觉得心塞，甚至有种又被发了一次感激卡的错觉。

"你还是叫我名字吧。"他揉着太阳穴说。

边慈偏头，不解地问："为什么？"

听你叫我名字，我感觉自己还能再抢救一下。

言礼当然不能这么说，继上次抹黑自己是哑巴之后，他又自黑了一把："小名太幼稚了，名字更好。"

小名不是挺可爱的嘛。

边慈不是很懂大男生的想法，既然言礼这么说了，她也只好照做："好的，言礼。"

"嗯。"

四舍五入这就是重生了。

他不叫粥粥，他就不是什么人生导师。

言礼苦着脸默默安慰自己。

边慈本来以为第一次在自己房间补习，气氛会比较尴尬，结果并没有。

可能拜之前在走廊的谈心所赐，给了她一种"言礼连我的小秘密都知道了，进我房间有什么大不了"的错觉。

面对面补习的效率确实比线上更高，同样的时间，他们完成了比平时更多的课程量。

新知识讲完，边慈还能顺便问问作业里不会的难题，这样一来，写作业的速度也提高了。

补习结束，言礼收拾好东西准备离开，边慈起身送他到房门口。

老毛病犯了，她又不自觉地冲他说了声谢谢。

说完，言礼的脸色以肉眼可见的程度垮了。

边慈暗叫不好，以为他是在生气自己还是那么客套，不拿他当朋友，赶紧解释"你不要误会，我是真的觉得受益良多，发自内心地感激你，不是跟你客气，你以后有需要我帮忙的地方，尽管开口，嗯，就这样。"

言礼面无表情地说："不用等以后，现在就有一个忙要你帮。"

"什么忙？"边慈满眼期待望地着他。

言礼深呼一口气，决定心平气和地提醒一下她。

"我不是你的老师，也不是你的长辈，你不要对我怀揣着尊敬、感激这种情绪。我是个有七情六欲的俗人，别的男生什么样我就什么样，我只比你大一岁，你也不要带着神圣的滤镜来看我，请你时时刻刻，记住这一点，否则我会气得心肌梗死。"

这种事情怎么可能心平气和！他又不是六根清净的圣僧！

言礼这边觉得理直气壮，边慈却听傻了。不就是道个谢吗，他为什么会这么凶啊！

边慈委屈地瘪瘪嘴:"你在说反话吗?就只是嘴上说不要,其实你一直很想做我的老师或者长辈,如果是这样的话,你直接说就好了,虽然非常困难,但我会努力的……"

"不是反话,我真的不需要,拜托你千万不要努力!"

边慈:"好吧。"

第六章 粥粥，你好哇！

你是粥粥，但你不只是粥粥，
还是言礼，我这么说你能明白吗？

1

第二天上学的时候，边慈刻意在走廊多停留了一会儿。

经过她这段时间的观察，差不多把言礼每天的出门时间给摸清楚了，制造一起上学的机会非常简单。

心里这么想着，结果今天就被打了脸。

她在走廊徘徊了快十分钟，也没看见言礼从房间里出来。

再等下去又要迟到，边慈有点失望地下了楼，在吧台碰见小姨，她照例打了声招呼："阿姨，我去上学了。"

"好。"小姨看了眼电脑右下角的时间，叮嘱道，"有点晚了，路上还是注意安全哦。"

边慈"嗯"了一声，走了两步，惦记楼上那个人，回头委婉地补了一句："言礼好像还没起床，阿姨你叫一下他吧。"

"起了的，他早就走了，今天比我起得还早呢。"小姨笑着，冲边慈挥了挥手，"你赶紧的，一会儿又要迟到。"

说者无意听者有心，边慈总感觉自己的小心思被小姨看穿了似的，嘴上慌乱答应，攥紧书包带，头也不回地从店里跑了出去。

风中还能听见小姨的絮叨："哎哟这孩子，你慢点跑啊——"

温情瞬间填满了心里的小失望。

到教室的时候，班上的同学已经到得差不多，昨天留的化学作业比较难，爱学习且上进的呢，凑在一起对答案，敷衍学学又贪玩的呢，就趁着老师没来，赶紧埋头一顿狂抄。

转班也快一个月了，老实说边慈还是没怎么融入这个集体。她转班转得突然，再加上之前发生了那些不愉快的事情，没什么人愿意跟她玩，再者说高三了，人际关系圈趋于稳定，也没多少人有心思交新朋友。

不过最主要的原因还是因为一诊之后要走班，在班级注定会流动的情况下，每个人的集体参与感自然会下跌。

边慈也不例外。别人不找她玩，她也懒得找别人玩，有这闲工夫不如多做几道题。

她刚把书包里的作业拿出来，前面万年不跟她说一句话的何似，突然转过身来，笑意盈盈地看着她。

"边慈，昨天化学作业的最后两道题你做出来了吗？"何似问道。

太阳打西边出来了。

边慈感到莫名其妙，不过俗话说得好，伸手不打笑脸人，何似问都问了，她也只能回答："嗯，做出来了。"

何似"哇"了一声，称赞道："你好厉害啊，可以给我看看吗？我翻了好多教辅都没找到解题思路。"

"呃……可以。"

边慈抽出自己那份化学卷子，递上去，实在不好意思领受何似的夸奖，解释道："这是别人教我做的，厉害的不是我。"

"是言礼吗？"

何似表情自然，拿着边慈的卷子，翻了个面，说："我昨晚去他家文具店买东西，看见你们一起回家，你们的感情真好啊。"

"是他。"边慈只回答了前半句。

何似大概看出她的抵触情绪，做了个"抱歉"的手势："我没有别的意思，你应该知道吧，言礼心里有人了，我没有误会你们有什么啦。"

话是没错，可边慈就是感觉自己的膝盖中了一箭。何似是怎么坦然说出他心里有人这句话的？天生乐观又爱得无私吗？

边慈感觉自己的修为还是太低了。

"不过言礼这个人性格真的超好，你们都不同班了，他还教你学习，真羡慕。"

边慈无意与她绕弯子，开门见山直接问："你到底想说什么？"

何似放下试卷，眼神坦坦荡荡，满脸无害："别这么凶嘛，你知道我对言礼的心思，你和他关系这么好，我想跟你交个朋友。"

"你还真坦诚。"边慈不咸不淡地评价。

何似笑着说："你这算答应了吗？"

"你也应该知道吧，言礼心里有人了。"边慈把何似刚才说过的话，原封不动地还给她。

何似一怔，并没有气恼，毫不介意地说："这不妨碍我想认识他啊。他现在有不代表一直都有。如果我什么都不做，就算哪天他心里的位置空了也轮不到我。"

这话听着挺火大的，不，是非常令人火大。她凭什么这么理直气壮，说得好像言礼心里的位置一空，她就能上位一样。

可是边慈并不能否认，何似说得非常有道理。

何似比她更勇敢，她最多只敢在被窝里偷偷这么想一下，绝对不会逢人就说。

想到这儿，一时之间，边慈不知道是在生何似的气，还是对自己怒其不争。

边慈打开习题册，企图用做题来转移注意力，淡淡地回了何似一句："这是你的事情，与我无关。"

"那我们能交个朋友吗？"

"我没兴趣。"

何似"啧"了声，慢悠悠地说："好冷漠的边慈同学，难道你还在因为曹静安的事情讨厌我吗？"

曹静安？谁？

边慈眼神里透露出疑惑，过了几秒才回想起来。哦，那个喷漆女，何似的塑料姐妹。后半句是她猜的。

"看来不是，既然你连曹静安都快忘了，肯定也不会因为那件事讨厌我吧，所以你为什么不愿意跟我交朋友呢？"何似撑着头看边慈，似笑非笑地反问，"难道是，你拿我当竞争对手了？"

"我们有什么可竞争的，成绩名次吗？"边慈毫不犹豫地否认，抬头瞪了何似一眼。

"我随便说说，你急什么。"何似捏着边慈的试卷，问，"借我看看？早自习结束还你。"

一大早的好心情全被何似败了个干净，边慈伸手，将试卷一把抢过，压在习题册下面，冷着脸说："不借。"

"行吧。要是我哪句话冒犯到你了，我给你道歉。"

"不必。"

何似就等她这句话："那我下次找你借别的，你得借给我。"

边慈无语。

这是哪门子逻辑？接下来两天，何似就跟赖上她了似的，下课接水要一起，去办公室问题要一起，饭点吃饭也要一起。

当然，这是何似单方面的。

但她过于热情，凡事都不忘叫上边慈，问边慈要不要一起，每次被边慈拒绝后还不生气，笑着说那就下次吧。

次数多了，别人见多了，渐渐地，班上也有了一些说法。

有说边慈性格不好的，有说边慈仗着是从重点班转过来看不起人的，还有说边慈记仇的，各种各样，何似在不知不觉中，成了大家嘴里的热心肠小可怜。

边慈一开始没有在意，直到周六的时候，中午跟明织吃饭被明织问起这件事，她才意识到，何似在用舆论给她施压，就看她什么时候会松口，引荐言礼给何似认识。

好一个笑面虎,在这儿等着她呢。

下午放学,言礼要去参加篮球赛的选拔,怕边慈忘记之前的约定,还特地来十二班跟她说了声。

二班放学比十二班早,他在后门等了几分钟,等老师走了,才进教室找边慈。

言礼走到边慈的座位旁边,用手指叩了两下她的桌面:"我去参加选拔了,结束去图书馆找你。"

边慈正在收拾书包,听见他的声音,抬眸就笑了起来:"好,你加油啊,祝你入选。"

言礼被边慈的笑意感染,侧头揉了下鼻子:"小意思。"

等言礼走后,一直在前面偷听两个人对话的何似果然转过头来询问边慈:"我能跟你一起去图书馆吗?"

边慈一反常态,回了她一个更无害且友善的笑:"当然可以,走吧。"

何似愣了几秒,惊讶地问:"你今天怎么这么爽快……"

"不知道,大概是心情好吧。"边慈拉上书包拉链,站起来,"你不去就算了,我走了。"

"要去要去,你等等我。"

边慈才懒得等她。

等何似三下五除二收拾好东西,追上去的时候,边慈已经快走到一楼了。两个人一路上也没什么话。

到了图书馆,边慈挑了个僻静的位置坐下,何似坐在她对面。

"你要不要喝饮料?我去买。"

何似只是随口一问,反正边慈肯定会跟之前一样拒绝她的。

"行。"边慈毫不客气地说,"挑贵的买,我不喝便宜的。"

何似一愣。

"算了,今天有点冷,你去食堂给我买热豆浆吧,记得加糖。"说完,边慈抬头冲何似笑了下,"辛苦你了,何似同学。"

何似又气又好笑:"你要求也太多了吧,我只是跟你客气一下,你还来劲了。"

"你不是要跟我交朋友吗?你给朋友买杯热豆浆,不过分吧?"

边慈拧开笔盖,在试卷上写下自己的名字,写完了,何似还是没有动作,她叹了一口气:"我这是为你着想,你想,万一买豆浆的时候碰见同学,你不是正好宣传一下你对我多好,我有多蹬鼻子上脸吗?这样大家又会更喜欢你了。"

"呀,对了,你放心,一会儿言礼来了,我会跟他说,这杯豆浆是你专门去给我买的,说不定会给你加印象分哦。"

何似气得想翻白眼,偏偏有求于人,只能低头,最后拿着校卡气哼哼地走了。

半小时后,何似拿着温热的豆浆回来,放在边慈手边。

"你的豆浆。"

边慈正在算题,闻言连眼皮也没抬一下,敷衍地回了句:"嗯,谢谢,放着吧,现在不想喝了。"

"你在报复我吗?"何似直接问。

边慈写完最后一个步骤,看了眼那杯豆浆,又看了眼何似:"这还需要问?我以为我做得够明显了。"

"算你狠!"

跑了一趟不能白费,何似拿过那杯豆浆,自己仰头喝了一大口,盯着边慈小声放狠话:"走着瞧,等我跟言礼混熟了,我绝对要在他面前揭穿你的真面目。"

边慈"哦"了一声:"那你要多多努力了。"

"你得意什么,你不过是运气好,租了他们家的房子而已。"

何似越说越气,捏着装豆浆的杯子,满脸不甘心:"像你这种不喜欢他的人站在他身边简直是浪费。"

挤对何似的话,突然变得难以启齿。边慈淡声道:"站在他身边又怎么样,我又没住在他心里。"

"也是,我怎么会输给你这种人。"何似吸了吸鼻子,冷哼一声,"你除了漂亮一点儿,腿长一点儿,身材好一点儿,笑起来甜一点儿,根本没什么优点,成绩还没有我好,言礼是个有内涵的人,才不会喜欢你这样的。"

这话中听,边慈受宠若惊,美滋滋地捂住脸,对何似说了声谢谢。

"不用谢,我没有夸你!"何似崩溃地低喊。

边慈附和道:"我知道,我知道,虽然我成绩没有你好,但是我漂亮……算了,怪自恋的,我不说了,反正你比我懂。"

何似无语。

她一定是疯了才会拿边慈当对手吧。

2

玩笑过后,边慈轻飘飘地转移了话题:"不过话说回来,你既然这么喜欢言礼,为什么还会跟曹静安做朋友?"

问得有些突然,何似没有回答。

等了几秒,边慈轻笑了声,没再追问,只说自己的看法:"你不想说也没关系,我只是觉得奇怪。上次你找言礼搭讪的时候,曹静安还给你加油鼓励,那时候我以为你们关系不错。后来发生了喷漆的事情,你们好像也没来往了。曹静安喜欢言礼,极端到可以做出那样的事情,怎么也不会容忍自己最好的朋友,跟自己喜欢同一个人吧。你们的关系还真是前后矛盾。"

"明明连别人是谁都快忘了,结果对这种事情还记得这么清楚。"何似毫不留情地吐槽道,"平时看起来那么高冷,结果还不是跟一般女生一样八卦,我还以为你多了不起，结果就是一个普通人。"

边慈平静地回击："我本来就是普通人，是你自己想当然给我贴标签。现在接触之后，你觉得我不符合你的想象，又来挖苦讽刺我，这种行为你不觉得很失礼吗？"

"你——"

何似词穷，瞪了边慈好几秒，最后只能偏过头，又冷哼了一声："你这是听八卦的态度吗？想让我满足你的好奇心，你对我说话应该客气一点儿才对。"

边慈听完，重新拿起笔埋头做题，没有接何似的茬。

被无视了，何似气得说不出话。

奇怪，她什么时候变得这么被动了？明明一开始是她占上风的。

这个边慈一点都不按常理出牌，真是烦死了！

何似窝在椅子里，生了好几分钟的闷气，依旧无法自我消化。她换了一个坐姿，用余光偷偷瞄了眼对面的边慈——

她居然做完四道题了！

这个人真的完全没有一点儿八卦精神啊！！

无趣至极！书呆子！

秉持"你不想听我偏要让你听"的报复心理，何似自顾自说道："在喷漆那件事之前，我一直都不知道曹静安喜欢言礼，她从没跟我说过。她这个人蛮热心肠的，总是给我出主意，让我要主动，不然言礼就会被别的女生抢走。

"那件事之后，我才知道她私底下一直打着我的旗号，去结交那些喜欢言礼的女生，从他们那里打听言礼的消息，但她从来不告诉我，我以前的交际圈子很窄，曹静安背着我做了什么，我都不知道……喂，你到底有没有在听我说话啊？！"

"在听。"边慈分神回了何似一句，写字的动作却没停，"这就是你在背后算计我的理由？"

"谁让你油盐不进的。"何似嘴硬，底气却越来越不足，"我只跟我们班的几个女生说了，没想到他们那么八婆，传得整个年级都知道了，这又不是我的本意，我没曹静安那么坏。"

边慈扯了下嘴角，不咸不淡地说："你倒是诚实。"

这种时候的夸奖听着比谩骂还讽刺，何似自知做错了事，梗着脖子，小声地说："大不了……大不了我回头跟他们解释，还你一个清白。"

"别回头了，下周一就去说。"边慈抬头，扫了何似一眼，"你不说的话，我就自己去找那几个女生说了。"

惹不起，打扰了。

这个女生才不是什么温柔小白花好吧！那些男生的眼睛全都是摆设！

"我可以介绍言礼给你认识，只有一点，别利用我，更不准打着我的旗号找他帮忙做事，否则我会用尽一切办法让他讨厌你，我说到做到。"

何似下意识地端正坐直，点头保证："我知道了，那个……我确认一下，就算我和言礼关系变近，你也不介意吗？"

边慈写字的手停顿了一下，随后，她淡声说："不介意。"

"真好啊。"何似撑着头，崇拜又羡慕地看着边慈，"你天天跟言礼在一起，居然都不喜欢他，你果然是个书呆子哦，要是我……"

"你不要再跟我说话，我要学习了。"边慈厉声打断何似的话。

"好，我不说了。"何似眨眨眼，做了个缝嘴巴的动作。

周围终于安静下来了。

边慈盯着题干来来回回看了四五遍，也没能列出已知条件。她后知后觉地意识到自己走神了，心情浮躁。

静不下心做题，边慈只好在纸上乱写乱画。

时间不知道过去多久，草稿再没有下笔空隙的时候，边慈回过神才发现，纸上写满了言礼的名字。

做贼心虚，边慈脸色涨红将草稿纸揉成团，快速扔进脚边的垃圾桶里。

幸好何似已经进入了学习状态，没有注意到她这些小动作。

边慈戴上耳机听歌，对着试卷，默默叹了一口气。

在何似问她介意不介意的时候，她连诚实地说非常介意的勇气都没有。

那么多人喜欢言礼，她又不是言礼的什么人，她哪有介意的资格。

边慈握紧中性笔，轻晃了下头，试图将这些不该有的念头从脑子里赶走。

专注专注！学习为重！

不知道是不是心理暗示起了作用，边慈逐渐回到了学习状态。

篮球赛的选拔结束，言礼推掉了陈泽雨他们去吃烧烤的邀请，只身一人来图书馆找边慈。

他知道边慈向来喜欢找僻静的座位，一进图书馆，首先排除了靠过道的位置，径直往书架后面的长桌走。

果不其然，边慈就坐在靠窗的位置。

这个点图书馆已经没什么人，到处都是空位，言礼轻手轻脚地拉开边慈身边的椅子，直到他弯腰坐下，她都没意识到他的存在。

倒是边慈对面的何似，从言礼出现在长桌尽头的时候就看见了他。她张嘴要叫他的名字，言礼却对她做了一个"嘘"的手势，示意她安静，不要吱声。

何似捂着嘴巴照做。

之后，她眼睁睁地看见言礼走过来，看见他悄悄坐在边慈身边，看见他的视线牢牢锁在边慈身上，脸上挂着她从来没有见过的笑容。

言礼平时也爱笑，他本来就是逢人三分笑的性格，笑一笑没什么稀罕的。

可是，客套的笑和抑制不住喜悦的笑，是完全不一样的，这一点何似还是分得清的。

最开始见到言礼的兴奋，在他的笑意里逐渐归于平静。

窗外的秋风仿佛刮到了何似的心里。

边慈做完最后一题，放下笔，长舒一口气，下一秒就听见身旁传来一声："还有 X>1 的情况，你忘了算。"光说不太清楚，言礼伸出食指在她的卷子上点了点，"喏，就这儿，补上。"

"啊！是哦，我又忘了！"边慈拍了下脑门，甚至都没过问言礼是什么时候到的这种客套话，重新拿起笔计算，嘴上还说，"前面那道题你也帮我看看，我感觉做错了，答案好奇怪。"

言礼早就注意到了，直接指向关键点："思路是对的，计算错了，方程化简后，8bc 的前面是负号才对。"

"这么复杂的方程，你心算都能看出我漏了负号？"

"是你粗心，其实你算复杂了，用上次我跟你说的公式来化简，草稿纸给我……"

…………

全是学习相关的话题。

明明她完全听得懂，那个方程的化简公式，她比边慈清楚多了。

可是……她完全插不上话。

何似愣愣地望着对面的两个人，他们之间的氛围让她非常不爽。

好想打断。

好想跟言礼搭话。她跟过来不就是为了见他一面吗？她为什么要呆坐在这里，听他跟边慈讲题啊？

何似张嘴想叫言礼的名字，刚发出一个短促的音节，就被他的声音盖过去了。

"喝点水，你嘴唇都干了。"言礼不只是嘴上说说，话说完，一瓶已经拧开瓶盖的矿泉水递到了边慈面前，"喝了再写。我跟你说过很多次了，学习专注过头不是好事。"

边慈接过匆匆喝了两口便放下了，嘴上嗯嗯啊啊答应，眼神却没从试卷上移开半秒。

这个时候插话，绝对会被他讨厌的。说不上为什么，何似此时此刻就有这么一种强烈的感觉。

原来性格好和温柔是完全不同的意思。

他对一个人温柔起来，竟然能做到这种程度。

短短几分钟的时间里，那个让无数人好奇的问题，就这么被她找到了正确答案。

她想象过很多次，她坐在言礼身边的样子，她对他笑，他会回应。

现在真实的画面就在眼前，她却不是女主角。

3

十多分钟过去，边慈按照言礼的讲解，把试卷上的错题全部订正了一遍，满足且充实地放下了笔，这才想起问篮球选拔的事情。

"选拔结果出来了吗？"

"出了。"

"怎么样？你入选了吗？"

言礼的手搭在边慈身后的椅背上，姿态松懒，被她问起时，脸上浮现一丝少有的得意："当然，还会有第二种结果吗？"

该表扬的时候就要表扬，边慈特捧场地"哇"了一声："你好厉害啊，比赛的时候我去给你加油。"

言礼被夸得飘飘然，碍于还有外人在场，内心"啊啊啊"，表面"嗯嗯嗯"，强行稳重，淡定地点了下头，说好。

得亏言礼的强行稳重，话题暂时断了几秒，边慈终于注意到坐在对面埋头算题的何似，想起自己被拜托的事情，她在桌子下轻轻踢了下何似的脚。

等何似抬头看向她的时候，边慈马上对言礼说："这是我同学，何似，坐在我前排。我放学到图书馆的时候有点晚了，幸好她帮我占了个座位，不然我只能回家自习了。"

后半句话边慈撒了谎。

何似听完，一脸的不可思议。

这个边慈在搞什么？之前明明还阴阳怪气地威胁她，现在怎么反过来帮她说好话了？

女生之间的暗潮涌动，言礼全然不知。

他听完边慈的话，看向何似，不知道是不是错觉，何似觉得他比之前热情了一点儿。

"你好，没记错的话，之前你来店里买过文具，对吧？"

"啊……对……对，是我。"何似受宠若惊，粲然一笑，"没想到你还记得，我以为你又忘了呢。"

"我对近期来过店里的顾客都有点印象。"言礼只回答了这么一句话。

这话听着没什么不同，但何似听出来了话外音——如果你是来搭讪的，我就记不住；如果你是来光顾生意的，我可以记住。

谁说脾气好的人就不会带来距离感？这不就有了吗？

如果没有亲眼见过他温柔热情可以到什么程度，何似还能安慰自己一句：没关系的，反正言礼对谁都这样。

边慈听到言礼的话，微微一怔，问："何似去过店里，我怎么不知道？"

"你生我气先上楼，当然不知道。"言礼慢慢悠悠地说，趁机翻了下老账。

"哦……"

边慈反应过来他说的是哪一天，心虚到无法反驳，总不能告诉他那并不是生气吧。不过听言礼这话风，好像对何似的印象还不错……

边慈忘了在哪儿听过一句话，说这个年纪的男生，如果被异性搭讪或者表白，不管他是否喜欢这个人，都会回味一整天。

要是何似真的隔三岔五在言礼面前晃悠，一回生二回熟，言礼会不会也跟其他男生一样……

边慈在这里琢磨的工夫，何似已经乘胜追击，拿着练习册开始请教言礼问题了。

而言礼呢，已经开始了新一轮的传道授业解惑，甚至还说："思路解法都对，只是计算步骤复杂了点，小问题。"

你怎么还夸上了！

边慈看着被订正过的试卷，上面夹杂着不少言礼用红笔写的知识点，再看何似那边，卷面都没几个红点。

言礼可能觉得她比较笨吧。

教成绩好的女生是不是更轻松呢。

边慈深刻感受到自己的小家子气，但也知道自己活该。

讲完何似的问题，三个人收拾好书包离开图书馆，到校门口的时候，天已经快黑尽了。

边慈和言礼绕了一段路把何似送到地铁站口，道完别，他们原路返回。

终于只剩下他们两个人，边慈迫不及待地想问问言礼对何似的看法，可是直接问又太突兀，一句话在脑子里过了无数遍，她终于问出了口。

"你还记不记得，前阵子下雨，有个女生问你可不可以同撑一把伞？"

言礼愣了一下，问："是我把你那个红配绿雨伞扔进垃圾桶的那次？"

你的重点还真是清奇。

提到那把伞，边慈就觉得头疼，忙纠正他："重点不是我的伞，是那个女生，女生！你还记不记得？"

"记得，怎么了？"

"那个女生就是何似，你认出来了吗？"

"嗯。"

果然认出来了！

边慈偏过头，嘟囔了句："上次还说何必徒生误会，现在又冲别人笑什么。"

这条路相对安静，边慈的碎碎念一字不落跑到了言礼耳朵里，他听完无奈解释："这是礼貌。"

很显然，这不是边慈想听的答案。

"只有你觉得是礼貌，女生很会脑补的，如果一个男生看见自己就笑，谁受得了？"

"是吗？"言礼停下脚步，目光落在边慈脸上，"我天天都对你笑，也没见你脑补出什么来。"

"我跟她们不一样——"

"哪儿不一样？"言礼打断边慈的话，眼神里看不出任何情绪。

边慈语塞，好几秒后，提高了嗓门避重就轻："我在跟你说何似，你扯我身上做什么，反正……反正你这样，就是很容易让人误会的。"

"所以我应该怎么做？"

"我不知道……"

言礼气笑了："如果我对谁笑就是在表示喜欢，那我的喜欢也太廉价了。我不知道你是怎么想我的，我这个人性格就这样，笑对我来说是跟呼吸一样自然的事情，如果你非要认为，我这样会给别人产生困扰，那我只能说一声对不起。"他极少这样咄咄逼人。

边慈充分感受到他的怒意，站在原地不知所措。

言礼说完这些话就走了，步子迈得比平时快。边慈慢吞吞地跟在后面，前后隔着四五个人的距离。

是她做错了。

她有什么立场来指责言礼，说到底这一切不过是她草木皆兵，她觉得不安，凭什么要让言礼来给她安全感？他没有这个义务和责任。

边慈突然很讨厌这样的自己。

矛盾不过夜，边慈拔腿追上去，扯住言礼的袖子，晃了两下表示服软。

"对不起，我不该那么说你，是我想岔了。"

言礼没说话，不过步子放慢了。

边慈察觉到这细微的变化，趁热打铁，又说："你别生我的气，我当然知道你性格就这样啊，大家喜欢你也是因为这点吧，当然，更重要的是你长得帅。其实你笑不笑，大家都很容易脑补啦。"

言礼瞥她一眼，淡声道："是不是作业太少了？"

"没有没有，够多了。"边慈松开言礼的袖子，努力用最平静的语气说话，"不管是别人对你的喜欢，还是你对那个人的喜欢，都不是廉价的。"

"我懂你的意思。"言礼终究没有办法跟边慈摆脸色，跟着退让一步，"我刚才说话太急了，不该凶你，对不起。"

"没有没有，是我说话过分在先，你生气很正常。"

"我懂你说的那个意思。"

"哪个？"

"脑补那个。"

言礼抬起手，扫了眼刚才被边慈触碰过的袖口，轻笑了一声："不只女生，男生也会，有时候她跟我说一些很温暖的话，对我笑，或者离我近一点儿，我也会下意识地想，我是不是特别的那个。"

"但她本身就是一个很温暖的人，她从不吝啬自己的善意，我并不是特例，我希望有一天我可以是，不是也没关系，只要她一直能有现在这样的笑容就好。"

边慈清晰地看见言礼提起那个人时眼底的光芒，那是专属那一个人的。

一定是将其视若珍宝，才会流露出这样的表情。

珍贵到心甘情愿把心里最柔软的地方留给她，哪怕她不知道，哪怕她永远不会停留于此。

比不过的。

没有谁能取代那个人在他心里的位置。

边慈不忍心言礼这么被辜负，抛开别的，抬眸问他："你那个朋友心里有人吗？"

"好像没有。"言礼回想片刻，补充，"她太忙了，有很多事情要做。"

边慈一咬牙一横心，无私地说："那你去告诉她吧。你这样一份珍贵的心意，如果没见过光就让它蒙尘，对你们来说都是一种损失。

"我不知道她的想法，如果这个人是我，就算我不喜欢你，在充分了解你的心意之后，我也会由衷地感到开心。因为并不是每个人都有那么幸运，能被一个优秀的人放在心尖上，当作小宝贝来喜欢的。"

边慈感觉自己怕不是菩萨转世。

言礼听完没有马上表态，一直沉默到了火车坊那条小路。

"我想好了。"言礼郑重其事地开口。

边慈看着他，怏怏地，像失去梦想的咸鱼。

"既然你都这么说了，那我就试试吧，找个合适的机会告诉她。"言礼腼腆地摸了下后脖颈儿，带着隐约期待，"希望到时候不要吓到她。"

"祝你好运。"

说完，边慈偏过头，脸上大写的生无可恋。

她的青春还不到十八岁就已经结束了啊。

4

"什么？再给我说一遍！"

电话那头猛地抬高音量，边慈吓了个激灵，手机没拿稳掉在了床上。

没有开免提，却胜似开了免提。边慈被明织那一声吼得耳朵现在还在嗡嗡响，她没再拿起手机，索性坐在床边，就这么对着手机说话："放学回家的路上，我跟言礼聊天，聊着聊着我就——"

"好了好了，你不要再说了！"话没说完，就被明织粗暴地打断。

边慈无奈。

不是你让我说的吗？

明织连着做了三个深呼吸，勉强让自己平静下来后，才重新开口："来，亲爱的边慈，跟我说说，你怎么疯到去鼓励言礼跟别的女生表白？我真的非常好奇你的心路历程呢。"

边慈的后背莫名发凉，她脱了鞋，盘腿坐在床上，双手捧着手机，干笑着说："小织，你在生气吗？"

"对啊，我在生气！"

平静不到三秒又恢复暴躁，明织气不打一处来，恨不得能闪现到边慈面前，按住她的肩膀狂摇，这样可能会让她清醒一点儿。

"你到底在想什么？你鼓励言礼去跟那个女生表白，他不一定会失败的啊。"

边慈沮丧地垂下头，与其是在问明织，不如说是在自言自语："那我应该怎么办？"

"你不往自己这边拉就算了，你还往外推，菩萨转世都没你这么无私啊妹妹。"

"可是这种事情不是努力就有结果的吧。"

她到现在都没能忘记言礼提起那个女生时的眼神，那种眼神蕴含的情愫，可不是她这样的人就能撼动的。

"我并不无私，可能有点同情心泛滥？我也说不好，反正下午跟他聊天的时候，看他就像看自己，我反正是得不到回应了。他如果能得到的话，我和他之间，至少有一个人是可以圆满的，这样似乎也不错。"

嘴上这么说，说完了，心里还是会泛苦。

边慈叹了一口气，又说："我希望他可以得到自己想要的，但又害怕他那么快就得到，小织，我这样是不是太伪善了？"

"不会，如果是我的话，我连希望都不会有，如果你非要说自己伪善，那我应该算恶毒了。"

明织渐渐忘了自己一开始是因为什么生气，听边慈说完，惆怅和心疼的感觉并存，搞得她一个没有恋爱经验的母胎 solo（单独的）都快产生共鸣了。

说出去的话泼出去的水，收不回来只能面对，事已至此，明织不好再多说什么，沉默了一会儿，安慰道："别想了，换个角度想一下，如果言礼成功了，至少你可以知道那个女生究竟是谁了，对不对？"

"嗯……这是输了还能拿到安慰奖的意思吗？"

"是吧……按照你和言礼的关系，他说不定还会感谢你，到时候再带上那个女生请你吃饭……"

边慈光脑补一下那个场景就胃痛，连忙轻声打断："别说了小织，我感觉自己更惨了。"

"那好好学习，一诊考回二班，你又是一条好汉！"

"好！"鸡血劲来得快去得也快，前后不到十秒，边慈反应过来，喃喃道，"总感觉考回二班的动力少了一半……"

"不可以！你是为了自己考的！不管言礼怎么样，你都要保持一颗上进的心啊！"

"我知道了。"

边慈看了眼床尾的书桌，这段时间天天补习，书桌的区域早已一分为二，最开始言礼还会拿着椅子过来，结束又把椅子搬回去，现在嫌麻烦，椅子都直接放在她这边了。

用麦麦的话来说，现在言礼的房间只是他睡觉的地方，凡是跟学习相关的事情，课外时间他们都在一起。

房间里随时可见言礼存在过的痕迹，他的笔他的书，他用过的草稿纸，他喝过水的杯子……然而这些都不能代表什么。

边慈收回视线，似乎下定了决心，对明织说："这样也好，断了我的念想，我可以更专注学习了。"

"对呀，加油，明年高考有个好成绩才是最重要的！"明织体贴地鼓励她。

之后，言礼和边慈像是达成了一种默契，谁也没再提起与那天相关的只言片语。

一切如常，他们还是每天一起放学，言礼还是照常帮她补习，生活没有发生任何变化。

起初，边慈一个人的时候还会琢磨那天下午的事情，或许只是她做的一场梦？她不太确定，可她不敢去问言礼。

只要她不问，他就不会去做。边慈一次又一次在心里这样欺骗自己。可是后来她发现不是这样的。

那天下午不是梦，言礼并非只是说说而已。

他有行动，只是没有告诉她。

体育课的时候，边慈路过球场，听到过那么一两次，言礼跟其他男生在聊天，提到了送礼物、女生之类的字眼。

男生们哇哇哦哦地起哄，后面的内容她也听不太清楚了。

边慈怀揣着复杂的心情度过了一个多月，她的成绩稳步上升，到11月份最后一次周考的时候，她考了个历史最高，621分，进入年级前100名。

与此同时，校级篮球赛进入半决赛阶段，十二班和二班的队伍率先晋级，拿到第一个决赛名额。

晋级赛结束后，两个班里都有人站出来提议，周六放学去吃火锅庆祝一番。

当然，自愿自费，不强求不勉强，只是篮球队和啦啦队的人必须去，有这个前提在，两个班里很多人都报了名。

女生大多冲着言礼，至于男生，冲着何似的居多。因为何似这一个多月来在啦啦队大放异彩，成为男生私下最爱议论的漂亮女生之一。

边慈一开始没有报名，她最近心如死灰，对这种娱乐活动完全没有兴趣。

到了周五，晚自习回家的路上，言礼竟然过问起来，她为什么不参加聚餐。边慈没过脑子，找了个最烂的理由："我没有钱。"

人均四十块钱，她说自己没有钱，怎么听怎么敷衍。

言礼听完愣了愣，没有拆穿她，还给了她一个台阶："没关系，我帮你出。周末了，适当放松一下吧。"

可是边慈就是想跟他唱反调："下个月就一诊了，我想在家多看看书，没时间用来放松。"

"你进步很大了，再努把力一诊考进年级前50没有问题。"

"我觉得很有问题，你又不是我，我自己的情况我清楚。"

一片死寂。边慈懊恼自己说话不过脑子，顿了几秒，说了声对不起。

"我做了什么让你不高兴的事情吗？"言礼轻声问，看起来并没有被她没道理的火气惹怒。

他越这样好性子，对她越包容，她越自责愧疚，可是她没有办法对他说实话，甚至不能保证没有下一次。

她现在就是一个随时会爆炸的怨念集合体，她一直在努力克制，可连她自己都不知道哪一天会失控。

"没有，是我的问题，我……"想来想去，还是把一切推到学习上最好用，边慈轻扯嘴角笑了笑，"我就是害怕一诊考砸，有点焦虑，刚刚对你发了火，不好意思。"

"你这样更需要放松一下了，去吧，周末聚餐。"

"我……"

"你之前说比赛会给我加油，可是你一场也没来看过。"

言礼侧头看着边慈，他站在背光处，整个人显得有几分落寞："聚餐你不去，下周的总决赛你也不去吗？"

平白惹人心软。

"那我去吧。"边慈最终让步。

"去聚餐还是总决赛？"

"我都去。"

言礼眼睛一亮，往前走了两步，又转过身倒着走，目光追着边慈，笑着说："对了，你上次鼓励我去做的事情，我准备得差不多了。"

边慈停下脚步。

"篮球赛之后有一诊，等一诊结束我跟她说。"

"那个女生也在五中读书吗？"边慈重新迈出脚步，装作不在意闲聊的样子。

言礼回答："在。"

"哦。"边慈停顿了半分钟，干巴巴地说了句，"要是你们在一起了，很多女生都会心碎吧。"

言礼听完笑了："真有这么夸张的话，很多男生也会心碎了。"

"也是。"边慈不咸不淡地说，"能被你放在心上的人，肯定是很好的。"

回到店里，边慈刚进房间，手机就响了起来。

来电显示是飒姐。

这么晚了，难道有什么急事吗？

边慈不敢耽误，放下书包就接起来："飒姐。"

"边慈啊，你回家了吗？"

"刚到，飒姐你找我什么事？"

"小事情，但有点急，就刚开学的时候你不是申请过住校吗？当时宿舍没有空位，这周二班有个女生退宿了，我还没上报，想着问问你还住不住。住宿费跟学费一样，学校还是给你全免，你现在在校外租房，每个月开支也不小吧？"

关飒不说，边慈都快忘记她只交了三个月的房租了。

是啊。

她一开始都没打算长住这里的，租房开销自负，住宿免费，她早晚要去住校的。

"我要住。"

"那行，我这边就把你的信息报上去了。你收拾一下，正常情况的话，下周就可以入住。"

"好的，谢谢飒姐。"

"小事儿，这回你的周考我看了，考得不错，再接再厉，希望下个月我能在二班看见你。"

"我会努力的。"

挂断电话，边慈握着手机，在书桌前坐下。

墙壁上有言礼写的常用公式和要点，还有她给自己写的加油语，不知不觉便利贴已经粘了满墙，一眼看过去五彩斑斓的一片。

旁边是言礼的位置，他的个人用品越堆越多，这个房间就像他们两个人的自习室。

世界上没有不散的筵席。她来这里一程，受到了很多帮助，遇见了一些很好的人，这样已经足够了吧。

不能太贪心。

他是站在光里向阳生长的瑶林琼树，她是得以在他绿荫下获得成长的小小幼苗。

她总是仰望他，偷偷向往他，甚至渴望自己长得再快一点，长得和他一样高。

但那又如何。

他终究不是她的树。

5

关飒办事效率极高，第二天早自习前就把住宿申请表交给了边慈。

住校的事情边慈还没有跟任何人说，身处六楼，隔壁就是二班教室，说不上为什么，边慈心里闪过一丝心虚。

上课铃响起，踩点的同学开始狂奔，楼梯口尽是急促的脚步声。

边慈捏紧表格，别人往上她往下，跑到楼梯平台时，迎面而来五六个慌慌忙忙的男生，她反应快，第一时间侧身让开避免被撞上，等他们先走。

男生们跑得快，一个接一个在她前面跑过，带起一阵小风，有个人手里还拿着没吃完的包子，韭菜肉馅，她闻到下意识地蹙了眉。

等人差不多走完了，边慈低着头往楼下走。才迈两级台阶，一道声音从头顶传来。

"阿慈。"

不用抬头看，她也知道是言礼。

说起来，他现在已经很少叫她名字了，一开始只有言礼叫她阿慈，后来次数多了，明织他们也开始跟着这么叫。

情绪不对劲，平时听习惯的昵称，此刻也能让边慈心里泛酸。言礼跑下来站在边慈面前，脸上的笑意还是那么明亮。

"你怎么在这里？"

边慈不动声色地将手里的表格对折了一下，藏在身后，含混不清地回答他："找飒姐有点事。"

"事情解决了吗？"言礼没问什么事，只关心其结果。

他总是这么善解人意，衬得她更像一个落荒而逃的白眼狼。

想到这儿，边慈下意识捏紧了手里的表格。

"解决了。"边慈太不擅长说谎了，她甚至不敢跟言礼对视，左右两难，她咬牙撇下言礼，边跑边说，"铃都响完了，那个……我回教室了，拜拜！"

"哦，对了——"言礼下楼追了几步，扒着扶手往下看，冲边慈说，"昨晚那两道大题我想出了更简单的解法，一会儿下课我拿给你，考试前你自己过一遍。"

"好！"边慈听完跑得更快了，没几秒就消失在言礼的视线里。

她深知自己这个样子有多不自然，以言礼对她的了解程度，肯定会察觉到什么，可是当下，这一秒，她只想逃。

她不知道要怎么跟言礼开口，尤其是在他说了最后一句话之后。

言礼理所当然地又迟到了。关飒今天来得早，连踩点的学生都没放过，让他们拿着书在走廊上早自习。当然，少不了要挨一顿训。

枪打出头鸟，言礼今天很不幸成了"那只鸟"。原因无他，从他在楼梯平台跟边慈聊天到他追着边慈下楼的整个过程，全被关飒收进了眼底。

比起打铃了狂奔踩点进教室，还是打铃了优哉跟同学聊天的罪过比较大。

等关飒训完，言礼不怕死地问："飒姐，早上边慈来找你，是因为什么事？"

"敢情我刚才说的话都是放屁？"关飒眉头一横，发出"我看你真的皮痒了"的恐怖气息。

"没有,句句真理,我受益匪浅。"

言礼不好再问,寻思一会儿下课找边慈的时候,再想办法问问。他有点介意边慈的反常,她绝不是会不声不响撇下人跑走的性格。

难道是出了什么大事?

言礼眼睛看着书,心思根本不在这里,不过学霸光是拿着书的样子,架势也足够唬人了。

关飒挨个训完人,回来的时候,发现言礼的书还停留在好几分钟前的那一页,走在他面前猛咳一声。

其他人没反应,唯独走神的言礼吓了一跳,书差点没拿稳掉在地上。

"目录也值得我们第一名研究这么久,看来暗藏玄机啊,来,跟飒姐说说,我也跟着长长见识。"

面对班头儿的阴阳怪气,只剩认错这一条路了。

"我错了飒姐。"言礼抽出书里夹的试卷,冲关飒扬了扬,"我这就认真学习。"

"但愿如此。听说你在给边慈补习,别回头人家考回二班了,你滚蛋了,我可丢不起这个人。"

"不会的。我们都是你的学生,跑不了。"

"你跟边慈关系这么好,她找我什么事,你能不知道?"关飒试探了言礼一句。

在言礼听来,这话前半句中听,后半句扎心。再者,这话是从关飒嘴里说出来的,男女关系在老师和学生之间都是敏感话题。

言礼倒是不怕,边慈就不一定了,何况他俩八字没一撇,要是因为一句话没说好,给她添麻烦,他更没有机会了。

一顿分析下来,言礼选了个最保险的说法:"飒姐你这话说的,是在怪我不够关心同学呢,还是暗示我人缘差交的都是塑料朋友呢?"

一个同学一个朋友,既撇清了关系,又转移了话题。这下关飒确定了,言礼还真的不知道边慈要住校的事情。

边慈自己都不说,也轮不到她这个班主任来说,学生之间的小事情就应该学生自己解决。

关飒盯着言礼看了半分钟有余,最后拍了拍他的肩膀,语重心长地说:"臭小子,你还差得远呢,熬吧。"

"飒姐,你什么意思?"

关飒秉持"点到为止,听得懂就听,听不懂拉倒"的原则,没再解释,抛下一句"做你的题"回了办公室。

边慈赶在老赵出办公室之前回了教室。

十二班纪律不比二班,课代表在讲台领早读,下面跟读的人屈指可数,大部分都在做自己的事情,正事闲事都有。

边慈以往都是跟读的那一拨,她今天堕落了,从回教室到课代表读完一篇课文的这段时间,她都在发呆,对着桌子上这张被她捏得皱皱巴巴的住宿申请表。

"喂!"何似突然转过身,冲她面对面一声吼。

边慈抬眸,极不耐烦地瞪着何似,还未开口,何似往后缩了一下,莫名其妙地说:"让你交作业,叫你四五声也不理,你还凶神恶煞地瞪我?"

边慈收回视线,说了声抱歉,低头找昨天的作业。

"哟,你要住校啊?"何似瞟了眼她桌上的申请表,似笑非笑地问,"放着跟言礼同住一个屋檐下的机会不要,你要住校?"

边慈将作业递给何似,面无表情地说:"给你。"

"别这么冷淡嘛,等一诊考完,咱们可能就不是同学了。"

何似把作业传给前面的人,不死心地继续问:"我换个问题,言礼知道你要住校的事情吗?"

"这跟你有什么关系?"边慈情绪极差,一个字都不想多说,"转过去,别找我说话。"

"没关系,就一个忠告。"何似收起笑意,难得正色,"你要住校这件事,别让言礼成为最后一个知道的人。"

一语说中边慈的痛处,她翻书的动作一顿,很快恢复正常。

边慈没有接茬。

被无视了两次,何似竟然也不恼:"我不知道你怎么想的,也没兴趣,但你别伤了言礼的心,否则我不会原谅你。"

"你懂什么。"边慈冷冷地说。

"我懂得比你多,是你不懂,言礼他明明就——"

"就什么?"

险些说漏嘴,何似急刹车:"言礼拿你当朋友,你别辜负他,要走就走,好歹跟人说一声。"何似越说越气,哼了一声,转过身,不服气地骂了句,"身在福中不知福。"

言礼拿你当朋友,你别辜负他。

何似语气不善,这句话说得倒是不假。

纵然心里不快,边慈也没再回嘴。

早自习结束,言礼踩着铃声下楼,到十二班教室门口找边慈。

边慈起身的一瞬间,何似转过头来,看了她一眼,与其说看,不如说是警告。

"我会说的,你少操点心吧。"边慈对她说。

换来何似一个不屑的白眼。

算了,她忍。

言礼在走廊碰见熟人聊了两句,看见边慈出来,匆匆结束对话,拿着本子走过去,直入正题:"给,练习题,我折了页脚,方便你找。"

边慈接过,翻开对应的位置,他把题目重新抄了一遍,解题步骤很详细,重点用红笔标出,字迹也不潦草,看起来很省事。

倒真的应了何似那句话。

她确实不能辜负言礼这番好意。

早晚都要说的,拖得越久越没有诚意。

边慈合上本子,对言礼笑了笑:"辛苦你了,我会认真看的。"

"这不算什么,不辛苦。"

言礼惦记着早上的事情,正想找机会问,没想到边慈率先开了口:"我有件事要告诉你。"

"什么事?"

言礼暗喜,心想自己跟边慈的关系也没有关飒说得那么差,看,这不就主动跟他说实话了嘛。

他果然还是有点分量的。

边慈沉默了几秒,最终下定决心,缓缓开口:"我要住校了,飒姐说下周就能入住。"

话音落,言礼脸上的笑意顿时凝固。

6

终于说出来了,好像也没有那么难开口。

这感觉跟打针一样,不知道针头什么时候会扎下来的那段时间最煎熬,真扎进去反而放松了。

边慈刻意忽略即将搬走的失落感,至少在言礼面前,她想让自己洒脱点。

不过在她说完那句话之后,言礼就木着脸不说话了。她心里难免犯嘀咕,难道真的生气了?可他没道理生气吧,她这不是第一时间老实交代了嘛。

为了凸显自己的诚意,边慈又轻声补充了几句:"其实我本来就是要住校的,只是刚开学的时候没有空位,所以徐婆婆那边我只签了三个月的房租,最近差不多也要到期了,真的是刚刚好,我还以为我得等到下学期呢。"

"从最开始你就没打算长住。"

不知道言礼想到了什么,倏地发出一声轻笑,他又兀自说了声:"原来你本来就是要走的。"他在笑,可是边慈并没有在他脸上捕捉到愉悦的情绪,这感觉更像是为了隐忍什么,在硬撑着维持寻常的表情。

边慈猜不透他,索性直接问:"言礼,你在生气吗?"

"没生气。"过了几秒,言礼又说,"我有什么好生气的。"

明白了。

就是在生气。

"我昨晚才接到飒姐的电话,我承认我一开始是想瞒着你,但你迟早会知道的,所以我还是告诉你了,其他人我还没来得及说。如果你是因为事发突然而生气的话,那我跟你道歉。"

"你不用道歉。"

他身上那股隐忍的感觉消散了,她感知不到任何情绪,这反而令她更加不安。

"这事确实挺突然,我没生气,缓过来就行了。"言礼没再揪着这个话题不放,转而问,"今晚聚餐你还去吗?"

"去呀。"边慈理所当然地回答,"我答应过你了,当然会去的。"

"嗯。"

上课铃响起,言礼冲边慈挥了挥手,往楼梯口走。

快上楼的时候,他回了一下头,发现边慈还站在原地目送他。

言礼回她一笑,她才进了教室。

回二班的路上,言礼一直在想一个问题,是不是自己太贪心了。

答应过他的事情,她就会做到。

如果他有远见一点儿,提前让她对自己承诺不会搬走,是不是就不会发生今天的事情。

这个念头出现的一瞬间,就被言礼单方面在心底扼杀了。

他不能这么自私。

之前有听边慈提起过,校方免了她的学费,减轻了她这一年的不小负担,既然她说一开始就打算住校,估计住宿费学校也会免吧,就算不免,现在有位置了,她住校的费用也比现在在校外租房便宜很多。

对边慈来说,不管从什么角度都是一件好事,于他而言就相反了。

可是他怎么能凌驾于她的感受之上呢。

言礼无法忍受如此自私的自己,却又压不住边慈即将搬走的失望感,两种矛盾感交杂在一起,令他无比烦躁。

下午考试结束,组织聚餐的负责人通知完时间地点,催促大家回家放了书包就赶紧过去。

吃饭的地方在新市区,离地铁口有段距离,边慈和明织商量了一下,决定一起打车,再算上言礼。

提前说好的 AA,到下车的时候,变成了言礼单方面付钱。

明织想把钱拿给言礼,被他拒绝,改口说那回家打车你不用出钱了,他又回答一句,回头再说。

依然是拒绝。

下车碰见班上几个男生,言礼跟他们一起先走了,明织和边慈走在后面。

"我发现男生都有一个通病,就是'有女生在,就不能让她们付钱'病。"明织收起钱包,悄悄地跟边慈吐槽。

边慈笑道:"这大概就是男生的面子吧,找机会请回去就行了。"

"真不能理解。不过话说,"明织看了眼前面的言礼,又冲边慈眨了眨眼睛,"你们今天都没怎么说话,吵架了?"

边慈简单跟明织说了一下住校的事情,明织听完,了然地"啊"了一声:"言礼居然会因为这种事跟你闹别扭,真神奇。"

"也不算闹别扭,他说自己缓过来就好了。"边慈解释道。

明织不解地问:"他需要缓什么?"

这一下把边慈给问住了,她顿了几秒,回答:"可能是不习惯?一个人在你家住久了,突然要搬走那种不习惯。"

"这种不习惯,需要缓这么久吗?"

"久吗?"

"一天了还不久啊?"

边慈越听越糊涂:"小织,你到底想说什么?"

"其实我也不太确定啦,就是感觉言礼对你的方式有点奇怪。"

"什么意思?"

"如果你住在我家里,你突然要搬走了,并且是因为不可抗力的合理性原因,我会失落一段时间,但不至于闹别扭,就像言礼这样。"

说到这儿,明织停顿了片刻,又接着往下说:"如果是我在意的人要搬走了,不管因为什么原因,我就会闹别扭,这种别扭不是针对你,是针对自己。"

"你不会想说言礼喜欢我吧?"这话说出来,边慈自己都想笑,"他有喜欢的人,大家都知道的。"

明织也纳闷了:"对啊,他明明有喜欢的人,还对你做出一些像是在表达喜欢的行为,这算怎么回事?"

"那是因为根本没有这回事。言礼不止一次在我面前提过那个女生,我能看出来,他多喜欢人家,死心塌地的那种。"提到这个边慈就心塞,"算了,没什么,言礼就这个性格。"

明织对边慈递过去一个同情的眼神:"其实你搬出去挺好的,保持距离,时间久了就淡了。"

虽然并没有被安慰到,边慈还是这么憧憬了一下:"借你吉言吧。"

到了吃饭的地方,人来得不算多,二班跟十二班基本分成两个阵营,边慈被明织拉到二班那一桌。

本以为会尴尬,结果并没有,之前在二班玩得好的那几个人都在,不管聊什么话题,大家都会有意无意地拉上边慈。

聚会过半,话题从篮球赛扯到了学习上,平时积攒的压力一上来,变成了倒苦水现场。

"来,我们哥几个走一个,一诊之后我估计得滚蛋了,珍惜同班的日子吧。"

"兄弟，别说丧气话，要滚蛋也是我先滚，上周又考崩了。"

"我看你们都挺丧的，一次考试算什么，只要高考不考砸就万事大吉。"

"那就祝咱们都万事大吉！"

"万事大吉——"

平时人模人样的学霸，没想到放松下来是这个德行，边慈捧着果汁杯完全看傻了。

旁边的明织在跟陈泽雨猜拳，玩得正起劲。

边慈想出去透透气，跟明织说了一声，拿上手机起身离席。

两个班包了一个大包间，从大门出来，穿过走廊，有个露天小阳台，虽然空气中依然是火锅的味道，但还是比闷在封闭空间里好一些。

站了一分钟，边慈觉得口渴，去前台的冰柜里拿了一罐雪碧，正要找服务员结账，有人的动作比她更快。

"老板，一起算，加上她手里的雪碧。"

"行。"

边慈看见是焦宇达，正想还钱给他，想起之前明织吐槽的那句话，到底没说出口。这确实是男生的通病。

算了，找机会请回去好了。

"谢谢你。"说着，边慈冲焦宇达扬了扬手里的雪碧。

"客气。"

焦宇达脸色有点泛红，打开凉茶喝了一大口，跟边慈一道往包间走。

"我看你这几次考试进步很大，等一诊结束回二班，我们又能做同班同学了。"

别人一番好意，边慈坦然接受："年级前50名还是挺难考的，我努力吧。"

"是挺难的，不过对你来说就不难，有言哥给你补习，加上你自己的努力，肯定可以。"提到言礼，焦宇达惭愧地挠了下后脑勺，"前阵子学校提出恢复走班，大家都跟打了鸡血一样拼命学，压力都挺大的，还是言哥牛，不管难度怎么样都能考第一，要是我有他一半强就好了。"

想到包间里那些疯了的学霸，边慈生怕焦宇达在这里喝凉茶也要喝成那样，忙连声鼓励："你也很努力，凡事不要跟别人比，跟自己比就足够了，言礼是很厉害，可你也是自己的主角啊。"

奈何焦宇达拿鸡汤当鸡血，脸瞬间红到了脖子根，怕自己做什么举动冒犯到边慈，纠结半天，最后跟边慈碰了一下杯，人高马大的汉子，腼腆得跟一小姑娘似的。

"边慈，我不会忘记你对我说的话，你等着看吧，等一诊过后，我们一定能再次同班。"

边慈配合地点头，继续激励："加油焦同学，我相信你一定可以稳住好成绩。"

"好，我可以！我能行！"

焦宇达备受鼓舞，捏着凉茶跟喝醉了似的往包间飘，一脸傻笑。半路上撞到一个人肩膀，他踉跄了一下，抬头看见来人，更乐了，热情地招呼："是言哥啊，言哥咱俩还没划拳呢，走。"

"你先回。"言礼看了他一眼，垂眸道。

"行，你要来啊，我等你。"

焦宇达先回了包间，言礼靠墙站着，没有要去哪儿的意思。边慈还不想回，跟他打了个招呼，拿着雪碧往小阳台走。

擦肩而过的一瞬间，言礼突然抓住了边慈的手，双眼像沾染了酒意，微微泛红，湿漉漉的眼睛就这么盯着她看。

"你又想去哪儿？"

边慈指了下小阳台的位置："我去那里透透气，怎么了？"

"我也要去，你为什么不叫上我？"言语间满满的委屈怨念。

边慈听乐了："你没说你要去呀。"

短暂沉默。

言礼收紧手上的力道，沉声问："我现在要去，你能带上我吗？"

"去个小阳台有什么带不带的……"

"我问你能不能带上我？"言礼红着眼逼近边慈，边慈步步后退，直到后背抵住墙壁，他的压迫感还是只增不减，"你怎么不回答我？你是不是不想带上我？你嫌我烦了吗？"

边慈察觉到言礼的反常，关心地问："你喝酒了？"

"你为什么总是听不懂我的话？"

"我带上你，带上你行了吧！"

言礼这才笑了。

边慈用雪碧戳了戳言礼的胸口，小声提醒："你挡住我了，让开点，这样我没法走。"

"走"这个字不知道触到言礼哪根敏感神经，他一改笑意，一把抢过边慈手上的雪碧，二话不说，仰头喝了一口。

动作快得边慈根本来不及阻止。

"你干什么，那是我喝过的！"

边慈踮脚要去抢，言礼举得高高的，挑衅一般看着她："你喝过的我就不能喝了？"

"当然不能了……"后面两个字边慈臊得说不出口，自动消音，"别闹了，快还给我。"

"阿慈真无情，喝过的东西都不准我喝。"言礼弯腰低头，与边慈平视，笑得比哭还难看，"真奇怪，以前抢我绿豆糕吃的时候，怎么又可以呢？"

"你再乱讲我要生气了，言礼你给我——"

话说到一半，边慈反应过来言礼刚才说的话，瞳孔收缩，过了几秒，僵着脖子问他："你刚才说什么绿豆糕？"

7

"林水镇的绿豆糕。"

言礼似乎也陷入回忆，过了几秒，摇头无奈道："唉，我已经想不起绿豆糕的味道了。"

"你……你……怎么……会……"边慈震惊得瞳孔发颤，下意识地用手捂住嘴巴，"你以前在林水镇——"

"不过你吃完绿豆糕肚子痛的样子，我还记得很清楚，你以前不舒服会喊疼的，你知道吗？"言礼头晕得厉害，边慈的脸在眼前晃，她看起来不太开心，好像下一秒就要哭出来似的。

他不想看见她哭。

他想让她一直笑，就像当年吃到第一口绿豆糕那样。

"哭什么，我又没怪你。"言礼对边慈笑了笑，"你忘记的我都替你记着呢，别怕。"

"zhouzhou……"边慈有个想法呼之欲出，可眼前这张脸和记忆里那一张依然无法重叠，边慈有多希望他是，就有多害怕他不是。

"你真的是他吗？"边慈的手心贴上言礼的脸，比她想象中还热。

刚刚拿过冰镇雪碧的手心冰冰凉凉，言礼大概是觉得舒服，眯着眼像小猫迎接归家的主人一样，蹭了蹭她的手心。

她莫名想哭。

"粥粥。"她低喊他的小名，声音有些哽咽，"粥粥，你是'zhouzhou'吗？"

他没有回应她。

边慈只感觉身上一重，言礼双眼紧闭，浑身的重量朝她压过来。她毫无准备，下意识环住他的腰，打算接住他。

奈何身高体重悬殊有点大，边慈这个小身板根本无法承受一个大男生的重量，被言礼带着往后仰，幸好后背靠着墙，她顺着墙壁往下滑，最后跟他一起跌坐在地上。言礼的上半身倒在她的腿上，脑袋枕着她的手心，一脸满足，全然不知道发生了什么。

边慈用食指探了下言礼的鼻息，很平稳，不过脸比之前红得更厉害了。

含酒精的饮料也能喝醉人吗？

边慈轻拍言礼的脸，叫他的名字，挠他痒痒，试了好几种办法，腿上的人依然纹丝不动。

看来是叫不醒了。

这么坐着也不是个事，边慈用另外一只手撑着地板，试着站起来，然而无果，喝醉的人比平时还沉，除非她把言礼从自己腿上挪开。

可她没办法放他一个人睡在走廊的地板上。

边慈正为难，包间门打开，出来了几个同学，有男有女。

他们原本在说说笑笑，有个女生最先瞥见墙边的景象，下意识地"啊"了声，喊出来："我的天！你们在干吗！"

这一声惹得其他人跟着看过来，大家脸上同款震惊，瞬间失语。

完了。边慈就这一个想法。

在场的同学她只叫得出陈泽雨的名字，走廊人来人往，再这样坐下去只会被更多人围观，她抬头直接冲陈泽雨说："言礼喝醉睡着了，学委你帮我搭把手。"

好在陈泽雨没有多问，麻利地跑过来，托住言礼的后背，将他的手臂架在自己肩膀上，很快把人扶了起来。

"喝饮料怎么能醉成这样。"陈泽雨纳闷嘀咕，余光看见明织也出了包间，连忙朝她喊，"班长，过来扶一下边慈，我没空手了！"

"啊？怎么了怎么了？麻烦让让！"

明织冲过来，看见这景象，走到边慈身边蹲下，一边扶她一边关心询问："你有没有摔疼？扭脚了吗？能不能起来？欸，慢点慢点！"

"不是摔的，别担心。"边慈在明织的搀扶下站起来，活动活动双腿双手，除了屁股有点疼，其他地方都没事。

"我在走廊碰见言礼出来，没说两句话他就醉晕过去了，我没托住他就坐那儿了。"趁人没散，借着跟明织解释的机会，边慈简单说明了一下情况。

"我就说嘛，你怎么出去这么久。"明织配合回答，并在第一时间转移了话题，问陈泽雨，"现在怎么弄？先送言礼回去吧？"

陈泽雨点头："只能这样了，我送他回去，你帮我跟老焦他们说一声。"

"我跟你一起。"边慈松开明织的手，走上去扯了下言礼的毛衣，遮住露在外面的后腰，又为自己的前半句做了解释，"你一个人不方便，正好我也想回家换衣服。"

也不知道从什么时候起，只要牵涉到言礼，她就变得这么爱解释。

可能很刻意吧。但比起给他添麻烦，刻意也没什么大不了的。

走廊的地板污垢很多，刚刚一屁股坐下来，边慈不用看也知道自己裤子后面有多脏。

不只她，言礼的裤腿外侧也一层灰，他向来整洁体面，边慈下意识想给他拍一拍，碍于太多人在场，怕这个举动过于亲昵惹人误会，她强忍住没有动手。

想到刚才的两次解释，再看自己碍于旁人往后缩的手，对自己的所言所为，边慈感到一丝不快。

她早就过了无论大小情绪都要宣泄出来的时期了，从她不得不学会克制开始。

其实也很久没有因为克制这件事本身产生任何负面情绪，她以为自己早就可以跟克制和平共处。

她是自私的,她很清楚。她的温柔只针对自己的软肋,也只会屈服于软肋。

"我也一起,送完言礼我直接回家了。"明织说。

陈泽雨:"行。"

明织进包间跟焦宇达他们说了一声,之后拿上四个人的个人物品出来,秦成书跟在她后面,帮陈泽雨一起架着言礼,送他们到一楼打车。

等了好几分钟才来一辆空车,秦成书招手拦下,架着言礼跟陈泽雨商量:"言哥坐后排靠窗?方便你弄他下车。"

"行。"陈泽雨回头对两个女生说,"那你们先上车。"

明织最先上车,边慈坐在中间,两个男生合力把言礼扶进了车里,坐姿奇怪,几乎半靠在边慈身上。

两个男生担心边慈不方便,非要纠正醉得不省人事的言礼的坐姿,可后座空间又小,弄得格外费劲。

边慈看在眼底,往里坐了点,扶着言礼的肩膀说:"就这样吧,也不是很远,一会儿把他折腾醒了容易晕车。"

"也行,那委屈你了边慈。"秦成书擦了把额头的汗,问陈泽雨,"真不需要我帮忙?要不我再打个车跟你们后面。"

"不用,我们这仨人呢,你上去接着玩。"陈泽雨上车,冲他挥了挥手。

秦成书给他们带上车门,趴着车窗跟司机嘱咐了句:"叔,开慢点哈。老陈你回家给我打个电话。"

"知道了。"陈泽雨回答。

出租车平稳行驶,边慈终于找到机会替言礼拍裤腿上的灰。

奈何车内光线暗,她也看不清到底有没有拍干净。

"你跟言礼到底怎么了?"趁陈泽雨在前排睡觉的空当,明织压低声音,悄悄问边慈,"你表情有点奇怪,他是不是跟你说什么了?"

"是说了些话,不过我还不确定真假。"

"什么话?"

"说起来有点复杂,等确定了我再全部告诉你。"

"好。"

边慈撕开身上仅有的湿纸巾,将言礼的手拿起来,放在眼前,借助车外路灯的光线,给他擦手心的污垢痕迹,大拇指下面的位置似乎破了皮,她特意避开,惦记着一会儿到家给他消个毒。

"小织。"

边慈突然停下手中的动作,明织"嗯"了一声:"你说。"

"我还不知道真假,但我希望是真的。"怕被人听见,她声若蚊蚋,"我现在真的特别开心,要是最后是我误解了,我现在的开心会遭天谴吗?"

明织笑道:"当然不会了,活在当下,想笑就笑,想哭就哭,老天爷不会跟我们凡人计较的。"

"是吗,感谢老天爷。"

"傻不傻啊你。"明织打了个哈欠,"我也睡会儿,到了叫我。"

"好,你睡吧。"

快到家前,边慈给小姨打了个电话。

小姨和小姨夫早早在店门外等着,等车一停下,没让陈泽雨下车,轻松将言礼从车里弄了下来,边慈跟着一起下车。

小姨夫跟司机叮嘱一番,送走陈泽雨和明织,直接背着言礼上了楼。

店里还有客人,小姨夫先下楼顾店,没多久,在一楼浴室洗澡的麦麦又大叫起来,说没有热水了。

边慈接过小姨手里的热毛巾,对她说:"阿姨,你先去看看麦麦,这里我来。"

"你给他擦把脸就行,对了,药箱就在床下的柜子里,你自己找找。"说完,小姨匆匆离开房间。

热闹被隔绝在一楼。

边慈给言礼擦完脸,放下毛巾,开始找药箱。小姨说得含含糊糊,床下有三个柜子,她也不知道是哪个。

只能都打开找找了。

言礼的书搬走不少,常用的都在她房间的书桌上,他这个房间显得很空。

边慈蹲下来拉开最外边的柜子,一个长筒纸杯滚了出来。

她捡起来一看,发现是明织家店里的一次性奶茶杯,封口被撕掉了,杯子被洗得很干净,应该是被晾干后才放进去的,没有任何潮气。

这种东西难道不应该扔垃圾桶吗?

边慈握着纸杯,低头看了柜子里面,没想到里面全是这样的杯子,两列并排整齐放着,她手上这只大概是柜子里没有容它整齐放置的位置,所以才滚了出来。

没想到言礼居然有收藏奶茶杯的癖好,还怪可爱的。边慈抿唇浅笑,将东西物归原处,放下去的时候杯子在手上掉了个面,然后,她看见了写在杯身的黑色字迹——

2013-08-13 边慈赠我

8

8月13号?

那不就是暑假补课期间吗?

上面写着她的名字,难道这杯奶茶……

边慈拨弄纸杯，在杯身上找到贴标签的地方。杯子被洗过，时间又过了这么久，标签上的字迹已经变得非常淡。

她站起来，拿着纸杯走到灯下，借着明亮的白炽灯光勉强看清上面残留的奶茶类别。

烧仙草。这就是她第一次光顾明织家的店，买给言礼做谢礼的那一杯烧仙草，不会有错。

只是言礼为什么要洗干净保留着，还在杯身上记录时间和赠送的人？

边慈的脑子已经开始疯狂脑补，沿着"他是不是暗恋我"的道路越跑越远。

不不不！

请立刻停止你的自恋行为！

万一他只是习惯保存周围人请他喝的奶茶杯呢？这年头谁还没有点奇奇怪怪的小癖好了！

边慈连声默念要保持理智，走回去，蹲在小柜子前，望着里面那一堆整齐摆放的奶茶杯，萌生了一个大胆的想法。

再看看其他的杯子，如果杯身上还有其他人的名字，马上结束脑补。

如果都是她的名字……那就……那就……啊啊啊啊！！！

边慈趴在床边疯狂深呼吸，她感觉好热，脸快被蒸熟了一样。

这还只是自己偷偷做个假设而已，也太没出息了吧！

不管了，看了再说。

边慈打定主意，抬起头，确认言礼还在睡梦中后，将手伸进了柜子里，拿出最外面的两个纸杯。

这次她先看到了标签。

奶茶类别还是烧仙草。

边慈屏住呼吸将杯子掉了个面，依然有字迹，这杯上面的字迹更多，字体缩小了些，要拿到眼前才能看清全部。

2013-09-10 她昨天受了委屈还要请我喝一周奶茶 傻得可爱

9月10号的前一天，9月9号。

9月9号……

边慈回想起来，这一天她被冤枉作弊，言礼在老师和同学面前替她出了头，好事坏事互相抵消。

她看向另外那杯，杯子翻过来，杯身上也有字。

2013-09-13 她在自卑 她不知道自己的好

自卑?

边慈脑子混乱,已经想不起这一天发生的事情。

她顾不上太多,一口将柜子里所有杯子都拿出来,挨个数过去,不多不少,正好 15 个。

而她请言礼喝了两周烧仙草,加上最开始那一杯,正好是 15 次。

2013-09-18 三天像三年 冷清的教室
2013-09-17 她说再请一周 但还是不甜
2013-09-16 她转班了 这杯不甜
2013-09-19 她的作文是范文 小天鹅在起舞
…………

杯子顺序全乱了,边慈挨个看完,通过言礼记录的短句回想起 9 月份的那 14 天。

他们的记忆有偏差,她回想起的画面都是他,他记录的瞬间却不是自己。

在看见"小天鹅在起舞"六个字的时候,眼泪自己就掉下来了,落在杯身上,差点晕染他的字迹。

边慈用袖口去擦杯子,眼前的水雾却越来越浓,又抬手揉眼睛,哭着哭着她开始笑,不敢大声哭,也不敢大声笑。

她现在一定像个疯子。

隐约听见楼下传来脚步声,边慈回过神来。

不能被别人看见她这副样子,会解释不清楚的。

边慈匆忙地将杯子放回柜子里,顾不上摆整齐,"砰"地关上柜门,开始找药箱,终于在第三个柜子里找到了。

正要拿出来,房门被小姨推开,边慈吓了一跳,浑身一颤。

"药箱有没有找到,我——"小姨见边慈抱着药箱,双眼通红,话锋一转,着急地问,"你哭了?怎么回事?"

"我……那个……我……"边慈语无伦次,顿了几秒,才继续说,"我不小心咬到舌头,疼哭了,没事。"

"哎呀,你这个孩子,吓我一跳!"小姨接过边慈手里的药箱,"我来吧,你回房间休息。"

"好……"

边慈低着头,几乎落荒而逃。

她逃回自己的房间,反锁上门,靠着门板,双腿脱力跌坐在地板上,对着虚空处出神。

心脏跳得好快,呼吸很急促,手心在出冷汗。边慈揪住自己的毛衣领口,回想刚才发生的一切,越想越觉得这只是一场梦。

那些奶茶杯，杯身上的字迹，她的名字……全都是梦。

言礼的白月光怎么可能……怎么可能会是她呢！

她哪有那么好，哪里值得他惦记那么多年，不可能是她的，而且他们之前根本就不认识……不对！粥粥！

他就是"zhouzhou"……吧？

他们长得完全不像，可是言礼怎么会知道绿豆糕的事？

他们以前真的不认识吗？

边慈捂住头，这一晚上接收太多信息，她的脑子快要爆炸了。

她感觉自己抓住了真相，可是又没办法完全说服自己。

为什么言礼偏偏喝醉了！

喝醉的人就应该乖乖睡觉，为什么要跟她说莫名其妙的话，说就算了，还留一半不说完，到底是想憋死谁！

啊啊啊，烦死了！

"算了！"边慈对着空气暴躁地喊了声，从地上站起来，拿起换洗衣服进卫生间洗澡。

谜团那么多，既然她想不清楚，那就等明天言礼醒了当面问个清楚。

这一晚有人一夜无梦，一觉到天亮。

也有人整夜翻来覆去，直到天亮才入睡。

边慈是被手机提示音吵醒的，她困得眼睛都睁不开，摁亮屏幕，点开消息。

来自小群的，来自明织的，还有何似的……

昨晚玩到那么晚，大周末的这些人都不睡懒觉吗？

群消息好像没有尽头一样，边慈翻了好几下也没翻到头，没了兴趣，握着手机翻了个身，又闭上了眼睛。

她感觉快要睡着的时候，手机铃声疯狂响起来，听筒对着她的耳朵，震得她一下子从床上惊坐起。

瞌睡全无，甚至还想骂人。

边慈面无表情地看了眼来电显示，是明织。

她摁下通话键，生无可恋地说："小织，你最好有天大的急事。"

"你还在睡觉？别睡了，我真有！"明织语气焦灼，语速飞快，"快去看我转发给你的热帖，你和言礼的照片被人拍下来放贴吧了，桃花妹妹全跟疯了一样在闹！"

"什么照片？"

"就昨天火锅店的，你快看！"

明织先挂了电话。

边慈切回QQ，点开跟明织私聊对话框，翻到头，进入网址链接。

帖子标题就很瞩目——

那一天，暗恋者们终于回想起了被白月光支配的恐惧！

帖子点进去就是照片。

从言礼抓住边慈的手，喝她的雪碧，再到他倒在她身上，最后他们一起坐在地上的整个过程，全被拍了下来。

照片有点糊，不过能看清人脸。

照片放完，才是楼主的发言——

1楼：防火防盗防闺密，唯独没防住转学生，什么也不说了，照片上那个女生，拔刀吧，我要与你一战！

2楼：火钳刘明。

3楼：这是言礼？求那个女生的名字，这么糊的照片，我竟然品出了她的颜值。

4楼：就她？？不说了，拔刀吧。

5楼：我不信，除非言礼亲口跟我说，这绝对不是真的。

6楼：不就是抓个手共喝一罐雪碧吗！我和言礼也……呜呜呜我和他不可以，边慈凭什么！

7楼：边慈和言礼没有同校过吧，言礼自己说过喜欢的那个女生跟他是校友，绝对不可能是边慈，姐妹们都冷静点，几张照片说明不了什么的。

…………

边慈注意了一下发帖时间，是凌晨一点多。

现在上午十点半左右。

还不到24小时，这个帖子已经跟帖四百多楼了。

不止帖子里在猜测，就连小群里陈泽雨他们都在问，隔几分钟就艾特言礼，言礼一直没说话。

边慈没想到事情会闹成这样，本以为昨晚在走廊解释过就能平息，她还是低估了言礼在学校的人气。

手机响了一声。

来自明织的私聊。

明织：看完了吗？你和言礼到底什么情况？

边慈：我也不知道，我去问他。

明织：你快去！我要第一时间知道！！！

边慈：好，我先起床。

边慈翻身下床，用最快的速度收拾好自己，打开房门，走到言礼的门前。

不要紧张。

自然点。

一件一件挨个问。

边慈做好心理建设，抬手敲响了言礼的房门。

半分钟不到，房门打开了。

言礼也换了身衣服，身上有沐浴露的香味，头发擦得半干，看样子起床已经有一阵子，连澡都洗完了。

边慈见他手里也握着手机，而且屏幕亮着，显示的还是贴吧界面。

"你也看见帖子了。"边慈说。

言礼"嗯"了声，侧身让开："进来聊。"

"行。"

边慈抬腿进屋，言礼后脚带上了房门。

房间里还有淡淡的酒味，边慈看了眼他床底的小柜子，她现在很清楚，昨晚发生的事情全部都不是梦。

言礼不像平时那样健谈，或者说，他在等着她先开口。

行。

那就让她先来。

"帖子的事情大家好像误会了，你打算怎么处理？"边慈兀自在沙发上坐下，故作平静地问。

言礼的声音听不出喜怒："你想要什么样的处理？"他就坐在床边，下面就是那个放奶茶杯的小柜子，这句话说完，他不知道是有意还是无意，用脚后跟踢了两下柜门，神情懒散地望着沙发上的人。

边慈配合他装傻："解释清楚，不然大家都该误会了。"

言礼终于收起懒散的神情，不，与其说是收起，不如说是再也端不住了。

言礼板着脸，眼珠拢上一层凉丝丝的光："怎么解释？"

9

原来他也是会急躁的。

这一秒之前，边慈总是在想，如果这些事情只是误会，那她的彻夜难眠、心跳加速和呼吸紊乱，都成了笑话。

"我昨天喝醉了，但我没失忆，跟你说过什么，对你做过什么，我都记得。我承认我的莽撞无理，并愿意向你道歉，但我并不后悔。早上清醒之后，我甚至非常感激那些喝下去的饮料。我这个人，总是需要被推一把才能往前走。"

言礼一口气站起来，边慈以为他要走向自己，下意识地绷紧后背，低头盯着地板，心跳如擂鼓，没有办法正视他的眼睛。

然而他没有。

他只是蹲下来，打开了第一个小柜子，奶茶杯乱糟糟地倒在柜子里，一开门，滚出好几个来。

柜子里的秘密已经藏不住了。

不管被放置得多么整齐，保存得多么完好，今天之前，它们只能在黑暗里喘息。

言礼随手捡起一个奶茶杯，握在手心打量，忍不住笑自己的痴。

"本以为远远看着你，我就会满足，直到你注意到了我。"

言礼捡起滚出来的杯子，叠在一起，随手扔在床上。

他偏头看着床，停顿片刻，似乎叹了一口气，随后问："这些东西，你昨晚都看过了吧？"

边慈晕晕乎乎发出一个"嗯"。

"看过了，你觉得我需要怎么解释？"

"没有，我……"

"我不相信你不懂，你不相信，是因为你觉得你配不上，对不对？"

边慈一时没找到合适的措辞来解释，她这头还在恢复组织语言的能力，言礼那头已经决定破罐破摔了。他抬步走到边慈面前，不知道是生她的气，还是脸皮薄害臊，耳根通红，喉咙干得快要起火。

好想逃。

身上每个细胞都在大喊我好紧张。

不行，不能逃。

一无所有，有什么害怕失去的。

计划赶不上变化，那就顺应变化。

说出来。

已经到这个地步了，他绝对不能后退。

边慈还是低着头，他也不知道地板有什么好看的，不过正好，要是她盯着他，他可能更开不了口。

"本来打算一诊之后再告诉你，我担心影响你复习，现在计划被我打乱了，有点唐突，也不够正式，但我还是想说。

"我为了瞒着这件事，对你说过很多谎话，我不是一个坦率的人。

"我试探过你无数次，暗中分析自己的成功率，我不是一个不计回报的人，我害怕义无反顾没有回应。

"在这里见到你之前，我没想过我们还会有交集，现在我也不知道这个交集会持续多久，可能明年毕业我们也要各奔东西，不过希望你记住一点，你真的特别好，而且你要知道，有个叫言礼的人，他一直在远处远远地注视着你。"

这么多年压在心底的话终于说出了口，言礼没有感觉如释重负，反而觉得心里空。

未知令人恐慌。

边慈还在看地板。

她在想什么？

她在苦恼，她在为难，这些负面情绪都是他带给她的。

言礼解过无数难题，从来没有像现在这样面对题目，手足无措过。

"你不要有那么大的心理负担，那个我……我其实没有非要你……"

边慈打断言礼的话，没头没脑地抛出一句："'zhouzhou'，是哪个'zhou'？"

言礼一怔，过了几秒明白她真正想问的东西，如实回答："弓米粥，一直是这个粥。"

"上次，我跟你聊……聊'zhouzhou'的时候，你为什么不承认？"边慈收紧手指强迫自己冷静，"你明明……明明知道……我很想你，我……我很想知道你过得好不好，我都跟你说了，可是你……为什么还不告诉我……"

"因为你说很感激我。"言礼垂眸，意识到自己的卑劣，低声道，"因为我不想止于感激。对不起，让你担心了。"

"你还知道让我担心你了！我是真的很担心你啊！！！"

边慈再也冷静不下来，她抬起头，双眼通红地看着他。

"说要来看我第一场比赛的人是你，说要转学的人是你，说要给我写信的人还是你，从头到尾都是你，什么都是你说了算，然后我只剩接受，行，我可以接受，因为都是不可抗力，你也很无辜，没有关系的。

"我早就不生你的气了，这么多年过去，我只惦记你对我的好，担心你现在有没有受欺负，要是又有人欺负你，我不在没有人去找你，你要怎么办。担心你如果还是那么内向，没有朋友会不会很寂寞，我真的真的好担心你！可是你就站在我面前，在知道我的心情之后，还是不肯告诉我你就是粥粥，你怎么这么过分呢……"

边慈上前抓住言礼的衣角，眼泪顺着脸往下掉，掉在他的手背上，他也瞬间鼻酸。

"你是想让我猜吗？猜你是不是粥粥，可是你变化这么大，我怎么猜得出来，这道题太难了。"

哪怕离得这么近，记忆里那张脸还是没有办法跟现在重叠。

粥粥是个胖胖的男孩子，因为胖，因为内向不爱说话，因为自卑，才会被同龄男生当成软柿子来欺负。

可是他明明是因为生病必须要用激素药才变胖的，就算胖，她那时候也没有觉得他不好看。

他有一双好看又明亮的眼睛，笑起来有酒窝，比任何人都温柔。

她记得粥粥说过，他这种体质是很难瘦下来，身体内虚，经不起过度运动和节食，可能一辈子都会这么胖下去。

练体操需要时刻节食，体操队里每个人天天都把减肥挂在嘴边，稍微胖了一点，宁可不吃不喝疯狂运动，也要在下次量体重前瘦下去，胖了会跳不动，跳不动就会被淘汰。

　　她太明白减肥需要吃的苦，一般人尚且如此，常年被激素控制而发胖的身体要瘦下来只会难上加难。

　　"你瘦得我已经不认识你了。"边慈声音哽咽，过了几秒，才继续说，"你太狡猾了，变成这样来见我，我现在一看见你，就觉得你吃了好多苦，我还怎么对你生气啊！"

　　言礼偏过头，低声道："我以前的样子太难看了，你走在我身边，那些人嘲笑我的时候还会带上你。现在这样挺好的，至少我们走在一起的时候，我不会再担心你会因为我而被骂。"

　　小时候的记忆除了边慈都是不愉快的，哪怕现在成年了，他也很少刻意回想。

　　"那是他们嘴欠，家里没教好，让他们生病打激素胖一回试试，站着说话不腰疼，你何必把这些人说的话放在心上。"

　　"难道你一直认为，我是装着无所谓，其实跟他们一样，在心里嫌弃你胖吗？"

　　言礼毫不犹豫地摇头："我没有。"

　　"你用多久瘦下来的？"

　　"三年多。"

　　"性格呢？你以前都不会主动跟人说话的。"

　　"初二之后有好转，高一的时候已经可以跟别人自然相处了。"

　　"你好厉害。"

　　"不是靠我自己。"言礼顿了顿，才说，"我小姨带我看过心理医生。"

　　边慈沉默下来。

　　她有好多问题，但现在突然都不想问了。

　　她担心的事情肯定都发生过，哪里都可能存在把他锁在教室的恶劣浑蛋，他肯定有过很长一段煎熬的时期。

　　难怪平时聊天，不止言礼，就连店主夫妇也很少提起他初中之前的事情。

　　一想到他可能受了不能细数的苦才以这副模样站在她的面前，怒意委屈不满，全部变得无关紧要。

　　"你现在身体怎么样？不用打激素药了吧？"

　　"不用，很健康，我每年都体检。"

　　边慈放下手，背过身擦掉眼泪，长舒一口气。

　　"那就好。"

　　该说的话好像都说完了，言礼见边慈没有再开口的意思，心想，他这样应该算是被拒绝了吗？

　　应该算吧。

她对他只有儿时情分而已，她连拒绝人都那么体贴，没有给他半分难堪。他还有什么不知足的。

"那要是没事的话……"

"我也有事要跟你说……"

两人同时开口。

言礼心里一沉，隐约感觉到要被发好人卡的气息。果然还是逃不过这个环节吗？

言礼撑出一个笑，问："什么事？你说。"

"我对粥粥只有感激。"

"我知道……你上次就说过了。"

买一赠一？看来马上就轮到好人卡了。

"不知道为什么，只要遇见你，我的运气就特别好。学习不行，有你帮我补习，受了委屈，有你给我出头。

"虽然你帮了我很多，带给我数不尽的好运气，我没什么正面情绪可以带给你，我不是什么优秀的人，在我看来现在比以前更加差劲。你这个人哪儿哪儿都好，就是太念旧情了。"

边慈自己被自己说笑了。

"你是粥粥，但你不只是粥粥，还是言礼，我这么说你能明白吗？"

第七章   粥粥,你是绿豆糕味

是尽管我不能再吃绿豆糕了,
不过你是我不靠食物的记忆暗示,就能马上想起来的人。

1

她似乎已经说完了想说的话。

房间里安静得能听见外面的风声,楼下有几个大爷大妈在闲唠嗑,聊完儿媳聊孙子,难为他们聊得这么起劲,明明光是听着就想打哈欠的话题。

言礼脑子里失去了对时间的概念,他不知道这样站了到底有多久。

直到边慈再次开口:"原来我刚才不说话的时候,你是这种心情。"半开玩笑的语气。

言礼失笑:"我明白了,顺便体会到了自己刚刚是什么心情。"

边慈顺着他说:"那你以后不要对我说教了。"

言礼第一次觉得"以后"这个字眼这么美好。

短暂的沉默。

边慈有些不自在,低声说:"我要回去了。"

"好。"言礼偏过头,尽量自然地说,"到点记得下楼吃饭,小姨做了你的份。"

边慈点了点头。

边慈回到房间,来自各方的信息就没怎么停过,手机屏幕一直亮着,已经快自动关机了。

明织那边还在等她回复,边慈给手机充上电,正要回复,一通电话打了进来。

不在通讯录的陌生号码。

边慈以为是打错的,一开始没有接,可是响了好几声,那边还是没有要挂断的意思,她只好接起来。

没等边慈问,电话那头就自报姓名。

"我是何似。"

边慈一怔。她不觉得她们的关系有好到需要周末打电话的程度。

"给你发了很多条信息你都没有回,所以才给你打电话,打扰你了。"

何似前所未有地客气，客气到边慈竟然有些不习惯。

"没什么，那个，你有什么事吗？"

何似直入主题："帖子你应该看了吧。"

边慈顿时了然。

难怪何似会着急到大周末给她打电话。

"看过了。"

"你怎么想的？"

虽然关系不亲近，连朋友也算不上，可是何似有多喜欢言礼，边慈很清楚。她说不出欺骗的话。

"都是真的，我也是昨天才知道。"

何似没有说话。

之前何似有问过她，但她当时没有说真话。没有必要，更不想说。

现在何似说不定会误会她是有意隐瞒，不，换作平常人都会这么想。

边慈试着解释："我是不怎么喜欢你，但之前没有要戏弄你，看你笑话的意思——"

"少给自己脸上贴金，说得好像我多喜欢你一样。"何似冷哼一声，一如往日傲慢，"我早就看出来了，没想到你昨天才知道，真的有够迟钝的。"

"你早就……看出来了？"边慈忽然灵感一现，"所以你之前才说我……"

"打住，我不是来跟你叙旧的，我就是想问你，你对言礼是什么想法。如果你不喜欢他，请你马上跟他说清楚，磨蹭犹豫只会让他更加难过，你绝对不能这样糟蹋他的心意，听见没有！"

何似的态度那么差劲，可是不知道为什么，边慈却听得鼻子发酸。

"没有不喜欢。"边慈吸了吸鼻子，紧握手机，继续说，"而且这是我们两个人的事情。"

何似沉默了几秒，很轻地笑了一声："是吗？"

边慈回了一声"嗯"。

"那他一定很开心。"何似说。

边慈心里堵得难受："何似……"

"我还担心他，不知道要怎么安慰他。所以说我真的……真的很讨厌你，可是你这个人……"何似仰起头，硬生生把眼泪逼回去，至少在电话里，她要表现得潇洒一点儿。

可是她都不曾拥有，又谈什么潇洒呢。

算了。

"我今天没有给你打过电话，知道吗？"

边慈有很多想说的话，但最终一个字都没有说。

这里没有输家赢家，何似也轮不到她来安慰开解。

她没有那个资格。

"知道。"

说完,何似挂断了电话。

手机切回 QQ 界面,边慈看见了何似打电话前,给她发的最后一条消息。

何似:他很好,他值得所有的幸运。

2

边慈其实能理解,何似是怀着什么样的心情写下这句话的。

如果她是何似,现在宁可对方没有看到这条消息吧。只不过,无论是她还是何似都知道这是不可能的,所以,她唯一能做的,只剩下不回复这一个选项。

装傻逃避不能解决问题,但是对于某些问题而言,随着时间的过去,问题本身会自然而然地消失。

这大概也是何似的想法。

边慈删掉了跟何似的私聊对话框。

几人小群依然活跃,各种猜测满天飞,唯有明织比较理智。

明织:你们不要乱猜了,静候两位当事人。

作为当事人之一,边慈表示她并不是很想当众发言。

可是不说任由大家猜测下去,会不会又有蓄意隐瞒的嫌疑?果然还是要说点什么……

但是她要怎么说呢,万一她说的不是言礼想说的怎么办……

犹豫的空当,明织的私聊消息将她拉回现实。

明织:你消失很久了!你们难道在做什么不可告人的事情吗?

边慈稍微回想了一番就感觉呼吸不畅。

她立马放下手机,起身打开窗户,任由冷风在房间里乱窜,过了几十秒,她才舒服许多。

边慈避重就轻回复了明织的消息。

边慈:我回来了,我在想怎么跟你说。

明织秒回。

明织：用嘴巴说！要不然见面说好了，我在店里，或者我去找你？
边慈：不了不了，还是这样说，当面更说不出口了。

边慈把刚才发生的事情简短复述了一遍，过了一分钟左右，明织回了一条语音过来。边慈打开，魔音震耳。

全是高声尖叫。

开着窗户，她生怕声音传到言礼的房间，听了几秒就马上掐掉了。

边慈还没来得及吐槽，明织那边明显不满足于文字交流，直接拨了电话过来。接起又是一阵毫无内容的尖叫，边慈庆幸自己没有开免提。

除了尖叫就是语无伦次的感叹词，打断是不可能打断的，边慈把手机放在旁边，音量开到最小，静静等待明织的兴奋劲过去。

三四分钟之后，明织终于找回了组织语言的能力。

"他那个人不是校友吗？他说谎了？你们在火锅店到底聊了什么？你快给我说说，我要好奇死了，作为你的闺中密友，我必须吃到开瓢的第一口瓜！"

连环问题如炮击一般朝边慈袭来。

"你问这么多，我要先回答哪个？"

明织果断回答："校友那个！"

边慈娓娓道来："这个说起来就比较长了，是这样的，我还在老家读小学的时候……"

横跨七八年的事情，被边慈用精练的语言陈述了一番，除开明织的问题本身，还包括其他信息，边慈自己觉得没什么，明织听完大喊信息量过多，消化不良。

"……事情就这样，我也挺惊讶的，感觉这个世界太小了，居然会以这样的方式跟粥粥再见面。"

"是你们太有缘分了，这都能再见面。"明织想到之前她们私底下的担忧，没忍住笑出声来，"合着你这么久，一直在自己醋自己。"

"好像是这样。"

边慈后知后觉地回过神，不只是她对明织发过的牢骚，还有她跟言礼以前说的那些对话……

边慈稍稍回想就感觉要疯了。

她在状况之外都说了些什么羞耻度爆棚的话啊！

边慈望着天花板哀号，倒在床上，尴尬得脚指头蜷缩。

明织还想八卦，奈何店里客人多，被亲妈叫去帮忙，只好匆匆挂了电话。

这个电话打了半个多小时，再回头看小群的消息，大家已经改了话锋。

边慈往上翻，原来是十多分钟前，言礼在群里说了话。

言礼：不信谣不传谣，自己知道就好了。

秦成书：收到！
陈泽雨：所以什么时候请客说下你们的故事？
秦成书：你就知道吃，我只关心吃什么。
卢凝思：恭喜恭喜！！！虽然我早就猜到了哈哈哈。
陈泽雨：你们女生好可怕。
秦成书：你们女生好可怕。
言礼：一诊之后请你们，要吃什么你们定。
…………

边慈感觉自己也应该在群里说两句，可是言礼没有再发言了。
同框时机已过，边慈斟酌片刻，小心翼翼地发出去一条消息。

边慈：谢谢大家。

边慈不擅长应付这种场面，她担心自己的话措辞不当，太热情的话，让大家平白尴尬，太客气的话，又间接驳了言礼的面子。
简单的一个聊天被她搞成了答题现场，还是难度超高的那种题，答案要斟酌很久才能下笔。

言礼：@边慈，下楼吃饭。

边慈一怔。
你这也太明目张胆了吧！
眼看又一波起哄已经开始，边慈也不好意思让言礼唱独角戏。

边慈：好，马上。

说马上就是马上，边慈发完消息，将手机留在床上，去浴室洗了把脸，对着镜子左照照右照照，确定没什么异样后才走出了房间。
站在走廊都能听见一楼厨房传来的说话声。
大家都在楼下。
麦麦不知道因为什么又跟言礼吵起来了，兄妹俩日常拌嘴，此刻听起来却有一种不一样的体会。
三个月说长不长说短不短，这里的人太好，说句自我意识过剩的话，她在这里找回了久违的归属感。可惜不能再住在这里了，要是她手头宽裕一点儿就好了。
边慈迈腿下楼，转念想到，要是她手头宽裕，一开始也不会住在这里了吧。

现在让她离开的理由，也是给她新开始的理由啊。

她不应该这样自怨自艾的。

"这也放太多了，我不喜欢吃。"麦麦正在碗里挑挑拣拣，见边慈下来，满眼期待地问，"姐姐你吃胡萝卜吗？"

边慈看了眼桌上的菜，小姨今天做的胡萝卜腊肠焖饭，里面还放了青豆和玉米粒，五颜六色看着特别有食欲。

麦麦很挑食，特别是对主食，小姨这么做应该也是为了让她多多少少吃点，毕竟放在米饭里，胡萝卜都切成了小丁。

再看言礼碗里，已经被麦麦塞了不少挑出来的胡萝卜丁。

"我一般般。"边慈拉开椅子坐下。

还是平常的老位置，在言礼旁边，不一样的是，她坐下来的一瞬间，言礼给她调整了一下碗筷的位置。

边慈愣了一下，随后转头朝言礼笑了下。

言礼见边慈笑了，又夹了一筷子菜给她。

麦麦没注意到两个人的小互动，她只在意自己碗里的胡萝卜丁，听见边慈说一般般，立马用筷子挑起胡萝卜丁，想放到她碗里。

这个动作刚进行到一半，就被两道声音制止。

"自己碗里的东西要自己吃哦。"这句来自向来好说话的边慈姐姐。

"你再挑一个中午就去店门口喝风。"这句来自她那无情无义的表哥。

麦麦听完就萎了。

她既不想吃自己碗里的东西，也不想去店门口喝风。

于是，她拿出必杀技，吸了吸鼻子，垂着头委屈吧啦地说："可是麦麦真的很不喜欢吃胡萝卜啊，吃了我会不开心一整天的。"

"不开心正常，成年人的世界没有谁是天天开心的。"小姨端着菜从厨房出来，毫不留情地拆穿麦麦不走心的撒娇行为。

亲妈比表哥可怕多了，她表哥冷漠归冷漠，也只限于嘴毒层面，不会真的让她去店门口喝风的。

但亲妈就不一样了，她可能连风都喝不到，只能回房间写作业。

衡权利弊后，麦麦没得选，只能向恶势力低头。麦麦挖了一小勺米饭，盯着里面的胡萝卜丁，露出了即将壮烈牺牲的表情。

牺牲前，她还不忘走流程，发表几句感言："我一定要快点长大，等长大了，我就可以选择不吃胡萝卜了。"

小姨夫听完，忍住笑，正经地评价："嗯，真是一个伟大的梦想。"

"太伟大了。"言礼用自己的勺子跟麦麦碰了一下，笑着敷衍道，"愿成年人的世界没有胡萝卜。"

麦麦无语，在小姨和善的眼神下，极不情愿地咽下了勺子里的饭。

"喝口水闺女,其实胡萝卜味儿不是很重,爸爸切得很碎了。"小姨夫心疼女儿,忙把水杯递过去。

"就是因为你切得碎,我都挑不出来。"麦麦喝了一口水,不满地吐槽。

"瞧把你给娇气的,你知不知道大山区有很多跟你一样大的小朋友连饭都吃不起,只能吃树根野菜啊?"

小姨从来不惯麦麦的臭毛病,夹了一筷子青菜到她碗里,在她又要叫苦连天前,用眼神将她震慑住:"就该饿你几天,到时候你什么都吃,日子过好了,吃顿饭都挑三拣四的。"

"你就拿我跟大山区的孩子比,你怎么不拿我跟那些王国公主比,他们父母肯定不会这样逼他们吃不喜欢的食物。"麦麦扒拉着碗里的青菜,脸上大写的抗拒。

小姨好气又好笑:"你连王国公主的生活怎么样都知道?"

麦麦当然不知道,不过是话赶话顶上去罢了,她哼了一声,心虚地说:"你管我,我就知道。"

"其实,我以前也不爱吃胡萝卜。"边慈轻声加入母女俩的对话,她尝了一口米饭,咽下后接着说,"不过我现在会吃了,虽然我还是不太喜欢这个味道。"

小孩子习惯在比自己年长的人那儿找认同感,这番话成功吸引到麦麦的注意:"姐姐不喜欢吃为什么还要吃呢?"

"因为吃胡萝卜的时候,会想起以前让自己不要挑食的那个人,而只有关心你、爱你的人,才会让你不要挑食,对不对?

"时间是可以冲淡记忆的,比如麦麦你今天喜欢跟这个小朋友玩,等过几年,你们去到不同的学校,你们都各自有了新的朋友,可能你连那个小朋友叫什么名字、长什么样子都想不起了。如果你们一起吃过让你很难忘的食物呢?不管是最爱的还是讨厌的,那都会成为一种记忆暗示,以后你再吃到这个东西,就会想起那个小朋友。

"所以有食物帮你记得某个人是多么幸福的事情啊,看在它帮你储存记忆的分儿上,不能太抗拒它,否则胡萝卜会伤心的。"

麦麦听完,沉默了好一会儿,然后说:"那妈妈就是胡萝卜味的,看在妈妈的面子上,我就多尝尝它好了。"

"好孩子。"边慈挖起一勺饭,送到嘴里,咀嚼咽下后,陶醉地闭上眼,夸奖道,"麦麦妈妈做的胡萝卜饭太好吃啦。"

麦麦跟着边慈吃了一口,笑着说:"好像是没有那么难吃了。"

"妈妈是胡萝卜味,那爸爸是什么味道?"小姨夫在一旁搭腔。

麦麦扫了眼餐桌的菜,最后指着香菇说:"爸爸给我夹一片香菇,我不喜欢吃这个。"

小姨夫照做不误,见麦麦吃下后,开心得眯起眼,配合道:"那爸爸就是香菇味的了。"

麦麦点头，表示赞同。

言礼见状，往麦麦碗里夹了一块鱼肉："吃吧，吃了哥哥就是鱼肉味了。"

麦麦别过头，却说："才不是，哥哥是冰激凌味。"

"为什么？"

"你偷了我最后一个冰激凌，我这辈子都不会忘记的！"

"……你真是好样的。"

全桌哄笑。

话题很快被麦麦绕到其他小事情上面去，边慈没有再多插话，继续扮演倾听者的角色。

听得正起劲的时候，言礼往她碗里放了一个剥好的虾。

边慈盯着碗里的虾，言礼试着猜："你不喜欢吃虾仁吗？"

"不是，我喜欢吃。"

边慈收回视线，看向言礼，倏地笑起来，用只有两个人才能听到的声音跟他说："你是绿豆糕味。尽管我不能再吃绿豆糕了，不过你是我不靠食物的记忆暗示，就能马上想起来的人。"

言礼没有再说话。

等边慈用余光偷瞄他的时候，才发现他的耳朵红了。

正好是之前听了她的悄悄话的那一只耳朵。

3

吃过午饭，边慈主动去厨房洗碗。当然，有这种自觉的人不止她一个。

言礼和她前后脚出现在厨房门口，眼对眼几秒，他说："我洗，你去忙你的。"

白吃了一顿饭，边慈哪好意思，卷起袖子正要往里进，结果小姨夫直接将围裙扔给了言礼。

"油烟重，穿上再进来。"

言礼三两下套上进了厨房，边慈眼巴巴地看着，开口问："叔叔，还有围裙吗？"

"没有了，你玩去吧，我们家没有女性做家务的传统。"小姨夫笑道。

边慈左右为难。

"走，阿慈，尝尝我昨天新买的红茶。"小姨收拾好桌子，亲昵地搂着边慈的肩膀，带着她往一楼的阅读区走。

这个点店里没什么客人，午后开始出太阳，透过落地窗落在角落的沙发和地毯上，惬意又温暖。

红茶是饭前就泡上的，现在喝味道正好。

小姨倒好茶，将其中一盏杯子推到边慈面前，温声提醒："有点烫，吹着喝。"

边慈说了声谢谢，端起来吹着尝了一小口。她并不懂茶，不管什么茶给她的感觉就是苦，只是苦的程度不一样而已，眼前这杯也一样。

思索片刻，她也不打算装懂，放下杯子对小姨笑了笑："不是很苦，饭后喝正好解腻。"

"我觉得还是奶茶好喝。"小姨喝了一口就放下了，"听朋友说好喝买的，看来这不符合自己喜好的东西不能买。"

"嗯……啊，是。"

边慈略感惊讶，以为小姨拉着她来喝茶，想来一定是个懂茶之人，毕竟像她这样对茶没有兴趣的人，一定不会有饭后喝茶的习惯的。

小姨从边慈的表情看出她的潜台词，大大咧咧地说："你是不是以为我很懂？早知道我拉你喝茶前应该百度一下，学几句专业点评。"

"嗯，我回答时还在想，要是说得太外行你会不会失望，白费了这杯茶。"

说完，边慈忍不住笑了声，自我调侃道："现在不用担心了，我可以拿它当水喝。"

"当水喝还是算了，烫嘴。"

小姨看了眼这杯红茶，突发奇想："要不我去做成奶茶好了？早上买的牛奶还没喝完。"

"不用了阿姨，这样就好。"

边慈本来还犯愁，怎么找机会给小姨说搬家的事情，眼下时机正好，又没有其他人。她顿了几秒，道："阿姨，我有点事情想跟你说。"

"什么事？"小姨问。

"学校那边宿舍有空位了，我打算去住校，房子我就不续租了。"

离别这种事情不管怎么表达都会略显伤感，店主一家对她很好，临走前边慈也不愿意寒了他们的心，于是又补充了一句："这段时间我在这里住得很舒服，你和叔叔还有徐婆婆对我都很好，被你们照顾了这么久，不知道要怎么报答，总之真的很感谢，这是真心话，不是客套。"

"我知道，你这孩子还是这么爱道谢。"

小姨叹了口气，不舍地说："一开始你只交了三个月房租，其实我就猜到你不会长住，但你这冷不丁要搬走，我还怪不习惯的……学校那边让你什么时候搬过去？"

"就这两三天吧，我先抽空把行李收拾好，到时候直接带过去就行。"

"那行，这样，房租还没到期，我回头把剩下的房租退给你。"

边慈听了连忙摆手："不行，哪有退房租的道理，阿姨你别退给我，我们签了合同的。"

小姨听乐了，打趣道："那我退房租给你还算违约啦？"

"我不是那个意思……"意识到自己的话有歧义，边慈改口重复道，"我就是想说阿姨你不用退剩下的房租给我，我没有住到期满是我的问题，你退钱给我就成你的责任，这样不好。"

"你还说你不是客套？"

"我……"

"行了，你叫我一声阿姨，那我脸皮厚点，就算你半个长辈了。我一个长辈怎么能图你一小辈的钱，何况你一小姑娘自己在外面住也挺不容易的，我得退给你，离高考还有好几个月，用钱的地方多着呢。"

越说越严肃，小姨点到为止，端起茶杯，对边慈说："碰一个，回头经常来店里吃饭，阿姨随时欢迎你。"

边慈端起茶杯，跟小姨碰了一下，茶水还是烫，两个人都只小抿了一口。

"我看你房间的东西不少，等搬宿舍的时候，我让麦麦他爸开车送送你。"

小姨说完，边慈又下意识地要拒绝，嘴巴刚张开，就被小姨一句话给堵了回去："这种小事，听长辈的不吃亏。"

"好……"

红茶的余温通过陶制品传到她的手心，木质小吊扇的影子倒映在茶水里，从俯视的角度看，茶杯里的世界像一个小湖泊。

边慈的心前所未有的平静。

她不知道这应不应该被称为归属感。

"阿姨，你为什么要对我这么好呢？"边慈轻声问。问完，她心里其实已经有了一个答案，答案的名字叫言礼。

从前她不敢这样自恋地说，她每次扪心自问时都找不到答案，今天她找到了，并且她认为这是唯一的答案。那她为什么还要问呢？

她是不是还在期盼一些别的东西。

短短几秒，边慈想不明白这个问题。

然而，从小姨嘴里说出来的答案，却完全偏离她的预期。

"我对你好？"小姨兀自重复了一遍，随后摇了摇头，失笑道，"阿慈你言重了，我受不起这个'好'字的。"

边慈完全不赞同："哪有，阿姨你对我够好了，什么事都想到我。"

"那都是很小很小的事情，不用太在意，如果这里还有一位租客，我也会这么对她。"小姨顿了顿，又说，"这大概只能算我的性格？我这个人可能有点母爱泛滥，看见你们这些孩子啊，就忍不住地想多关心关心你们。哈哈哈，按照这个说法，倒是阿慈你一直在满足我的小癖好，我才应该跟你说声谢谢。"

边慈一怔。

记忆中言礼好像跟她说过类似的话——

"没什么碰巧不碰巧的，你已经来了，来的不是别人，你来这里得到的、收获的，都是你应得的，就像你努力学习，考试分数会上升一样，你是边慈，你来这里，大家会对你好，就这么简单。"

言礼的话其实不太对。

这明明是比考试分数上升还容易的事情，毕竟分数要上升，学习就得努力，可她来这里，遇见了一群这么温柔善良的人，她明明没有做过任何努力。

想到这儿，边慈垂眸笑了，低声感叹："原来是这样，那我的运气真的很好。"

"虽然我担不起'好运'这两个字，不过阿慈啊，运气这种东西不是人人都会有的，如果你觉得自己拥有的话，那可以间接证明，你这个人也不差哟。说真的，你有空真的常来店里玩，麦麦那个臭丫头特别喜欢你，你说什么她都听，你看中午吃饭的时候，她挑食挑得哦，我都想揍她一顿了，结果咧，你几句话就把她治得服服帖帖的，我得跟你学习学习。"

"我就是随便说的，阿姨你是麦麦的妈妈，教育麦麦的事情，你肯定比我懂。"聊到这儿，边慈顺便多说了一句，"其实小朋友的心思蛮简单的，把她当作大人来跟她交流，可能比把她当成小朋友会更容易。认同感和同理心都很重要，我不知道这个方法对不对，不过以前我还小的时候，就特别渴望这两个东西。当然，那时候不知道这种东西叫什么，只有模糊的感觉罢了。"

小姨听完后，认真地点了点头："有道理，我以后用你的办法试试。"

"阿姨你别这么严肃，我真的是随便说说的。"

"可我真的觉得有道理，我回头好好研究研究。说起来麦麦也挺听粥粥的话，我以前还觉得奇怪呢，一臭小子懂什么，今天听了你这几句话，我感觉你们这些孩子辈，有时候比我们这些大人厉害。"

"言礼他性格好，不只是小朋友，在学校也很受欢迎的。"

这时，言礼端着一盘切好的水果走过来，听到自己的名字，插嘴问了句："聊这么开心，在扎堆说我坏话？"

小姨抛给他一个白眼："夸你呢，阿慈说你在学校受欢迎，还说你性格好。"

言礼"哦"了声，递给边慈一个意味深长的眼神："下次别背后说，好话当面夸。"

边慈在桌子下面轻轻踢了他一脚。

"别搭理他，给点颜色就开染坊，这小子臭毛病多着呢，阿慈你以后别喜欢他这样的，除了长得好是优点，其他也没什么了不起的了。"

小姨说完，言礼不满反驳："言女士，我也没有那么差劲吧？"

边慈帮小姨补充："成绩好也是优点啊。"

"我的优点就只有这点儿？"言礼转过头看着边慈，莫名较上真，"你再想想。"

"还有性格好、乐于助人、善良……"

边慈还没说完，被小姨笑着打断："阿慈，你直接说他是个好人就行了。"

"有道理。"边慈看着言礼，一本正经地回答，"言礼，你是个好人，这是你最大的优点。"

言礼完全没感觉到正在被夸奖。

三个人闲聊了一会儿，店里来客人，小姨起身去忙，言礼终于找到机会跟边慈说小话。

"刚刚我还以为我被发好人卡了。"

这话说得怨念深重,边慈觉得自己必须弥补一下。

"我的意思是,在我眼里你哪儿哪儿都好。"边慈看了眼四周,确认没人后,接着说后半句,"你优点太多了,多得我不知道该说哪一个了。"

言礼顿了顿,然后笑了。

"哪有那么好。"他说。

"就有。"边慈马上反驳。

4

次日一早。

边慈的房间门被叩响了,不多不少,就两下。

临出门前只有小姨会来敲门,怕她睡过头迟到,不过今天她起得早,平时这个点她还没醒,按理说小姨是不会来的。

既然不是小姨,那就只有小姨的侄子了。

"来了。"

边慈单手抓住后脑勺刚梳好的马尾,走出卫生间打开房门,探出脑袋看向门外。

迎上门外人的视线,边慈了然一笑:"我就猜到是你。"

言礼挑眉,"哦"了一声,反问:"心有灵犀?"

"是简单推理。"边慈见他已经穿戴整齐,侧过身,示意他进屋,"你进来吧,我还要收拾几分钟。"

进这个房间并不是什么稀罕事,可每次来都是冲着补习,学习当头,什么杂念都可以暂时放到一边。

现在进房间明显跟学习没有丝毫关系,言礼愣了几秒才点头,然后慢吞吞地走进去。

其实他们昨晚学习完之后,并没有约好今天早上一起上学,只是他的单方面决定而已。

他也不好意思跟边慈说,为了确定她什么时候起的床,他不到六点就醒了。洗漱完坐在窗边背单词,不,说好听点是背单词,根本目的就是观察隔壁阳台的灯什么时候亮起来。

阳台灯亮了十五分钟后,他合上单词书,拿上斜挎包,敲响她的门。

要说这一系列举动有什么疏漏,那就是他没料到女孩子洗漱时间会这么久,以至于一开门,让他看见了边慈穿睡衣的家居画面。

自从上次闹了个"睡衣乌龙",边慈不知道是腼腆还是尴尬,私底下在房间补习的是,再也没有在他面前穿过家居服,就连包裹得严严实实帽兜有兔耳朵的加厚款睡衣,她都没有穿过。

她这般局促,让他也不太好意思穿家居服进出她的房间了,虽然他一回家就有换家居服的习惯。

可能没料到他会在大清晨出现在房间门口,边慈并没有意识到穿着睡衣有什么不对,在他面前晃了好几下,一会儿出来找发圈,一会儿拿爽肤水。

言礼坐在椅子上等她,顺手拿起旁边的练习册翻看。

又一个十五分钟过去了。

卫生间的门再次被打开,边慈抱着换下来的睡衣出来挂在衣架上,对正在看书的言礼说:"我好了,走吧。"

"好。"言礼合上练习册时才发现书拿倒了。

出息。

幸好边慈没有注意这边,他站起身,不动声色地将练习册摆正,捞起斜挎包,跟着她前后脚离开了房间。

时间尚早,小姨他们都还没起床,一楼没开灯,暗得如黑夜一般。

两个人轻手轻脚地从店内的小侧门离开,外面天未亮,月亮悬挂于夜幕,街边路灯依旧明亮。

冬日清晨的风夹杂着凛冽凉意,边慈裹紧大衣外套,呼出一口气,水雾飘在半空中,随着风的方向飘。

也不是没有一起上过学,不管是纯粹偶遇,还是她这边蓄意偶遇,她和言礼都一起去过学校很多次了。

可到底跟今天不一样。

言礼摁亮手机看了眼时间,又将其放回衣兜里,然后询问身边的人:"早餐想吃什么?"

"我都可以,你想吃什么?"

边慈脑子里一片空白,又把问题原封不动地抛了回去。

四目相对,言礼忍不住笑出了声,语气无奈道:"我们怎么越活越回去了?"

"什么?"边慈一头雾水。

"客套,之前你还会跟我说想吃什么,然后我们就一起去吃。"

"也不是客套,就是……是……"边慈怕词不达意,支支吾吾半天也没说清楚。

言礼弯腰与她平视,突然叫她:"阿慈。"

边慈眨了眨眼,还没来得及回答什么,只感觉自己的脸被轻捏了两下。

事后"罪魁祸首"还在笑,一边笑一边评价:"你好可爱,像只松鼠,你有没有见过松鼠啃松子?"

边慈拍开言礼的手,不满地瞪了他一眼:"你真的是在夸我吗?"

"当然了。我不会随便对人说可爱的,如果形容词可以分级别的话,可爱在我这里绝对排第一。"

言礼又问:"吃鲜肉馄饨怎么样?胡同口有一家特别好吃。"

边慈睨他一眼:"我怀疑你在转移话题,但我没有证据。"

他可真是太无辜了，言礼竖起食指和中指做发誓状："你真的可爱，你可以说我词汇匮乏，但不能认为我在敷衍你。"

边慈肯定地点头："可以，就吃鲜肉馄饨。"

"我怀疑你在转移话题，并且掌握了证据。"

"不用怀疑，我就是。"

走到岔路口，边慈停下来问他："往左还是往右？"

言礼抿唇不说话。

边慈想笑又怕火上浇油，强忍着，难以置信地问："不是吧？你生气啦？"

言礼抬步往左边走，依然没有吱声。

"原来是往左呀，我记住了，下次我带你去吃。"

说完，见他还是毫无反应，边慈戳了戳他的手，凑近了瞧他。

一秒、两秒、三秒、四秒……数到第五秒时，言礼终于绷不住，偏头轻笑。

"你好幼稚，这位同学你真的成年了吗？"边慈拐着弯调侃他。

言礼纠正她："如果你把幼稚换成可爱，我听着会更高兴。"

"你好可爱啊，这么可爱一定是男孩子吧。"边慈极力配合，说完自己都笑了，"你们男生不都贼爱面子，喜欢听什么酷帅之类的话，你怎么会想让我夸你可爱呢？"

"我说了，可爱是我心中最高级的形容词，不过，"言礼转过头，看着边慈，"要是除了你之外的人说我可爱，我会觉得那是在暗讽我。"

"所以我应该感到荣幸？"

"你可以这么认为。"

"但还有一种说法，男生只有在觉得一个女生没什么可取之处的时候，才会说她可爱欸，你是不是在暗示我什么？"

"并没有，你优点太多了。"

言礼不知道想到什么，意有所指补充道："你也是个好人，这是你最大的优点。"

"言礼！"

边慈又气又好笑，抬手拍他的后背，凶道："你在记我仇是不是？你绝对是在记我的仇！"

"礼尚往来。"言礼任由她拍，脸上不见一丝悔意，"好人卡请收好。"

"我不要，还给你！"

"怎么还？"言礼问。

边慈停顿了几秒，然后更凶："我怎么知道，反正我还给你了。"

言礼点点头，带着她往店里走："知道了。你吃海鲜味还是红油味？"

"都可以。"

店老板认得言礼，他们一进店，就受到了热情招待。

"粥粥好久没来了哟，还是老三样？"

"嗯，叔，来两份。"

言礼招呼边慈坐，他起身去盛了两碗米汤，端回来放下，对她说："尝尝，现熬的。"

吹了一路冷风，喝点热的正好，边慈连喝了两口，捧着碗边暖手："好喝。"

言礼说："馄饨更好吃，他们家开好多年了，生意一直很好。"

似乎是在印证他的话，说完没多久，店门口进来七八个学生，他们都穿着五中校服，连单子都没看就开始点菜，一看就是熟客。

老板招呼他们坐下，桌子上的筷子不够，为首的男生站起来，到其他桌子上拿。

离他们最近的就是言礼和边慈这一桌。

男生的手刚伸过来，瞥见言礼的脸，极喜庆地嚷嚷起来："这不是言哥嘛，你也在这儿吃早饭啊，点菜没？我请客。"

"不用，点过了。"

"跟我客气什么，这位是？"蔡明洋看向边慈。

"边慈。"言礼对边慈说，语气挺淡，"这是蔡明洋，四班的。"

"你好。"边慈冲他笑了笑。

蔡明洋顺着声音看过去，意味深长地"哦"了声，撞了下言礼的胳膊，挑眉问："所以贴吧那事儿，是真的？"

边慈笑意僵住。

"贴吧什么事儿？"言礼反问回去。

"就你那个帖子，照片里的女生就是她吧。"

边慈想起这个蔡明洋是谁了。

每次考试年级前十总有他的名字，以前她还在二班的时候，总看见他往二班跑，找言礼玩，左一声哥右一声哥的，感觉跟言礼铁哥们似的。

可边慈很少看见言礼跟他来往，关系可能也就那样吧。

且不说这些，就现在，蔡明洋说话的口气明显是找事吧？

他嗓门又大，这话一说完，那两桌人都跟着看过来了，一副瞧好戏的样子。

言礼听完却问："我不知道什么帖子，给我看看？"

边慈一怔。

心想这样不是正好顺了蔡明洋的意吗？帖子亮出来，这帮人指不定要起哄成什么样。

蔡明洋摸出手机，熟练地点开软件，进入收藏的帖子，一点开，系统弹出来一条提示——帖子不存在或者已删除。

"帖子呢？"蔡明洋连着刷新好几下，都是这个提示。

言礼直接把筷子筒递过去："没根据的话不要乱说，给你，这么多够了吗？"

"够了够了，谢谢哥。"蔡明洋接过筷子，赔着笑回到自己的位置。

等不到吃完早餐，边慈摸出手机，给言礼发了一条消息过去，然后提醒他看手机。

言礼拿出手机，点开新消息。

边慈：你怎么知道帖子不见了？
言礼：昨晚我找吧主删的。

边慈看完消息，伸出大拇指，对言礼比了个赞。

言礼撑着头，无声对她说了两个字：奖励。

"你们的馄饨来啰。"

老板端着餐盘上菜，放下两碗馄饨后，还叮嘱他们慢慢吃，小心烫嘴。

等老板走后，边慈用筷子从自己碗里夹出两个馄饨，放到言礼碗里，笑眯眯地对他说："喏，给你的奖励。"

言礼盯着碗叹气："我不是图你的馄饨。"

"我知道，因为你图的我不好意思给，所以才给你馄饨的，你有什么意见吗？"

言礼愣是从和善的笑容里品出了警告意味。

"没有。我很满意。"

边慈点头表示赞赏："觉悟不错，继续保持。"

言礼无语。

5

蔡明洋那拨人来得晚，言礼和边慈都快吃完了，他们那边才开始上菜。

结账离店前，言礼象征性跟蔡明洋打了声招呼。

大概是吃瘪了一次，蔡明洋对言礼热情归热情，口头上却没再故意找事。

走出馄饨店那条小街，边慈才释放好奇心，问言礼："你跟那个叫蔡明洋的人很熟吗？"

"不熟。"想到蔡明洋在店里说的那几句话，言礼眉心微蹙，"但他很热衷于跟我装熟。"

"你……"边慈欲言又止。

言礼猜到边慈的后话，问："我说话吓到你了？"

"没有，只是感觉这种话不像是会从你嘴里说出来的。"

话音落，边慈感觉这句解释颇有批判的意味，违背她的本意，顿了几秒又重新说："不像不是不好，我也觉得那个蔡明洋对你有些过分殷勤了，真正的朋友之间不需要这样的刻意奉承和夸张赞美。"

言礼了然笑道："我懂你的意思，你不用解释这么多。"

边慈轻轻摇头，认真地说："我怕你误会，误会我觉得你不好。"

"那我们正好相反。"

"什么?"

"我怕你误会我太好,有朝一日你发现我不过如此,你会失望。"

"怎么会呢。"

"那我跟你说句真心话吧。"

电线杆上停着两只叫不出名字的鸟,见他们走近了,扑腾翅膀,一秒就飞出好远。

言礼呼出一口气,缓缓开口:"像蔡明洋这样的人,面对他们我都会想一个问题。如果他们知道我从前什么样,如果我现在还是从前那样,他们一定不会像现在这样对我,每次一想到这里,我就对他们心生厌恶。但我又深知见人三分笑的道理,这种厌恶只会放在我心里,从这个角度来看,我跟蔡明洋他们是一类人。

"我不想再被孤立,我想被人喜欢,所以我表现出令人喜欢的性格,我对别人好,其实只是为自己好,说到底只是利己主义罢了。"

老街区的半空中总有数不尽的电线,杂乱交错,一抬头,天空都被电线切割成无数个不规则形状。

刚才飞走的两只无名鸟又停在了前面的电线杆上,鸟先于他们到达,见他们走近,鸟又飞走了。

沿着这条路直走的话,前面还有四五个电线杆,言礼毫不怀疑这两只懒怠的鸟又停在了某一杆子上。

他嫌鸟懒,鸟估计也嫌他烦,可能现在正在跟自己的同伴吐槽,人类为什么总要从电线下面路过之类的话。

言礼倏地轻笑,指着左边的巷子路说:"我们走那边。"

从这里出去就是柏油大路面,直通五中正大门,算是一条偏僻近道。

因为太窄,并肩走两个人都挤,加上知道这条路的人不多,所以就算是近道,也没什么人走。

"好。"边慈说。

进入小巷子,言礼走在前面,边慈紧随其后。

越往前走,上学路上特有的喧闹声就越大,可是身后一片寂静,偶尔踩到几片枯叶,声音清脆。

很奇妙的感觉,一直这么走下去也不赖。边慈心想。

她的领路人突然停下了脚步。

边慈跟着停下。

他们之间隔着半个人的距离,离得太近,边慈的所见之处只有他的背影。

边慈把手掌心平放在头顶,以水平线移动到他的后背,比画下来,她还不到他的肩膀。

不管远还是近,他都好高啊。

言礼转过头,问她:"你怎么不问为什么要走这里?"

他问得突然,边慈来不及收回自己的手,小动作无处躲藏,尽数落在他眼底:"你在做什么?"

前一个问题还没得到答案,又来了一个新问题。

"比高。"

边慈把手放下,继续回答他的第一个问题:"因为我知道为什么,就不需要问了。"

"你知道这里是近道?"

听到她说比高,言礼兴致上来,学她的动作也比画了一番,手掌最后抵在自己上胳膊肘。

离近了看,她果然还是这么小一只。

"咦?这里是近道?我不知道这个。"

边慈按下言礼的手,小声抗议:"你不许比,要是你嫌我矮,我会很无助的。"

"无助?"

"胖了可以减,矮了高了可就没办法了。"边慈叹气,"不出意外,我不会再长高了。"

"那又怎么样,高矮胖瘦都无所谓。"说完,言礼思忖片刻,补充道,"瘦还是算了,你再瘦就没了。"

"哪有那么夸张,要是我还练体操的话,现在算超重,起码要减五斤。"

"幸好不练了。"言礼一脸庆幸。

边慈无奈又好笑。

言礼后知后觉地意识到渐渐偏题,将话题拉回来:"你既然不知道这里是近道,怎么还不问我理由?"

"理由难道不是那两只鸟吗?"

言礼微怔。

"你居然注意到了。"难以置信的口吻。

"不,我注意到的是你,不是鸟。"边慈一如既往地坦诚,"你说话的时候一直在看天,我不知道你在看什么,顺着你的视线才发现了那两只鸟。如果是我自己走,我发现不了。"

"差点忘说了,我听完你的真心话,没有产生失望的情绪。"边慈冲言礼眨眨眼,半开玩笑地反问,"听我这样讲,你有没有感觉失望啊?"

"倒也……没有。可是为什么,你不是一直说我温柔善良吗?我的真实目的并非如此,你为什么不失望?"

边慈轻笑。

"你的真实目的跟温柔善良毫不冲突啊。或许你听过一个理论,叫人性本恶,善只是人有意识之后的一种选择。如果大家都遵循本性,世界应该是全员恶人。

"你厌恶蔡明洋那类人也好,厌恶自己在人际交往中的虚伪也罢,都是很正常的心理，每个人都带有来自本性的恶，所以每个人都不完美。

"不管是小时候跟我说'如果他们会忏悔，怀揣着对我的愧疚，以后不会再这样伤害别人，就不会有第二个我'的粥粥，还是刚才因为惊走两只休憩的鸟选择绕路而行的言礼，在我眼中，都可以称为温柔，这是我所认为的温柔，你可以不这么认为，但你不能否认我。

"我看得见你的闪光点，深知你的不完美，还是认为你很好，这之间没有误会可言，自然谈不上失望。"

专心讲话时没察觉，等停下来，边慈迎上言礼的视线，才觉得难为情。

她偏过头，挽耳发掩饰不自在："你别这么看着我。"

"我以后要多做好事。"留下一句没头没尾的话，言礼转过身，抬步向前走。

边慈一头雾水地追上去，问："什么意思？"

"老天爷看我积德，下辈子可能会让我第一个认识你。"

"我想贪心点，你人这么好……"不知道为什么，说完这两句话，言礼的脚步变快了。

过了几秒，等边慈反应过来言礼的话外之意，脸蛋微红，低着头说："你好夸张。"

"不夸张，是你不知道，自己带给过我什么。"

边慈也说："彼此彼此。我以后也要多做好事。"

言礼笑着说："我不是需要你做很多好事才能遇见的人，我会主动去见你的。"

边慈对此表示抗议："我不喜欢你这么说，你不要否认自己。"

短暂的沉默。

言礼选择妥协，同时提出了一个要求："好，我答应你，同样的，你也不要否认自己。"

边慈不明白自己好在哪儿，她更不明白的是，言礼竟然会觉得自己不好。

难道每个人都是越喜欢越自卑吗？

她不懂。不过这也不是需要马上弄懂的事情。

他走在前面，好像是他拉着自己在走，但边慈很笃定，只要自己停下，他也会停，而不是选择松手继续前行。

目的地还是那个目的地，可是走了不同路，有了同行的人，她才看见了那两只鸟。

不知道往哪儿走的时候，有人带着她走，走累了想歇一歇，停止前行也不会被抛下。

她终于不是一个人了。

"粥粥。"

忽然被叫小名，言礼后背稍僵，仿佛一瞬间被拉回八年前。

那时他们也这样走在一起，穿过林水镇的大街小巷。

不过，那时她走在前面，带路的人不是他。

"粥粥。"言礼没有回应，边慈又喊了一声。

"嗯。"言礼阖上眼，很快睁开，一切照旧，虽与八年前不同，幸好她还在。

"连我自己都认为，小时候我帮过你，现在我觉得我错了。"边慈的声音很轻，飘在风里像耳语。

"没有错，你的确帮助了我。"言礼把脚步放慢了些，"如果那晚你没有来教室找我，我可能会遵循本性，做一个恶人。"

边慈却反驳："如果那晚我没有去教室找你，没有跟你说别害怕，在我最窘迫的时候也没人帮我了。

"平行时空或许存在另外一个我，她预知我会一个人走很长的路，所以在我踏上这段路程之前，引导我去找你，所以现在我才没有一直一个人。

"与其是帮助你，不如说我在无意之间帮助了我自己。"

边慈说完，眼前渐渐笼起一层水雾。

"我不会放手的，如果可以，我希望你也不会。我还想通过你的视线看到更多，就像之前的那两只鸟。粥粥，我可以怀揣这样的期待生活下去吗？"

言礼回过头。

前面不远处就是柏油大路，大路的街灯远比巷子里的灯泡亮，光落在他身上，她注意到他的眼眶也开始泛红。

"当然可以了。"他笑着说。

6

一进校门，跟往常一样，与言礼打招呼的同学不计其数，不知道是不是因为在校内，没有再出现第二个"蔡明洋"。

边慈暗中松了一口气。

面对旁人八卦的嘴脸，既无法向对朋友那样如实相告，假话说过头又会无意间伤害到言礼，她夹在真话和谎言之间，找不到落脚处。

快走到致远楼的时候，言礼似乎看穿了她心底的想法，在说完本来要说的话之后，接了句："别想太多，跟以前一样就好。"

"我知道，我没事。"

边慈下意识脱口而出这句话。

这是她面对别人关心，习以为常的应对方式。她一直不想给别人增加麻烦，要求自己处理好所有问题，只要秉持这种原则，无论是她，还是别人，都会比较轻松。

可言礼不是别人了。

图轻松的逞强，添麻烦的坦诚，边慈试着选择了第二种。

"我总觉得大家看我们的眼神都有点奇怪，一会儿我们会被老师叫到办公室谈话吗？"

"理论上不会，你很介意？"言礼问。

边慈摇头："不介意，只是我不喜欢麻烦。"

"我跟你一样。"

"学校知道的可能性很小，只凭一个已经删掉的帖子说明不了什么，如果真的发生了什么，那就一起面对。"

边慈听完点头："好，反正在学校里还是低调一点儿。"

"都听你的。"言礼不知道想到什么，忽然笑了声。

边慈："怎么了？"

"你愿意跟我说真心话，感觉挺开心的。"言礼看了边慈一眼，挑眉道，"继续保持，希望以后再也听不到你的客气话。"

她知道他是在开玩笑，跟着调侃回去："那你不要嫌我烦。"

"怎么会，我还等着你变成祥林嫂呢。"

"救命，你怎么还记得这个梗！"

两人在四楼楼梯口分别，言礼往上，边慈往左。

离响铃还有几分钟，班上的人到得差不多，叽叽喳喳闹成一团，边慈今天是从后门走进去的，周围的人注意到她，耐人寻味地看了她一眼，明面上倒也没说什么。

可能是大清早遇见了蔡明洋，有他在前，边慈感觉其他人怎么看她都是小巫见大巫了。

边慈放下书包坐下来，抬眼就是何似的后背。

她戴着耳机，右手握着一支笔，时不时在卷子上写两笔，看样子是在做听力。

没什么异样，非要说的话，她学习得比以前更卖力了。

边慈在打招呼和保持沉默之间犹豫了一下，最后选择了后者。

其实她也不知道该跟何似说点什么，那就不如不说。

午休时间，关飒特地下楼来找边慈，说是宿舍申请学校已经批下来了，明天就可以入住。

"宿舍是四人间，因为是我名下管理班级的空位，所以另外三个女生都是二班的。"

许是怕边慈不适应，关飒又补充道："有一个女生你认识，卢凝思，她是室长。"

"那太好了。"边慈附和道。

接着，关飒简单嘱咐了几句，把宿舍钥匙交给边慈就离开了。

次日中午，言礼陪边慈回了一趟文具店，帮她把行李搬到车上，有一半都是书，之后小姨夫载着两人回学校，帮边慈把行李搬到了宿舍。

言礼本来也想搭把手，边慈没让，毕竟是女生宿舍，大男生蹿上蹿下也不太好，何况这风口浪尖的，再传出什么收不了场就不划算了。

小姨夫见状，打趣了言礼一句："看来关键时候，还是我这种大叔靠谱。"
言礼语塞。

搬完东西，小姨夫没有久留，让边慈有空了回店里吃饭。他说得自然，就像她真正的长辈一样。

等小姨夫走了，同住的两个女生还在跟边慈感叹，说你叔叔对你真好之类的。

边慈本想说，他不是我的叔叔，可转念一想，这句话说出来，她们肯定会接着问，那他是谁呀。

到时候她总不能回答，他是言礼的小姨夫吧。

没辙，边慈只能干笑着应下这门亲戚，幸好她们没有再多问。

午休时间卢凝思没有回宿舍，到了晚自习下课，边慈才跟她打上照面。

卢凝思去食堂打包了夜宵，四人份。她跟明织一样，很会跟人打交道，一顿夜宵的工夫，托她的福，边慈已经很好地融入了新环境里。

熄灯后，边慈私底下给卢凝思发消息，说了句谢谢。

卢凝思回了她一句不客气，欢迎你来302。

周四篮球赛的决赛，二班和十二班的队伍不负众望拿下冠军，两个班的人兴奋了一整天。

周考过后，兴奋劲烟消云散。这学期唯一的课外活动结束，高考的压力再度涌上每个人心头，每个班的学习气氛更甚以往。

高考稍远，近在眼前的就是下个月的一诊。

全省的第一次大考，又事关走班，就连平时的半吊子都开始熬夜刷题，没有一个人敢松懈。

住校之后，边慈更能感受到重点班的学习气氛。她以为自己已经够能熬夜了，可每当她关了台灯准备上床睡觉的时候，宿舍里总有人还在学习。向来喜欢八卦的卢凝思，也已经许久没有唠过闲嗑。每个人都害怕被大部队抛下，在铆足劲往前冲。

边慈只能比以前更加努力，才能感觉自己不是那么懈怠。

时间一晃而过，转眼到了十二月底。

一诊的时间定在25号和26号，第一天是圣诞节，然而高三年级估计没几个人有心思过这个洋节。

考试前一天，陈泽雨在小群里提议，今天大家凑一起吃个蛋糕，四舍五入就是过平安夜了，过节是借口，吃蛋糕吹蜡烛才是目的。

压力无限大，总要在考前给自己找点心灵寄托。

烧香拜佛不现实，吹个蜡烛还是靠谱的。

提议一出，大家都说好，这事儿就这么简单地敲定下来。

蛋糕是明织妈妈代他们买的，下午放学特地送到学校来，除了蛋糕，明织妈妈还个人赠送了他们一人一杯奶茶，希望大家明天都能知识附体，考个好成绩。

晚自习下课，边慈到致远楼下与大部队会合。

陈泽雨领着大家去了活动中心那边，门锁着进不去，只能溜到后墙根将就一下。

七个人坐成了一个小圆圈，陈泽雨手忙脚乱地拆了蛋糕包装，放在正中央。

点蜡烛之前，他轻咳一声，正色道："我说两句，明天就一诊了，我希望咱们七个人，考试之后还在一个班，谁也别掉队。"

明织忍不住拆他的台："你拿自己当领导啦？这官腔一套一套的。"

"嘿，那你说，你官比我大。"

明织抢过陈泽雨手里的打火机，点亮了七根蜡烛："那就平安夜快乐，希望大家的努力都能有回报。"

卢凝思跟着说："那我祝大家考的都会，蒙的都对，平安夜快乐。"

秦成书："平安夜快乐，祝大家考试顺利，二班见。"

焦宇达："平安夜快乐，我祝……哎，话都被你们说完了，我同上。"

言礼："同上。"

边慈："同上。"

说完，陈泽雨嚷嚷："不是，老焦语文不及格同上就算了，你俩跟着起什么哄？"

"你再多说两句，蜡烛都灭了。"说着，言礼低头吹灭了自己面前的那一根。

吹完蜡烛切蛋糕，后墙根没有灯，全靠大家的手机手电筒照亮，每块蛋糕都切得磕磕巴巴。没吃两口，上课铃就响了，边慈和卢凝思是住校生，还要回教室上第四节晚自习。

"你们两个先走吧，班头要点名的，我们留下来收拾。"明织对她们说道。

"好。"

走了两步，言礼追上来。

卢凝思看了眼两人，了然一笑："你们聊，我先走一步。"

言礼把边慈拉到一个暗角。

"今晚早点睡，不要熬夜了，明天早上我给你带早餐，小姨做的。"

边慈乖巧点头："好，你也是。"说完，见言礼还没有要放她走的意思，她又问，"你是不是还有话想跟我说？"

"平安夜快乐，做个好梦。"言礼在她耳旁轻声说。

边慈低着头看旁边的路沿石："我还以为你要跟我讲考试顺利什么的。"

言礼："大家都跟你说过了，我再说一次，你压力会更大。"

好像也是，边慈对他笑了笑，说："平安夜快乐，你也做个好梦。"

7

当晚，边慈是宿舍里第一个上床休息的人。

她躺下的时候，室友们还在挑灯夜战。

没有罪恶感是假的。

在这种竞争激烈的环境里,哪怕松懈一秒,都会产生自己已经被甩开千里的错觉。

边慈翻了个身,没有睡意,甚至想起来加入熬夜大军。

这时,压在枕头下的手机振动了一下。

边慈掏出来,划开消息,来自言礼。

言礼:可以睡觉了,不要熬夜。

边慈一愣。

老实交代你是不是在我脑子里装了监控。

边慈:我刚躺下。室友们都还没睡,好有罪恶感。
言礼:一晚上改变不了什么。
边慈:道理都懂,可还是心慌。反正我睡不着,申请学习两个小时。
言礼:好吧。你等一下。
边慈:?

过了大概四五分钟,言礼发过来一个文档。

言礼:这五篇课文,试着背下来,明天说不定会考。

课文?

边慈点开文档,每一篇对她而言都很陌生,这不是考纲范围的必背篇目,甚至在教材上都没有出现过。

边慈:这些都没学过,真的要考吗?
言礼:不确定,但是往年考过。

语文老师们最爱说的一句话就是,古诗文默写就是送分题,经常被洗脑,边慈已经形成了一种"默写错了就是学习态度有问题"的觉悟。

要是明天真的考了这个文档里面的内容,她背不住,那肯定会丢分的。

边慈:那我现在就背。
言礼:就躺着背吧,困了就睡。
边慈:知道了,提前跟你说晚安。

言礼：晚安。明天早上七点我在宿舍楼下等你。
边慈：好。

边慈把枕头立起来，半坐在床上，斗志满满点开文档，下决定用两个小时背完这五篇课文。

然而理想很丰满，现实很骨感。

她平时背课文的速度还算快，但那都建立在熟读并理解字句含义的基础上。言礼发过来的这五篇，别说熟读，有三篇她连文名都没听说过，有两篇在课外读物上读过选段。

没错，选段，这五篇古文的篇幅，全是《陈情表》这种重量级的。

全省诊断性考试这么变态吗？超纲的课文都要考，比高考还难搞。

边慈没时间过多抱怨，她先把五篇课文通看了一遍，死记硬背不可取，只能在理解的基础上快速记忆。

查生字和速读速记同时进行，浏览器和阅读器两个 App 来回切换，进行了半小时后，边慈的效率开始降低。

柔软的床铺从来不是适合学习的地方，如果季节还是冬天的话，床铺的舒适度和催眠度还会翻倍。

边慈从半坐变成半躺，不到一个小时，重新钻进了被窝里。

眼皮止不住打架，眼前逐渐出现手机的虚影。她晃了晃脑袋，提醒自己要专注。

好景不长，虚影又出现了，如此这般重复了不知道多少次，等她再醒来，摁亮手机屏幕，上面的时间显示——6：32。

完了。她脑子里就这一个念头。

边慈麻利地起床洗漱，以最快的速度收拾好自己，翻出充电宝给手机充电，盯着文档开启死记硬背模式。

送分题送分题，她万一因为丢了默写的一两分，错失进入二班的资格，她绝对无法原谅自己！

快到七点的时候，边慈拿上考试用的笔袋下楼。

言礼还没到，她走到路灯下等，眼睛盯着手机屏幕，嘴里念念有词。

背到后面忘了前面，边慈越背越焦急，越焦急越背不住，她又开始期待世界上真的有记忆面包存在了。

言礼骑车拐过转角，老远就注意到了边慈，他出声叫她，却没有得到回应。

等他骑车过去，在她面前停下，她还是没有抬起头。

言礼伸手在边慈面前打了个响指，余光扫到她的手机屏幕，脸上露出了然的笑。

"别背了，走，吃饭去。"

边慈这才回过神，对言礼笑了笑，很快又投入到死记硬背中。

"我还没背完，想直接去教室了。"

"早餐还是要吃的。"言礼拍了拍单车后座,对她说,"上来,我载你。"

"不太好吧……"

"天都没亮,路上没什么人,上来吧。"

边慈犹豫了几秒,惦记着还没背完的课文,最终还是坐了上去。

骑出宿舍区,言礼也没听见边慈主动跟自己说句话,他清了清嗓,说:"你怎么不问我今天怎么骑车来学校?"

边慈过了十几秒才吱声:"嗯?啊,你为什么骑车?"

"为了载你,宿舍去食堂有点远,省得走路了。"

"哦,这样啊。"

话题终止。

身后传来的又是那阵碎碎念式的背课文声音。

言礼这下可以完全确定,自己被无视得彻彻底底。

"阿慈,你对我好冷淡。"言礼叹了一口气。

这次过了快二十秒。

"有吗?你说,我在听。"然后,她又继续背。

言礼突然刹车,在路边停下。

边慈抬头问:"怎么了?"

"我骗你的。"言礼抽走边慈手里的手机,无奈道,"不用背了,这些课文不会考的。"

边慈哪里会信,只当他是在闹小脾气,说:"我昨晚背着背着就睡过去了,好多没记住呢,你让我再背一会儿。"

"我真的是骗你的,不信你考我,我也背不住。"

言礼把手机递给她。

边慈半信半疑,随便挑了句原文,让言礼接下句。

他听完摇了摇头:"不知道。实话跟你说吧,昨晚我是为了让你早点休息,去网上随便搜了五篇长古文发给你,说考试可能会考。"

"这跟让我早点休息有什么关系吗?"

"我让你不学习,你就会不学了?"言礼反问。

边慈语塞,心虚地低下头。她当然会学的,反正离得那么远,言礼管不住她。

"所以说啊,反正怎么你都会偷偷瞒着我熬夜,既然如此,我就给你安排一个学习任务。晚上躺在被窝里背课文,跟催眠的效果没什么两样,事实证明,我是对的。"

边慈一时不知道是该生气还是该庆幸。

误会解除,言礼重新踩上脚踏板,回头看了她一眼:"现在你可以跟我去吃早餐了吗?"

"可以……"

"今天还是豆浆油条茶叶蛋，小姨起大早做的。对了，她让我跟你说，平常心应考，考完这周末去店里吃饭。"

边慈心中倍感温暖，说了声好。

两天大考结束，高三年级的老师周末要统一批改试卷，所以周五上了一天课就放假了。

虽然只比平时多出一个周六，对高三生来说也算是一个小长假，何况下周再上三天，又有元旦假期。

学生偷着乐，老师明着增加作业量，生怕多放这一天，放走一大帮重点大学的苗子。

周五放学后，边慈回宿舍放了书包，换了身衣服，跟着言礼一起回文具店吃饭。

今天言礼没有骑车，两人久违地踏上以前的回家路。

不知道是谁起的头，话题从元旦节去哪儿玩绕到一诊考试上。

考试结束到今天，边慈一直忍着没有对答案，结果刚才跟言礼随便对了几道理综题，他们的答案竟然都能对上。

难以置信。

边慈兴奋地在言礼身边绕来绕去，想开心又怕空欢喜，不停地确认："你不会记错答案了吧？还是我记错了，他们都说这次的理综有点难欸，我的答案不应该跟你一样啊！"

言礼反问："有什么不应该的，你是我教的，算出跟我一样的答案，不是很正常吗？"

"可你是年级第一啊！"

"年级第一怎么了，你不要捧我踩你自己。"

"好吧，那我先高兴高兴。"

边慈两眼发光："要是我都做对了，是不是代表我这次考得不错呀？"

言礼点了点头，对边慈笑道："你考得好，是意料之中的事情。"

"要是这次能回二班就好了。对了，之前你说请大家吃饭，在哪里吃？我听小织说大学路那边——"

"边慈。"

话说一半被打断，声音来自前方不远处。

他们顺着声音看过去，一个身穿运动服的短发女人站在文具店门口，不苟言笑的面容在注意到边慈跟一个男生说说笑笑后，变得更加严肃冷然。

迎上女人的视线，边慈后背一僵，下意识端正站好，战战兢兢地叫人："何教练。"

第八章 我的愿望就是你能实现自己的愿望

"我心里的月亮,一定会在将来的某一天意识到自己是个月亮。我一直这样期待着。"

1

一个骑自行车的孩童从他们身边路过,喇叭声是最近流行的童谣,声音又大又响。

属于孩童的热闹,显得他们这边的安静更加死气沉沉。

边慈主动打破僵持的气氛,走到何教练面前,笑着问:"教练你怎么来了?"

逢人三分笑,她跟言礼学的。

何教练打量了言礼几秒,脸上没什么表情,视线落在边慈身上时才带了一丝温度。她说:"来看看你,才放学吗?"

"嗯,今天不上晚自习,放学比平时早。"

一问一答,话题结束得比想象中还快。

边慈不禁回想,上次跟教练联系是什么时候?

想起来了,她转班之前,那通电话结束得并不愉快。哦,不,这么说可能不太准确,应该说,是她单方面觉得不愉快。

"你不是我手下的队员了,丢脸也丢不到我身上,你自己的事情自己做主。"

教练当时是这么说的。

为这句话边慈暗自消沉了一阵子,等缓过去了,她也没再给教练打过电话。

她无法确定自己认为的关心,在教练眼里是不是一种打扰。

何教练显然不是来找边慈寒暄的,并没有因为横亘在他们之间的生分所扰,与平时跟队员交流那般,直截了当地说明来意:"你现在有没有时间?我想跟你谈点事。"

边慈一怔,随后说:"有时间,在哪里谈?"

"这里也行。"何教练有意无意扫了眼站在不远处的言礼,说,"如果你不介意的话。"

除了那件事,边慈想不到还有什么值得何教练特地跑一趟来见她。

既然是那件事，她就不可能不介意。

何教练看似给她选择的权利，其实她比谁都清楚，她没有别的选择。

诚心邀请她来吃饭的店主一家近在眼前，边慈看了眼店面，又看了眼身后的言礼，思忖片刻才开口："附近有家咖啡店，去那里谈吧，不过我想先进店里跟认识的阿姨打个招呼。"

何教练微微点头，默允了。

边慈走回言礼身边，跟他简单解释："那是我在体操队的教练，她找我有点事情，我得去一趟。"

她说得简单，言礼也没多问："去吧，等你回来吃饭。"

边慈心生暖意，对言礼付之一笑："好，我进去跟阿姨说一声。"

"一起。"

两人并肩往店里走，路过何教练身边时，言礼停下脚步，对她打了个招呼："教练你好，我是边慈的同学，我叫言礼。"

"嗯，你好。"何教练淡声回应。

进了店面，边慈小声对言礼说："我教练她性格就那样，对谁都很冷，你别介意。"

"我跟她不熟，她怎么对我，我都不介意，反倒是你。"言礼看了眼边慈，不太放心，"别往心里去，有事跟我打电话。"

边慈闷头"嗯"了一声，不敢多说，怕自己控制不住情绪。

跟小姨打完招呼，边慈从店里出来，跟何教练来到火车坊外面的咖啡店。

何教练特地挑了个僻静的卡座，服务员上前问她们需要什么，她连菜单都没看，只要了柠檬汁，特别嘱咐一点儿糖都不要加。

为人教练要以身作则，她向来比任何人都自律。

这家店的甜品算是特色，之前边慈跟言礼来吃过好多次，边慈本来想点来请何教练尝尝，见她这般也不好开口了，最后跟她一样，要了一杯不加糖的柠檬汁。

其实她不喜欢柠檬这类酸酸的食物。纵然她已经退役了，不需要为了体操控制热量摄入到变态的地步，可是面对何教练，对上何教练那张不苟言笑的脸，还是会下意识地顺应服从。

习惯真是个难以更改的东西啊，边慈心想。

何教练开门见山，直接说正题："进国家队的事情有了转机，我今天来找你，就是想问问你，还想不想重回赛场。"

"什么？"边慈松开水杯，满眼震惊地看向何教练，"有什么转机？"

"冬训选拔快到了，如果你想试试，我就把你的名字报上去。"

"我问的是转机！"边慈盯着何教练，压低了一些音量，"你知道的，我就算选拔过了也参加不了大型赛事，迟早会被国家队退回原队。"

"现在取消政审了，你只要过了选拔，就能进国家队参加大型赛事。我刚知道的时候也很难相信,我是多方打听确定了消息真实性后才来找你的。"

从见面到现在,何教练的脸上总算露出一点笑意,语重心长地对边慈说:"你是我看着长大的孩子,这是你一直以来的梦想,现在终于有机会实现了,你没有不抓住它的理由。"

边慈伸手去拿手边的柠檬水。

"选拔前突击训练,肯定能恢复以前的状态,这里就我们师徒二人,跟你说句掏心窝子的话,现在省体操队里面,能在这次选拔中脱颖而出被国家队教练看中的人,你的可能性最大。边慈,你是我带过的最优秀的体操选手,你非常有天分。"

流入喉咙的柠檬水酸得边慈浑身冰凉。

沉睡许久名为自信的意识开始苏醒。

天分、优秀。

从小到大她听过很多这样的话,在赛场上一次又一次得第一拿奖牌,这些赞美声、努力而来的回报,重塑了她在家庭中缺失的自信。

以前多自信,在失去引以为傲的赛场后,她就变得多自卑。

她还可以相信自己一次吗?

她还有实现梦想的价值吗?

还要再试一次吗?

扪心自问没有得到答案,但边慈清晰地感受到,自己的想法已经在往肯定回答那方倾斜。

不管怎么逃避,不管怎么用课业来充实自己,她依然是那么那么不甘心。

边慈的想法被何教练一眼看透,她拍了拍边慈的胳膊,算是肯定的鼓励:"明天上午来体操馆一趟,这么久没训练,希望你没有退步太多。"

"我……"边慈不安地握紧水杯,磕磕巴巴了半分钟,才说出一句完整话,"我不想放弃文化课,如果入选国家队失败了,我还是想正常参加高考。"

"还没开始,你就给自己想好退路了吗?"何教练收回自己的手,不甚赞同,"不拿出无路可退的拼劲,你是没办法进入国家队的,不要小看竞技体育。"

边慈摇头:"我没有小看竞技体育,只是无法高看自己,我不愿再经历一次没有退路的绝望。选拔我可以拼全力试一次,但文化课我也努力大半年了,我没理由轻易放弃,如果这次不能进国家队,我会对体操彻底死心。"

"如果你选中了呢?"

"那我就往前走,像以前那样。"

何教练考虑了很久,最终让步:"选拔前你必须暂停文化课程,全力投入突击训练。"

"好。"边慈毫不犹豫地回答。

事情谈完,何教练按铃让服务员结账,边慈争着付钱,被她拦下:"行了,跟我争什么,有我在哪有让你掏钱的道理。"

边慈讪讪地收回钱包。

从咖啡店出来，何教练在路口打了一辆车回体校。

上车前，边慈为何教练打开车门，何教练弯腰上车，叮嘱道："我一会儿就给关飒打电话，让她帮你办请假手续，明天你带着行李来见我，选拔结束前就在体校住。"

"知道了。"

边慈带上车门，最后问了一句："教练，你说政审取消了，是真的吗？"

何教练从车窗里探出手，轻敲了下边慈的脑门，笑骂："当然是真的了，我拿你当自己孩子似的，怎么会骗你。"

边慈捂住脑门，低头浅笑："没有，就是太高兴了，怕自己在做梦。"

"傻样。"何教练对边慈挥挥手，"回去吧，收拾收拾行李，再跟你的同学好好道个别。"

边慈点头，说好。

吃过晚饭，言礼送边慈回学校的路上，她跟他说了回体校训练的事情。

言礼听完大力鼓励她去参加选拔，没有一点儿闹情绪的意思，边慈大感惊讶。

"你这也太善解人意了，我要暂时离开一个多月，过年前我们都不能见面了！"

"你不希望我鼓励你吗？"言礼反问。

边慈摇头："这倒没有，你鼓励我理解我，我很开心的。"

"我也很开心。"

言礼偏头看着边慈，除了笑意，脸上还有一丝难以掩饰的骄傲："小天鹅终于可以再次在湖面起舞了，我怎么会不开心。"

"我也没想到会有这一天。"边慈笑着说。

"好久没看你这个样子了。"言礼倏地感慨。

边慈抬眸问："什么？"

"自信满满，眼里有光，有种一直往前跑不愿停下的冲劲。"言礼笑了笑，"这才是你本来的样子，记住这种感觉，不要质疑自己的可能性。"

"其实我真的特别喜欢体操。"边慈抬头看天，有点憧憬，又有点失落，"我想拿好多好多奖杯奖牌，想参加奥运会，想出现在电视里，让她……他们都看见我，我没有他们说得那么差劲。"

"会有那么一天的。"言礼摸了摸她的头，"只要你想，你就会做到最好。"

次日一早，边慈拖着行李箱，时隔大半年，又回到省体校。

周见萱和赵维津知道她回来训练，特地跑到校门口接她，三个人笑笑闹闹，跟从前没什么两样。

上午做完体测，边慈的情况比想象中好，没有退步太多，多年训练的基础在，在选拔前把水平调整到最佳状态问题不大。

时间紧任务重，训练度比以往都大，除了跟着参加选拔的队员参加日常训练，何教练还针对边慈的个人情况安排了特训。

一天下来，等边慈回宿舍洗漱完躺床上，经常跟言礼没说两句话就睡着了。周一返校，一诊成绩公布，边慈考了654分，年级排名46，被分到了二班。

明织他们纷纷发信息来祝贺，说等她选拔结束，回学校再庆祝，连带着之前那顿饭一起请大家吃大餐。

只有相熟的人知道边慈回体校参加选拔了，对外关飒只说边慈家里有事请了长假，避免了万一落选边慈再回到班级的尴尬，边慈对她感激不尽。

退路铺好，她更加有底气豁出去拼一把。

一个多月的时间转瞬即逝，选拔前，何教练特批了边慈两小时的外出机会，言礼跨半个城来体校找她，两人吃了顿饭。

言礼只说边慈瘦了，边慈庆幸现在是大冬天，衣服裹得严严实实，否则被他看见身上的训练瘀青，只怕又要念叨一阵了。

选拔前夜，一天的训练结束，何教练给所有队员加油打气，唠叨了一番，才放大家回宿舍休息。

回宿舍的路上，边慈发现手机落在了体操馆，让周见萱先回去，自己跑回去拿。

好在体操馆的门还没锁，边慈推开大门，隐约听见里面传来说话声。

是何教练的声音，好像在跟什么人打电话。

边慈没有偷听的习惯，正要进去，刚抬腿却听见了自己的名字。

"……边慈？她怎么会知道，要是她知道就不会来训练了，这件事你也先别说，等选拔结束，我会找机会跟她说。

"上面说了必须有一个队员被选中，边慈走了，队里剩下的孩子就周见萱好一点儿，可她心理素质不行，万一临场发挥失常，我的晋升也没了，我没办法把所有希望都压在这孩子身上。老赵你也知道，我们这些做教练的，碰见有天赋的好苗子有多难，哪怕她这次记恨我，我也认，我四十多岁了，真的不甘心在省队待一辈子。"

记恨？

自己为什么会记恨何教练？明明感激她都来不及啊。

边慈想冲进去问，可不知道为什么，她没有办法迈出腿。

电话那头的人不知道说了什么，何教练叹了口气，充满惋惜。

"要说边慈这孩子也是可怜，活生生的国家队苗子，硬是被家里给耽误了，真是天妒英才，命运不公。

"取消？当然不可能取消了，这是固定流程。但我不这么说，她怎么会回来参加选拔啊！去年那事儿一出，她心都死了，直接退役转校，连体大的保送资格都不要，倔脾气一个。"

后面何教练还说了什么，边慈已经听不见了。

从体操馆出来，她漫无目的地往前走。

穿过食堂，走过操场，无数训练结束的校友从她身边经过，嘴里说的不是比赛就是成绩。

这是她生活了十多年的竞技场，这不是什么美丽的地方，人人渴望竞争，秉持优胜劣汰的生存法则。

这里给了她希望、自信和梦想，无数次的比赛告诉她，只要足够努力，就能证明自我。

但也是这里，在粉碎了给她的一切后才告诉她——

你，无需竞争就已出局。

2

绕了大半个校园，边慈走到宿舍楼下时，熄灯铃刚好响完。

她站在楼下，亲眼看见了灯火通明的宿舍楼暗下来的一瞬间。

熄灯是每天都会发生的事情，且有固定时间，明明没人会感到惊讶才对，可是每天依然会有很多人在熄灯后发出"啊，熄灯了"的声音，好像如此这般才能完整地结束这一天。

这是她以前没注意到的事情。

注意到了似乎也没什么用。

边慈上楼，推开 603 的门，室友们都还没睡，各自坐在瑜伽垫上放松肌肉，顺便闲聊天，有说有笑。

见她进来，正在捏腿的周见萱抬起头，说："你没回体操馆吗？"

"忘了。"

边慈拉开椅子坐下，看见桌子上的手机，怔怔地问："我的手机怎么在这里？"

"何教练送过来的，你到底去哪儿了？"

"散步。"

"可你回去不是为了拿手机吗？"

手机没电已经自动关机，边慈捞过充电器充上，屏幕重新亮起，显示正在充电的界面。

屏幕除了中心的图标亮着，周围是黑的，黑暗倒映出她的脸。

边慈和屏幕里那张麻木的脸对视，不过几秒，她发现自己竟有点不确定，屏幕里的人到底是谁。

"阿慈？阿慈！"

周见萱的声音把边慈拉回现实，边慈似惊醒，将屏幕反扣在桌面上，扭头回应："嗯，怎么了？"

大概是见她脸色难看，周见萱起身走过来，一脸关切地问："是不是出了什么事？"

"没有。"边慈冲她笑道，"我只是忘了本来要回去做什么，然后沿着错的路越走越远，绕了一大圈而已。"

周见萱感觉边慈还是老样子，她不想说的事情，怎么问也问不出来。

就像去年边慈突然转校，要离开这里的时候，她能做的只有送边慈走。

她很担心边慈，但她的担心没有得到安抚，那一阵她甚至想过，她和边慈到底算不算朋友？

在边慈心中，她难道是一个不值得交心的人吗？

后来她想明白了，她只是发现了边慈性格的另外一部分。

边慈受伤不喊疼，疲倦不说累，常把我没事我很好挂在嘴边，所有人都说边慈乐观豁达，可只是看起来乐观。真正的边慈可能远比自己了解的要辛苦很多，这种情况下，她不知分寸非要问到底的担心，反而是一种负担。

她不知道边慈经历过以及正在经历什么，但更因为她不知道，边慈才不愿意再给她增添负担了。如果她的不知情对边慈来说会感到轻松，那她这样糊涂下去也没什么不好。

周见萱掐断了询问的念头，也对边慈笑了笑："回来就好，去洗个热水澡吧。"

"好。"边慈暗中感激周见萱的不追问，她很清楚自己现在的状态根本经不起过度关心。

她快崩溃了。

但她不想在好朋友面前崩溃，尤其在选拔前夜。

洗完澡出来，室友们已经上床入眠。

边慈毫无睡意，拔了充电器，拿着手机轻手轻脚离开宿舍。

宿舍楼大门锁了，她出不去，只好去走廊上的大阳台吹吹夜风。

言礼的电话就是这个时候打过来的。

光看来电显示，边慈的鼻子就已经酸了。

铃声响过半，边慈深呼吸好几次，做好心理准备才摁下通话键。

她戴了耳机，从电话另一边传来的声音仿佛就在她耳边响起。

"我是不是吵醒你了？"

明明不会打扰到任何人，与她说话时，言礼还是刻意压低了音量。

边慈感觉自己今天特别擅长捕捉细节，可这不是什么好事，这些细节都在拉低她的泪点。

"我还没睡。"

边慈轻声回答，但她不知道声音放轻之后，能不能显得快乐一点儿。

"在想明天选拔的事情？"

"算是吧。"一直站在回答问题那方，总会露出马脚，边慈转而问，"你在做什么？我看学委在群里说今天作业很多。"

"是有点，飒姐布置了四张卷子，上周周考我们班平均分比四班低，她心里窝着火呢。"

"这样啊，幸好我不在。"

"对，不然你今晚又要熬夜了。不过这四张卷子上有几道题挺经典的，我记下来了，回头教你。"

"没有，我是说，幸好我不在，不然平均分可能更低。"

本意是想调侃缓和气氛，可是话不对心，说出来就变了味。

言礼的声音里多了几分正经："你怎么又开始说这种话了。"

"对不起，我……"

"你不用道歉的，我没有在怪你。"

边慈沉默。

"是不是很紧张？"言礼换了个语气，耐心地问，"明天选拔的时候不要慌，你这些年的辛苦会有回报。"

"好。"

边慈没有办法跟言礼聊这个话题，在情绪失控前，她跟他撒谎了："粥粥，我有点困想睡觉了。"

"去睡吧。早点休息，别熬夜，明天平常心发挥。"

"好耳熟的话。"边慈回想片刻，补充道，"一诊前你也这么跟我说，还拿了五篇课文来骗我。"

"这次不知道要怎么骗你了，全靠你自觉。"

"我挂了电话就睡。"今晚她注定没办法做一个自觉的人。

"乖，我们阿慈最听话了。"

挂断电话，边慈发现自己的手心全是虚汗。

她真的很不擅长在言礼面前说谎。

"嘀！"

手机响了一声，边慈点开看，是言礼发过来的一条信息。

言礼：晚安，做个好梦。湖面在等待苏醒的小天鹅起舞。

眼前倏地笼上一层水雾，边慈轻笑出声，眼泪一滴一滴落在屏幕上，悄无声息。

他一直肯定她的所有努力，连带着她自我否认的那部分。

他总是这么相信她可以成功，连带着她自我怀疑的那部分。

可是她注定会辜负他的期待。

天鹅确实在哪里都是天鹅，湖面确实在等待起舞的小天鹅。

但她不是天鹅，那也不是她的湖。

翌日。

选拔从上午九点开始，边慈排在倒数第三个。

出场顺序是何教练定的，王牌押后但不能垫底，这是体校心照不宣的规则。

练完早功，边慈回更衣室换体操服，盘头发，给脚上绑胶布，跟以往的赛前准备流程一模一样。

没什么人说话，大家都很紧张。

完成准备工作，周见萱受不了这凝重的气氛，把边慈拉到外面透气。

"你摸我的手，全是汗，我第一次上场都没这么紧张！"

边慈安慰她："你这么想，以后还要参加很多大型比赛，有更多优秀的选手跟你竞争，对比下来，今天的选拔是不是就不算什么了？"

"我哪敢这么想，我又不是一定会被选上。"

"每个人都一样。"

周见萱叹了一口气："这种看不到未来的感觉最烦了，知道自己可能性不大，又控制不住期待。"

"看不到未来才会期待，因为期待才会全力一搏。"边慈握住周见萱的手，"萱萱，最可怕的是一眼看到头的未来。"

周见萱笑着打趣她："不可怕呀。比如我，一眼就能看到你的未来，在国家队的未来。"

"你的眼睛看到的是你自己的未来。"

"阿慈我感觉你今天怪怪的。"周见萱伸手摸了下边慈的脑门，纳闷道，"你怎么这么淡定，比赛当前，换作平常你早就兴奋起来了。"

"失眠没睡好。"

边慈看着远方的地平线，外面在起风，落叶被吹起来，在半空中打旋儿。

"萱萱。"

"怎么了？"

"你有没有想过，如果有一天不练体操了，自己会做什么？"

"没想过，不敢想。"周见萱抬脚踢旁边的墙角，她一紧张，腿就闲不住，"不练体操了，这个假设前提听起来好可怕。我天分有限，但也努力到今天了，我并不厌倦现在的生活，所以，在我还能继续努力走这条路的时候，我不愿意去想这个问题。好像有点自欺欺人？哈哈哈随便了，我就是这么想的。你呢阿慈？你有没有想过？"

边慈收回视线，靠墙站立，落地玻璃窗映出她的影子。

"想过。"边慈阖上眼，淡声说，"想不出结果。"

周见萱搂住边慈的肩膀，一脸骄傲地说："我觉得一直练体操，拿很多冠军，成为有名的体操运动员，就是你的结果。"

"我以前也这么觉得。"边慈回答。

这话周见萱就不乐意听了，不满反驳："什么叫以前，你现在也是啊。隔了这么久没训练，训练了一个多月，成绩还是那么好，请你有点作为天才的自觉。"

边慈只笑不说话。

"边慈，你来一下——"何教练在不远处喊。

周见萱规矩地站好，对边慈低声说："你去吧，我先回去了。"

边慈点头，抬步走到何教练面前。

周围没人，何教练就地问："你现在感觉怎么样？"

"非常好。"边慈说。

"保持这个状态，上面的人很期待你今天的表现。"

何教练抬手给边慈整理了一下头发，满眼都是笑。

"教练。"边慈抬眼看她，用寻常的语气问，"我这样的人，真的有资格进国家队吗？"

"当然有了，你这么优秀。"

边慈笑出声来，眼尾上翘，跟被表扬的孩子没什么两样。

"我并不优秀，是您培养了我，才会有今天的我。"

边慈顿了顿，突然退后两步，看着何教练，很快，弯腰冲她鞠了一躬。

何教练愣住，正要上前扶边慈，边慈却已经挺腰站直。

"感谢您这么多年对我的栽培和付出，知遇之恩，我将在今天的选拔中全部回报给您。"

"你这孩子，突然说这些做什么……"

"再不说，我怕我说不出口了。"边慈面带笑意，背在身后的那只手，攥紧成了一个拳头，"我很想记住您对我的好，起码今天绝对不要忘记。"

3

参加完选拔，边慈直接回了宿舍。

另外两个室友上小课去了，只有周见萱在宿舍里。

听见开门声，躺在上铺玩手机的周见萱趴到栏杆边，迫不及待地问边慈："怎么样？有没有直接过？"

边慈带上宿舍门，一边拆头发一边回答："哪有那么快，结果半个月后才出呢。"

"我知道，但你不一样嘛，要不是去年你腰伤复发，现在肯定早就在国家队了。"

边慈取下橡皮筋，盘了一上午的头发松松卷卷地散开，空气中飘着淡淡的定型水味道。

早已闻习惯的味道，她竟然开始心生厌倦。

"我可能跟大家是不太一样。"

"什么？"

边慈掐断思绪，拿起校卡往卫生间走："我去洗个澡。"

"好，我等你，下午没课我们去逛街吧？我想买点东西……"

"萱萱，我洗完澡就回去了。"边慈轻声打断周见萱的话。

宿舍陷入安静，门外走廊有几个女生笑着走过，商量一会儿去看什么电影。

周见萱垂眸，盯着床单上的卡通图案。

这床被套是她和边慈一起去买的，她要的粉色，边慈要的蓝色。

她们之前关系有多好呢？好到连被套都要用同款。

这事经不起细想，周见萱偏头看白墙，闷闷发出一声："你要回哪里去？"

"五中。"边慈没有回头，站在原地，背对着周见萱说。

"可是没几天就放寒假了。"

"是啊，所以才要抓紧回去，多上一天课就是赚到，我这阵子耽误太久了。"

"耽误？"周见萱似乎听到了极为可笑的字眼，"你现在管备战国家队选拔叫耽误？"

边慈接着自己的话往下说："而且寒假没几天，等返校又是大考，我要抓紧时间复习才行。"

"赵维津明天回学校约了我们吃饭，你不跟他打个照面就要走了？"

"我有没有跟你说，高三也要走班，按成绩分配班级，我好不容易考回二班的，我要努力多待一阵子。"

"去年你说自己腰伤要休息半年，参加不了这次选拔，所以才转校的。可是现在你腰伤都好了，选拔也参加了，结果你还要回去，我真的搞不懂你了。"

周见萱翻身下床，连拖鞋都没穿，光着脚走到边慈面前，强迫她看自己的眼睛，恼怒地问："你为什么不正面回答我的问题？"

"我不知道说什么。"

边慈犹豫几秒，依然什么也说不出口。

她按住周见萱的手，慢慢从自己肩膀上移走。

"对不起，我今天必须回去。"

周见萱自嘲地笑了声，不知道是气愤更多，还是心寒更多。

"边慈你说实话，是不是早就不拿我当朋友了？"

"你觉得什么叫朋友？"

"像我们以前那样啊，什么话都能聊，没有小秘密，会互相惦记互相关心，真心希望对方越来越好。"

边慈听完，松开了周见萱的手："我对你有秘密，我还拿你当朋友，但我应该不是你认为的朋友了。"

周见萱气红了眼，执着反问："我们认识这么多年了，有什么不能说的，我多丢脸的事情你都知道，你现在端偶像包袱有意思吗？"

"这不是偶像包袱。对不起，我说不出口，如果可以，我宁愿我自己都不知道这个秘密。"

如果说她和周见萱之间的友情是一条线,那么现在,她正拿着刀在这条线上不停地割。

她必须死守这个秘密。

"你去年转校的时候,是不是已经决定放弃体操了?而且放弃的理由根本不是什么腰伤,对吧?"

"对。"

"为什么?"

"摆在眼前的是一条死路,我除了换一条路走还能怎么样?"

"怎么就是死路了!你拿过多少奖自己没数吗?你对自己的水平一点儿自知之明都没有吗?现在省队里最有望进国家队的人就是你啊,你管这叫死路,那我这样的是不是早就应该滚蛋了!"

"我不是那个意思,萱萱你误会我了,我说的是我自己!"边慈摇头否认,伸手去够周见萱的手,"你不是我,你还有很长的路可以走。"

周见萱甩开边慈的手,抹掉眼泪,气得踢了一脚旁边的鞋架,鞋子掉下来,七七八八摆在地上。

"我确实不是你,我没有你的天分,也没有你努力,你还让我进国家队等你?我进得去国家队吗?我等得到你吗?

"这大半年每次都是我主动联系你,周末节假日,约你出来玩,你都说你要学习,我理解你,毕竟重点学校学习压力真的很大,在不擅长的领域要站稳脚跟很辛苦。我以为我们不会因为这种事情生分的,哪怕你交到了新朋友也没关系。是我想法太幼稚了,从你去年离开这里的那天就想跟体校的一切一刀两断了吧,包括我,包括赵维津。这次你回来,我还以为……以为我们三个人又可以回到从前了,完成一起进国家队的约定,你和赵维津都很有希望,我最没戏,所以我拼了命训练,就想跟你们一起去国家队,结果……还是你比较洒脱,边慈,我现在看见你,就感觉自己是个笑话。"

边慈又一次去握周见萱的手:"我是真的希望你进国家队,我已经进不去了,萱萱——"

"你不要这样叫我,不是我朋友的人,不配这样叫我!"周见萱将边慈推开,哭着冲出了宿舍,门被风砸上,"砰"的一声巨响,老墙体被震得掉下灰来。

边慈踉跄好几步,跌坐在地上,后背撞上鞋架,疼出眼泪来。

她看见那条线断了。

被她亲手切断的。

既然如此,如果还觉得难过也太虚伪了不是吗?

边慈硬生生把眼泪逼回去,站起来去做自己本来要做的事情。

洗完澡,边慈开始收拾行李,她这次带过来的东西不多,收拾起来比上次快得多。

　　练体操才会用上的东西被她打包好，装在了一个箱子，箱子外面贴了一张便利贴：随意使用，无用可扔。

　　被周见萱踢翻的鞋架，边慈重新整理好，临走前顺便给宿舍拖了个地。

　　做完能做的一切，周见萱还是没有回宿舍。

　　边慈知道自己等不到她回来了。

　　边慈拿上行李，把宿舍钥匙放在自己空荡荡的书桌上，安静地离开。

　　边慈转车换乘，回到五中快下午五点半了，最后一节课没下课，进校门需要手续。

　　边慈哪有手续，只能给关飒打了个电话，几经周转，总算进入了校园。

　　学校里只有高三年级还在上课，比她离开时冷清得多。

　　边慈拖着行李往宿舍区走，刚到楼下，手机响了一声。

　　言礼：你回学校了？
　　边慈：嗯，快到宿舍了。
　　言礼：我下课来找你。
　　边慈：好。

　　回复完信息，边慈刷卡上楼。宿舍还是老样子，她的书桌上堆满了试卷，她简单翻看了眼，暂时先放到一边。

　　边慈将行李全部归置好，下课铃也响了，肚子配合地叫了两声，她这才想起自己从早上到现在一顿饭都没吃。

　　下课不到十分钟，言礼就到了宿舍楼下。边慈背上书包下楼，打算吃完饭直接去教室。

　　碰面后，言礼打量了边慈一眼，皱眉第一句话就是："你瘦了好多。"

　　边慈扯了扯羽绒服外套，笑嘻嘻地说："乱讲，我穿这么厚你还说我瘦。"

　　"就是瘦了，刚刚老远看你走过来，我都怕这身衣服会把你压垮。"

　　若不是顾虑到周围的人来人往，言礼真想抱抱她。

　　"我好饿，我们去哪里吃饭？"

　　"你想吃什么？"

　　边慈脱口而出："我想吃肉！"

　　"那去学校外面吃。"

　　"有点远，就去食堂吧，晚上还要上课。"

　　"听你的。"

　　一路上边慈絮絮叨叨，好像憋了一肚子的话，一定要在今天说完似的。

言礼没有打断她，时不时应两声，任由她说。

到了食堂，言礼让边慈去占位置，他去窗口打饭。边慈笑着说好，过了几秒，补充道："我要两份饭，我太饿了。"

言礼一怔，最终还是没说什么。

吃饭的时候，边慈反而不说话了，埋头一个劲儿地吃，速度比言礼还快。

一碗饭轻松解决，又开始吃第二碗。

"喝点水，小心噎到。"言礼拧开瓶盖，把矿泉水递过去。

边慈点点头，放下筷子接过水，喝了一口，差点撑到干呕。

尽管她转头捂住了嘴，这个小动作还是没能逃过言礼的眼睛。

喝完水，边慈拿起筷子还要继续吃，言礼出声制止："吃不下就不要吃了。"

"我吃得下，我真的特别饿，就想吃东西。"

边慈夹起一块肉，还没来得及往嘴里放，又开始反胃了，她还想硬着头皮吃，却被人抢走了筷子，肉掉在了地上。

"不要再吃了。"言礼抓着边慈的手腕，眼神复杂地看着她，"心情不好也不是你伤害身体的理由。"

边慈没说话，只抽出了自己的手。

"选拔不顺利吗？"

边慈摇头。

"被教练骂了？"

边慈摇头。

"担心追不上学习进度？"

边慈还是摇头。

言礼想不出其他原因，只能试着问："发生什么事了，跟我说说？"

"他们都说我很优秀，这次肯定能进国家队。"边慈抬起头，冲言礼笑了笑。

言礼并没有从她的眼神里感受到喜悦，稍顿片刻，顺着她说："这不是挺好的吗？"

"不好。"边慈脸上的笑意渐渐淡去，"我想听人跟我说，我没有学体操的天赋，哪怕坚持也不会有结果。我还想听人跟我说，我是因为天赋不够，能力不足，才进不了国家队的。"

边慈捂住脸，趴在桌子上，声音越来越低。

"可是没有一个人跟我说这种话，这种形同虚设的优秀我真的受够了……"

4

言礼不会读心术，他不能从边慈含混不清的几句话里推断出事情的完整始末，最多只能猜测到结果。

体操又一次带给了她不愉快的体验。

而且，这次比以往更甚。

从在宿舍楼下见到边慈的那一刻他就感觉到了，她的眼神黯淡无光，纵然脸上挂着刻意外露的笑意。

跟边慈相处的这段日子，言礼渐渐发现，比起她的自卑和失落，他更害怕的是她的隐忍和逞强。

她并不擅长隐藏却又习惯隐藏，长年累月形成一种面对问题时无论自己是否能承受都要承受的本能。

言礼害怕边慈身上的这种本能，倒不是因为这让他心生嫌隙，怀疑自己在边慈心里的分量，而是因为他担心终有一天，在这种本能的趋势下，边慈迟早被自我压抑到崩溃，到时候谁也没办法拉她一把了。

所以此时此刻边慈哭出来，言礼反而松了一口气。

边慈哭得很克制，几乎听不见抽泣声，言礼任由她发泄，没有出声打断，只默默拿走了她手边的餐盘，起身去小卖部买了点东西。

等他再回来的时候，边慈已经没有哭了，抱着书包安安静静地坐在椅子上，对着窗外发呆，像个被父母带去游乐园又被父母抛弃在游乐园的孩子。

言礼不忍多看，加快脚步走过去，等坐下后，将湿纸巾递给她。

"拿去擦擦。"

边慈回过神，伸手接过，一个字都没有说。

擦完脸的纸巾被她攥在手里，她既没有提出要离开，也没有要跟他多解释的意思。言礼不能由着她肆意消沉，拿出从小卖部买的另外一个东西，递到她眼前晃了晃。

边慈的心思不在这里，第一眼并没有看清实物，只瞥见一抹明艳的颜色，凝神细看之后，才看清是彩虹棒棒糖。

糖面比她的脸还大，放在现在来看毫不稀罕，可是她小时候一直很想拥有一根这样的彩虹棒棒糖。

忘了那时候卖多少钱一根，总之是她买不起的，那时候在小朋友圈子里很流行，父母给买了，总要拿到学校里显摆一番。她眼馋得不行，不敢跟家里开口，也就在粥粥面前絮叨过一回。

粥粥说放学就去买，可等到放学了，小超市的糖已经卖完了，粥粥说明天再来买，她当场摇头拒绝。

直到被人牵着手去买糖的路上，边慈才明白一件事。

在买糖的路上她的愿望就已经实现了，有没有吃到糖不再重要。

因为她羡慕的并不是别的小朋友有棒棒糖吃，而是他们拥有愿意给自己买糖的人。

"刚看见有卖的才想起来我还欠你一根。"

见边慈愣着不动，言礼把棒棒糖塞到她手里，半开玩笑道："别告诉我，你很嫌弃这个糖啊。"

"不嫌弃。"边慈看着手上这根超大号棒棒糖，嘴角浮出一丝浅淡的笑意，"怎么会嫌弃，喜欢都来不及。"

"不尝尝吗？"

"拆了吃不完。"

"不贵，你想吃了我再给你买。"

边慈却摇头："这不一样，我不想拆，我可以一直留着吗？"

送出去的礼物哪怕只是一根廉价的棒棒糖，都能得到对方的重视，这无疑是一件值得欣喜的事情。

可是转念一想，她连这样的棒棒糖都想要珍藏下来，言礼那颗心又仿佛被人用力拧过一般，疼得难受。他想把全世界所有的美好都捧到她面前，不，这样还是不够，他并不知道要怎么做，才能让疼痛感有所缓解。

总觉得她缺失的太多，又缺失了好多年，那处缺口已经无法彻底弥补。

人会释怀，缺口一直都在。他想有所为，却又深知自己无能为力。

念及此，言礼的鼻子酸得难受，有种快喘不过气的感觉。

边慈不知道言礼的想法，抛出的问题迟迟没有得到回应，她小心翼翼地询问："你生气了吗？我真的没有嫌弃，就是太喜欢了舍不得吃，才想留下来的……"

"想留就留吧，这种事没有可不可以，我更没有生气。"

放在桌子下面的手掌握紧又松开，松开又握紧，言礼心绪复杂，脸上还是笑着："一根棒棒糖都这么喜欢，我们阿慈太好哄了。"

"我哪有。"边慈偏过头，不太好意思正视他，拉开书包拉链，将棒棒糖小心翼翼地放进去，然后说，"走吧，直接去教室？"

"走。"

言礼顺手捞起边慈的书包，掂了掂感觉不算重，然后才交给她。

冬季天黑得早，进食堂前天还亮着，吃完饭出来天已经暗下来，学校的路灯亮起，高三学生走在回教室的路上，有人脚步匆匆，有人步履缓缓。

这一路基本上是言礼在说话，边慈时不时附和两声。

几个话题过去，边慈后知后觉意识到，之前他们从宿舍楼到食堂那一段路，言礼大概也是这样的心情。

明知对方在刻意避开某个话题，营造许多轻松好聊的话题，自己提不起劲却还要强行应声，不愿打破彼此之间脆弱的平衡。

不该这样的。边慈不想让她和言礼之间的关系也变成这样。

"……你猜后来怎么着？麦麦跟姨夫说'你上次已经给我夹过香菇了，你是香菇味的，不准再夹别的东西'，所以说老招不能重复用，小孩儿不吃这套，小姨最近又在发愁怎么让麦麦吃其他东西了，等过几天放假了你——"

"粥粥。"边慈轻声打断言礼的话。

言礼回头，不知道什么时候，边慈已经落后他三步之外，她双手抓着书包带，笔挺站直，眼神里透出惶恐不安。

他微怔。

"你为什么不问我发生了什么？"边慈死死抓紧书包带，宛如抓着救命稻草，她在跟自己赌。

赌她敢不敢把死守的秘密告诉言礼。

赌她下一秒会往前还是后退。

赢了她或许能稍微解脱，若是输了……输了的话……

她不敢想。

要是可以不输就好了。

她有点输不起了。

言礼退回边慈的身边，拿她的问题来反问自己："是啊，这是为什么呢？"

边慈哪敢接话。

她心慌得不亚于下一秒就要去高考。

"你问我，我也不知道。我很担心你，你难过我却不知缘由，我当然想问你，不过……"

言礼突然停顿，边慈也跟着他的骤停而收紧呼吸。

边慈站的地方，头顶上方有一根树枝压着，枝干钩住头发，她没注意到，言礼先看见，顺手帮她整理了一下，枝丫弹回去时，抖落几片树叶，其中一片落入他的掌心。

"不过你不想说，我不清楚缘由，但我知道你在承受很沉重的东西。在我不确定我非要问到底的担心，是在给你增负还是减负之前，我想，保持现状或许是最好的办法。当然，如果可以我很乐意跟你一起承担，等你想说的时候，任何时候，无论什么事，我都是你的倾听者，我无法保证我能为你解决所有的事情，但我能替你扛一部分。"

"任何事情都可以？"

"可以。"

"任何事情你都可以接受？"

"可以。"

边慈不知道自己到底算赢了还是输了。

更确切一点儿，这个赌约没有得到答案，只是被暂时推迟了而已。

对此，她竟然感到庆幸。

她并没有自己想象中那么渴望得到答案。

言礼把刚才落下来的树叶递到边慈眼前。

"或许你听过一句话，世界上没有两片完全一样的叶子。"

似曾相识的开头，边慈秒懂，打趣道："学长又想跟我讲丑小鸭的故事了？"

"没有，我想换个话题，必须有个过渡语，这样显得我接下来说的话比较正式。"

言礼发誓自己已经说得很正经了，可是说完，连他自己都忍不住笑了。

托他的福，返校到现在，边慈终于露出了一个发自内心的笑容。

"你说吧，我保证不拆台。"边慈笑着配合。

"选拔的事情似乎让你不太顺心，具体发生了什么我不太清楚。"

言礼停下拨弄树叶的动作，转头看着她，一脸正色。

"且不说专业水准极高的体育生，文化课能考上一本线是小概率事件，就论你刚转来五中时的成绩和一诊成绩对比，你已经实现了质的飞跃，具体我就不多说了，你现在是二班的一分子就足以说明所有，这是除了体操之外，属于你的骄傲，你不应该无视它。"

"阿慈，优秀的人不会只在一个方面优秀，你远比自己认为的要厉害得多。"言礼温声鼓励她，"我心里的月亮，一定会在将来的某一天意识到自己是个月亮。我一直这样期待着。"

5

他们在致远楼下碰见了陈泽雨和明织。

明织先注意到他们，老远叫着边慈的名字跑过来，二话不说给了她一个大大的拥抱。

"你还知道回来啊，都一年了！"

"不是才一个月……"边慈顿了几秒，才反应过来这是个玩笑，"嗯，对，一年没见了。"

明织松开边慈，双手握着她的手左右晃，用幼稚却纯粹的方式表达着自己的兴奋。

"我以为你要下学期才回来上课，前天结束了最后一次周考，放寒假前没有考试了，你也太幸运了。"

明织将边慈从头到脚打量了一遍，夸张道："你怎么又瘦了！都裹得像只熊，就你看着薄得跟纸似的。"

边慈失笑："我要是纸，被你这么晃早就起飞了吧。"

"看吧，不止我一个人觉得你瘦了。"言礼在旁边帮腔，借机表达自己的不满。

一张嘴哪说得过两个人，边慈选择无奈投降。

陈泽雨单手搭在言礼的肩膀上，揶揄道："边慈都回来了，言哥，什么时候请客啊？"

"寒假里都行。"言礼心情好，由着他搭。

"寒假就放七天，大家都忙着走亲戚呢。"

"那你定。"

陈泽雨等的就是这句话，可他不能表现得那么明显，该矫情的时候就得矫情一下子："我来定不太合适吧？毕竟是你请客……"

"那你别参加了。"明织打断了陈泽雨的矫揉造作，并附赠了一个白眼。

陈泽雨冲明织使眼色："班长你给我点面子。"

"你面子又不在我这里，我怎么给你。"

明织挽住边慈的手，率先走在了前面。

"我发现一件事。"言礼拉开陈泽雨的手，慢悠悠地感慨了一句。

陈泽雨被明织怼得只剩叹气的余地："什么事？"

"你被明织治得死死的，回头我问她，让她定个时间。"

"行，让她定，反正她最霸道了。"

走了几步，陈泽雨反过味来，表示抗议："不对啊，你不是让我定吗，怎么成明织了？哥，我跟你说，我也就是看明织是个女生，好男不跟女斗，我让着她，你懂什么叫让吗？就是我本可以，但我不需要！"

"有道理。"言礼挑眉，看了眼明织的背影，意有所指，"这话你去跟她再说一遍。"

陈泽雨握拳递到嘴边，咳嗽两声，眼神飘忽，说道："好话不说第二遍。"

言礼回了他一声轻笑。

到了教室，边慈看见不少陌生的面孔，有些熟面孔已经不在这里。

相较于以前的二班，现在的二班不太像一个集体，用更贴切点的词来形容的话，更像一个学习集中营。

大家各自在座位忙自己的事情，偶尔站起来，不是接水上厕所，就是去办公室找老师。

也不是完全没有交流，但一个班分裂出许多小圈子，谁和谁一起玩，谁和谁见面连名字都叫不出来，一目了然。

当班级开始流动，人员不再固定，集体也很难续存。

边慈突然很庆幸，在走班制实行之前，她已经在这个班级找到了属于自己的"集体"，否则今天她大概也会成为一个"独行侠"。

走班已有一个多月，班级内座位已经安排好，边慈不能再坐在明织后面，只能去最后一排。

"你坐这儿，这儿一直没人。"言礼指着自己旁边的空位说。

边慈点头应下，放下书包前，她用手摸了下桌面，本以为空置许久的桌椅会布满一层灰，结果并没有，她的指腹依然干净。

她感觉有点奇怪，直到瞥见椅子腿上面的两道划痕。

去年的喷漆事件后，言礼帮她搬回来的新桌椅，椅子腿上就有两道划痕，跟这张椅子上面的一模一样。

边慈惊讶地看向言礼，问："这是我以前用过的那套桌椅？"

"对。"言礼回答。

"好干净,你今天刚擦过吗?"

"岂止是今天,他每天都擦。"秦成书从言礼身后探出个脑袋,一脸贼笑道,"擦两遍,比擦自己的桌子还认真。"

"走开,有你什么事。"言礼推开秦成书,面露不耐烦。

边慈听完却很开心,知道大男生好面子,便没有接秦成书的茬,摘下书包坐下来,开始理东西。

晚自习开始前,同学们陆陆续续地回到教室,认识边慈的,见她回来上课,过来打了声招呼,边慈一一笑着回应。

直到上课铃响了,边慈的座位周围才算安静下来。

她看了眼坐在左边的言礼,他正在刷试卷,估计思路顺畅,笔动得飞快。

边慈决定还是不要打扰他了。她撕下一张便利贴,写下想说的话,等言礼的笔停了,瞄准方向,抛到了他的桌子上。

平时上课,言礼没少收到踩点三人组抛过来的字条,从来都是左边方向,这还是他第一次收到从右边方向抛过来的字条。

怎么说呢,还挺新鲜。言礼缓缓展开了小字条。

小织说我搬教室那天,你就把我的桌椅搬到了这里。老实交代,你是不是从那天起就打好了小算盘,等着我考回来跟你做同桌?

同样是说话,可是传小字条就是有种不一样的感觉,具体形容不上来,言礼简单粗暴地将其称为荷尔蒙躁动。

便利贴有点小,再写一行字有些勉强,言礼撕了一角作业本纸,提笔唰唰写,写完抛到了边慈的桌子上。

是。所以要感谢边慈同学了,实现了我的愿望。

边慈偷偷笑了笑,收起字条,视线重新落在习题册上,投入到学习中。

高三年级要上到除夕前一天才放寒假,放假前几天,边慈已经开始烦恼一件事。

寒假期间她要去哪里。

她本来想跟往年一样,申请假期留校,结果五中跟体校不一样,寒暑假全校职工放假,不允许学生留校。

寒假并不长,就几天,不过对于没有落脚处的边慈来说,比一辈子还漫长。

她开始打听附近的短租房,然而并没有什么好消息,寒假不比暑假,大家都要回家团聚过年,要么房东暂时不出租,要么已经被预订了。
　　只剩下宾馆,太便宜的边慈不敢住,一般的边慈又住不起。
　　边慈再一次感受到钱是个好东西。
　　她自以为将这点烦恼隐藏得很好,没想到放假前一天,吃晚饭的时候,言礼忽然问起:"你寒假在哪里过年?"
　　边慈差点被呛住,假装喝水掩饰窘迫,他问得突然,她还没想好要怎么回答。
　　有点不太想撒谎了。
　　可是说实话,也会给他增添困扰吧,她不想让他也过不好年。
　　犹豫之际,言礼换了个问题:"要不要来店里?你的房间我一直在打扫,随时能住。"
　　边慈摇头:"那怎么行,你们家里人还要过年的。"
　　"一起过呗,多双筷子的事儿。"言礼神色自然地说。

6

　　理智上,边慈知道大过年跑别人家并不礼貌;感性上,她和言礼都没有拿对方当外人。
　　毫无疑问,这次感性打败了理智。
　　敲定好寒假的去处,当天晚自习下课后,边慈特地给小姨打了一通电话。
　　言礼事先跟小姨通过气,吃晚饭时,边慈跟他说要交房费,他说不需要,现在跟小姨说,小姨还是说不需要。
　　边慈在电话里执意要给,小姨大概是被她的固执打败,最后二人各退一步。
　　房费不用交,只需要在他们外出走亲戚时,帮忙看店理货就行。
　　边慈欣然答应,比起白吃白住,为房东做点什么她才会稍微心安理得。
　　放假前一天。
　　大课间时间,边慈接完水回来,发现言礼他们都不在教室,后排座位全空,只剩下她一个人。
　　想到明天放学就要去店里住,边慈有点紧张,虽然这不是第一次,可她自我意识过剩,总感觉这次大不相同,就有种……略微正式的样子。
　　这话她不好意思跟言礼说,毕竟太不矜持了!
　　脑子里东想西想,边慈鬼使神差地掏出手机,打开浏览器,输入一行字——去男性朋友家里过年适合送什么礼物?
　　出来的搜索结果五花八门,边慈看花了眼,挑了适合送且在经济承受范围内的礼物,一一写在了本子上。
　　边慈忙得起劲,丝毫没注意身后站了一个人。
　　"写什么呢?"
　　边慈被吓了一激灵,以为是老师,下意识地把手机往抽屉里塞,余光瞥见是何似后,长舒一口气,捂着胸口说:"你走路没声音啊,吓死我了。"

"就你刚才那专注劲,有卡车从你身后过,你也听不见吧。"

何似看了眼被她塞到抽屉里还亮着的手机屏幕,继续刚才的问题:"你大过年不回自己家,跑他家里过年做什么?"

说起来这是贴吧事件之后,边慈和何似第一次好好说话。

一诊后何似也考进了二班,据明织说,她比较独来独往,没见她主动跟谁玩,有想来找她玩的,她的态度也并不热络。

总之,给人感觉有点酷,跟以前和曹静安好得形影不离的何似来说,简直判若两人。

边慈听完,感觉何似连其他人都不想理,更别提她了。于是,从她回五中上课到今天,哪怕同班,她也没有主动找何似说过一句话,甚至偶尔会故意避开何似,特别是她和言礼走在一起的时候。

其实她并不讨厌何似,尽管以前她被算计过。何似这个人怎么说呢,尖锐但不刻薄,脾气易爆,傲娇起来却有点可爱。

边慈掐断了掩饰的念头,既然是何似先问的,如果她故意装傻,对何似来说反而是一种伤害。

"我寒假没地方去,回老地方住几天。"

何似听完愣了几秒,却没问她为什么会没地方去,轻飘飘地绕开了话题:"矜持点,女生太上赶着不好。"

"我就随便看看。"

边慈拿出手机关了网页,对何似眨了眨眼,笑着问:"你这算是单纯八卦还是关心我?"

"谁会关心你啊,我跟你关系很好吗?少自恋了。"何似冷哼一声,拿着水杯扭头就走。

真是个别扭的好人,边慈心想。

定好要买的礼物,第二天放学,回店里前,边慈先拉着言礼去了趟市中心。

临近年关,城市反而不如平时热闹,地铁上随时可见空座,进了商场才感受到一些年味。

边慈打算给小姨夫买茶叶,给小姨买糕点,给老人家买了按摩枕,至于麦麦,经过她拐弯抹角的试探,套出小朋友的话,她决定买麦麦近期最想要的玩偶娃娃送给她。

跑完两层楼,言礼手上多了两个大纸袋,他本以为边慈只是随便买买,没想到她拿出手机备忘录看了眼,果断地说:"去七楼,我昨天打电话预订了,店员帮我留了一个。"

"预订?你还要买什么?"

"玩偶啊,热门款,不预订今天来现买肯定售罄了。"

言礼哭笑不得:"你这也太隆重了,不用买这么多。"

边慈一脸正色:"怎么不用,大过年的去打扰你们一家人,我不带点礼物更说不过去了。"

话音落,边慈一副大事不好了的样子看着言礼:"完了,我忘记算你妈妈那一份了,你妈妈喜欢什么东西?"

言礼脸上的笑意淡了些,过了几秒才说:"她什么都不喜欢。不用考虑她,她很少回来过年。"

7

边慈回想起之前的事情,言礼的高考志愿被改,又被软禁在家里,之后翻墙借钱回元城……

他很少提起自己妈妈的事情,若不是她知情,肯定会以为店主夫妇是他的父母。

其实不只是言礼,就连店主夫妇和徐婆婆也很少提言礼妈妈,缘由不明,但可以确定的是,言礼跟他妈妈的关系并不好。

家务事边慈不好多问,既然言礼说不用考虑他妈妈那份,她便不再坚持。

买完礼物从商场出来,已经过了晚饭点,其间小姨打电话来问他们到哪儿了,言礼没说实话,想着一会儿给他们一个惊喜,只说在市区买教辅,要晚点回。小姨没做他想,只嘱咐他们路上注意安全,还说晚上在露天阳台烧烤,等他们回去一起吃。

回去的路上,边慈的手机进来一通电话,是何教练打过来的。

只看来电显示,边慈大概已经猜到何教练会跟自己聊什么。

她按了静音键,任由手机响,没有接起来,偏头继续跟言礼说话。

不知道过了多久,两人聊到前几天吃过的某样东西,打算买点回去,边慈顺手拿出手机,准备搜一下周边有没有连锁店。

手机翻过来,根本不用摁,一直都亮着。

何教练还在跟她打电话,不知道这是第几个。

"接吧。"

言礼从包里翻出耳机,给自己戴上。

注意到他的动作,边慈微怔,随后伸手摘下了他左边的那一只耳机,无奈道:"我不是害怕你偷听才不接的。"

"我知道,但我不听你会比较自在。"言礼从她手里拿回耳机,下巴冲亮着的手机屏幕抬了抬,"肯定找你有事,不管怎么样,电话还是要接的。"说完,言礼重新戴上了耳机。

边慈的视线回到屏幕上,过了几秒,她轻叹一口气,摁下了通话键。

沉默片刻,何教练那边率先打破。

"我听关飒说,你们明天开始放寒假了。"

她还是那么不擅长寒暄，边慈扯了下嘴角，淡声回应："对。"

"五中寒暑假不能留校，你放假要不要来我家……"

"不用，太打扰你们过年了，我有住的地方。"

地铁里的报站声响起，何教练说了声什么，边慈没有听清，等报站声过去，她才问："你在说什么？我这边有点吵。"

"没什么。"许是感受到边慈的冷淡，何教练放弃了寒暄的念头，直奔主题，"我在你学校附近，我们见个面，我有事跟你谈。"

"我不在学校。"边慈说。

"那我去找你，你在哪儿？"

"非要见面说吗？"

"是。"

边慈靠在椅背上，阖上眼，稍顿了顿，最终松口："行，那就上次那家咖啡店。"

"好，一会儿见。"

边慈"嗯"了一声，第一次先挂断了何教练的电话。

她收起手机，扯了下言礼的袖口，他摘下耳机朝她凑近几分。

"何教练约我见面，我得去一趟。"

"好，那我先回去。"言礼点头表示理解。

边慈垂眸，低声问："你能陪我去一趟吗？"

印象之中，这似乎是边慈第一次对他提出需要陪伴的想法。

"不会耽误很久的，就在火车坊附近的咖啡店。"边慈跟着补充，像是害怕被拒绝一般。

言礼略微惊讶，很快回答："好，我陪你去。"

咖啡店最后一天营业，顾客不多，边慈一进门就在上次的卡座看见了何教练。

言礼拿走边慈手上的两个纸袋，指了下吧台的位置："我坐那儿等你。"

吧台离卡座很远，不会听见她们说话的声音。跟言礼相处久了，边慈比从前更能体会他身上细腻的那部分情感。

上次言礼在学校里说的那番话并不只是说说而已，他一直都这么做。不勉强她说什么，也不私自窥探她没有展露的那面，哪怕面对送上来的机会，他也会绕道而行。

她突然有了一丝面对现实的勇气。

"好，我很快结束。"边慈笑着说。

"不急，慢慢来。"言礼顺便跟店员说，"来三份招牌冰激凌，两份送到那边的卡座。"

店员温声应下。点完单，言礼才意识到一个问题："你教练吃这种甜食吗？要不然换成其他的。"

边慈摇头，却说："不用换，正好请她尝尝，上次没找到机会。"

言礼："也好。"

"我过去了。"

"去吧。"

边慈深呼一口气，走到卡座那边。

看见她来，何教练放下手中的杂志，不紧不慢地说："坐，给你点了杯喝的。"

边慈坐下来，看了眼面前的柠檬水，没有伸手去拿，反而说："我点了冰激凌，请你尝尝。"

听见"冰激凌"三个字，何教练果然蹙起眉头："我不吃甜食，你也少吃点，发胖，不在体校也要管理好自己的身材。"

"我知道你不吃。"边慈不在意地笑了笑，"只是我想请你尝尝而已。"

何教练语塞。

"你今天找我有什么事吗？"边慈正入主题。

何教练喜笑颜开："选拔结果出来了，你入选了。"

"还有谁？"

"周见萱和赵冉，你们三个人都选上了。"

三个人吗？

边慈轻笑了声，不咸不淡地说："这样啊，那恭喜你了。"

"岂止恭喜我，更应该恭喜你自己。"

这时，店员端着餐盘送冰激凌过来。等店员离开后，何教练才接着说："国家队那边通知的时间是元宵节之后报到，你放寒假期间准备准备，今年高考你也没必要参加了……"

"哇，好冰。"

边慈挖了一大勺冰激凌，凉得她直呼气，好不容易才咽下，满足地说："冰激凌果然在冬天最好吃了。"

"你还吃什么冰激凌！"何教练板着脸训斥，"你没听见我说话吗？你入选国家队了，以后别再吃这种东西，管理好身材是体操运动员的基本要求，你连这都忘了？"

"教练，你这样就挺没意思了。"边慈放下勺子，收敛了笑意。

"你说什么？"何教练从没在边慈脸上看见过这么冷淡的表情，不知道是被惊到了，还是被唬住了。

"你也说了，这是体操运动员的基本要求。"边慈抬眼望向何教练，问，"我还算体操运动员吗？"

"怎么不算，你都入选国家队了。"

"这真是我今年听到的最好笑的笑话，教练你太幽默了。"

边慈清楚地看见她跟何教练之间隔着一张薄薄的网，透过这张网，虚伪欺骗若影若现。

既然何教练不想撕破，那么就由她来撕。

"政审是每个国家运动员必须有的流程，我现在入选了，等政审一过，我就会被返送原队，这件事教练你应该比我更清楚。"

"我去年为什么退役转校？我早就知道省队就是我职业生涯的天花板，我的梦想永远都不可能实现，所以我才走的，什么腰伤、什么休养半年以上，都是我和你商量好应付外面的说辞而已，真正的原因，你知我知。"

"我最想不通的事情就是，你明明知道我已经认命了，我已经选择通过文化课参加高考，已经告别体操生涯了，你为什么还要给我根本不存在的希望？我太傻了，上次在这里，听你说我还有一丝实现梦想的可能性，居然就信以为真。必走流程怎么会突然取消，但凡换个人跟我说这件事，我都不会相信。可偏偏是你，何教练，我最敬爱最感激的人。"

情绪还是激动了，她果然没有想象中那么豁达。

何教练安静了半分钟有余才开口："你是怎么知道的？"

"选拔前一晚，你把我手机送回宿舍，我还没谢谢你。"

何教练回想了一会儿，惊讶地看着她："你都听见了为什么还——"

"还参加选拔并且尽全力表现吗？"边慈自嘲地笑了声，"这是我欠你的，我最后的剩余价值也就这点了。"

"边慈你听我说，我其实不是存心要伤害你，我实在是没有办法了，省队里的队员水平不稳定，要是你不在——"

"你就没想过，我政审过不了，国家队那边不算我这个名额，你要怎么办吗？"

何教练欲言又止。

这个表情无异于确定了边慈的猜测，她自问自答："我替你想好了，到时候你装不知情就好，说我蓄意隐瞒家庭背景，你也是受害者，我就算选不上国家队，上面出于人道主义精神，看在你用心栽培我这么多年的分儿上，应该也会给你晋升的机会……其实何必这么麻烦呢，你要我陪你演戏骗人，直接说就好了，我拿你当恩人，我是不会拒绝你的。"

字字诛心，何教练试图去抚摸边慈的手，边慈却往回缩。

"幸好这次周见萱和赵冉也在，我放弃这个机会对你的晋升也不会有影响，体校我不会再回去了，国家队那边麻烦教练帮我推了吧。"

边慈看了眼时间，已经耽误了快十分钟，不能再耽误下去。她站起来，对何教练说："我该走了，有人还在等我。"

"你是不是很恨我？"何教练盯着面前的冰激凌，神情复杂，"我是真的看重你，不然也不会挖空心思栽培你，你的事……我比谁都痛心。"

"我总是擅自期待，别人给我一块糖我就开心不已，别人施舍我一点儿好我就念念不忘。我擅自把你当我的妈妈，擅自代入女儿的角色，自作多情久了我就忘了,我只是一个体校用50块钱补贴换来的诸多体操苗子之一而已。我不恨你,我只是特别讨厌这样的自己。

"选拔前一天晚上,听见你跟叔叔说的那些话,回宿舍的路上,我就知道,我又一次失去了妈妈。

"但这样也好,你栽培我,我回报你的恩情,两不相欠。"

边慈端起桌上那杯柠檬水,敬了何教练一杯,然后仰头一饮而尽。

"何教练,感谢您当年从那么多孩子里选中了我,感谢您带我出林水镇,感谢您栽培我这么多年,可惜我是块腐烂的朽木,无法回报您的付出,只能祝您事业顺遂。还有,新年快乐。"

说完,边慈转身离开,再也没回头。

何教练看着边慈点的两份冰激凌,良久,拿起勺子尝了一小口。

太冰了。

凉意直达心底。

8

外面不知道何时开始下起了绵密小雨。

推开店门,站在檐下,言礼伸出手感受雨的强度,在半空中停留了几秒收回来,转头对边慈说:"把帽子戴上。"

羽绒服自带帽兜,周围一圈雪白的绒毛,一戴上,投过落地玻璃,边慈感觉自己的脸大了一圈,自我调侃道:"我更像熊了。"

"别碰瓷,哪有这么瘦的熊。"

言礼替她扣上羽绒服顶扣,见她被外套包裹得严严实实,才说:"可以了,走吧,回家。"

"你不戴吗?"边慈偏头看他。

"我外套没有帽子。"

"里面的卫衣有啊。"边慈冲他招招手,示意他走过来点。

言礼照做不误,她踮脚去够他脖子后面的卫衣帽子,有些费劲,说:"你蹲点儿,我够不着。"

老实说,言礼根本不想戴帽子,别说这样绵密的小雨,就算是暴风骤雨,他也不会戴,前者用不着戴,后者戴了没用。

可是被关心的感觉并不坏,这个时候展露男子气概是很煞风景的。

言礼配合蹲下,任由边慈替她戴上了帽子。

"粥粥,我选上了。"边慈松开言礼的衣领,忽然开口。

言礼挺腰站直,顿了顿,一时之间不知道说什么好。

反正说恭喜是不合适的,至于哪里不合适,他也不懂。

伴随一团雾气,言礼听见了她的后话。

"但是我去不了。"

言礼微怔。

回过神来时,边慈已经走出了五步之外,他拔腿追上去,与她并肩而行。

选上了,却去不了。

言礼发现,在边慈的身上有好多他不懂的事情,这些不懂汇集起来,变成了他眼下的沉默。

贸然询问和自以为是的关心,都有可能对她造成伤害。

可沉默就是正确的吗?

不见得。

言礼陷入两难。

而边慈那边也清楚,她兀自说的话,抛出没头没尾的结果,已经让言礼感到为难。

换作她也会如此,并非言礼词穷嘴笨,而是她不够坦诚。

言礼给予了她最大限度地了解自由,她想,她也要回应他一点儿什么。

哪怕还不能全盘托出。

"去年5月份的时候,国家队教练来省队考察,我超负荷训练,结果弄巧成拙,在国家队教练来之前把腰弄伤了,住院期间我很不甘心,寄希望于年末的冬训选拔,没过多久,这个希望也破灭了。

"我从何教练那里知道,我硬性要求不过关,哪怕个人能力再突出,我也没有进入国家队的资格。但这件事,何教练从我高一那年就知道了,她没有告诉我。"

边慈说得含蓄,言礼脑子稍微一转就听出了端倪。

"如果她早点告诉你,你就能早点专攻文化课学习了,不至于临到高三来恶补,弄得这么辛苦。"

"她当时说,看我还没试过就退役太可惜了,希望我再拼一年,说不定会有转机。"

言礼眉头微蹙:"既然都是硬性要求,转机也……"

"不可能存在是吧?"边慈自嘲般笑道,"我现在想想也是这样,这么简单的道理,我居然想不明白,吃亏一次又栽了第二次。一诊后,何教练来找我,就是跟我说那个硬性要求取消了,我还有机会进国家队,她说拿我当自己的孩子,我又信了。

"结果很明显,我被骗了,第一次是隐瞒,第二次是欺骗,我回体校集训那一个多月,无数人来跟我说'边慈你很优秀',优秀有什么用呢,我连没才能的人都比不过,他们羡慕我,我更羡慕他们,不,羡慕这个词太委婉了,我是嫉妒。

"我在体校有个好朋友,选拔结束后我跟她吵架,她不理解我为什么有才能却要放弃体操,这怪我没告诉她真相,我明知道隐瞒很伤人,可我还是选择伤害她。直到今天我都没有明白,我执意隐瞒,是为了保护自己的自尊心,还是在嫉妒心驱使下对她的报复。

"我最近总在独处的时候感受到自己的阴暗，我嫉妒队友，对教练的蓄意欺瞒充满怨恨，可队友没有半分对不起我，教练是我的指路人，我不应该这样，可我控制不住，我以前明明不是这样的人啊……"

说到后面，边慈的声音越来越低，像是害怕被言礼听见一样。

她在试着向他坦诚，可依然对坦诚的后果感到惶恐不安。

言礼轻声说："你还知道自己是个人，而不是神。"

他带着边慈走进屋檐下，这一片的屋檐宽，够走两个人。

"什么意思？"边慈并不明白他说的那句话，仍然不安着，"你也觉得我很差劲吗？"

言礼摇头："人都有负面情绪，你没有察觉到不代表你没有，你突然察觉到了也不代表你很差劲，只能说，你对自己的了解更深了一层而已。"

"换作我是你，我做得会比你更极端，梦想被最敬爱的人践踏两次，情绪崩溃时伤害到身边的人在所难免，尤其是处于同个圈子一起成长的人，在这种时候，哪怕他们的呼吸也能挑起你的嫉妒。这些都没关系，只要正视自己的阴暗，不要恐惧它，不要被它支配。"

"你也会有负面情绪吗？"边慈的表情有些难以置信。

言礼失笑："当然有，我也不是神。"

快走到店门口时，边慈才停下来，她拉住言礼，正色道："我心情好多了，我发现你总是在扮演开导我的角色。"

言礼眼睛微眯，半警告半威胁："千万别说我像什么兄长老父亲之类的，我受不了这个刺激。"

边慈微微摇头："你什么都不像，你就是你。"

小姨一家没料到边慈会带礼物来，特别是麦麦，收到心心念念的玩偶，开心得只差没有当场认边慈当亲姐。

吃完烧烤，几个人聊天聊到十点多，小姨热情邀请边慈明天跟他们一起去徐婆婆家里团年，边慈委婉拒绝了。怎么说都是家庭聚会，她一个租客加入总是不太合适。

小姨没有多劝，给她留了一冰箱的菜，让她自己弄着吃，还说吃完晚饭就回来，跟她一起跨年，生怕她感到寂寞。

边慈没好意思跟小姨说，这是她过得最热闹的年，心中深感温暖，已经没有缝隙去寂寞了。

次日上午，言礼和小姨一家去徐婆婆家团年。

临走前，边慈分别被四个人再三叮嘱琐事，大到水电气，小到吃饭喝水，就连麦麦都把自己的半袋糖果分给了她，还小大人地承诺，等边慈吃完这半袋糖她就回家了。

边慈哭笑不得。

送走他们，边慈把作业从房间拿到楼下柜台，一边看店一边写题。

今天除夕，文具店没有什么人光顾，周边店铺大多也关着，小姨本来也不想让边慈看店，说关着也没事，可边慈感觉开着店，偶尔抬头看看外面街道上的行人，反倒热闹些。

上午的时间过得很快，边慈写完最后一道题，看了眼电脑右下角的时间，快十二点了，她伸了个懒腰，放下笔准备去厨房觅食。

边慈前一秒起身，后一秒就有客人进店。

来的是一位身着职业装的成熟女性，她踩着十厘米以上的黑色高跟鞋进来，鞋跟与地板接触发出轻响，鼻梁上的金边眼镜加深了她凛然的气质。

边慈感觉她像是从电视剧里走出来的女霸总，眉头一皱集团都要抖三抖的那种。

这种角色跟文具店实在是太不搭配了，边慈根本猜不到她要来买什么。

"女霸总"似乎猜透了边慈的想法，在她开口询问前先一步展露目的："店里就你一个人吗？"

"是。"边慈下意识地挺腰站直，拿出面对教导主任的架势来跟她说话，"请问你要买点什么？"

"你是新招的店员？"

"我是这里的租客，今天临时帮忙看店的。"

"老板人呢？"

"去外面吃饭了。"

问来问去，边慈感觉"女霸总"也不像是来买东西的，试着问："你找老板有什么事吗？"

"你给她打个电话。""女霸总"自来熟地往阅读区走，不忘使唤边慈，"再给我泡杯咖啡，不加糖不加奶。"

"店里没有这个服务。"

"那现在有了。"

边慈心想你冲我霸道什么，我又不是你的员工。

她当然不可能去给"女霸总"冲什么咖啡，走到一边给小姨打电话。

响了好几声那边才接起，说话的人却不是小姨，而是言礼。

"怎么了？"

边慈正要说明情况，那位"女霸总"不知道什么时候闪现到她旁边，朝她伸出右手："手机给我，我跟她说。"

"这不是——"

"女霸总"显然不想听边慈解释，一把抢过手机，递到耳边，开口就是不满质问："你电话永远在通话中，给你三秒，把你的亲姐从黑名单拉出来。"

"妈？"

听见言礼错愕的声音，"女霸总"莫名被取悦到，一改刚才不满的语气，细声温柔道："没错，就是妈妈。你也三秒内把我从黑名单拉出来，不然妈妈马上雇人满街宣传你是个不孝子哦。"

言礼一怔。

边慈一蒙。

言礼妈妈还想说点什么，手机电量耗尽自动关机了。

她遗憾地把手机还给边慈，还不忘自己那杯咖啡："电话都打完了，你还不快去。"

边慈还没从震惊中缓过来，握着手机结结巴巴地说："没……没咖啡……鲜……鲜榨……榨果……果汁……行……行吗？"

"行吧。"说着，言礼妈妈从钱包里抽出一百块递给她，"拿着，不用找了。"

边慈愣愣地站着。

第九章　看见你，心情就不自觉地奔向春天

"很多时候，你就像这杯热水。"
"所以，明年不管下几场雨，我都不会害怕了。"

1
淡定淡定，千万不要慌。

这位虽然是言礼的妈妈，可现在的情况是自己认识她，她却不认识自己，这都是小场面，自然面对就好。

边慈强行给自己做好心理建设，面对言礼妈妈递过来的一百块钱，摇了摇头，客气地说："您不用给我钱，我不是店里的员工，而且做果汁的原材料也是店长买的。"

她不要，言礼妈妈也不勉强，把钱放回去，幽幽问道："你突然对我用敬语干吗？"

边慈顿时心虚，含混不清地回答："您是店长的姐姐……我……我对您用敬语很……很正常吧……"

你不要再结巴了可不可以！

言礼妈妈睨了她一眼，说话一针见血："不正常吧。你自己说的，你不是店员，既然雇佣关系不存在，你一个普通租客，何必对房东甚至房东的家人亲戚用敬语，除非，"说到这儿，言礼妈妈突然凑近边慈，用探究的目光扫向她，"你对我们家的人别有企图？财务上还是感情上？"

不愧是女霸总，果然难对付。

边慈突然理解为什么连言礼也不搞定自己的亲妈了。

一个逻辑缜密不按常理出牌的亲妈，哪里是普通儿子的对手。

边慈忙摆手否认："我没有，您误会了，我就是——"

"停。"言礼妈妈打断边慈的话，轻撩头发，踩着高跟鞋往阅读区走，懒怠的表情跟言礼有几分神似，"我对这个没兴趣，快去弄果汁，我口渴，急需补充水分。"

"好……"

边慈小松一口气，匆匆拐进厨房。

太难搞了，比跟教导主任说话还紧张。

明明是从一个娘胎里出来的，言礼妈妈和言礼小姨的性格也相差太大了吧！

冰箱里有不少橙子，边慈拿出两个，准备像平时那样，剥皮之后加矿泉水一起放榨汁机。

可是合上冰箱门的一瞬间，边慈的眼前突然浮现言礼妈妈说"不加糖不加奶"时那张精致又挑剔的脸，她后背一凉，毫不犹豫地又拿了个橙子。

说了鲜榨就是鲜榨，怎么能给女霸总兑水呢，被发现了肯定会被挑刺的，绝对！

边慈用最快的速度搞了一杯百分之百鲜榨橙汁出来，还特地从橱柜里挑了最好看的玻璃杯来装，端出来前想起言礼妈妈涂了口红，又返回去拿了根吸管放在托盘上。

万事俱备，边慈深呼一口气，忐忑地端着托盘走出去。

言礼妈妈正在打电话，中英文无缝切换，边慈无意间听见几个词组，什么项目资金流程之类的，比英文听力高大上多了。

好厉害。

这还是她第一次在生活中听见中年女性说英文，而且还说得这么好，言礼的优秀也不是完全无迹可寻。

边慈把橙汁和吸管放在言礼妈妈手边，做完这一切，她的电话也打完了。

"你尝尝，我没有放糖，是橙子本身的甜味。"边慈中规中矩地说，不自觉挺腰站直，下意识摆出听老师教导的姿态。

"你的敬语呢？"言礼妈妈存心捉弄她，拿起玻璃杯，意味深长看着她，"被我猜中真实目的，无力解释选择隐藏了吗？"

边慈大声否认："我没有，请您不要乱讲。"

"一说就有了，你这还不是心虚？少女啊，你可真是太好懂了。"言礼妈妈做作地捂住嘴奸笑，幼稚且刻薄，可她偏偏长了一张可以做女明星的脸，就连摆出这种表情也没有令人生厌。

然而这还不算完。

见边慈梗着脖子不出声，言礼妈妈又激她："你这就默认了？真不好玩，你好歹再挣扎一下嘛，要不要我教你——"

"阿姨！"边慈忍无可忍，却仍然顾忌她是言礼的母亲，不敢冲她发火，只能生硬地转移重点，"请您喝水，您嘴皮都有点干了。"

"真的吗？真的吗？"言礼妈妈立刻放下杯子，从手提包里拿出小镜子，对着嘴唇仔细打量，皱眉道，"还真是，南方怎么也这么干燥啊，烦死人了。"

言礼妈妈合上镜子，这才注意到杯子旁边的吸管，她会心一笑，顺嘴表扬了边慈一句："小妹妹你真细心，跟我那个不孝子一样。"

不孝子？

言礼怎么也不可能跟"不孝"两个字挂钩的。

倒是这个擅自改动亲儿子的高考志愿、还把亲儿子软禁在家的母亲比较……那什么。

边慈完全不认同言礼妈妈的说法，可她现在的立场不允许她对这对母子当中的任何一个人做出评价。

"怎么没有果粒？"言礼妈妈喝了两口橙汁，抬眸问道。

"我过滤了两次。"联系到言礼妈妈的难搞程度，边慈停顿几秒，又补充，"不是用果汁粉冲的，厨房还有橙子残渣，您可以去看看。"

"我不看，你都这么说了，肯定是鲜榨的。"

言礼妈妈放下杯子，似笑非笑地看着边慈："你在这里住多久了？"

"之前住过三个月，后来去住校了。"

"那你怎么还会出现在这里？"

"寒假不让留校，店长人好，让我在这里住几天。"

"这样啊……"

言礼妈妈看了眼二楼的方向，意味不明地说："你跟言礼很熟吧？在同一层楼住了那么久。"

"还好。"边慈保守回答。

"少女你真是……"

"好懂啊"三个字还没说完，店门忽然被人从外面推开，伴随一阵急促的脚步声，言礼出现在两个人面前。

看见儿子，言秀华面露笑意，欣喜地说："粥粥，你这么想妈妈吗？知道妈妈在这里，就迫不及待地跑过来了。"

言礼的双手撑着大腿，稍微调整好呼吸后，站直看她，淡声说："你不要加自称跟我说话，很做作。"

"你说这话好伤妈妈的心哦。"

言秀华抬起手，佯装抹泪，还没开演就被儿子拆台："你回来做什么？"

"过年啊，妈妈回来陪儿子过年还需要问吗？"

"那你可以回去了。"

言秀华缓缓放下手，拎包站起来，走到言礼面前。

她的儿子已经长得比她高了，她要抬头才能看见他的眼睛。

哦不，抬头也看不见，她的儿子一点儿也不想见她，哪怕面对面，迎上她的视线也会不耐烦避开。

这一秒，言秀华不太明白她和言礼到底是谁比较失败了。

"回家吧，外婆肯定做了很多菜，我好多年没吃过了，真的是超级想念啊。"

言秀华不顾言礼的抗拒，自顾自挽住他的胳膊，强行营造母慈子孝的氛围，临走前还不忘对边慈挥手："小妹妹我们走了，谢谢你的橙汁。"

"啊……哦，不用谢，阿姨慢走。"边慈僵硬地冲他们挥了挥手。

她似乎参与了一段不该参与的画面，以至于言礼和他妈妈离开后的好几分钟，她都心存抱歉。

她从未在言礼脸上看见那么冷淡抗拒的表情。逢人三分笑这个性格，在言礼妈妈面前完全没体现出来。

还有……

她隐约感觉到言礼不太想让她看见这些，就像她非要守住自己的秘密那样。

每个人心中都有一处不容被踏足的禁地，可是刚才她却无意闯入了言礼的那一处。

边慈懊恼地收走玻璃杯，不知道要怎么去原谅自己。

走出文具店的视线范围后，言礼毫不犹豫甩开了言秀华的手。

"一秒都不能多忍受，粥粥你就这么讨厌妈妈吗？"言秀华推了下鼻梁的金边眼镜，面上带笑，眼睛里却带着冷意。

"你非要用这种做作的自称跟我说话？"

"不好吗？家里人总说我是个不称职的母亲，我就挂在嘴边提醒自己。"

言礼冷笑，之前在店里顾及边慈在场尚能克制情绪，现在只剩下他们母子二人，他连克制的念头都没有了。

"那还真是辛苦你了。"

言秀华没接茬，转而说："要不然我们回店里聊吧。"

"为什么？"听见"店里"这个字眼，言礼的神经瞬间紧绷。

"有那个女生在，你对我的态度要好很多。"言秀华"哦"了一声，笑着看向言礼，"难道你也觉得自己对亲妈的态度太恶劣，害怕被喜欢的女生看见，破坏你的温柔形象吗？"

"你有完没完！"言礼的右手攥成拳头，低声吼道，"你这次回来又想插手我的哪段人生！"

"成年了还是这么容易生气。"

言秀华试着去摸言礼的头，他退后一步躲开，满脸愤怒抗拒，可眼底分明闪过恐慌不安，像一只自知能力有限，又随时会扑上来撕咬敌人的幼狼。

"粥粥。"言秀华向前一步，改为拍他的肩膀，依旧笑着说，"不要这么敏感，妈妈最爱的人就是你了。"

"不逗你了，我们回家，我好想吃你外婆做的红烧鱼哦。对了，今天有鱼吗？前面有超市，我们顺路买一条回去吧，去了超市不给麦麦买糖说不过去，再买点糖果吧，粥粥你想吃什么，妈妈也给你买……"

言礼甩开言秀华的手，可甩开了她又挽上来，他再甩开，她再挽上，如此重复着。

言秀华每次说爱他的时候，都会开始絮叨生活琐事，乍一听跟普通的妈妈一样。

可是言礼太清楚了，他的妈妈跟普通的妈妈不一样。
普通的妈妈无条件爱自己的孩子，孩子长大了，会回应妈妈的爱。
他的妈妈，无条件让自己的孩子爱自己，而她从不回应。

2
言秀华强行挽着言礼进了趟超市，言礼从头到尾没说一句话，冷脸看她一个人表演。
有时候他挺佩服言秀华的，明知自己冷场，明知对方不想搭理她，她仍然可以自顾自说两人份的话，丝毫看不出来尴尬和寂寞。
他这辈子也修炼不到这种境界。
可买可不买的东西买了三个购物袋，结完账，言礼推着购物车走到超市大门口，闷声将三个大袋子拎出来放在地上，做完这些，他看了眼言秀华，她在打电话。
她总有那么多电话可以打，难道是电话打太多了，不管面对谁都像是隔着一个手机在交流，所以才那么自我吗？
言礼轻扯了下嘴角，漠然地收回视线，把购物车推到指定回收地点。
等他都走回去了，言秀华还在打电话，看那架势，不像是马上就能结束的。
言礼随便挑了两个购物袋提起来，抬步往外婆家走，既没有催促言秀华，也没有等她的想法。
走过街角，言秀华踩着高跟鞋追上来，嘴里喊着言礼的小名。
言礼脚步不停，没有应声，只当她在喊跟自己同名的人。
身后的脚步声倏地加快，等言礼抬头时，言秀华已经走到他的身边。
"粥粥，面对穿高跟鞋的女性，你应该多点体贴和耐心才可以。"
"拐弯抹角。"言礼看着前方的路，冷淡地回了她四个字。
言秀华问："什么意思？"
"穿高跟鞋的女性特指你，你想说的应该是这个，不是吗？"
"真聪明，不愧是我儿子。"言秀华表扬他的同时不忘给自己脸上贴金。
言礼不接茬，余光瞥见她两手空空，愣了一秒，问："剩下的那个购物袋呢？"
"啊！你提醒我了！"言秀华扯住言礼的袖子，指着来路的方向，"你快回去提，三个袋子那么重那么大，你都能提漏一个，真是拿你没辙。"
窒息。
不管多清楚自己亲妈到底是一个怎么样的人，每次面对她那任性自私到极致的一面时，言礼还是会感到窒息万分。
言礼用尽最后一丝耐心，努力平静地反问："所以你明知道是三个那么重那么大的袋子，为什么不帮忙提一个？"
"我提不动才追过来让你回去提嘛。"言秀华理所当然地回答。
言礼掂了下左右两只手的袋子，望着她："你觉得我还能提一个？"

"可以啊，加油儿子，妈妈相信你！"为表示鼓励，言秀华还冲他竖起了大拇指。

"砰"的一声。

言礼双手一松，两个袋子掉在了地上，里面一些圆柱形包装的食品顺着滚出来，散落一地。

"你做什么！"言秀华看着这一地狼藉，不可思议地对言礼说，"快捡起来，跟我闹什么小孩子脾气。"

"你买的东西，你爱提不提。"

一个薯片筒抵在他的鞋头，言礼一脚踢开，长腿一迈往前走，脚步越来越快。

言秀华恼怒的声音飘在风里，说来说去都是那些字眼，言礼早就听厌了。

为什么她偏偏要在过年的时候回来？

为什么他非得做她的儿子不可？

为什么人在做父母之前没有资格考试？

明明上个大学都要千军万马过独木桥来筛选人才，难道做父母是比上大学还要简单容易的事情吗？

没有人可以告诉他答案，就算知道了答案也毫无意义，言礼深知这一点。

但就是因为深知，才感觉更加痛苦。

院门被推开，正在庭院里烤肉的小姨见言礼一个人回来，停下手中的动作，启唇问："怎么就你自己，我们家大小姐人呢？"

"大小姐"这个外号是小姨特地给言秀华取的，褒义贬义五五开，一开始只有小姨一个人这样叫，后来全家人都觉得贴切无比，久而久之，连外公外婆也这样叫了。

"不知道。"言礼掀开门帘，低头钻进里屋。

"肯定又吵架了。"小姨继续烤肉，小声对身边的小姨夫说。

小姨夫笑道："你又知道了。"

"当然，一个是我亲姐，一个是我看着长大的，我什么都知道。"

"那他们吵架，你向着谁？"

小姨给五花肉翻了个面，果断地说："无条件向着粥粥。"

"另外一个不是你亲姐吗？"

"我帮理不帮亲。"

"说谁不讲理呢——"

人未到声先行，言秀华悠悠哉哉走进院子里，瞥见周围两方的小菜地，"啧啧"感叹："好好的花园又被老太太捯饬成菜园了，这强大的神农基因。"

小姨听完一声冷哼："你嫌弃你别吃地里长出来的东西啊，吃花去吧。"

"呀，这不是那个拉黑我的好妹妹嘛。"言秀华踩着小碎步过去，自来熟地搭上亲妹妹的肩膀，"真香，你要不改行开烤肉店得了。"

"起开。"小姨一把拍开言秀华的手,没好气地说,"原来大小姐还知道院门朝哪边开呢,您日理万机的,费这个劲回来做什么?"

"你好像很不欢迎我的样子。"言秀华转而看向小姨夫,笑眯眯地说,"妹夫,你肯定欢迎我的,对吧?"

小姨夫只负责笑,话由小姨一个人全说了。

"他肯定欢迎你。老麦这人你还不清楚嘛,热情实诚,别说今天来的是你,就算来只野猫野狗什么的,他也照样欢迎。"

庭院陷入寂静,只剩下刺啦刺啦烤肉的声音。

"几年不见,你毒舌起来还是这么伤人。"言秀华收敛了几分笑意,意味不明地感叹道。

小姨夫感觉尴尬,借拿菜之由,逃离了这个没有硝烟的战场。

"彼此彼此,几年不见,你还是不会说人话。"小姨学着她的语气,把话又抛了回去。

从小吵到大,言秀华就没赢过她这个亲妹妹,这次也一样,她不打算在这种小事上浪费口舌,转而问:"爸妈呢?"

"屋里。"

小姨扫了眼她空空的双手,嗤道:"逢年过节的也不买点礼物来,家不怎么回,倒没见你拿自己当外人。"

"我买了,半路上粥粥给我闹脾气全扔了,我哪提得动那么多东西。"

"哦,反正什么都是别人的错,你一点儿错没有就对了。"

"事实如此。"

"那只是你以为的事实。"

言秀华被挑起火来:"你别一副自己什么都知道的样子行不行,好像除了你以外的人都是傻子一样。"

小姨"哈"了一声,放下夹子,毫不留情地骂回去:"你这话说自己比较合适,要是'自私自我自以为是'有什么选拔比赛的话,你绝对年年拿第一,还是全球第一。"

"那你呢?要是'人没本事又好管闲事'有什么选拔比赛的话,你也绝对年年全球第一。"

"那当然了,在你面前谁都没本事,我就是一穷开店的,哪能跟你这个开大公司的老板比。"

"你有自知之明就别插手我和粥粥的事情,你说破天也只是一个小姨,我才是他的亲妈。"

…………

两人各不相让,声音越来越大,很快吵成一片。

原本在厨房布菜的徐婆婆听见动静,二话不说举着菜刀就冲到了院子里,对着大小女儿一声怒吼:"都给我闭嘴,要吵架滚出去吵,大过年的少来破坏全家人的心情!"

言秀华压下火气,带着笑甜甜地叫了一声妈。

徐婆婆"嗯"了一声:"进屋,洗手准备吃饭。"

言秀华笑意僵住。

"居然还知道怎么叫人。"

小姨低骂了声,被徐婆婆听见,举着菜刀又是一顿骂:"烤你的肉,少说一句话死不了人!"

"哦。"小姨冲言秀华翻了个白眼,转过身继续烤肉,内心持续骂骂咧咧。

徐婆婆拿着菜刀重新回到厨房,一切如常。

至于言秀华,在屋门口站了好一会儿才进去,谁也不知道停留的那几分钟,她究竟在想什么。

言礼进屋后就上了二楼,在他去年住过的房间窝着。

他在房间听见了小姨和言秀华吵架,听见了外婆骂人的声音,现在听见的是客厅里的家常寒暄。

言秀华跟三姑六婆们聊得很愉快,至少听起来是这样。气氛温馨得跟过年似的,每个人都在努力扮演符合过年气息的角色。

他可能是唯一不想上场表演的异类。

言秀华没有在场的每个春节,言礼都很喜欢。

言礼烦躁地从床上坐起来找耳机,翻了半天才想起来耳机在店里。

店里。

言礼摸出手机,点开边慈的头像,总想跟她说点什么,却连开场白都憋不出来。

他并不愿意让边慈看见他面对言秀华的那一面。

然而她已经看见了。

要装傻还是坦白。

装傻会伤害她吗?不知道。

所以要坦白吗?他不想提。

一盘死局。

烦躁感在空气中悄然滋生。

言礼刚把手机扔到一边,新消息提示音就响了起来。

边慈:图片.jpg
边慈:我要开始吃午饭啦,卖相不错吧?我照着网上的食谱做的。

言礼点开图片,是咖喱鸡肉饭。

他退出图片回复,一行字还没打完,新的消息又进来了。

边慈：尝了一口，好吃！我说不定是个平平无奇的做饭小天才。

言礼笑了声，删掉本来要说的赞美之语，改成了别的话。

言礼：给我留点，我当晚饭。
边慈：你不在徐婆婆家吃晚饭吗？

不想吃了，吃不下……
字没打完，言礼觉得不妥，又一次全部删掉，盯着屏幕顿了快一分钟才重新输入。

言礼：我馋咖喱鸡肉饭了，外婆没有做。

3
边慈回了言礼一个好，没有再问其他的事情。
他松了一口气，挥之不去的烦躁感终于被安抚。
什么都不问也是一种关心，这个时候与其被问"怎么了"，还不如听到一声踏实的"好"。
这是他之前安抚边慈的做法，没想到这么快就应验到了自己身上。
感觉并不差，应该说非常好。
"粥粥，吃饭了。"
门外传来外公的声音，言礼收起手机，走过去开门，脸上重新带起往日的笑。
空气中有红烧鱼的味道，闻着就有食欲。
言礼带上房间门，跟外公并肩下楼："外婆没让你给她打下手？"
"嫌我添乱，让你小姨去了。"眼看就要到客厅，外公在楼梯平台站定，细细打量外孙的表情。
外公身材高大，年过半百，背虽然有点驼了，精气神仍然很足，特别是板着脸不说话的时候。
言礼自诩心理素质还算不错，可被老爷子盯着看了这么久也有点发怵，他在脑内快速回想，近期并没有做什么错事，于是，试着问："外公，你是不是有什么话想说？"
"你现在心情怎么样？"外公不答反问。
这是什么心理访谈节目的开场白吗？说实话，言礼有点想笑。
他这个性格粗犷的外公跟这种细腻类问题实在是很不搭调。
可是现在笑出声，一定会被揍的。

今年的最后一天，言礼可不想挨揍，他只能强忍住笑，做出跟外公同款严肃凝重表情，回答道："还行吧。"

模棱两可的答案显然不能让外公满意。

"什么叫还行，好就是好，不好就是不好。"

言礼稍顿，如实说："那就是不好。"

"既然心情不好，为什么要笑得像心情很好一样？"外公一针见血地问。

言礼一怔。

为什么？

这种事情还需要理由吗？

"笑不好吗？"言礼问。

"心情好，笑正常，心情不好还要硬笑，反常。"

外公并不擅长宽别人的心，言尽于此，他拍了拍言礼的肩膀："吃完饭想回去就回去吧，只要开心，在哪儿都是过年。"

言礼沉默许久，最后低低地"嗯"了一声。

今年在外地的亲戚都回来了，两张桌子都不够坐，晚辈都被发配到茶几上吃饭。

言礼个高腿长，被表舅拉到都要喝酒的餐桌上，不知道他是不是有意的，空位就剩下言秀华旁边的那个。

"粥粥坐这儿，都成年了，来，陪舅舅喝两杯。"表舅给言礼拉开椅子，示意他坐下。

言礼站着未动，抬眼撞上言秀华的视线，后者正以看好戏的表情望着他，像是笃定就算他不情愿，只要她想，也一定会坐到她身边一样。

连吃个饭也要无聊地彰显她作为大人的无上权力吗？明明自己比谁都像个孩子。

太可笑了。

言礼冲表舅抱歉地笑了声，回头瞥了眼坐在茶几边，正在啃排骨的麦麦："舅舅你们喝，我酒量差喝不了，还得给麦麦挑鱼刺呢。"

表舅听了直笑："麦麦都多大了，哪还要人帮忙挑鱼刺。"

"当然需要。"麦麦举着肋排骨头，冲言礼招手，"哥哥快来，我的排骨吃完了，我要吃鱼！"

言礼顺势做出"你看吧"的无奈表情。

"行了，喝什么酒，回头把脑子喝坏了还怎么高考。"徐婆婆端着菜从厨房出来，往表舅身上补了最后一刀。

言礼完美"脱困"，回到茶几坐下后，麦麦悄悄凑过来邀功："看在咱们兄妹一场的分儿上，就俩哈根达斯。"

"一个都不行，被小姨知道了又得骂我。"言礼夹了块鱼肚子的肉放在麦麦碗里，"吃你的鱼。"

"小气鬼，早知道不帮你了。"麦麦不情愿地瘪嘴，用筷子有一下没一下地戳那块鱼肉，"大姨怎么突然回来了？"

言礼喝了口橙汁，淡声道："我哪知道。"

"她比以前更可怕了，一直笑啊笑啊的，就像老师说的那个什么老虎。"

"笑面虎。"

"对对对，就是笑面虎。哥，你以后不会也变成那样吧？"

言礼扔给她一个和善的眼神。

麦麦吓得后背一僵，忙低头吃鱼："你现在就很像了，好可怕的遗传基因。"

"我和她不一样。"

言礼放下杯子，听见隔壁桌子传来的笑声，垂眸，又重复了一声："永远都不可能一样。"

吃过午饭，大人们开始发红包，小孩们轮流拜年，家里比吃饭的时候还要热闹，言礼钻进厨房躲清静。厨台上堆满了餐盘和碗，过年总是这样，老人喜欢做好几天都吃不完的菜放着，菜越多，过年的气氛似乎也越浓。

他从柜子里拿了几个保鲜盒，挑了几样最好吃的菜装上，准备带回去给边慈尝尝。

言秀华不知道什么时候也进了厨房，见言礼在厨台前忙，奇怪地问："你要带到哪里去？"

"店里，我晚上不过来吃了。"言礼顾着装菜，连头也没有抬一下。

短暂的沉默。

"你就这么讨厌我吗？"言秀华倏地问起。

在言礼看来，显而易见的答案是不需要再回答的，所以他没有出声。

扣上最后一个保鲜盒的盖子，言礼用手撑开叠好的纸袋，将盒子一个一个放进来，轮到最后一个时，言秀华按住了他的手。

"如果是因为改志愿的事情，我可以跟你道歉。"

可以跟他道歉？

可以？

言礼抽出自己的手，把剩下的餐盒放进袋子里，抬眸看她："你本来就应该跟我道歉，而且不止改志愿这一件事。"

言秀华微微蹙眉："粥粥，我不认为这是你对长辈应该有的态度。"

"如果你非要用长辈的架子来压我，那我们没什么好谈的。"

"行，那我就心平气和地跟你谈谈。"言秀华换了一种语气，"改志愿和把你锁在家，我的方式方法是极端了点，因此伤害到你的自尊，我给你道歉。但是，这一切归根结底，我都是想让你变得更好。一条肉眼可见的光明大道，我铺在你面前了，你不走，非要去走偏僻小路，你口口声声说自己已经成年了，自己的人生自己做主，可你有没有反思一下自己的所作所为，到底符不符合成年人的身份?"

"肉眼可见?是谁的眼,是你的,不是我的,你到底什么时候才能跳出'你即全世界'的思维模式来看问题。"

"我所认为正确的路,我走过,我没有跌倒,我以成功人士的身份站在你面前,还不足以说明问题?"

言礼听完反笑:"那我要怎么证明?我们一起穿越到十年后,让你看一眼我有没有成为成功人士?"

"你不需要证明,我现在就可以告诉你,你是错的。"

"凭什么?凭你成功,还是凭你是我妈?"

"你不要跟我吵架。"

"是你明明在诡辩,还以为自己很有逻辑在跟我谈心。"言礼提起纸袋,越过言秀华,一副受够了的表情,"我们谈不通的,你别再管我了。"

"你是我儿子,我不可能不管你。"

"现在说得头头是道,以前怎么没见你服我管?"徐婆婆端着茶杯,不紧不慢地走进来,在言秀华面前站定,冷脸反问她,"自己做不到的事情,要求自己儿子做到,当年你说我们把想法强加在你身上,是不称职又自私的父母,你今天这样,跟我们当年又有什么区别?"

"妈,这不是一码事,年代不一样了……"

"怎么不一样?当年我们让你考公是铁饭碗,你不考,你要创业。现在你让粥粥学金融继承你的公司,是你口中的铁饭碗,他不要,他要学什么媒体……叫什么来着……"

言礼适时补充:"数字媒体技术。"

"对,就这个数字媒体技术,你嫌他不务正业,你告诉我这哪里不一样?你现在是很成功,你的成功不正印证了粥粥的选择是正确的吗?跟父母唱反调才有光明前途,你当年这样选,凭什么不让你的儿子也这样选?你刚才不就是嫌他跟你做的选择不一样吗?可说到头,你们做了一样的选择,你怎么还是不满意?还是要指责他?好话道理都让你一个人全占了,秀华,没有你这么做母亲的,她是你的儿子,不是你的下属。"

"这太荒唐了,妈,我给你打个比方,一个有能力做科学家的人,他非要去搞艺术,这难道不是犯傻吗?父母眼睁睁地看着他偏离正轨还不及时纠正,这难道不是作为父母的失职?"

徐婆婆听完直摇头:"如果那个人自己不想做科学家,再多人认为都没用。"

"你太偏心了,轮到粥粥你就这么讲道理,当年你们又是怎么对我的?我要嫁给谁你们都要插手,可是妹妹呢,找个开文具店的你们都乐意,反正在你们眼中我做什么都是错的!"

"我们插手你也没听啊,你是嫁给那个姓许的了,可是结果呢,结果怎么样了?"

言秀华骤然语塞。

"外婆。"言礼拎着纸袋,从两人中间走过,淡淡地说,"我回去了,晚上就不过来了。"

徐婆婆意识到自己情急之下提了不该提的人,心生愧疚:"粥粥,外婆不是有意——"

"没事,新年快乐外婆,我明天……过两天再过来吃饭。"

"好……"

边慈吃完午饭后,闲着没事,决定给店里打扫卫生。

她先用吸尘器吸了一遍灰尘,然后用拖把再拖两遍,平时就觉得店里面积大,一打扫起来,面积似乎又大了两倍。

打扫完教辅区,边慈去卫生间洗拖把,路过店门口时,听见感应装置响了一声,她以为是客人,抬头看去,结果是言礼。

"你怎么这么早就回来了?"边慈拖着拖把走过去,笑着问。

言礼将纸袋放在吧台,低低"嗯"了一声,话特别少。

"我给你留了两份咖喱鸡肉饭。"边慈主动打开话题,抬头冲他笑道,"因为做得太好吃啦,我觉得你肯定会超捧场吃两碗的。"

"好。"

言礼阖上眼,过了好一会儿又睁开,轻声叫她的名字:"阿慈。"

她"嗯"了一声:"在呢。"

"我今天有没有吓到你?"

"听实话吗?"

"对。"

"有一点儿。"

"你想听的话,我就告诉你全部。"

边慈笑着摇摇头:"你不想说的话,我就不想听,你想说的话,我随时都想听。"

4

言礼没有消沉太久,缓过来后接手边慈的活,把店内剩下的卫生给打扫了。

其间言礼的手机响了几次,他都没有接,任由手机在前台桌上响。

铃声是手机自带的,平时听着不烦人,可放在现在这种氛围里,它每响一声,就把言礼的耐心磨去一分。

很显然,他的耐心已经所剩无几。

于是,边慈自作主张把他的手机调成了静音,放在自己手边,言礼拿着拖把来来回回,看不着也听不见。

手机屏幕亮了暗，暗了又亮，未接来电都是言礼的家里人，从小姨小姨夫到外公外婆，还有一个陌生号码归属地在帝都。

边慈想到言礼去年考上的财大也在帝都，所以这个号码很有可能是言礼妈妈的。

看来关系真的很差，连手机号都没有存在通讯录里面。

在徐婆婆家里具体发生了什么边慈并不清楚，但看这轮番给言礼打电话的阵仗，事情估计不小，而且还是很难收场的坏事。

不断进电话的状态持续了好几分钟才结束，边慈暗自松了一口气，从电脑屏幕后面探出头观察正在拖地的言礼，他看起来跟平时没有区别，只是……

这个地方他已经拖第三次还是第四次了？

唉。

也仅仅是看起来跟平时没有区别而已了。

边慈正发愁怎么打破僵局的时候，放在衣兜的手机突然响了一声。

很短促，等她拿出来又响了一声。

是小姨发过来的短信，两条间隔不到半分钟。

小言阿姨：阿慈，粥粥回去了吗？

小言阿姨：如果可以的话，下午你们出门玩一玩，别让他自己待着，费用我全部报销。

边慈给手机设置好静音才打字回复。

边慈：回来了。那下午我带他出去看电影吧，报销就不用了，正好我也想看贺岁片。

小言阿姨：阿姨请你们看，别给我省钱，想怎么玩就怎么玩。

边慈：谢谢阿姨。

心领了。边慈在心底悄悄补充。

等言礼打扫完店里的卫生，见他终于闲下来，边慈走到他身边，笑眯眯地提议："粥粥，我们出去玩吧。"

说起来也蛮神奇，相处这么久了，他们两个还没单独出去玩过，平时凑在一起除了学习就是学习。

"好。"言礼露出一个笑问她，"你想去哪里？"

"先去看电影。"

边慈推着他的背往二楼走，看起来期待满满："快去收拾一下，五分钟后我们就出发。"

"五分钟够吗？"言礼回头看她，语气调侃。

边慈停顿了片刻，很快改口："那就二十分钟。"

言礼当即笑出声："这么隆重，那我要认真期待一下了。"

"收起你的认真！这样搞得我好紧张。"边慈放下手，越过言礼身边，抢先进了屋，走廊传来她的尾音，"十分钟，十分钟我就好！"

边慈带上房门直奔衣柜，三两下把冬季衣服都摆在了床上，然后挨个试过去。

其实出去玩说穿了也就是看看电影逛逛街吃吃饭什么的，除了目的和环境不同，跟他们平时相处差不多。可是细想一下，这大半年，她都没有在他面前特别注意过自己的形象。当然了，就算她想注意，发挥空间也有限，大部分时间都在学校，学校里能穿的只有校服。

试到最后，边慈挑了一件咖啡色毛衣裙穿上，外搭短款白色羽绒服，简单搭配反正不会出错。

换好鞋子，边慈去卫生间对着镜子涂口红，顺便理了理头发，端详几秒总觉得有点空，出门前挑了顶贝雷帽戴上。

搞定一切，她看了眼时间，不多不少，刚好十分钟。

门一打开，倚在门边的言礼偏头看过来，眼神定了几秒，笑道："很好看。"

边慈垂眸回应："你也是。"

"是什么是，你都没看我。"言礼在她面前站定，丝毫不给她腼腆的机会，"你看一眼再评价才有说服力。"

边慈慢条斯理地抬起了头。

大衣外套内搭毛衣，牛仔裤，这身穿搭褪去往日的学生气，更加高挑英俊。明明是一张每天都能见到的脸，边慈的心跳还是没出息地加快了，尤其是在注意到毛衣是白色，大衣是咖啡色之后。

"你怎么……我也是……这个颜色……反的……"语无伦次一番，边慈捂嘴看向旁边，小声嘟囔，"你学我……"

"是心有灵犀。"言礼纠正边慈的措辞。

两人前后脚下楼，关了店门，步行去地铁站。

刷卡进站，运气不太好，正好碰上一班地铁关门出站。

新的一班需要等五六分钟，两人走到车尾的位置，相较于中间，两头的人会少一些。

站在安全线外等待，边慈抬眸看站台信息，回想商场的位置，太久没去那片区域，她有点摸不准在哪个站下车："我们是在那个——"

"我小姨联系你了对不对？"

几乎是同时开口。

言礼说完才意识到打断了她的话："抱歉，你先说。"

"对。"边慈回答。

"什么？"言礼一怔。

"阿姨是联系我了，让我下午带你出去，不能让你一个人待着。"

原本就不是什么需要隐瞒的事情，既然他问了，她就顺便说："虽然是'受人之托'，不过想单独跟你出来玩也是真的，阿姨说费用她全部报销，我没好意思要。"

"有什么不好意思的。"

边慈笑了声："目的不纯，阿姨是让我带你出来散心，可我带你出来是为了让你陪我玩的。"

地铁站人来人往，边慈说到后半句时，有一群人从他们身后路过，说话声音不小，她想，言礼大概没有听见她说了什么。

等那群人走远了，言礼才问："你刚刚说什么？"

边慈神色淡然地改口："我说，阿姨是让我带你出来散心，说是带你，我也享受其中了呀，所以不好意思要她来掏钱。"

"这样啊。"

"就是这样的。"

言礼不动声色往边慈那边挪了两步，胳膊抵住她的肩膀。

边慈还在研究站点名字，眼前突然出现一张熟悉又俊俏的脸。

四目相对。

言礼倏地笑了，意味深长地反问："刚才我听见有人说出门是为了陪她玩，奇怪，那个人不是你吗？"

故意的。

这人绝对是故意的。

"你可能……听错了吧。"边慈移开视线，心虚地说。

"那太遗憾了。"言礼叹了一口气，面露失望，"我以为是你说的，感觉半年份的好心情都有了。"

半年份的好心情？一句话分量这么重吗！

那她现在否认，岂不是变成了罪人！

边慈的罪恶感油然而生，立马改口："没有没有，你没听错，就是我说的。"

"可你刚才说你没有……"

"我那是不好意思，骗你的，就是我说的。"边慈抓住言礼的袖口，紧张地问，"怎么样？那半年份的好心情回来了吗？"

言礼点头："回来了。"

5

地铁即将进站，客流量比刚才多了好几倍，有的人借着他们之间的缝隙往前挤，眨眼间的工夫，边慈被挤到了两米之外。

没有哪一刻，会比现在更让她强烈感觉自己就像一张纸片。

眼看着言礼的后脑勺离自己越来越远，边慈心里干着急，拼命往前却还是一直在往后走，听见不同的人催促着"借过""让一让"，别人挤得轻松，唯有她是个例外。

很快，连言礼的后脑勺都看不见，边慈真的着急了，提高嗓门在人群中喊："粥粥——"

环境嘈杂，她自以为的大喊如石沉大海。

没有得到回应，边慈准备掏手机打电话，倏地，人群中伸出一只手牢牢握住了她的手腕。

来不及看清是谁，边慈已经被一股强力带到了他的身边。

言礼只能护着边慈，他个子高，在人群中行走远比她轻松许多，很快，他们又回到了最初的位置。

而这时候，地铁也开门了，先下后上，言礼见下车的人走得差不多的时候，领着边慈率先进了车厢，很幸运，还占到了一个空位。

言礼按着她的肩膀让她坐下，自己抓住头顶的扶手，站在她的身前，仿佛一道保护墙。

车厢很快塞满了人，密集到跟同伴说句话，周围十来个人都能听见的程度。

虽然不是每个人都会注意她这里，比起听无关紧要的人聊什么，还是玩手机比较有意思。

下车的地方是个换乘站，人流量也很大，边慈被言礼护着，勉强没有走散。

到出站闸机口时，要各自刷卡出站，言礼前一秒松开边慈，下一秒她就被挤到了五个人之外。

边慈踮脚冲言礼挥手示意他先走，言礼回过头，只在人群中看见了一双一闪而过的细胳膊。

以后还是打车吧。言礼心想。

经过这一遭，边慈真切感受到自己真的不会"挤位置"这门技术活，连着两三次，闸机就在自己眼前，身后的人一拥上来她又被挤到了旁边。

地铁管理员在旁边维持秩序，见她站在两个闸机之间，走过来提醒："不要硬挤，按次序排队。"

边慈以为他在说自己，忍不住解释："我没有挤。"

"没有说你。"管理员拦了一手边慈身边的人，随后朝她递了个眼色，"走这边，过来刷卡。"

边慈照做，顺利出站，对管理员笑着说了声谢谢。

"不客气，地铁人多，别一直想着让，太有礼貌很浪费时间的。"管理员说。

"好。"

边慈四处张望，注意到站在出站标志下面的言礼，拔腿跑过去："粥粥。"

"一会儿回去不坐地铁了,人太多了。"言礼说。
边慈点头:"平时没这么多人的。"

6

看完电影,边慈拉上言礼去负二楼逛超市,买了些零食,留着晚上看春晚的时候吃。

结完账,从商场出来,时间接近六点,冬天黑得早,傍晚看起来像已经入夜许久。

店主一家要在徐婆婆那里吃了晚饭才会回店里,边慈中午一个人吃得相当凑合,现在回店里再做饭有点麻烦,她简单扫了眼附近的饭店,提议道:"要不然我们吃了晚饭再回去吧?"

言礼片刻没多想,坚定拒绝:"我想回去吃你做的咖喱鸡。"

边慈愣了几秒,腼腆笑道:"你果然好捧场。"

"我不是在说好听的哄你开心,我是真的想吃。"言礼温声纠正,带着边慈往出租车停靠点那边走,"打车回去,我好饿。"

看电影的时候吃了不少东西,言礼现在完全不饿,边慈对此心知肚明。

但她没有拆穿他。

不管是出于想吃还是捧场,不管打车是因为饥饿,还是因为不想再被挤散第二次,她都从细节里体会到了温柔。温柔面前,较真是非常多余的事情。

边慈顺势提议:"那回去再做点烤翅好了,冰箱里有两包,我们多做一点儿,晚上阿姨他们回来也可以吃。"

言礼应了一声好,笑意渐深。

这人的心思也太好懂了。边慈捕捉到他的细微表情,佯装挽耳发,实则偷笑。

"你在笑什么?"言礼倏地问。

边慈轻咳一声,尽量正经地回答:"没什么,只是看见你就心情好,心情好就会笑。"

话音落,两个人都陷入沉默。

视线交汇,四目相对。

一瞬间,两个人说不上哪来的默契,跟直面了太阳光似的,以最快速度扭过了头,谁也不再看对方。

及时赶来的出租车将沉默打破。

言礼略机械僵硬地拉开后座车门,没看边慈的眼睛,只低声说:"上车。"

"好……好的。"

差点脱口而出一句谢谢,边慈及时打住,弯腰上车,坐到最里面,言礼随后跟上,在超市买的东西放在中间,变成了一道无形的屏障。

车刚开没多久,边慈就开始犯困,不知不觉睡着了,不到四十分钟的路程,甚至还做了一个梦。

言礼叫醒边慈,付钱下车。

冷风一吹,边慈清醒不少。

连说三句话,也没听见边慈的回答,他停下脚步往旁边看,无人,回头,本该走在身边的人,落后了好几步。

言礼无奈地叹气,退回去,问:"在想什么?都快原地踏步了。"

边慈反应慢半拍,"啊"了一声,顿了几秒,才抬起头回答他:"想不起自己做的梦了,只记得梦里的感觉。"

言礼失笑:"正常的,你要听科普吗?"

"不听,我就是单纯好奇梦的内容。"

"那感觉是好还是坏。"

"非常好。"边慈跑到言礼前面倒着走,笑着说,"就是好到感觉走路都轻飘飘那种,真想知道梦见了什么,我好久没有这样的感觉了。"

"这样不是挺好的吗?"言礼注意到她后面的小石子,拉了她一下,防止她踩到摔跤,"如果内容没有期待中那么好,你原有的快乐感就会下降,还不如不知道,越刻意越难如意,反过来也成立。"

"你怎么这么会讲话啊。"边慈由衷地感慨,眼底带着崇拜的光。

言礼平白被她看得不好意思:"没有,我随口一说的。"

"就是这种随口一说,你总能时不时说一些让我豁然开朗的话。尽管也是道理吧,不过不像硬塞鸡汤过来让我喝,更像是……嗯……"

边慈说到一半卡壳,前调起得有点高,言礼异常期待她的后话。

"像是什么?"

"我想想,有什么贴切的比喻。"

老天爷显然不想让边慈如愿,阴沉一整天,这场雨终于在夜里落下。

雨势汹汹,伴着寒夜的风,气温骤降。

本该悠闲散步的一段路,以冒雨狂奔收尾。

店里一片黑,小姨他们还没回来,言礼带上门,摁亮总开关,快步走进一楼卫生间,取了两条干毛巾,头上盖着一条,另一条给了边慈,让她擦头发。

言礼随便擦了两下头发了事,片刻不歇,又钻进了厨房,很快,端出一杯热水来,递给边慈。

"不用喝,没有淋很久,进店淋不着雨就足够了。"

"远远不够。"言礼把杯子放在她手里,语气很坚持,"喝完上楼换身衣服,别感冒了。"

言礼身上淋得远比她多,边慈捧着玻璃杯,抬眼看他:"你不喝吗?左边头发还在滴水,再擦擦。"

他拿起毛巾,应付了事擦了两下,盯着边慈有没有喝那杯热水,反过来,边慈也在盯着他。

这样互相监督的对视持续了五六秒，言礼先败下阵来，举手投降："我喝我喝，我现在就去倒，你也赶紧喝。"

"快去。"边慈满意点头。

水有点烫下不了嘴，用来暖手刚刚好，边慈捧着玻璃杯送到嘴边，有一下没一下地吹着。

店铺的卷帘门没有打开，坐在店里能听见雨滴落在周围雨棚上的声音，噼里啪啦地响。

雨势没有丝毫减小，街上肯定还有人因为这场突如其来的暴雨而奔跑。

她是幸运的，还有闲心捧着热水杯思考这种问题。

边慈轻笑了声，喝下一小口热水，被风吹冷的身体快速回暖。

喝完水的言礼迈着慵懒的步子走过来，笑意在瞥见边慈手里依然满满当当的水时淡了几分，他站在原地，不满地反问："我都喝完了，你怎么还没动？"

边慈无辜看他："烫舌头，我吹吹再喝。"

"烫？"不满的情绪褪去，他似乎为自己的疏忽和刚才语气不太好的质问感到愧疚，对她说了声抱歉，走过来朝她伸出手，"杯子给我，我去加点冷水。"

"我想到像什么了。"边慈指着手上这杯热水，"像这个。"

言礼一脸不解。

"我的负面情绪、我的困惑迷茫，就像外面的大雨，他们总是来得突然又猛烈，我毫无准备地奔跑在雨里，后来我进了一家温暖的店，我觉得有避雨的地方已经足够，有人说远远不够，下一秒，我得到了一杯热水。

"很多时候，你就像这杯热水。"

边慈仰头喝完了这杯水，脸被热水暖得红扑扑的，她放下杯子，说："所以，明年不管下几场雨，我都不会害怕了。"

第十章　小天鹅在湖面优雅起舞

> 边慈坚定地看着言礼的眼睛："我渴求的、无法企及的温暖，被你亲手捧到我面前，安抚了自卑怯懦的我，造就了想要努力发光的我。"

1

寒假转瞬即逝，新学期开始，距离高考已经不到 150 天。

凡事只要加上"最后"两个字就变得不同，人会不自觉赋予它特别的意义。

比如，高中最后一个元宵节，高中最后一学期，高中最后一个春天。

步入三月，二诊考试前，致远楼下的银杏树冒出新芽，枝丫长出扇形小叶片，从教室的窗户往外看翠绿的一片，充满生机活力，吸引不少学生拍照留念。

原本不是什么稀奇事，银杏树也随处可见，不过对于备考生来说，在枯燥乏味又伴随焦虑的生活中，一点点微小可喜的变化都可以慰藉内心。

"说起来，这是我们最后一次看这棵树发芽了。"

下午的课最容易犯困，趁着课间，边慈又到阳台洗了一次冷水脸，关上水龙头，听见身后的明织在感慨，她忍不住笑了声。

"你怎么也开始说这种话了。"

看她洗完，明织顺便过去冲了个手，一边冲一边问："哪种话？"

边慈摸出纸巾擦脸："就凡事都习惯用'最后'造句，前两天你不是还跟我吐槽过学委吗？说他成天'最后最后'的，跟老头儿一样。"

"哎呀！"明织关上水龙头，边慈递给她纸巾，她接过擦了两下，团成团在手里玩，"都怪他天天这样念叨，我都被传染了。"

"我去年离开二班的时候，也在这里看过树，那时候快到秋天了，树叶比现在绿很多，不过当时挺伤感的。"

"是嘛，除了掉叶子的时候，我不怎么注意这棵树。"

"纠正一下。"边慈侧头看她，"是除了掉叶子和临近毕业的时候。"

明织怔了怔，随后笑道："对。我感觉时间过得好快呀，特别是过完年返校之后，一眨眼二诊了，等我再眨眼，就到高考了。"

知道明织在开玩笑，边慈浮夸地回应："那你先不要眨，我还没准备好。"

上课铃响起，两人往教室走。

明织瞪大眼睛做了个怪动作："哈哈哈，好，我用透明胶把眼皮贴着，你必须考个重本回报我啊。"

"行，你静候佳音吧。"

"真好。"明织恢复正常表情，面露欣慰。

边慈不解地看她："什么真好？"

"以前我说这种话，你肯定会回答'我不行的'，这样自信一点儿就很好，阿慈你要一直这样。"

边慈倒没意识到自己的变化，听明织这么说，没经细想就说："我并不确定自己能考上，多说说这样的话，算是给自己鼓励吧。"

"你肯定考得上。"明织拍了下边慈的肩膀，往自己的座位走，"这句话我也会经常跟你说的。"

边慈拉开椅子坐下，回想明织的话，好几秒过去，自顾自笑起来。

大考前她总是控制不住焦虑，害怕自己离开二班，可正因如此，她总能收获来自友人的鼓励安抚。

"什么事这么开心？"趁老师没来，言礼伸手敲了下边慈的课桌，小声问她。

边慈简短地跟他复述了一遍，言礼听完，跟明织做了同样的事情，说了同样的话："你肯定考得上。"

边慈笑着说好，回过头准备收心上课，没想到他还有后半句没有说。

"……今年我们要一起看雪。"

看雪这件事聊得随意，边慈反应了好几秒才想起来，无奈道："你居然还记得，我都快忘了。"

"嗯。"言礼翻了一页书，懒懒的语气带点恼，"我知道，仙女多忘事，我替我们记着呢。"

边慈听完趴在桌子上笑，等老师写板书的时候，扔了一张小字条给他。

看你这么可爱的分儿上，我也会牢牢记住的。

言礼看完，提笔写了几个字，给她扔回来。

认真上课。

好严肃好正经啊。

边慈收起字条，故意多等了一分钟左右，才往言礼那边偷瞄。

别看某些人埋头写题，学得比谁都认真，其实明明在偷笑！

太好哄了。

傲娇怪是人间宝藏。

二诊前一天不用上晚自习，下午下课直接放学。
小姨利用这个空当，又提着鸡汤来宿舍看望边慈。
自从过年边慈夸了她炖的鸡汤好喝之后，每半个月她都会来送一次。
边慈盛情难却，本来想了个折中办法，让言礼转交，不用麻烦小姨跑一趟。可是小姨听了立刻拒绝，说要赶着饭点送过来口感才最好。
说是送鸡汤，其实每次还有好几样别的菜，分量足够宿舍四个人吃，次数多了，连室友偶尔都要念叨两句，边慈你小姨什么时候送好吃的来呀。
边慈真不知道该怎么回答才好。
实话越描越黑，谎言说得心虚。
"来，拿着，店里还有点事，我就不上去了，听粥粥说你们明天又是大考，要加油啊。"
"好，谢谢阿姨。"
除了保温桶，还有一个沉甸甸的纸袋子，边慈接过粗略扫了眼，是不同种类的坚果，壳已经剥好了，可以直接吃。
边慈眼眶一热，把纸袋推回去："阿姨，你上次送我的牛奶还没喝完呢，这些你拿回去和叔叔吃。"
"牛奶是牛奶，坚果是坚果，读书费脑要多补补，我和你叔叔没这个需求，你留着自己吃，吃不完分给室友。"
说室友，室友就来了，跟着老远跟小姨打招呼，还打趣边慈有口福。
小姨被夸得很开心，大方地说："都有都有，我按四人份准备的，每个人都喝一碗。"
"谢谢阿姨。"
"边慈你小姨太好了，羡慕。"
等室友进宿舍楼了，边慈面露为难地跟小姨解释："她们误会你是我的小姨了，我回头跟她们说一下。"
小姨表示理解："不用说，这样简单点，我平白多了个侄女高兴还来不及呢。"
"我也是。"
边慈暗自记下这份情，以后一定要找机会报答回去。

二诊结束，边慈考了年级第42名，成功留在二班。
这次离开二班的人很少，只有两个，何似是其中之一，她考了第51名，就连关飒在班上做考试总结的时候都说很可惜。
规则当前，没有人情可讲，跟何似相熟的人，课后安慰了她两句。
大课间做广播操，何似没参加，留在教室收拾东西，下节课就要去隔壁四班上课了。

边慈随便找了个借口请假，也留在了教室。

她一走近，还没来得及说开场白，何似就一眼看穿了她的意图并干脆拒绝："我东西少，不需要你帮我。"

"好吧。"

边慈早就知道会这样，幸好留有后招。她回到座位，拿上准备好的东西，重新走到何似的座位旁边。

"你要哪支？"

"啊？"何似忙中抬头，看见边慈递过来的两支中性笔，一个狗头一个猫头，莫名其妙地问，"你做什么？"

"送你的，快挑，猫还是狗？"

"你送我笔做什么？"

"上次我离开二班前，小织也送了笔给我，后来我就考回来了，很灵的。"

第一次碰见这么单纯的人，何似花了半分钟组织语言，好笑地反问她："你健忘还是学傻了？我和你、你和明织，能一概而论？"

"一支笔而已，没必要上升到那种高度吧。"见她磨磨叽叽话还多，边慈擅自替她做了选择，将猫头图案那支放在她的笔袋里，"这支归你，虽然你的性格比猫还别扭。"

何似直接说："就算不提言礼的事儿，我也还在背后阴过你。"

边慈"嗯"了一声，等着她的后话："是啊，怎么了？"

"你居然还问怎么了。"

槽多无口，何似一时之间不知道该说什么好了。

"反正我过去了，说实话，我并不讨厌你，虽然你有时候说话挺坏的。"

"只差一名的话，三诊考不回来就有点说不过去了。"

东西送出去了，想说的话也说了，边慈了却一桩事，正要轻松退场——

"下次我肯定考赢你，总有一件事，我要赢过你……谢了。"

边慈弯腰，凑近了问她："嗯？赢过我后面是什么？"

"……谢了。"何似闷声憋出两个字。

边慈不满地说："听不见欸，你说大声点，这里又没其他人。"

何似耐心耗尽，瞬间炸了，冲她喊道："你耳背啊，没其他人都听不见，听不见算了！"

"不用谢。"边慈冲她晃了晃手上那支狗头笔，得逞地笑道，"加油吧，我不会让你轻易考赢我的。"

何似"噌"地站起来，面子上过不去，气得更狠："你明明就听见了！"

"咦，是吗？我瞎猜的，你真的对我说谢谢了？"边慈继续装无辜。

何似半信半疑，犹豫了几秒，还是否认："我没说。"

边慈失望摇头:"真没礼貌,人家送了礼物给你,连声谢谢都不说。"

"是你自己耳背,还怪我没礼貌,边慈你讲不讲理?"

"你不是没说吗?"

点到为止,边慈借接水之由离开教室,变相给了何似一个台阶下。

等她接完水回教室,何似已经收拾好东西离开了,留下一个空课桌在那里。

一会儿会有新同学来,课桌很快就会被填满。

走班就是这样,抹去旧同学存在过的痕迹,也就是一个课间的工夫而已。

边慈叹了一口气,放下水杯坐下来,发现没来得及合上的练习册上贴了一张便利贴。

狗头形状的便利贴,几分钟前才在何似的桌子上见过。

便利贴上写着一行正楷字,一笔一画工工整整:

谢谢,还有,对不起。

2

何似到四班的时候,教室里有五个人,看起来是其中一个要去其他班级,另外四个人在跟她道别,帮她收拾东西。

何似没有介入这种煽情场面的兴趣,随便挑了个已经清空的位置坐下。

比起二班,四班走的人更多。走班就是这样,一旦频率稳定,越前面的班级流动性越低。

想到这儿,何似对自己考了个第51名这件事更加憋屈。

"好巧,我们分到一个班了。"

左边传来一道陌生的女生声音。

何似抬眸望去,对上一张齐刘海齐耳短发的脸,鼻梁上略显厚重的黑框眼镜,衬得她这个人越发瘦小。

这个可以当作好学生模板的气质,何似可忘不了,只不过突然间想不起她的名字,陷入卡顿。

"我是佟默,以前吃过几顿饭,跟曹静安一起。"她说。

何似回想起来,复杂地看了她一眼,随后低下头继续收东西,不咸不淡地应道:"哦,是你。"

亏佟默能把这种搬不上台面的事情这么直接讲出来,若是不知道喷漆事件的人,可能还觉得佟默这人挺善解人意。

可惜了,何似是知情者。

佟默才没有看上去那么老实。

"我听说了,你二诊考了第51名,二班只走了两个人,你是其中之一。"佟默并不在意何似的冷漠,拉开椅子坐下,用平常的语气与她闲聊。

何似手上的动作一顿，虽然是事实，但这听起来并不是令人愉悦的话。

何似压住火，选择无视。

"你跟边慈一起从十二班考到二班，我记得她去年年底请了好久的假，没想到回来后成绩还是这么稳定，有人帮忙辅导真好啊，你明明也很努力，只差一点儿就可以继续跟言礼做同班同学了。"

佟默说话的语速不快不慢，配上阴阳怪气故意引战的内容，挑拨别人的情绪确实不是难事。

何似终于明白，以前曹静安为什么总对佟默说的话深信不疑了——她就是有一种窥见人心阴暗面的能力，并且懂得怎么把人悄无声息往阴暗里拽。

高手。

没生在古代参加宫斗真的屈才了。

何似拿出书包里最后一本书，塞进抽屉里，淡淡地笑了声："好有道理，你继续说。"

佟默冲她笑了笑："我说完了，你不要气馁，三诊肯定就考回去了，对了，我能坐你旁边吗？我看了年级大榜，你英语考了143分，只比边慈少5分，好厉害哦。"

"你跟我说实话。"

"什么？"

何似翘起椅子，凑到佟默眼前，似笑非笑地问："三句话不离边慈，你暗恋她啊？"

佟默表情僵住，莫名其妙地说："你胡说什么，怎么可能！我为了跟你搭话才讲她的。"

"这样啊，那我也说两句好了。"何似坐回去，模仿她说话的语气，"说起来，去年边慈刚转到二班没多久，语文就考了年级第一，然后当了课代表吧？那个课代表本来是你的。哦，对了，在边慈转来之前，我记得语文单科每次年级第一都是你，你也好厉害哦。

"啊，我还记起来了，喷漆那件事之后，边慈主动转到十二班，后来学校恢复高三年级的走班制，一诊她就考回二班了，不过那时候，你好像不在二班了吧？

"这次你考了第几名呀？都冲到四班了，再加把劲，说不定三诊你就去隔壁了。"

连着几句话说得佟默的脸白了又青，青了又黑，何似暗爽不已。她从来不认为自己是善人，也不反感跟人玩阴的。

"你那么喜欢言礼，不会连他到底喜欢谁都不知道吧？"佟默另起话题。

何似心想，她怎么可能不知道，她还是第一个知道真相的人。

去年那口玻璃碴儿，扎得现在心口都疼。

可也轮不到不相干的人来议论她的感情。

"你那套在我这里不管用，我跟人玩心计的时候，你还在背课文呢妹妹。"何似打开笔袋，瞥见边慈送她的那支笔，顿了几秒，抽出来放在桌面上，"你在盘算什么我没有兴趣，更别想带上我。高考不到三个月了，我劝你也安分点，努力考个好大学，出去见见世面，心胸自然就开阔了。"

"你有什么资格对我说教？好像自己没做过龌龊事一样。"话已经说开，佟默也不再戴着那张良善面具，回了何似一个冷笑。

"我做过，我知道自己是个恶人，对同类指一条明路也算是积德了。"何似翻开练习册，在进入学习状态前，最后对佟默说了一句话，"我对一个人的喜欢，不是得不到就要摧毁的喜欢。"

越靠近六月，学校对高三生的管理越严格，时间在数不清的小考中飞速溜走，回看四月，用明织的话来说，似乎就是一眨眼的工夫。

三诊定在五月中旬，高考前最后一次省级大考，难度最贴近高考，全校上下都极其重视。

四月底的一次高三教职工大会，不知道是哪个领导起的头，提议三诊前，在学校内部进行一次摸底考试。

内部出题，内部排名，给考生心里留个底，考得好继续保持，考得差继续努力。考试永远不会被学校嫌多，提议很快通过，隔了一周就开始考试。

然而，这场摸底考试高三年级考得前所未有的差。

成绩退步的学生依次被班主任叫去谈话，平均分下降的班级，班主任又被年级组长训话，一层压一层，高三年级的气氛紧张而低迷。

除了抓学习，纪律和学生作风也成了学校高度关注的点，在校园里，如果被老师看见，哪个女生跟哪个男生走得很近，必定被叫住问话。所以，言礼和边慈虽然同班，但每天单独说话的机会也只有晚上睡前互发消息而已。

三诊前的周末，小姨邀请边慈去店里吃饭，托小姨的福，边慈和言礼才真正见了一面。

吃完饭，小姨留边慈在店里住，无奈边慈没有事先请假，只能回学校宿舍。

言礼送边慈回宿舍，边慈谨慎小心，在靠近五中的路口跟他说再见。

"要是明天高考就好了。"言礼徒生感叹。

"很快就到了。我走了，你也回去吧，周一见。"

言礼"嗯"了一声，脚步未动："我看着你走。"

他向来如此，说不动，想让他早点回去的话，她只能走得快一点儿。

边慈强忍住回头的冲动，连走带跑，消失在路口。

直到看不见边慈的人影，言礼才转身往回走。

三诊结束，第二天照常上课。

第一节课是化学，任课老师因病请假，改上自习。现在自习课关飒已经不怎么来教室了，学生的学习主动性前所未有的高，不需要外力监督。

自习上到一半，关飒一反常态来到教室，还是从后门进的，进来直奔言礼座位，弯腰对他说了点什么。

言礼放下笔起身，前后脚跟关飒离开了教室。

边慈离得近，关飒跟言礼说了什么，她听得很清楚。

"有点事问你，跟我来趟办公室。"

关飒说完这句话，视线有意无意地往边慈身上扫了一眼，快到她以为是自己的错觉。

这个小插曲前后不到一分钟，班上有些人都没注意到，注意到的人也没往心里去，在这个节骨眼，没有比高考更重要的事情。

边慈对关飒那个眼神有点介意，剩下的半节课不怎么在状态。更糟糕的是，直到下课言礼也没有回教室。

不祥的预感油然而生，又忍不住心怀侥幸，边慈坐立难安，拿起水杯，装作去接水的样子，从办公室门口路过。

跟她预想的不一样，办公室的门大开着，学生老师进进出出，跟平时毫无差别。关飒和言礼都不在里面。

边慈握紧水杯，不安感越发强烈。

言礼是在第二节课的课间回来的，关飒后他一步进了教室，先找第一排排头的男生说了几句话，那人听完后，转头看了眼最后一排的边慈，然后轻点了头，开始收东西。

边慈还没来得及跟言礼说上话，关飒已经走到最后一排来了。

"边慈，你跟徐畅换个座位，坐第一排去。"关飒对边慈吩咐道。

边慈一怔，试着问："为什么要换座位？我坐这里能看见黑板。"

"没有为什么，收拾东西，下节课就坐过去。"关飒板着脸，完全不给边慈反驳的机会。

气氛微妙，边慈感觉自己已经猜到了九成，她不占理，除了照做别无选择。关飒在教室停留了一会儿，见徐畅和边慈都收拾得差不多才准备离开。

路过言礼的座位时，她拍了拍他的肩膀，声音没刻意压低，足够隔壁座位的边慈听见——

"没几天了，别忘记你答应我的话。"

言礼垂着头，刘海遮住他的眼睛，关飒挡住了边慈的大部分视线，边慈没有办法从缝隙里看见他的表情。

"我心里有数。"言礼淡声回应。

得到回答，关飒才收回手，从教室离开。

边慈顾不上其他同学打量的目光，走到言礼的座位旁，低声问他："发生什么事了?"

"我们被举报了。"

言礼无意隐瞒,可现在也不是细聊的好时机。说完正事,他对边慈露出一个笑:"别多想,小事情,我来处理。"

边慈瞬间慌了:"老师们跟你说什么了,对你不会有影响吧?怎么不找我——"

"没事的,阿慈。"言礼撕下笔记本的一页,上面是他在自习课上整理好的今日份例题练习,他将纸张对折,递给边慈,"一切照常,做完给我,去吧。"

3

边慈根本做不到一切照常。

既然是他们两个人被举报,为什么只有言礼一个人被叫去了办公室?根据关飒说的那句话,言礼必然是答应了学校什么,这件事才会在他那里到此为止。

一想到这里,边慈更加心乱如麻。

好不容易挨到了午休,边慈悄悄拜托明织给言礼递了一张字条,约他在明织家的奶茶店见面。

言礼比约定时间晚到十分钟,跟他同行的还有踩点三人组,可以说非常谨慎了。

明织事先跟她妈妈打好了招呼,说大家是来店里上自习的,特地把二楼的小包间空出来方便大家说话。

"现在没外人了,你快说,到底怎么了?"边慈已经担心了一上午,此刻完全顾不上做什么铺垫,开口直奔主题。

言礼挑重点说:"上周末在店里吃完饭,我送你回学校,在路口被偷拍了,照片被塞到了校长信箱。"

焦宇达试着猜测:"这都能偷拍到,举报的人肯定对你们的行踪很了解,最近你们得罪什么人了吗?"

陈泽雨:"我觉得不需要得罪,心理阴暗的人如果讨厌你,你连呼吸都是错的。"

秦成书推了下鼻梁的眼镜,反问言礼:"有个点我很好奇,既然你们被偷拍了,为什么学校那边只找你,不找边慈?"

这一下子提到边慈最想问的点上,她顺着秦成书的问题补充道:"其实也找我了,但你一个人扛下来了,是不是?飒姐上午跟你说'别忘记你答应过我的话',是什么话?"

言礼半开玩笑道:"你把我想的那么伟大,我都不好意思说真话了。"

"粥粥。"边慈一脸严肃。

"好好好,我说真话,学校那边真的没有找你,偷拍的人估计角度没找对,只拍到了我的正脸,没有你的。"

边慈盯着言礼的眼睛看了好几秒,确认他没有在逞强说谎后才接受了这个说法:"第二个问题呢?"

"既然没拍到你,那我就说我暗恋学校一个女生,主任一直问那个女生是谁,我没说,最后飒姐出面保我,我答应她,高考结束前会收心,就这么个事。"

明织冲言礼点了个赞:"真爷们儿,干得漂亮。"

"就这么简单?"边慈半信半疑,顿了几秒,轻声说,"我不喜欢蓄意隐瞒下的牺牲,我只想要真相。"

言礼无奈地敲了敲边慈的脑门:"你乐观点,哪有那么严重。"

陈泽雨在旁边帮腔:"既然只拍到了言哥,那应该没什么事。"

"对,放轻松,飒姐其实还是站你们这边的,不然也不会出面保言礼了。"明织握住边慈的手,笑着安慰。

卢凝思说:"现在一切都为高考让路,言礼成绩这么好,就算有什么学校也不会拿他怎么样。"

"飒姐是真的飒,我光是想想主任那张可怕的脸腿就软了。"秦成书露出一个后怕的表情。

焦宇达打量了秦成书一番,视线落在他的膝盖上:"兄弟,你那是缺钙吧。"

"你不说话没人拿你当哑巴。"

全场哄笑。

被大家这么一闹,边慈的情绪轻松不少,回学校前,又在路上跟言礼聊了聊,两人约定高考前在学校少接触,保持低调,学习第一。

隔天,三诊成绩公布,五中一改模拟考的低迷状态,平均分位居全省第一,是三次诊断性考试里考得最好的一次,可以说是扬眉吐气了。不仅如此,言礼以总分 718 分拿下全省第一,甩第二名整整 10 分,老师们私底下议论,说今年的省状元肯定也会被五中拿走。

边慈这次考得也不差,一直稳居年级 40 来名,这次终于小有提升,考到了年级第 36 名。

有好成绩撑腰,边慈本以为之前被举报的事情会彻底尘埃落定,没想到当天晚上,所有关于她和言礼的帖子,全部顶到了首页。

从去年在火锅店被偷拍之后,边慈和言礼只要单独走在校园里,时不时就会被人偷偷拍照放在贴吧,不过水花都很小,八卦的人讨论几句就散了,帖子也会很快沉下去。

无数旧帖突然被顶上首页,又是在没有大考的月份,成功引起相对悠闲的高一高二学生们的注意,不到一天,流言四起,从网络飘到了校园中。

被通知去办公室问话的时候,边慈反而松了一口气。

一直担心的事情终于爆发了,只要早点了结就能彻底安心。

分开问话没问出什么结果,张主任让老师把两个人带到同一个办公室来。

"别以为死不认账这件事就能糊弄过去,你们两个要是继续保持这种态度,就直接请家长了。"张主任喝了一口茶水,气得甩出最后通牒。

"主任，我有个疑问。"言礼淡声开口。

张主任扫了他一眼，压着火说："问。"

"听你的意思，不管我们是否承认，我们都是在早恋，我是不是可以这么理解？"

"你这话什么意思，难道在怪学校诬陷你们吗？要是你们没谈恋爱，怎么能被别人拍到那么多单独在一起的照片啊？"

"这个逻辑我无法认同。"

"你少跟我扯这些。"

"行。"言礼无奈耸肩，无所谓地笑道，"那主任你说吧，下一步要怎么处理？"

张主任扭头看关飒："给他们家长打电话！"

"主任，这事情还没有问清楚，要不然再——"

"怎么没问清楚，他自己都承认了，让他们家长也来见识见识。"

"那个……"边慈轻声打断关飒和张主任的话，笑道，"张主任，不好意思，我没有家长。"

张主任眉头紧拧："你胡说什么？"

"真的没有，不信你问关老师。我入校的监护人信息填的以前在体校的教练，不过她现在人在北京带队训练呢，肯定赶不回来，有事我自己处理就行了。"

边慈说得一脸平静，却让整个办公室陷入诡异的沉默。

张主任显然没料到会踢到这样一块铁板，轻咳一声，看向关飒，问："她说的，是真的？"

关飒神色复杂地点了头："是真的。"

张主任退而求其次："那给言礼的家长打电话。"

"好。"

关飒握着手机离开办公室，不到三分钟就回来了。

"言礼的家长说，家里的生意忙得抽不开身，让他自己解决，成年人的世界不需要家长。"

张主任一怔。

言礼笑道："主任，都等你发号施令呢。"

边慈跟着帮腔："能快一点儿处理完吗？我还有好多作业没写。"

"你们别以为仗着成绩好，学校就不敢拿你们怎么样！"

这话挺有威力，办公室里没人敢接茬了。

过了半分钟，张主任又说："周一升旗大会，你们两个上去做个检讨，早恋可能不存在，但私下接触过多是有的，这还是违反了学校的规定，眼看就要高考了，不能因为你们的事情影响所有人的备考情绪。另外，再被我抓到你们两个私下接触，你们都给我离开学校各自回家复习。"

检讨的内容边慈前前后后写了十多个版本，重点要放在男女同学私下接触不对这个点上。

这检讨难写的地方就在这里。

她压根不觉得男女同学私下接触有什么不对。

自己都不认可的事情，还要说出大道理让别人信服，简直荒唐。

转眼到周一的升旗仪式。

边慈和言礼被负责老师带到主席台旁边候场，这几分钟，两人总算面对面说了一会儿话。

"我感觉我写的稿子好牵强，逻辑不通，一会儿肯定很尴尬。"边慈攥着稿纸，不安地对言礼说。

"不会的。"言礼递给她一个安心的眼神，"一会儿我先去。"

边慈注意到言礼手上空空如也，愣了几秒，问："你把稿子都背下来了？"

言礼却摇头："我没有写，临场发挥就行。"

边慈还想再说点什么，张主任在台上长达五分钟的训话终于结束，朝他们这边看来，冷着脸说："下面让两位同学上台检讨。"

来不及了。

边慈下意识地把自己那份稿子递给言礼："你用这份，拿着。"

"不用，你在这里看着我就行。"

言礼调整了一下话筒的高度，姿态放松，脸上挂着惯有的笑容。

"同学们，老师们，早上好，我是来自高三（2）班的言礼。高考在即，整个高三年级都在争分夺秒地复习，根据学科的不同，有对应的复习方式，方式多样化，有人肯定会问了，这个节骨眼上，怎么才能做到高效率的复习？在这里，我根据我的经验，总结了以下五点……"

三分钟过去，言礼没说一句跟检讨有关的事情，台下议论声不断，眼看场面有失控的趋势，张主任忍不住走上去，提醒言礼："你赶紧说重点，别耽误大家时间。"

言礼不知是有意还是无意，回答时没有避开话筒，声音传到了每个人的耳朵里"我没什么好检讨的，既然领导们要我上来讲两句，我除了学习还能说什么？"

张主任也怒了："言礼，你不要太嚣张，真以为学习好学校不敢拿你怎么样吗！"

言礼转过身去，面对全体校友，笑着说了最后一句话。

"我的高中没有遗憾，祝大家高考金榜题名，考上自己喜欢的大学，我的发言结束，感谢五中，感谢遇见。"

说完，言礼往台边走去，给边慈递了个眼神，像是在说：事情都解决了，可以走了。

边慈完全没料到言礼会来这么一出，惊讶过后，心底涌上说不明的爽快和感动，她将稿纸揉成一团，塞进衣兜里，对言礼露出一个笑。

两人并肩离开，校友的尖叫声被他们抛在身后。

4

由于言礼这番不按常理出牌，张主任原本就没消下去的火气又一次被激上来，两人又被叫到了办公室。

言礼似乎早有预料，等张主任骂够了，主动提出高考前在家复习，一来是反省，二来是跟边慈保持距离。

这明明是张主任后面想说的话，结果被言礼先一步提出来，他这一拳无疑打在了棉花上，偏偏言礼与之前不同，认错态度极好。

骂也骂了，惩罚方式还是人自己提出来的，于情于理都挑不出刺来。

张主任骂骂咧咧地让两人回教室，出办公室前，边慈偷偷往后瞄了眼，张主任的脸都给气青了，拿着杯子一个劲灌茶水消火。

从办公室出来，走了一段距离后，边慈叹了一口气，对言礼低声感叹："幸亏你成绩好。"

言礼听出她的话外之意，没有否认他确实有倚仗成绩的心理："只有我一个人好也收不了场。"

"什么意思？"

"正因为我们成绩都不错，张主任才网开一面，但凡有一个人成绩不太行，这件事的后果就得让那个人来背，不会这么容易收场的。"

"好像也是。"想到刚才在办公室，言礼对张主任的承诺，边慈微微蹙了眉，"你什么时候离开学校？"

"就今天，回去收拾完东西就走，主任正愁抓不到我的错处，我还是麻利点，省得他反悔。"

边慈一张小脸瞬间垮下来，站在楼梯上，望着矮她三阶的言礼，叹气："高考前我都见不到你了。"

"不至于。"言礼跨上两阶，轻声道，"下周成人礼那天我会回来的，而且高考前三天就放假了。"

听到"下周"这两个字，边慈脸上重新有了笑意："那走吧。"

言礼"嗯"了一声，收回手，余光瞥见一抹白，出声拦下边慈："等等。"

"怎么了？"边慈一只脚刚抬起来，听见他的声音，又放了回去。

"鞋带散了。"言礼说。

边慈顺着他的视线看过去，左脚鞋带本来只是蝴蝶结松了，经过她刚才的小动作，蝴蝶结瞬间散架，白鞋带搭在鞋面上。

她正要弯腰去系，视线里有人动作比她更快。

言礼半蹲下来，手碰到白鞋带的那一刻，边慈下意识地阻止："不用了，我自己来就好。"

"系鞋带我还是会的。"说话的工夫,他的指节在鞋带间穿梭,没几秒,一个标准的蝴蝶结重回鞋面。

原来他的头顶有两个旋儿。

言礼个子高,平时他会顾及她的感受,跟她说话总要稍稍低头,所以过度仰视谈不上。

她早就习惯了这个视角,就算某些时候需要抬头去看他,她也没觉得哪里不好。唯独没想过俯视他是什么样子。

"比我系的好看。"边慈偏头看墙壁,不太好意思看他,"你起来吧,别蹲着了。"

"另外一边好像也要散了。"

说着,边慈还没来得及拒绝,言礼已经把她右脚的鞋带拆了,重新系上蝴蝶结。系好两边的鞋带,言礼满意地笑了笑:"我多绕了一圈,今天应该不会散了。"

他站起来,撞上边慈复杂的眼神,顿了几秒,茫然地问:"怎么了?"

边慈轻轻摇头,走到言礼前面去,站在楼梯平台回头看他。

"你头顶有两个旋儿。"她说。

言礼朝她走来:"嗯,所以每天起床后,头发会乱翘。有点烦。"

"有两个旋儿的孩子聪明,以前听老人们说的。"

"你是在劝我不要烦?"

"不是。"

边慈低头,看了眼他系的两个蝴蝶结,倏地笑了:"我就是想告诉你,我发现你头顶有两个旋儿,在你身上发现新事物的感觉,很开心。"

"两个旋儿都能让你开心。"言礼忍不住跟着她笑,打趣道,"看来我以后不能太烦它们了。"

"你今天在主席台说的话让我很意外,不,不只是说的话,是你会做这样的事情,让我很意外。

"我无法说出'我的高中没有遗憾'这句话,相反,我的高中充满了遗憾,除了遗憾还有很多糟糕到我不愿意回想的事情,所以我很不喜欢这三年。

"我这几年把自己包装成了一个积极分子,总跟自己说'都会过去的''生活会好起来的',其实我心底并不相信这些话,只是这么骗自己会好过一点。"

边慈坚定地看着言礼的眼睛:"但是现在,那些话具象化的证明就是你,我渴求的、无法企及的温暖,被你亲手捧到我面前,安抚了自卑怯懦的我,造就了想要努力发光的我。"

听了这番话,言礼的心就像是被人狠狠捏紧又猛地松开,被放到温和的水中,他知道水底在哪里,所以怎么下沉也没关系。

安心轻松又带着一丝丝隐痛。

很奇怪的感觉。

边慈总能轻易勾起他这种感觉。
"你已经在发光了。"言礼笑着对她说。

当天上午的课还没上完,言礼就收拾好自己所有的东西离开了学校。
事情接二连三地发生,学校里关于言礼和边慈的八卦持续了很多天,这种时候,致远楼偏僻冷清的好处就体现出来了。
高三年级被学校盯得死死的,别说上课,就连下课各个班级也非常安静,在校的最后一段日子,天大的事情也很难再引起备考生的注意。
八卦渐渐被学习氛围冲刷干净,言礼回家复习后,边慈的生活跟平时没什么区别,除了不能见面以外。他们每晚还是会联系,言礼会见缝插针给她喂题,帮助她复习。
高考倒计时一天一天地减少,边慈的心情反而越发平静。
她真实地感觉自己的状态很好,完全没有被其他事情所影响。
成人礼定在周六举行,因为还有参观博物馆和古镇外宿的集体活动,这样安排等学生们返程那天正好是周日下午,不会影响到周一上课。
边慈对成人礼没什么特别的感觉,更确切地说,她没有参与感。
学校要求成人礼需要父母出席,结束后,班主任还会把每个学生家长写给孩子的信,发到相应的人手里。
说是成年之前在学校的最后一次亲子活动也不为过,五中一直以来还挺重视这种仪式感的。
可正因如此边慈才没有参与感,从知道成人礼流程,到穿上正装校服站在操场,听学校领导对毕业生讲话,她都拿自己当一个旁观者。
"……下面请学生家长为孩子佩戴纪念徽章。"听到这句话,边慈从神游中抽离出来。
身边站的同学的家长,走上来为他们佩戴徽章。
边慈从衣兜里摸出关飒事前拿给她的徽章,表情木然地撕开包装,准备顺应大流给自己戴上。
"我来吧。"小姨拿走边慈手心的徽章,解开别针,认真地戴在了边慈的左前胸上衣口袋上,扣好别针,她细调了下位置,满意笑道,"给你戴上这徽章,连我都有自豪感了。"
边慈怔怔地望着小姨。
她并不意外小姨会出现在这里,毕竟言礼昨晚就提议过让小姨陪她参加成人礼,只是被她以"太过冒犯"为由拒绝了。
领导讲话的时候,小姨跟小姨夫还一起站在言礼旁边呢,小姨什么时候穿越人群走到自己这边来的,她都没有注意到。
走神走得太厉害了,幸好这不是上课。

边慈低头看着胸前的徽章,情绪如打翻了百味瓶,稍顿片刻,她抬眸对小姨笑道:"谢谢阿姨,我占你便宜了。"

小姨搂住边慈的肩膀,看她的眼神就跟看亲女儿一样:"说反了,是我占你便宜,我感觉自己多了个女儿似的。"

周围都是其乐融融的家庭氛围,大概是受了影响,边慈脱口而出一句话:"要是真的就好了。"

说完她就意识到不对,太失礼了,她下意识地捂住嘴,连声道歉:"对不起阿姨,我的意思是我很荣幸,不……不是荣幸,是开心……那个……"

小姨刮了下边慈的鼻梁:"没有要是,就是真的。"

边慈一时之间没想到合适的话,正为自己的笨拙感到窘迫时,小姨跟其他家长一样,张开双臂抱住了她。

"阿慈你知道吗?成年之后可以做主自己的人生,你可以按照自己的意愿拥有一个家,毕业快乐。小姨一直很喜欢你,跟粥粥无关。"

她没有自称阿姨,而是小姨。

这个微小得容易被忽视的细节,令边慈动容。

很久很久之前,好像也有一个叫妈妈的人这样抱过她。

那个拥抱有这么温暖吗?

她想不起来了。

边慈回抱住小姨,眼睛通红,声音哽咽:"我也很喜欢你,小姨。"

5

十一点半学校统一组织学生前往博物馆,仪式结束,距离出发还有一个多小时,留给学生自由安排。

各班班主任把学生家长写的信发到了每个人手上,边慈知道自己不会有这个东西,特地在发东西前起身离开了教室。

她心情不算差,所以更不想看见别人投以她或同情或安慰的眼神。

别人觉得她可怜没什么,要是连她自己都这么认为就太糟糕了。

一会儿还要拍照,边慈没有走太远,她去小卖部买了一瓶冰镇过的饮料,顺着小路走到致远楼那棵银杏树下。

这棵银杏陪伴每一届高三毕业,被赋予了重大意义,特地来此拍照留念的人不少,边慈不愿妨碍他们,挑了背光处的死角坐下。

靠近中午,日头越发的毒。

边慈脱下正装外套搁在腿上,松了松领带,解开衬衣的第一颗扣子,连呼吸都顺畅了许多。一阵风一口冰镇饮料,只可惜双腿还被裤袜包裹着,身体无法感受到彻底的凉爽。

蝉鸣响彻长空,风吹过树叶的哗哗声也成了它们的伴奏。

好热。想回宿舍做题了。

边慈懒懒地靠坐在长椅上，盖上盖子随手将饮料瓶放在一边，瓶身遇热化成的小水珠沾在掌心，她抬手，想用手腕挡住头顶那缕刺眼的光，水珠顺着倾斜往下迅速地滚，最终落在她的脸上。

凉凉的触感，她并不讨厌。

边慈闭上眼，手腕搭在眼睛上，神神道道地念：心静自然凉，心静自然凉……

不知道过了多久，身边隐约传来脚步声。

大概是拍照的人。

秉持这种想法，边慈连动都懒得动了，她好不容易才感觉凉快一点儿。

脚步声越来越近，踩上几片枯叶，清脆的响声并不惹人厌，只是这种死角有什么可拍的，都走这么近了，看见死角还不掉头？

一个怪人。

边慈不想成为乱入的"背景板"，放下手，眼睛还未睁开，就清晰地感觉到这个怪人跟她坐在了同一张长椅上。

太自来熟了吧！

虽然不到衣冠不整的地步，但这种过于放飞自我的姿态让边慈徒生窘迫，她正要以最快的速度整理领带，那人说话了。

"你果然在这里躲清静。"

熟悉得不能再熟悉的声音，窘迫情绪霎时消散，边慈又回到最放松的姿态，重新阖上眼。

她问言礼："这么快就看完信了？"

言礼说："看完了，小姨就给我写了一句话。"

"什么话？"

"明年我不想再给你写这封信了。"

边慈听完直乐："是小姨的风格。"

两个人就这么静坐了会儿，边慈睁开眼，瞥见言礼手上的小信封，问："你怎么还把信带过来了？"

"这不是我的。"言礼把信封递到边慈眼前，"看你不在，飒姐让我转交给你。"

信封就是普通的信封，印有五中校徽的字样，看不出什么异样来，边慈接过，奇怪地问："飒姐写给我的？"

"不是，她说是从北京寄过来的，特地交代了，今天才能拿给你。"停顿片刻，言礼替她说了心里正在想的话，"应该是你之前的教练，或者队友。"

边慈盯着信封，一动也不动。

"不想拆开看看吗？"言礼试着推她一把。

半分钟过去，边慈慢吞吞地撕开了封口，看起来很犹豫。

"放心，这不是潘多拉的盒子。"

边慈低眉笑了笑:"你是不是偷学了读心术?"

"你的情绪都写在脸上。"

"一会儿还要拍照,我不想不开心。"

"可是你现在看起来已经不开心了。"

"不想更不开心。"

"那万一看完就开心了呢,为什么要错过一个让自己笑的机会?"

边慈微怔。

言礼抽走她手上的信封,替她撕开了封口,把里面折叠的信纸拿出来,再次递过去:"看吧,能开心最好,要是变得更不开心,我会逗你笑的。"

纵然了解情绪由自己支配,听完这句话,边慈内心还是稍稍轻松了一些。

"好,那就拜托你了。"

边慈接过信纸,沿着折痕摊开,原以为只有一张,摊开之后才发现有三张。

通过字迹来看,边慈很快辨认出这三封信分别来自何教练、赵维津和周见萱。

给边慈:

　　曾经我对自己是你的教练,也是你的家长这一点深信不疑,并且在很长一段时间里认为自己是敬业的、称职的,甚至无私的。

　　我对自己的误解太深了。剖皮去骨,正视自己灵魂时,我发现那是黑色的。

　　对你的伤害已经无法弥补,请你不要原谅我这个自私自利、冷漠薄情的"家长"。

　　未来的日子还有很长,当你分不清别人对你的好是否来自于有利可图,请以我为参照物,审视这个世界的阴暗面。

　　毕业快乐。

　　…………

给你:两次你走都没能送你,永远赶不上趟说的就是我这样的人。

　　说句不怕你笑我的话,我一直仗着自己是跟你认识最久的男生,坚信自己绝对能追到你。

　　老天爷是不是看我太嘚瑟了,所以故意打我脸。

　　这一巴掌太疼了。

　　上次我果然应该跟他打一架,以后再也没机会了,看在你的面子上,我也不能朝他挥拳头。

　　除非他欺负你,对你不好。

　　这样想想,我这个拳头最好永远也没有挥的机会。

　　你跟我妈的事情,我大概了解了,细聊起来挺复杂的,这张纸写不完,之后见面再细聊。反正不管你们怎么样,我没有改变过。

你是我看过一眼就会喜欢的女生,也是重要的朋友。
你没有进国家队错失的荣耀,我和周见萱替你双倍拿回来。
不白给,得用重点大学录取通知书换。
成年快乐。
毕业也快乐。
…………

给阿慈:
我不联系你,你也不联系我,难道我们要一直绝交下去吗?
说实话我还是很生气,可是再生气还是想跟你和好,继续跟你做朋友。
去年暑假到现在是我们分开最久的一年,以后也会这样持续下去,我从没想过会和你变成一年见一两次的朋友。
我们一直一起训练,从小学初中再到高中,我们行走在相同的轨迹上,结果你猝不及防地转弯了,走向一条我走不了的路。
眼睁睁看着你有了新的朋友、新的生活,而我日复一日消耗对你的了解,我们不应该是脱离固有圈子就老死不相往来的关系,现在我依然坚信这一点。
我至今不知道你为什么突然放弃体操,既然你宁可跟我绝交也要死守这个秘密,我也不是那么好奇了,我怕我知道后会疯狂自责之前对你的质问埋怨,当然,如果你哪天想告诉我,我也就不害怕了。
省队的训练量跟国家队一比根本不值一提,今天帮我压腿的队员下手特别重,远不及你。
就写到这儿,快熄灯了。听说这封信是家长写给孩子的,不小心占了你的便宜,那我就勉强听你叫我一声爸爸好了。
我会带着你的那份一起努力的。你也不准懈怠,我已经在跟别人炫耀我闺密是学霸了,敢让我打脸绝不原谅你!
诸事顺遂,毕业快乐。
…………

这三封信边慈看了很久。
言礼了解她的阅读速度,她低头的时间远远超过她看完三张信纸内容的时间。
可她始终没有抬头,专注地盯着信纸,仿佛要把每个字都刻在脑海里。
"看来我不用逗你笑了。"言礼温声打破沉默。
边慈合上信纸,重新放回信封里,没有回答,算是默认了他的话。
"走吧。"言礼起身,拿起边慈的西装外套,搭在手肘处,"时间差不多了,回教室拍照。"
"今天就像毕业了一样。"边慈跟上他的脚步,偏头问,"去年高考结束,你是什么感觉？"

"一切都结束了的感觉。"言礼说。

边慈似懂非懂地点头："那我今年估计也差不多，备考的日子虽然充实，可是不想再重来，想赶紧逃离。"

"今年有点不一样。"

言礼侧头看她，倏地停下脚步。

他们跨过背阴处，站在了阳光下。

"一切都结束了，但是，一切终于迎来了新的开始。"

他笑着说。

6

"咦？今天不上课，阿慈你怎么还起这么早？"

高考完的第二天，家里两个考生结束了中学生涯，然而小姨还是照常早起做饭，没办法，谁让家里还有一个小学生没放假呢。

边慈盛出煎好的荷包蛋，听见小姨的声音，回头笑道："上午有英语口语考试。"

"这样啊。"小姨打了个哈欠，顺手把盘子端出去，"那我去叫粥粥起床，考试别迟到了。"

"不用，让他睡吧，九点才开始。"

吐司机叮了一声，弹出吐司片，边慈抽出来，放在盘子里："小姨你吃什么酱的三明治？"

"沙拉就行。"

小姨倚着厨房门框，仔细打量了一番，发现边慈准备得很周到。

现做的香蕉奶昔，处理好的培根、腌制中的奥尔良鸡腿肉、洗净备用的生菜叶和番茄片，小菜板旁边还有蓝莓和西瓜待处理。

"你……到底几点起来的？"小姨走进去，扫过操作台上的各种食材，惊讶地看向她，"这早餐也太丰盛了。"

"五点多的样子，有点睡不着，就起来做个早餐。"

边慈拆开蓝莓的包装盒，开始在流水下清洗："你经常早起给我们做面食，种类比这些还多呢，这不算什么。"

"我做习惯了不觉得麻烦。"

"那我也不觉得麻烦。"边慈关上水龙头，把洗好的蓝莓放进玻璃碗里，开始切西瓜，"受你们关照了一年，不知道要怎么报答才好，但凡事不能想好全部才行动，所以现在请让我做点我能做的事情吧。对了小姨，去大学报到前还有两个月，这期间我还是想住在这里。"

小姨被边慈这番话说得母性大发，上前搂住她的肩膀，豪气地说："住，随便住，住一辈子都行，都叫我小姨了还跟我这么客气，你这孩子怎么这么招人疼呢！"

"我还是会付租金的，平时你和叔……姨夫忙不过来的话，我也可以帮忙看店，做家务也行，反正你随便使唤我。"

"这么年轻做什么家务，谈恋爱去吧。"小姨揉揉边慈的头，笑道，"别听你们老师说的什么'上大学就轻松了'，大学一点儿都不轻松，好好珍惜这个没有学业压力的暑假，以后再也不会有了。"

边慈点头说好。

过了半小时，楼上和楼下的房间陆续有闹钟响起，小姨夫打着哈欠从卧室钻进了浴室，小姨打开麦麦的房门叫她起床，照例上演了一通母女情破碎的戏码。

热闹得过头的普通早晨，边慈第一次在厨房感受这个气氛，吵闹归吵闹，她却感觉到了幸福。

边慈注意着外面的动静，等大家收拾得差不多的时候，才下锅煎鸡腿和培根。屋内顿时肉香四溢。

麦麦噔噔噔地跑进来，踮脚望灶台上的肉，馋得眼神直发光："姐姐，我想吃鸡腿。"

"好。"边慈给鸡腿翻了个面，转头问麦麦，"你吃什么酱？"

"蛋黄酱。"麦麦凑近了点儿，低声说后半句，"不加蔬菜多加肉，谢谢姐姐。"

"不用谢。"

"姐姐你真好。"麦麦一脸感动。

边慈摆手否认："没有，我是说不用谢，我会给你加蔬菜的。"

边慈关掉火，夹出鸡腿放在盘子里，特地端到麦麦鼻子前让她闻了闻："荤素均衡才可以变漂亮，你不是想当大明星吗，没有只吃肉的大明星哦。"

不知道是边慈的说话方式让小朋友很容易接受，还是"大明星"三个字的诱惑力对麦麦来说太大，她最终满脸不情愿地点了头，甚至主动要求多加点蔬菜。

言礼还没起床，边慈只做了四人份的三明治。

吃完早餐，小姨和姨夫送麦麦上学，顺便买菜。临走前，小姨特地嘱咐边慈不要洗碗，留着一会儿回来小姨夫洗。

边慈口头答应得爽快，等他们一走，把碗筷收进厨房，顺手就洗了起来。

她其实不太习惯这样悠闲的日子，学习突然从生活中抽离，时间都变得漫长起来。

等毕业旅行回来必须找个兼职来做才可以，一来打发时间，二来她也需要钱。

多亏小姨没收她多少房租，一年没收入来源，她的存款尚有余粮，不过也不能太轻松，必须趁着有时间多赚钱才行。

思绪越飘越远，边慈慢悠悠地洗着碗，没听见逐渐靠近的脚步声，直到有人从身后环住了她的腰。

空气中飘着淡淡的酒味。

"你起好早，不困吗？"

宿醉后的声音有些嘶哑，言礼睡觉总把房间空调开得很低，刚起床他的皮肤都是凉的，脸蹭到边慈的锁骨，她笑着往后缩。

"不困，生物钟就这个点，你头疼不疼，喝杯蜂蜜水吧？"

昨天考试一结束，二班就攒了个局聚餐，从老师到学生喝倒了一片，折腾到半夜一点多才回来。

边慈的酒都被言礼喝了，他酒量本来就不好，被灌了两人份，在车上的时候已经醉得说梦话了。

没想到他的醒酒能力还不错，竟然能在这个点自然醒。

"喝。"言礼吸了吸鼻子，懒懒地靠着她，连眼睛都不愿意睁开，"好香，你做了什么好吃的？"

"三明治，小姨他们送麦麦上学去了，你去洗漱吧，我给你做一个。"

边慈擦干手上的水珠，捏着言礼的脸说："一身酒味，你洗个澡好了，一会儿还要去学校考试。"

"真想把你娶回家。"言礼睁开眼，定定地看着她，"你浑身散发着女主人的气息，好有家的感觉。"

猝不及防听见这么直接的话，边慈脸色涨红，将他推开："你……你快去洗澡，一大早说什么害臊的话呢！"

言礼又凑上来，半蹲着，与她平视，可能酒意还没散尽，他比平时厚脸皮多了。

"你亲我一下。"

"我才不亲，你都没刷牙。"

言礼不乐意地皱眉："你嫌弃我。"

边慈"嗯"了一声："对，就是嫌弃你，所以你还不赶紧去洗澡？"

"一毕业就开始嫌弃我了，为什么？因为我没有利用价值了吗？因为你不再需要有人帮你补习了吗？"

边慈试着去碰言礼的额头，看他有没有发烧，还没碰到就被某个傲娇鬼一巴掌拍开了。

"你要是这样想就太天真了，就算大学我们学不同的专业，课程也有重叠的部分，你总会需要我的。"

言礼保持半蹲的姿势，一动不动地盯着她看，好像等不到她的肯定，他就不起来一样。

边慈哭笑不得。

僵持半分钟，边慈决定不跟这个傲娇鬼一般见识，右手握成拳头，在左掌心砸了一下，故作恍然大悟："是哦！差点忘记你这么厉害啦，那我先不嫌弃你好了。"

言礼偏头哼了一声："你明白就好。"表情生气，姿势却没变，等了几秒也没等到后续，他更加不满地提醒道："不嫌弃我怎么还不亲我啊？"

"好好好，亲亲亲。"

边慈吻住他的唇，停顿片刻，然后松开，无奈又好笑地问："现在可以去洗澡了吗？"

"敷衍。"

言礼挺腰站直，不太乐意地舔了舔下唇："算了，先这样。"

"先这样？你还要哪样？"

"我洗澡了。"言礼抓了把头发，虽然脑子有点沉，离开厨房前也不忘补充了句，"剩下的碗你别洗了，我一会儿洗。"

边慈心里一暖，笑道："好，你去吧。"

陪言礼吃完早餐，等他收拾完厨房，两人上楼换上校服，不紧不慢地出门，往学校走。

口语考试可参加可不参加，跟英语关联性比较强的专业在招生时才会参考这个成绩，所以今天返校考试的人不算很多。

临近校门，边慈习惯性松开言礼的手，刚一抽离就被他反握住。

她微怔，提醒："要到学校了。"

言礼一脸有恃无恐："没关系，我们已经毕业了。"

"可我们还穿着校服。"

"旧地重游的仪式感罢了。"

拗不过他，边慈只能让他牵着。

可能言礼太嘚瑟了，进学校没走几步，就和张主任狭路相逢。

"……严肃校风校纪，下午放学通知年级各班班主任开会，我要在会上再强调一次早恋问题，还有——"

"张主任好。"

张主任板着脸跟分管部门的老师安排工作，正说到兴头上被打断，他抬眼一看，差点眼前一黑昏过去。

言礼那张笑脸，让张主任瞬间回想起那个令他颜面扫地的升旗仪式。

"你们好。"

张主任的视线在边慈和言礼交握的手上停留了数秒，站在他身边的老师隐约感受到怒气，默默往后退了两步，唯恐被波及。

结果没想到张主任什么都没说，冷哼一声，背着手直接走了。

老师擦了把额头的冷汗，战战兢兢地跟上去，继续听工作安排。

等张主任安排完，老师回头看了眼，那两个学生也走得没影了。

他没按捺住好奇心，冒死问道："张主任，刚才那两个学生……你怎么不训斥两句？"

"那是毕业生，昨天刚考完。"张主任没好气地说。

老师顺着他的话，附和道："毕业生也不能这么嚣张，这样影响多不好……"

"最后一次了。"张主任莫名打断老师的话。

老师愣住："什么最后一次？"

"穿着校服，手牵手走在这个校园里，是最后一次了。"张主任顿了顿，似乎想说什么，最终却没说出口，不耐烦地挥了挥手，"反正今天一过就滚蛋了，少两个碍眼的学生我还能多活几年。"

老师连声称是，却暗自嘀咕：没想到张主任成天狠着一张脸，也有柔情的一面。

7

高一高二还在学校正常上课，口语考试挑了最僻静的致远楼进行。

凭准考证拿号码牌，边慈和言礼来得不早不晚，排到五十多号。考场集中在二楼，除二楼外的楼层供考生候场使用，可以随便进出。

两人领完老师发的练习问题，回了二班的教室。重点班楼层高，这层楼的人是最少的，教室里只有零星的七八个人，边慈都不认识。

可能是其他班的，也可能曾经在二班待过，有三个男生似乎认识言礼，过来跟他聊了几句，见边慈在场，没有久留做电灯泡，说了句"有空一起打球"就走了。

高考刚结束，教室的课桌还按考试要求摆放着，只有三十个座位，多余的课桌整齐地堆放在教室外。黑板上"考试科目：英语"的字样依然在，没有被擦除。

边慈拉开最后一排靠阳台门的座位坐下，她特别注意了一下，这把椅子的椅子腿上干干净净，没有那两道划痕。

不是她平时坐的那一把椅子了。

言礼把旁边的椅子拖过来，挨着她坐下，见她神情恍惚地望着黑板，轻声问："怎么了？"

"我现在才真切感受到自己毕业了。"边慈指着黑板的右下角说，"上周那里还写着当天值日生名字，我记得最后一天值日的人是学委吧？"

"是，他仗着最后一天值日，怂恿全班一起大扫除，结果那天忙得所有人都没有吃晚饭。"

"大家让他请客，一人一个食堂面包，学委说他小金库都被掏空了。"

"哈哈哈哈哈，他乱讲，晚自习下课小织还在他兜里找到一张红票子。"

"然后焦宇达让他请客吃烧烤，最后吃完结账一百块不够，大家还补了七十二块钱。"

说着说着，两个人就笑开了。

叙旧情绪一旦陷进去就很难收场。

在此之前，边慈及时打住，轻拍了拍自己的脸，重新拿起老师发的练习问题，对言礼说："考试随机抽两道题，我们每道题都练习一下吧？"

"行。"言礼回答。

两个人英语水平相当，对话联系进行得很顺畅，言礼去年考过一次，练习过程中顺便把一些小窍门给边慈说了，20道题练下来，一节课的时间不到。

"对你来说这个考试是小意思，进去随便说说就过了。"练习完毕，言礼如实评价边慈。

"虽然我不觉得自己有那么厉害，但是这句话从你嘴巴里说出来，莫名有信服力。"

边慈看了眼时间，起身说道："差不多了，我们去二楼等吧。"

言礼点头。

走到四楼楼梯时，碰见教英语的杨老师，停下来聊了聊，顾及他们还要考试，杨老师没有深聊，只是在分别前对边慈特地嘱咐了一句，等成绩下来了，要是填志愿有问题，可以随时来学校找她。

边慈心怀感激，连声道谢。

经杨老师这么一提醒，言礼倏地想起一件事："对了，你现在想好学什么专业了吗？"

从在一起到现在，言礼不止一次问过边慈这个问题，每次得到的都是同样的答案：不知道，考得上什么学什么。

今时不同往日，边慈的成绩足以支撑她去任何大学，选择任何专业。

而他的目标一直都是明确的，唯一不明确的是，他和边慈的目标有没有出现分歧。

如果有分歧，那他……

"你这个表情，该不会是在想，不管我考什么大学，不管是不是你想去的，你都要跟着去吧？"

言礼一怔，眼神闪躲的一瞬间被边慈捕捉到，几乎证实了她的话。

"我不喜欢你这个想法。"边慈严肃地说。

言礼心头涌起一丝不好的预感，容不得他细想，话已经脱口而出："所以你真的打算跟我考不同的大学？"

"我没有这个打算。"

边慈真实感受到言礼的紧张，握住他的手，笑道："你紧张什么，是你先问我的呀。"

"你说的话让人很难不紧张。"

患得患失反过来被女朋友安慰，言礼难为情地偏过头，明明想表现得大气一点，说出来的话却别扭迂回，充满孩子气。

"反正你……我们说好今年一起看雪的。"

言礼握紧边慈的手，不安地强调了一遍："你不许忘，给我记牢。"

"我不会忘记的，只是志愿这种东西，充满太多不确定性了，我们要做好不能如愿的心理准备，我是想表达这个意思。"边慈平静又有耐心地解释。

言礼后知后觉地意识到自己的冲动，迟疑片刻，叹了口气："我太急了，对不起。"

"没关系,我懂你,我也很想跟你上同一所大学。"边慈顿了顿,又说,"高考前杨老师和邱老师都找我聊过,说我的成绩可以报英语。"

言礼听完,脑子里很快排出一张这两个学科排名全国前十的大学的表格,再跟自己想报考专业的大学一对比,非常好,有重叠部分。

"榆清大学,你感觉怎么样?"

听到这个名字,边慈愣了一下,随后失笑:"我可能考不上吧。"

"去年分数线 660 左右,你三次大考分数都在 660 以上,怎么会考不上。"

"每年情况不一样。"

"如果考得上你想去吗?"

虽然榆清大学这种全国名牌边慈没有考虑过,但是突然被询问想不想去,根本不需要考虑。

"当然想去了。"边慈转而问言礼,"你不是想学数媒吗?第一考虑不应该是传媒大学?"

"榆清的数媒专业不比传媒大学的差,我去年的第一志愿就是榆清大学。"

边慈了然地点头:"这样啊,那要是我能考上就好了。"

"你肯定能考上,只是你真的想学这两个专业吗?"

"不知道。"

走到考场附近,现在才排到四十多号,还有一点儿时间,走廊都是结伴练习的人,有些吵,不适合说话,边慈拉着言礼去中间的楼梯口。

等附近没什么人了,她才接着刚才的话往下说:"我以前只考虑体操这一件事,十多年都在想这一件事,突然间……也不能说突然间吧,毕竟也有一年了,这一年里我只考虑怎么提高成绩,很少考虑要去学什么专业。现在高考结束了,我到了必须考虑这件事的时候了,但我的迷茫感还停留在一年前,刚转来这里的时候,所以你问我,我只能说不知道,不止这两个专业,所有专业摆在我面前,我也不知道要挑哪一个。你能明白我的意思吗?"

"明白。"言礼拧开之前买的饮料的盖子,递到边慈手边,"还有时间,不着急,你可以慢慢想。"

边慈接过水,喝了一小口,苦恼地说:"我想不出来,感觉好多人很久之前就想好了自己以后要成为什么样的人,每一步都有规划,我是被时间推着走的,时间忽然不推我了,我连路都不会走了。"

"好多人是想好了要成为什么样的人,做好了每一步的规划,可事与愿违的。说句有点极端的话,在生命终结之前,谁也不知道自己最后活成了什么样。就像我,执意要学数媒,不惜复读了一年,我这个决定就一定正确吗?我不知道,没人会知道,我唯一能做的只有让它变得正确,至于能不能做到,无法预料。不是每个选择都有对错,对错没有固有标准,如果你觉得不管怎么选都是错误的,这也代表不管怎么选都是正确的。"

"不太懂,太深奥了。"

边慈靠着栏杆,脸上轻松不少:"我觉得对错有固有标准,你就是我的标准。这世界上很多事我都不懂,时常因为自己的无知感到迷茫,不过总有你在,所以我决定了,我不知道怎么选的时候,我就听你的,时间不推着我走,就让你来推着我走好了。"

"可我没办法为你的人生负责。"言礼表示无奈。

边慈摇头,坦荡荡地说:"我不需要你负责,我只需要你帮我选择就好了。"

"确定让我选?"

"确定。"

言礼沉思了一会儿,提议道:"好难选,那这样,哪科分数高,就选哪个,怎么样?"

边慈反应了几秒,指着言礼说:"你耍赖。"

言礼摊手表示无辜:"你让我选的,这就是我的选择。"

"行吧。"边慈放下手,心中莫名松了一口气,"那就这样,等分数出来就知道答案了。"

边慈的号码牌更靠前,她考完试出来,轮到言礼进考场,互道了一声加油,边慈拿着东西去楼梯口等他。

闲着没事,边慈倚在墙角玩手机,低着头没注意来往的人,直到被一个人叫了名字。

边慈抬眸,看见是何似,露出一个笑:"你考完了吗?"

"没有,我刚到。"何似冲她晃了晃手上的号码牌,150 号之后了。

最后一天上课到今天,她们没有再见过,何似没有分在五中的考场,昨晚二班聚餐她也没参加。

"昨天你没来聚餐,飒姐都在念叨你呢。"

"我去十二班那边了。"

边慈"哦"了一声:"难怪,你朋友都在那边。"

可能刚跟言礼聊完志愿没多久,正好现在也找不到更合适的话题,边慈顺口一问:"你想好报什么大学了吗?"

没想到何似并不接茬:"怎么,想跟我报同一所大学吗?"

"你这人说话有必要这么冲嘛,我关心关心你。"

"你还是多关心关心自己吧,不出意外的话,我们不会再见面了。"

何似冲边慈挥挥手,算作道别。

"拜拜,不过我想说,生活处处充满意外。"边慈慢慢悠悠地说,算是对她冷淡的态度一个回击。

"对了。"何似走了两步又退回来,对边慈说,"有件事你可能不知道,佟默今年的高考完了。"

"什么？"边慈怔住。

8

"第一堂语文考试，还不到一刻钟吧，她就发高烧晕倒在考场了，被救护车拖走的，后面的三堂考试也没有再参加。"

这种戏剧性的事情通常只会出现在新闻里，突然从身边人嘴里说出来，边慈感觉难以置信。

以至于一时之间，她不知道该说什么。

"以前我还跟曹静安一块玩的时候，偶尔听她说，佟默只要考试退步了就会被她妈打，身上经常青一块紫一块的，你说，这回佟默惹出这么大的事……"

边慈眉头微蹙，看向何似："病不由己，这应该算不上惹事。"

何似听完沉默了一小会儿，不知道想到什么，倏地笑起来，脸上却没有半分笑意。

"你笑什么？"边慈的眉头蹙得更紧。

"边慈你真是善良。"

边慈听得一头雾水。

"我要说个不善良的言论。"何似收起笑容，声音渐渐低下去，"害人终害己，这就是她给自己惹的事情，俗称，报应。"

"五月份你和言礼被举报那事儿，到底是谁干的，你心里应该有数。事儿会过去，孽过不去，佟默就是现成的例子。"

被举报的事情他们不是完全没追究过，言礼暗中托朋友打听过消息，当时所有信息的源头都在佟默那里，只是证据不足，加上高考在即，事情已经得到解决，就这么不了了之了。

现下又被何似挖出来放在台面上，联系她刚说过的话，边慈无法做到内心毫无波澜。

甚至有那么一刻，她认为何似的话很有道理，她敢说内心没有报复成功的爽感吗？她不敢。

她不是圣人，面对曾经对自己恶意满满的人，幸灾乐祸是本能。

可是幸灾乐祸之后呢。

她好像更庆幸，当时没有跟这个人过多纠缠，以后很大可能也不会再有交集。

边慈梳理好情绪，语气平静地说："这不是什么不善良的言论。"

"我还以为你要跟我说一些虚伪场面话呢，比如'她已经很可怜了，再这样说不合适''没有证据的事情不要乱讲，也不要在背后肆意评论他人'之类的。"何似眼底闪过一丝不屑。

边慈真的感觉何似这个人很有意思。

这世界上有太多怀揣恶意释放善意的人，却鲜有何似这样怀揣善意释放恶意的怪胎。

　　怀揣善意这个说法何似大概是不喜欢的，恐怕连她自己都觉得自己是个彻头彻尾的恶人。

　　很长一段时间里，边慈都认为如果没有言礼横亘在她和何似之间，她们的关系不会像如今这样别扭，可能她们也能像她和明织那样相处。

　　现在边慈感觉自己错了，倘若没有言礼，她和何似更难产生交集，更不会了解何似到底是什么样的人。因为在她们眼中，对方都不是适合做朋友的性格，就像磁铁互斥的两级。

　　"如果我说了这些场面话，你还会认为我善良吗？"边慈反问何似。

　　过了几秒，何似轻笑，说不上是无奈还是夸奖："讨厌你真是一件难事。"

　　"你也是，所以我还是希望能跟你再见面的。"

　　"再说吧。"何似冲边慈挥了挥考试号码牌，"走了。"

　　"拜拜。"边慈对她笑着挥手。

　　何似转身往备考教室走，悄悄攥紧了手上的号码牌，小字条很快起了褶。跟边慈提起佟默的事情，与其是告知，不如说是当着边慈的面借此警醒自己。

　　除此之外，还有阴暗的小心思。

　　她太好奇边慈听见这件事的反应，但凡边慈说点虚伪的场面话，抑或是表现出猛烈的欢喜，她现在也不会如此惭愧。

　　边慈就像一面镜子，每次站在边慈面前，她都能透过边慈看见自己的阴暗，不管她怎么隐藏也无处遁形。

　　这世界上就是有永远活在阳光里的人，哪怕偶尔落入背阴处也敢坦诚面对。只有像她这样刻意营造完美假象的人，才会活得越来越阴暗吧。

　　事儿会过去，孽过不去。

　　没错，她也会得到报应的。

　　何似失神往前走，不小心撞上迎面而来的人，她抱在手里的书落在了地上。

　　"对不起。"

　　何似忙道歉，弯腰要去捡书，突然意识到自己穿的短裙，停下动作，准备换成半蹲的姿势。

　　那人似乎看出了她的窘，先她一步弯腰，捡起了那本书，递给她之前还拂了拂表面的灰尘。

　　对于常年暗恋的人来说，捕捉生活中的小细节是下意识反应。

　　未见全貌，何似已经给这人留下了一个不错的印象。

　　她对温和知礼的人向来没有抵抗力，可能是越缺乏什么，越向往什么。

　　"你的书，给你。"

　　声音入耳，何似后背僵直，顿了几秒，抬眸看见是言礼，心脏猛地颤了一下，扯得生疼。

居然还是他。

她慌乱地接过那本书，强撑着情绪保持淡定，跟他问了声好："学长，你也来考试吗？"

言礼"嗯"了一声，见何似无恙，没有久留，出声道别："我考完先走了，你加油。"

"好。"何似点头。

言礼如一阵风从何似身边走过，何似看见有张小字条从他的裤兜里滑出来，掉在了地上。

也就是这一瞬间，何似突然出声将他叫住："言礼学长！"

言礼脚步霎时停住，回过头看她，不解地问："什么事？"

勇气耗尽只在眨眼间。

"没事。"何似露出一个灿烂的笑容，冲他挥手，"祝你前程似锦，毕业快乐，再见。"

这声问候大概有点莫名其妙，言礼愣了几秒，倒也没说什么，客气地回了她一句："你也是，再见。"

言礼再次离开，这次离开的脚步比停下来前更快。何似知道，因为前方有等他的人。

她上前走了两步，半蹲下来，慢吞吞地捡起那张掉在地上的号码牌。

53号。

她是153号。

这相差的100号这辈子也追不上了。

不知道过了多久，蹲得脚都快麻了，何似将号码牌夹到书页里，扶着墙站起来，鼻子止不住地发酸。

她已经怯懦到连"我喜欢你"这四个字都羞于启齿。

她没有遇见喜欢的人也会喜欢自己这种奇迹，她喜欢的人遇见了。

而她没有一刻不嫉妒站在他身边的女孩子，可嫉妒每增加一分，自卑也随之增加一分。

也许这就是她的报应。

第十一章　赐我一生

"我想求神明大人赏赐我一件东西。"
"说吧,我的小信徒。"
"那就把你的永远……不,太虚了,把你的一生赐给我吧。"

1

七月中旬,边慈和言礼收到了榆清大学的录取通知书,二人分别被英语专业和数字媒体技术专业录取。

八月底,两人一起去大学报到。

按流程跑完报到手续,两人手上多了一套军训用品和一张校卡,回宿舍分别办完入住手续后,两人又一起去校园超市买了生活必需品。

新生报到这几天,宿舍楼没有限制出入,来来往往的人很多,除了新生和家长,还有卖开学小物品和拿着单子宣传宽带和手机卡的往届生,楼道走廊堆满了各种杂物,说话声混在一起,比食堂还热闹。

边慈走在前面开路,言礼抱着一堆东西跟在后面,两人一路喊着"借过一下""拜托让一让",总算到了五楼。

"514、516、519、521……哎呀,走过了,倒回去,517到了,停停停!"

在自己宿舍门口站定,边慈掏出钥匙开门,先一步蹿进去,用身体抵住门边防止它回弹,才对言礼说:"可以进了。"

言礼两步跨进来,把东西先放在了趁手的书桌上,甩了甩有点发麻的胳膊,看着阳台门上的空调说:"这玩意儿能开吗?好热。"

边慈将电脑包放在旁边的椅子上,抬眸正好看见了遥控器,拿起按下开关键,空调嘀了一声,成功启动,凉风从扇叶里扫出来。

言礼扯了扯T恤领口,觉得还不够凉,抽走遥控器,调成了18℃。

她说:"你这样对着吹会中暑的。"

"让我凉快凉快,就五分钟。"

"一分钟也不行。"边慈把遥控器抢回来,升了4℃。

见状,言礼只剩叹气的份,朝她伸出手:"那给我张纸。"

"这个可以有。"

边慈从包里拿出湿纸巾，言礼伸手来拿被她挡住。

"我帮你擦，辛苦我的男朋友了。"边慈撕开包装，冲言礼勾勾手，他弯腰凑讨来，一副闭眼享受状。

"先在这儿休息一下，一会儿我也过去帮你收拾。"

"不用，我东西少，自己弄就行。"

言礼吸了吸鼻子，闻到一股薄荷味，趁边慈没防备搂住了她的腰："给我一张，我也帮你擦。"

边慈无从抽身，无奈地笑："你不要闹，一堆东西没收拾。"

"不着急，收拾不完今晚去外面住。"

"好哇，你在这儿等着我呢。"边慈戳了戳言礼的脸，偏头哼了一声，"我才不去外面住，我就要住这里。"

言礼有商有量道："可以，不过你要亲我一下。"

"为什么？"

"你都快一天没亲我了，我今天这么累，为你忙上忙下，我胳膊都麻了，明天起来肯定会酸……"

"打住。"边慈哭笑不得地看着他，"这时候你耳朵怎么不红了？"

"今天红过了。"左右这房间里没外人，言礼无所顾忌地在边慈面前耍赖，"要么去外面住，要么亲我，你自己选。"

边慈打算在他脸上敷衍一下，心思立刻被看穿："脸不算，你要亲也行，反正不算。"

言礼料到边慈会不好意思，特地闭上了眼睛："我看不见，你可以开始了。"

被他这么接二连三地闹，边慈剩下的害羞情绪也消失殆尽，双手环住他的脖子，准备吻上去的时候，听见了门外有开门的动静。

边慈仿佛瞬间被拉到人声鼎沸的街道，触电一般推开了言礼，还多余地整理了一下自己的刘海，心虚得好像前一秒真要发生什么不可描述的事情。

门被推开时，言礼还处于被女友无情推开的受伤状态，哀怨地望着边慈。

"有人进来了。"边慈小声冲他解释了一声，脸上挂起不太自然的笑，准备跟新室友打招呼——

说新室友不正确，应该是老同学才对。

边慈不知道自己的表情是不是跟何似一样精彩。

门自动关上的声音打破了宿舍的安静，何似拨弄了一下钥匙，笑道："真巧，好久不见。"

英语口试一别后，边慈再也没跟何似见过面，班上组织了好几次聚会，何似一次都没有参加，听说一直在欧洲旅游，大家说她这才叫潇洒。

拿通知书那天何似也没来，边慈心底清楚，尽管话都说开了，何似怕是也不想再跟她见面。

这样也好，省得双方都别扭，虽然她不讨厌何似，甚至还挺喜欢何似的性格。
　　没想到时隔一个暑假，她们会以这样的方式见面。何似在笑，可边慈感觉空气中都透着一丝勉强。
　　可能因为言礼也在场。
　　他们的对话何似听到了几分？边慈不敢深想，这种情况下见面她觉得太尴尬了，比被任何人撞见都要尴尬。
　　"好久不见。"除了这四个字，边慈一时间不知道说什么好。
　　何似的座位在左上角，她走过去放下包，随意问道："我们太有缘分了，居然还能同校，你们是今天才到的吗？"
　　"对。"言礼早已收起哀怨的眼神，恢复平时的表情，跟何似搭话，"你也是英语专业吗？"
　　何似顿了顿，"嗯"了一声，没有看向他们那边："这个宿舍的都是。"话音落，何似没给言礼再起话题的机会，握着手机往外走，"我有事出去一趟，你们忙。"
　　何似走得飞快，快得言礼还没来得及说声好。
　　"你们闹过矛盾吗？"言礼突然发问。
　　边慈一愣，反问回去："为什么这么说？"
　　"说不上来，就感觉你们两个有点奇怪。"
　　"没有啊，我们一直都这样，你想多了。"边慈并不擅长说谎，低头收拾东西，顺便转移了话题，"把你的东西分出来，一会儿拿到你宿舍去。"
　　好在言礼并不在意，没有再追问。
　　边慈望着何似已经收拾好的书桌和床铺，想到大学四年说不定都要这么别扭下去，暗自叹了一口气。

2
　　分好一起买的生活必需品，言礼坚持不让边慈帮忙，自己拿着东西回男生宿舍那边了。
　　时间尚早，还不到晚饭点，边慈决定先把床铺收拾出来，擦完床板的灰尘，她才想起床垫和被褥都忘了买。
　　好在宿舍大门口就有商家在卖，不需要跑多远，边慈付完钱，跟老板说了一声，自己分两次来拿，拎起绑被褥的细绳往宿舍走。
　　走了几步，细绳勒得手疼，边慈停下来直接将被褥抱起，倒不是非常沉，只是新被褥体积更大，这样抱着视线被挡住了一大半，她怕摔跤或者撞到人，只能放慢脚步。路过宿管办公室，里面传来争执声，边慈本没在意，继续往前走，快转弯的时候才反应过来，刚才有道声音极像何似。
　　边慈还没想清楚自己为什么抱着被褥倒回去，人已经站在办公室外了。
　　门虚掩着，她透过缝隙看见了何似的背影。

"咱们学校没有刚报到就换宿舍的规矩,怎么能因为你一个人搞特殊,我还有很多事要忙,你别在这里耽误我时间了。"

办公室的座机响起来,宿管阿姨不耐烦地对何似挥挥手,示意她赶紧出去。

何似站着未动,等宿管阿姨打完电话,又立马开口:"正因为刚报到,好多新生还没来,我现在换一下宿舍也不影响谁,阿姨你就帮我这个忙吧。"

"你为什么非要换宿舍?我看你们宿舍的人都没到齐,不至于这么快就相处不来啊。"

"我——"

"行了,你不要再说了,你非要换宿舍,就等开学了找你辅导员说去。"

这时,一对母女风风火火走进办公室,那位母亲嗓门很大,举着一把钥匙说:"宿管老师,这钥匙打不开门,给我们换一把。"

女生觉得丢脸,在背后扯了扯她母亲的衣服:"妈,你小声点……"

"小声什么小声,这儿人这么多,不大点声谁听得见你说话,都上大学了还不改改你磨磨叽叽的毛病,没出息!"

"你烦死了,说得好像自己多有出息一样。"

眼看要吵起来,宿管阿姨站出来打断:"行了,钥匙给我。"

何似被彻底无视,见换宿舍无望退出办公室,抬眼就看见抱着被褥走得慢吞吞的边慈,顿了几秒,拔腿追上去。

"我来帮你。"

何似拍了一下边慈的肩膀,将她脸上一闪而过的惊讶无措收入眼底,说不上为什么,心中那股闷气消散了不少。

她觉得自己很幼稚。

明明早知道会在这里跟这两个人见面的,没想到真到了这一刻,她还是这么狼狈。两人拎着细绳的两端,重量被分走,既不勒手也不挡路了,迈上楼梯,迎面而来几个丢垃圾的女生,边慈和何似靠侧边让他们先过。

边慈不明白何似在想什么,前一秒还在跟宿管争执要换宿舍,不想跟自己同处一室,下一秒又毫无芥蒂上来帮自己的忙,让她产生一种她们可以好好相处的错觉。

边慈感觉这样下去太别扭,揣摩旁人的心思也十分劳神,主意已定,边慈暂时放下了尴尬和顾虑,开门见山地对何似说:"其实你跟宿管阿姨说的话我都听见了。"

何似侧头看了她一眼,又收回目光,抬腿上楼梯,有气无力地说:"谢谢你的诚实。"

"我记得英语系今年招的女生人数是单数,这样肯定有跟其他专业一起住的同学,等开学了我去跟辅导员说,随便跟谁换一下。"

边慈自认为这番话说得没什么不妥,没想到何似听完之后,一把甩开细绳,重量一下子全压在边慈左手上，她没拿稳，被褥滚下了楼梯。

"你这样显得在迁就我一样，怎么，边慈你觉得自己欠了我什么吗？我才不需要你可怜！"

何似语气尖锐，像刺一样冲边慈扎过来。边慈感到无辜，同时也有点恼了："我出于好意而已，谁可怜你了？你要是非要这么想，你自己去跟别人换好了。"

"凭什么我要换，我才不要跟其他专业的一起住，错失新学期交朋友的好机会，我就不换，偏要住517。"

"也不知道刚才是谁在办公室跟宿管吵架，非要换宿舍不可。"

"要你管我，你偷听还有理了？"

她确实没理。

可能她跟何似就是八字不合吧，明明是顺着何似的意思说话，到最后也吵了起来，边慈感到头疼，主动休战。

"随便你，当我什么都没说。"

边慈退回去捡起掉在地上的被褥，拍掉表面的灰，重新抱起来，径直越过何似，往五楼走。

何似在边慈身后哼了一声，目的地相同，只能同路而行。

边慈抱着被褥一鼓作气往楼上走，何似没有叫住她。等她回了宿舍，好几分钟过去，何似也没有回来。一个暑假的时间大概是太短了，换作是她，肯定也无法释怀。

没过多久，宿舍剩下的两个室友也到齐了。一个叫陶灯，性格爽朗，复读了一年比她们大一岁，颇有大姐姐的派头。另外一个是在宿管办公室见过的女生，名叫于听音，本地人，长得秀气，跟她妈妈比起来，显得像个小受气包。

于听音的妈妈帮她收拾好了宿舍的一切，实在找不出什么活之后才走，离开前还把于听音叫到外面教育了一番。本意应该是说母女私房话，只是嗓门大了点，在宿舍也听得真切。除了叮嘱于听音专心学习，还让她凡事都要争一把，必须做人上人。

听到人上人时，何似轻笑了一声，翻了一页书，像是自言自语："宫斗剧看多了吧。"

陶灯从上铺跳下来，从行李箱里翻出一个塑料口袋，解开封口，捧着袋子朝边慈和何似走来，热情地说："边慈，何似，尝尝，这是我从家里带过来的红薯干，可甜了。"

"谢谢。"边慈拿了一根，陶灯见她太斯文，抓了一大把放在她手心，"多吃点，不要客气。"说着，看向何似，"何似你也吃。"

何似其实不喜欢吃红薯这类食物，本想拒绝，话到嘴边又咽了回去，伸手拿了两根："我现在不饿，想吃再找你要。"

"好好好，我这里还有很多呢。"

陶灯的皮肤偏黄，牙齿很白，笑起来透着股实诚劲，有感染力。不知道是不是受这个影响，边慈感觉这是自己吃过最甜的红薯干。

于听音送走她妈妈，回宿舍时头若有似无微垂着，笑得有点勉强。好在陶灯无差别释放热情，托红薯干的福，于听音的尴尬被无声化解。

等宿舍收拾得差不多，陶灯提议大家一起吃个晚饭，无人反对一拍即合。边慈跟言礼发了个信息，说今晚不能一起吃饭，那边表示理解，说自己也有约。

四个女生在商业街找了一家餐馆，赶上饭点需要等号，正在大家商量要不要换一家的时候，店里的服务员走出来，对边慈说："同学，那边有人说可以跟你们拼桌。"

大家顺着服务员说的地方看过去，言礼正笑着冲边慈招手，示意她过去。

"好帅啊，边慈你认识他吗？"于听音忍不住惊呼，捂嘴凑近边慈，小声地问。

"是我男朋友。"边慈没有多说，也没有马上走过去，转而问她们，"要拼桌吗？我刚看见对面有家干锅生意也不错，要不然……"

话还没说完，就被何似打断："拼吧，我饿了，不想去别家重新等号。"

边慈微怔。

陶灯笑了笑，摸着肚子说："我也饿了，就在这儿吃吧。"

于听音附和道："我也不介意。话说边慈你都有男朋友啦？是高中同学吗？"

边慈"嗯"了一声，带着室友往言礼那边走去。

见她们过来，言礼跟着站起来，吩咐服务员加椅子和碗筷。

跟言礼一起吃饭的还有一个男生，边慈并不认识，感觉不像新生，身上透着成熟的气质。

"介绍一下，这是我的直系学长，康从间，数媒大三。"言礼看向边慈，对康从间说，"学长，这是我女朋友边慈，另外三位是她的室友。"

边慈顺势接上言礼的话，把室友轮番介绍了一番。

彼此打过招呼后，康从间笑着说："你们都是我的学弟学妹，今天我请客，想吃什么随便点。"

见三个女生挤在同一边坐着，他起身挪了挪自己的椅子，腾出一个人的位置，又说："这里还能坐一个人。"

最靠边的何似挪了过去，冲康从间不咸不淡地道了声谢。

康从间把两份菜单推到女生们面前："女士优先，你们来点菜。"

陶灯和于听音你看我我看你，谁也没动作，何似见状，拿起菜单翻了几页，点了一荤一素，然后对边慈说："剩下的你点。"

边慈也挺干脆，跟着加了三道菜和一个汤。

服务员收走菜单，把茶壶放在了桌上，让他们自己倒。言礼自然而然揽过这个活，一边倒茶一边找话题，轮到何似时，那边迟迟没有递茶杯，言礼奇怪地看去。

"我……"何似的手指抵在茶杯壁，像是要推出去，可下一秒她却忽然起身，

"我讨厌喝茶，我去拿汽水。"

言礼："让服务员送——"

话没说完，何似已经走远了。

陶灯和于听音一头雾水，说话也不是，笑也不是，一时之间气氛有点僵。

言礼越过何似的位置，将茶壶对着康从间。不料，康从间也说："天太热了，咱俩喝冰啤怎么样？"

"就一扎，多了你自己喝。"

"酒量真差。"康从间站起来，看了眼周围，"服务员都在忙啊，算了，我去前台点。"

离席后，康从间先去前台点了冰啤，却没有马上回席，而是去了洗手间。

不出他所料，果然碰见了在洗手台前发呆的何似。

康从间走到另外一边，打开水龙头洗手，看着镜子里的何似，似笑非笑地说："这里只有自来水，没有汽水。"

听见声音，何似才回过神来，抬头看见是康从间时，脸上明显松了一口气，她低下头，重新洗手，声音又恢复了平静："我知道。"

3

"我看过今年的新生名单，学妹似乎也是元城人？"

康从间轻甩了两下手上的水珠，走到烘手机下，机器启动轰轰作响，就像何似此刻烦躁不已的心。

"学长记性真好，榆清今年录取上千人，竟然还记得住新生各自的籍贯。"

何似关上水龙头，从旁边抽了一张纸巾，三两下擦干手，将纸巾团成团抛进垃圾桶里，转身就走。

烘手机停止了工作，康从间并不介意何似略带讽刺的口吻，仍笑着解释："我的记性没那么好，只是多留意了一下自己的老乡而已，况且，"康从间走到何似身边，目光停顿，"'起舞弄清影，何似在人间'，学妹有个好名字。"

何似倏地回过头，眼神带着防备和恼怒："你到底想说什么？"

康从间摊手表示无辜，何似死死地盯着他。

"回吧，记得回前台点汽水。"

话已至此，何似放下仅剩的侥幸，心一横，对康从间直言道："你都看出来了。"

"对。"康从间坦荡回答。

"这么明显？"

"不明显，连言礼都没看出来。"

"那你怎么看出来的？"

"大概是比你们年长一些？"

何似沉默了一瞬，语气不像之前那么冲："到你这里为止，可不可以？"

"想让我帮你保密？"

"嗯。"

康从间轻笑了一声："可以，到我为止。"

他如此爽快，何似倒有些半信半疑，留下一句谢谢，先离开了洗手区。

等何似从前台点完汽水回到席上，康从间已经在跟其他人谈笑风生了。何似暗中观察了一会儿，发现他没有多余的举动和话语，才稍稍安心。

这顿饭吃得还算愉快，康从间和言礼都是擅长带动话题、活跃气氛的人。结束前大家互相交换了联系方式，得知康从间是学生会长后，陶灯和于听音眼底流露出崇拜之情，入学第一天就拿到了学生会长的联系方式，或多或少感到一丝微妙的光荣。

结伴回宿舍的路上，于听音缠着边慈八卦她和言礼的事情，陶灯在旁边时不时搭句腔，而何似始终低头玩手机，边慈内心五味杂陈，悄悄转移了话题。

路过宿舍附近的校园超市，何似终于抬起了头："我去趟超市，你们先回去吧。"

三人说好，走了几步，边慈停下脚步，对另外两人说："我去买瓶牛奶，你们先走。"

于听音和陶灯点点头，没有起疑，结伴回宿舍。

边慈转身往反方向走，走进刚才路过的校园超市。

收银台排着长队，大多是购置生活用品的新生，超市里环境嘈杂，货架也有点乱，穿过零食区，边慈在文具区发现了何似。

何似在一排陈列着本子的货架前驻足，目光没有焦点，拿起一个本子翻了两下又放回去，接着拿另外的本子，一看就不是来买东西的，只是打发时间而已。

边慈停顿了片刻，深呼一口气走上前，站在何似旁边。

一道阴影倒下来，何似的视线从本子上离开，抬眸过来，看见是边慈，视线重新聚焦，过了几秒，目光收了回去，本子也翻了两页，唯独没有说话。

这边少有人来，货架将喧闹隔绝在身后，边慈觉得这是个说话的好地方。

"我事前不知道言……他也在那里吃饭。"话说出口，远没有边慈预想的那般自然，她省去掩饰的措辞，简单明了地补充，"我不是故意的，没有想过对你炫耀什么。"

"是我自己失态，跟你没关系。"何似合上本子，封面花花绿绿的卡通图案刺目，她把本子放回了原处。

视线失去落点，何似失去了逃避的借口，再次抬眸，对上边慈的眼睛。

澄澈明亮，像平静的湖面，映照一切，又包容一切。

这一瞬间，何似感觉只有自己被留在了高中那间教室，他们以新的姿态回来，路过窗户时，对她说了声好久不见，接着继续往前。

何似扯动嘴角笑了笑："你要是真的要故意对我炫耀什么就好了。"

边慈微怔，面露不解。

何似接着说:"这样我就可以理所当然讨厌你了,还能对自己说'这人很差劲,根本比不上我',很解气对不对。"

边慈被何似的坦诚打动,回答道:"你能对我说这种话已经比我好了,要是角色互换,我做不到。"

"我本来打算让你们彻底消失在我眼前,至少是好几年不见面那种,等我真的熬过去了,某一天再见面,我能以豁达的姿态站在你们面前,就好像我赢了你们两个人一样。

"可惜天不遂我愿,最后居然被凑数的志愿学校录取了,偏偏你们都在这里。"

榆清大学也算全国数一数二的名校,却被何似称为凑数的存在,看来她真的在尽全力避开他们。虽然早有预料,事实从何似嘴里说出时,边慈还是产生了片刻语塞,复杂情绪化成一声木讷的"嗯"。

"你的表情也太沉重了,我说这些又不是要怪你们。"何似伸出手拍了拍边慈的肩膀,笑道,"事情已经这样了,就这么着吧。"

"这话我来说可能有些奇怪,不过,"边慈迟疑了几秒,问,"如果这么难放下,你不如说出来好了。"

何似的手僵在边慈肩膀上,一副难以置信的表情:"是够奇怪的,你的心好大,怂恿情敌跟自己男朋友表白,不怕失恋吗?"

边慈摇头:"如果这么容易就失恋,那证明这本就不属于我。"

何似放下手,没有丝毫犹豫:"我不会说的。"

"为什么?"

"结果一定是失败,还会徒增尴尬,我才不要说。比起以后他看见我,脑子里闪过的是'拒绝过的女生',我更情愿是'普通高中同学',他已经不喜欢我了,我不要再被贴上拒绝过的标签。再说了,是我单方面喜欢他的,跟他没半点关系,哪怕我现在走不出来,我也不需要他来拉我一把。"

边慈被何似说服,轻叹一口气:"我什么都帮不了你。"

何似却摇头:"你可以帮我保守秘密,不要告诉任何人。"

"好,我答应你。"

军训结束后开始正式上课。

边慈在辅导机构找了一个家教的兼职,言礼在康从间的工作室帮忙,两人各自有忙碌的事情,日子过得充实平静。

忙忙碌碌,转眼快到国庆假期。

边慈和言礼想给小姨他们一个惊喜,没有告诉他们国庆要回去的事情。

两人下了飞机,打车回火车坊。

小姨和小姨夫没料到两个孩子会突然回来,高兴得不行,连忙推了今天其他安排,留在家里给孩子们做好吃的。

没过一会儿，外婆外公也来了。明明才走不到一个月，长辈们激动得好像已经一年没见过面了，拉着边慈和言礼说了好一会儿话，特别是小姨和外婆，生怕边慈在外地不适应，有些问题反复问了好几遍才肯放心。

晚上是在外婆家里吃的，小姨和外婆一起下厨，做了一人桌菜，热闹得像过年。

次日，明织和陈泽雨约他们去游乐园，在外面玩了一天，等回家的时候，小姨还准备了夜宵。

久不归家，等再回家的时候，原来可以得到家人这么热烈的关怀。

这么多年，边慈第一次明白这件事。

4

国庆过后没多久，迎来了校级篮球赛，分为男篮和女篮。

榆清重视学生身体素质的培养，每年的篮球赛算是大活动，很受重视。校方要求每个学院都要派出一支篮球队，先进行校内选拔，排名第一的会成为学校代表队。

层层安排下来，落实到每个专业每个班。早读课结束，辅导员特地来了班上一趟，鼓励有运动细胞的同学积极参加选拔，若是拿到好名次能加学分。

一听到加学分，原本兴致缺缺的众人立马变得积极起来，没几分钟，把体委座位围了个水泄不通。

于听音接完热水回来，看见这阵仗，回到座位见边慈还在背单词，奇怪地问："边慈，你不去报个名？我看陶灯都去了。"

"陶灯个子高，适合打篮球。"背完今天的最后一个单词，边慈用红笔在旁边做了个记号，合上单词书，靠着椅背伸了个懒腰，感叹道，"你身高也不错，去报一个呀。"

"我才不去，我最讨厌运动了，弄一身汗还累。"于听音喝了一口水，看向边慈，"你不是练过很多年体操吗？运动细胞这么好，学分不拿白不拿啊。"

边慈遗憾摇头："你说得容易，我个子太矮了，你没听辅导员说，女生一米七以上，男生一米八以上嘛。"

于听音愣了几秒才回想起来，然后把边慈上下打量了一遍。

长腿细腰瓜子脸，身材体态气质都在线，如果不是边慈自己说出来，平时走一起倒真没觉得她矮。

难怪小时候家长们总要求孩子们挺胸收腹，看来不是没道理。

"看来我们只有给陶灯加油了。"

说陶灯，陶灯就到，她报完名回来，听到自己名字，问："给我加什么油？"

"篮球赛啊。我宣布，你就是我们宿舍的代表了。"于听音郑重其事地拍了拍陶灯的右肩，"不要辜负组织对你的期待。"

边慈学于听音拍了拍陶灯的左肩："你就是我们宿舍的希望。"

陶灯拉开两人的手，无奈笑道："挺多人报名的，我都不一定能选上，重在参与。"

"还有半个月才体能测试，有的是时间。"

边慈看得出陶灯很想要这个学分，陶灯的成绩在班上不算突出，如果期末学分修不够，下学期的助学金肯定无望了。

想到这儿，边慈主动提议："要不然我陪你练习吧，我以前有一个专门提升体能的训练表，回头我改良一下给你试试？"

"那太好了。"陶灯有些惊讶，心中欢喜可是又担心耽误边慈的时间，"不过好像挺麻烦你的，你还要做兼职……"

边慈摆手表示没关系："不麻烦，反正每天也应该适当运动，我就当锻炼身体了。"

陶灯这才心安："那就好。"

于听音在旁边听得来劲，举手说："我也去，我去给你俩打下手。"

"你怎么不说你一起来锻炼啊。"边慈恨铁不成钢地看了她一眼。

于听音将懒散贯彻到底："我才不，我是不运动星人，除了体测谁也别想让我多动一下。"

懒得还挺有原则。

当天晚上，边慈就做好了新的训练表，次日便拉着陶灯开始行动。

两个人白天都忙，训练时间定到了每天晚上的八点半到十点。

因为这事儿，边慈跟言礼见面的机会就少了，不过他也忙，除了学习，还有工作室那边的事情，另外篮球赛也要抽时间准备。

这么忙忙碌碌过了半个月，陶灯顺利通过选拔，成为学院女篮队的正式队员。通过当天，她高兴得不行，非拉着边慈去学校外面打牙祭。

吃完饭回学校的路上，边慈接到言礼的电话，约她见一面。

细算下来他们也好几天没见了，离下午上课还有两个多小时，边慈爽快地应下，跟言礼约好在东门等。

陶灯跟边慈挥手说再见："那我先回去了，下午的课帮你占座。"

"好。"

边慈在东门等了十分钟左右，远远看着言礼从学校外面走过来。

"你去工作室了？"边慈上前挽住他的手，言礼自然地接过她手上的书。

"没去，去了别的地方。"

"什么地方？"

"先保密。"

言礼趁边慈不注意，偷亲了她一下。边慈顿了几秒，反应过来后拍他肩膀，笑骂道："干吗啊你，在街上呢。"

"我还没吃午饭，先陪我去吃饭。"言礼舔舔自己嘴唇，侧头扫了眼边慈的唇，有些意犹未尽,"好甜,你吃了哈密瓜?"

边慈脸色涨红,轻推他一把:"言礼!"

"好了好了,我不说了。"言礼笑着牵起她,怕她真生气,先一步卖惨,"阿慈,我好饿,吃饭去吧。"

言礼生怕边慈不动容似的,等她看过来时,故意眨了眨眼,增加可怜度。

边慈还真的没脾气了,只能妥协。走了几步,她纳闷地自言自语:"都上哪儿学的,以前可没有这么无赖。"

没想到这么小声都被言礼听见了,他还厚脸皮地接了话:"没特意学,非要说理由,那就是情不自禁吧。"

"那你稍微控制一下自己。"

言礼反问:"你不喜欢我亲你?"

边慈稍顿,否认:"也不是不喜欢,但是……"

言礼没等她说完,直接抢答:"那就不用控制,我喜欢亲你……哦不,不止,是亲近你,我不想克制。"

"这几天忙得没时间见面,我很想你。"言礼低头看她,问,"你想不想我?"

边慈本来想违心说没有的,可是对着言礼这张脸,怎么也说不出口,就算此刻自己被撩得占据下风,她也毫无反抗之力。

"嗯,我也是。"

得到满意的回答,言礼暂且收手,把话题拉回了日常频道。

陪言礼吃过午饭,言礼带着边慈走进了学校周边的一个小区。他嘴上没说什么,可看他一路刷卡畅通无阻,等电梯的时候,边慈已经猜到了真相。

"你在这里租了房子吗?"

既然已经被猜到,言礼不再玩神秘,坦荡承认:"对,昨天刚拿到钥匙,我上午下课过来简单收拾了一下,想第一时间带你来看看。"

边慈微微蹙眉,有些担心:"怎么想到出来租房子住,发生什么事了?"

"没有什么事。"

电梯门打开,等里面的人出来后,两人进电梯,言礼按了楼层,继续说:"工作日宿舍十点半就断网了,不方便,而且我室友打呼噜,动静挺大的,我睡得晚又睡不好,索性就搬出来住,反正离学校近,什么都不耽误。"

"你都没跟我说。"

边慈反思是不是自己这几天真的太忙,只顾着帮陶灯通过选拔,而忽视了每天聊天时言礼隐约透出来的小情绪。

言礼一看她的表情就知道她在想什么,捏了捏她的脸,简单打断她的胡思乱想。

"我故意不跟你说的,直接带你来看不是更惊喜?"

聊天的工夫,指定楼层也到了,言礼牵着边慈走到最里面的那间,摸出钥匙开门。

入目是一个小玄关，一直往前看，阳光透过客厅的落地窗落在地板上，衬得房间光线透亮。

换鞋进屋，边慈这才发现这是个小复式。原木风装修，整体简洁却不失温馨，楼上有两个卧室，其中一个房间没有放床，摆着一张大书桌，背面做的嵌入式墙面书柜，像是工作间。

最开始听言礼说租了个房子，边慈以为就是那种普通单间，一个带卫生间的卧室而已，没想到会是这么像家的房子。

参观完一圈，边慈试着问言礼："这个小复式的租金应该不便宜吧？"

"这房子是学长买来投资的，一听我要租房，他友情价租给我了，比市价便宜了整整一千。"

早就听言礼提过康从间学长是个富二代，又是开工作室又是买房，边慈切实感受到了贫富差距。

"便宜一千还是比单间贵的，你每个月压力会不会很大？"

"不会，我现在在工作室帮忙，比高中时候赚得更多了，承担房租还是绰绰有余，而且如果我是一个人，我肯定不会租小复式。"

边慈不解地问："你是一个人啊。"

"我还有你啊，要是你想搬出来住，这个房子也够我们住，不用重新租了，多方便。"

"这倒也是。"

边慈接话接得快，话音落了，她才觉得这对话有些不对。什么叫她也想搬出来住。

什么叫这个房子也够我们住。

好家伙，言礼不声不响给她挖好坑，她居然还乐呵呵地主动往下跳了！

边慈清清嗓子，开始解释："我的意思是，既然租金不是压力，你一个人当然是住宽敞点比较舒服，我就不用搬出来住了，我住宿舍感觉挺好的，我室友不打呼噜，不影响我睡觉。"

言礼从背后抱住她，附耳轻声道："可是我也不打呼噜。"

"……"

"我也不影响你睡觉。"

"……"

"女朋友，我很乖的。"

言礼收紧臂弯的力道，环视客厅一圈，视线落回边慈身上。

"这么大的房子，你不觉得我一个人住太大了吗？"

边慈装作没听懂："那你可以租一个小点儿的。"

言礼轻笑。

话点到为止，他不再继续试探。

"不用，就住这里。"言礼拿出另外一把备用钥匙，放在边慈的手心，"钥匙也给你一把，想来随时来。"

边慈感觉这钥匙可烫手了，收也不是，不收也不是。正为难的时候，听到言礼说了一句话："房子是租来的，家是自己的，这里暂时是我的家，也是你的。阿慈，不要跟我客套见外，我也会没有安全感的。"

边慈眼眶一热。

良久之后。

边慈把钥匙放进了包里，终于点了头："我会经常过来的。"

言礼这才笑了："不考虑直接住进来吗？"

"你控制一下自己。"

"我不想控——"

"不，你想，你能，你可以。"

言礼只能妥协："知道了，女朋友。"

5

十月底，校内篮球选拔赛拉开帷幕。

为了节省时间，采用一轮淘汰制，每个学院只有赢到最后才能拿到代表学校参赛的名额，只要输一场就宣告结束，竞争比预料的要残酷许多。长达一周的赛程，最终外语学院拿下女篮代表队名额，艺术学院拿下男篮代表队名额，将代表榆清大学参加下月中旬的高校联赛。

消息一出，两个学院的人嗨翻了天，往年的代表队都是从其他学院产生的，外语学院和艺术学院每年一轮游，这回竟然杀到了决赛，可以说终于扬眉吐气了一回。

陶灯每天的早晚自习都被安排了训练，这段时间下来，人看着瘦了小半圈，不过她倒是乐在其中，说就算比赛结束了，以后也会坚持打篮球。

边慈突然有些羡慕陶灯，如果可以的话，她也想参加运动类的比赛。

至于言礼那边，作为艺术学院篮球队的成员之一，训练也排得很满，边慈总担心他学习训练兼职三头忙，顾不上休息，可言礼每次都笑嘻嘻地说不累没事，弄得她也不知道该怎么办才好。

忙忙碌碌，转眼到高校联赛的日子。

榆清大学的第一场女篮比赛就对上了理工大。省内有名的篮球强校，每年都能拿到前三的名次，被大家称为冠军候补。而榆清大学每年成绩平平，最好成绩止步于八强，光从头衔上已是一强一弱。

女篮的比赛在前，边慈和于听音跟着大部队一起进体育馆，在划分好的区域坐下。

上场的双方队员正在球场热身，各高校的横幅贴满场馆，广播里播放着各类通知和寻人寻物启事，仔细闻闻，空气中还有淡淡的止痛剂味道。

运动比赛特有的氛围，边慈看了看自己手上用来呐喊助威的小道具，暗中叹了一口气。

物是人非，几年前她怎么也想不到自己会坐在体育馆的看台上，为别人的比赛鼓掌加油吧。

"校长可真的太重视这次联赛了，你看，我们学校的装备多齐全，一会儿比赛了，咱们的加油声绝对是……"

"冲啊冲啊理工大，上啊上啊理工大，哦哦哦——"

于听音的自夸还没结束，就被对面理工大的口号声给淹没了。理工大不仅装备齐全，还统一了着装，甚至带上了学校的吹奏社团，大鼓萨克斯统统都安排上了，光是站在那里，就两个字——专业。

手里的小道具突然就搬不上台面了。

于听音第一次见这么专业的啦啦队，看傻眼好几秒，然后愣愣地感叹："这是不是传说中的冠军气场？"

"大概是的。"

这时，理工大的啦啦队开始唱校歌，歌唱到一半，开始跟榆清大学这边互动。

理工大那边有人喊："今天我们的对手是——"

全体回答："榆清大学！"

带头的人接着喊："榆清大学——"

全体回答："请多指教！"

没有比实力强劲还有风度更可怕的对手了。

不止看台上的啦啦队，就连球场上的队员也被理工大的气势震慑到，连着好几个投篮都没进。

比赛前很微妙的情绪也会影响到运动员的状态，边慈看着场下的球员们，隐隐担心即将开始的比赛，要是开局，在场内场外都被理工大带了节奏，这场比赛就更难赢了。

何况接下来还有男篮的比赛，女篮打头阵的这一场的比赛结果，也会影响到男篮那边的球员状态。

"边慈，你脸色怎么这么难看？"

边慈收起思绪，对于听音摇了摇头，说："没有，希望大家的心态没有被影响吧，理工大那边的加油助威已经可以构成心理压力了。"

"也是，真庆幸自己不用上场，我肯定要紧张死了，你说陶灯她没问题吧？"

"不清楚。"

嘴上这么说，边慈心里却感觉陶灯有问题的可能性非常大。陶灯本来就是容易紧张的性格，而且害怕出丑，平时上课被抽问都会结巴。

但眼下再多的担心也是无用，边慈只能祈祷，好运气是站在她们这边的。

十分钟后，裁判吹哨，双方球员整队，比赛前鞠躬问好。

随着跳球被理工大的中锋拍走，控球后卫运球发起速攻，上半场拉开了帷幕。

走位、假动作绕开榆清两名追上去补位的球员，控球后卫将球传给得分后卫，那个女生拿到球毫不犹豫选择在外线发起进攻——

直接投三分。

榆清的队长在场上喊："篮板球——"

话音刚落，一道漂亮的弧线，空心入篮筐，没有丝毫失误，自然也用不着抢篮板球了。

理工大的得分后卫以一记完美三分球，为理工大抢先拿下上半球的节奏。

场馆沸腾，理工大的助威声仿佛把体育馆都染成了自己那边的应援色，不过一球，不过三分，已经显得榆清大学这边有些黯淡无光。

榆清队长拍手为队员们重振旗鼓："没关系，下一球，下一球我们一定要拿下。"

队员们高声应好。

边慈特别注意了一下陶灯的表情。

同为控球后卫，刚才她补位追上去拦理工大的控球后卫，结果被对方的假动作过掉，导致球被传到了得分后卫手上。

同位置对决，陶灯输了，导致球队丢了一个球，偏偏还是个三分球。

开局遭受对手这样的挑衅，边慈特别害怕陶灯的心态会崩，不过从她的表情来看，凝重归凝重，紧张跟不甘心之间，边慈感觉更像是后者。

不甘心就对了，不甘心才会拼了命地想赢。

果然，第二轮进攻的时候，陶灯再次对上那个控球后卫，她用同样的套路过掉了对方，把球传给队长，榆清进球得分。

虽然只有一分，但进攻有来有往，不是单方面被压着打，那么局势就还算可观。

这种进攻有来有往的局面一直持续到了比赛最后一分钟，双方始终有两分分差，理工大领先。

预赛没有设置加时赛，所以，这一分钟至关重要，榆清要赢至少要拿到两分，如果一直无法进球，就会被当场淘汰。

理工大那方自然故意拖着节奏，榆清只想速攻破防，拿下分数。

眼看时间就要在僵持中耗尽，最后七秒钟，陶灯抓住对方的小失误，在理工大传球的路上把球断走，理工大的回防也快，陶灯果断把球传给了自家得分后卫。

后卫接球，立刻跳起投篮。

"冲啊榆清——"

"三分三分三分！"

"快投篮！"

整场比赛下来，这位得分后卫的命中率并不高，边慈紧张得连心脏都开始痛了，视线随着篮球的弧度移动。

进球、进球、进球。

边慈在心中不停地祈祷，篮球下落，碰到篮筐边缘，在筐上绕圈……

这时，比赛时间终止，裁判吹哨。

在所有人的注视下，篮球入筐、落地。

榆清以一记三分压哨球，拿下首场比赛的胜利，打败了冠军候补队，谁也没想到比赛第一天就爆出大冷门。

"啊啊啊啊啊！我们赢了！"

边慈和于听音激动得尖叫，站起来冲陶灯拼命挥手。

陶灯听见声音，看过来，隔空比了个耶。

看得出来，因为这场比赛的胜利给她带来了不小的鼓舞。

以后肯定会变得更有自信一点吧。边慈心想。

男篮的比赛十点半开始，还是在这个场馆，时间紧比赛多，上场比赛刚结束，下一场比赛的双方队员接着入场热身，后勤人员拿着清扫工具跑上来，清理场地的汗水。

言礼刚一上场，榆清这边的女生就炸了锅，尖叫的尖叫，甚至还有吹口哨的。

边慈是知道他有人气的，不过"言礼有女朋友"并不是秘密，何况今天她也在场，她本以为其他女生会稍稍收敛，没想到更胜以往。

看来是她高估自己的存在感了。

"你家言礼的人气好可怕，你会不会超有危机感？"于听音凑近边慈，小声跟她八卦。

边慈却摇头："这个没有。"

"为什么？美女的自信吗？"

"不是，我对自己没什么自信，是因为……"边慈看向场上的言礼，不知是不是心有灵犀，他也正好看过来。

言礼抛了抛手上的篮球，隔空给边慈扔了一个 wink（眨眼），像是在说，你就等着看我的表现吧。

边慈被他孩子气的小动作逗乐。

于听音没注意到这个细节，不解地问："你在笑什么？"

"没什么。"边慈继续刚才没说完的话，"我是因为对他有信心，有时候只有感受到自己正在被爱着，才会意识到自己是珍贵的。"

"虽然不太明白你的意思，但这口狗粮我还是含泪咽下了。"

"最近追你的那个，金融系的，你还没考虑好？"

提到这个，于听音就一脸犹豫："没，他太黏人了，我十分钟没回他消息，他就给我疯狂打电话，这要是在一起了，我不得被他烦死啊。"

"是有点夸张。"

于听音长舒一口气："所以像你跟言礼这样就很好，各方面都好。"

"你也会遇到的。"

热身结束，比赛开始，对手是信工学院。

不同于上一场比赛，榆清男篮这边在跳球上赢得先机，率先拿到一分。

言礼打的位置是小前锋，他个子高，动作灵活，不管是抢断还是得分皆不逊色，很快，上半场就拉开了16分的分差。

信工学院没办法叫了暂停，暂停结束比赛重新开始的时候，他们派了两个人来盯防言礼。

言礼要应付两个人，压力不容小觑，打法上受限许多，只能把球传给队友。

限制了言礼，信工那边的传球灵活了很多，采用速攻高效得分，榆清被这波反击打得有些无法还手。

边慈在场外仔细观察，总觉得言礼还留有后招，不可能一直被束缚着。果然，等球再次传到言礼手上时，盯防的人迅速跟上，防止言礼传球，没想到言礼却退到外线，以一个不太标准的姿势投了三分！

边慈激动得跟大家一起尖叫起来。

这个三分大大改变了榆清低迷的氛围，上半场结束，榆清以6分领先。

中场休息结束，下半场开始，信工换了一位大前锋，目测身高有两米，策略还是一样，对言礼采用两人盯防。

盯防的其中一人换成了两米大汉，言礼的三分频频被盖帽，节奏被信工带走，眼看比分就要反超——

信工那边一个投篮失误，得篮板球的一方就会拿到这一分！

言礼在篮下卡位时占据了优势，先一步在好位置跳起，眼看就要把篮球板收入囊中，两米大汉也跳起来，两人在半空中发生接触，接着，砰的一声。

言礼被撞到地上，右胳膊着地，他疼得蜷缩起了身体，根本动弹不得。

裁判及时吹哨："信工6号，故意撞人，犯规——"

有队员受伤，比赛只能暂停。

犯规的两米大汉看着躺在地上、疼得直冒冷汗的言礼，得意地笑了，道了一个挑衅味十足的歉："对不住啊兄弟，我没想到你这么不经撞。"

6

言礼的朋友徐茂朝两米大汉走去，右手攥成拳头，满眼怒意，大骂道："对不住什么啊，玩阴的，孬种！"

眼看徐茂的拳头就要抡到大汉脸上，队长追上去拦住他，从背后锁住他的双臂，把人往后拉："行了徐茂，别惹事，你一拳下去咱们就不占理了。"

"队长！"

"看言礼的伤要紧！"

徐茂放弃挣扎，为了朋友强行压住怒火，放下拳头，瞪着一脸得意的两米大汉呸了一口,用眼神警告他:你给老子等着。

赛委会的医疗组已经抬着担架进了球场,为言礼做急救处理。

球员、裁判、医生、带队老师,里里外外把言礼围了好几圈。

边慈在看台根本看不见下面的情况,她着急上火,跑到栏杆前,想一口气跳下去,被于听音一把拦住。

"你疯了,这么高跳下去,没等你跑到言礼那边自己就瘫了!"于听音拿走边慈手上的加油道具,把她往出口那边推了一把,"走那边,快去。"

边慈的脑子这才清醒了,拔腿就跑,不忘回头对于听音喊了声谢谢。

从观众席的大门出来,边慈顺着指示牌往球场入口那边跑,在半路上遇到了医疗组和榆清男篮的带队老师。

边慈跑上去,总算看见了言礼。

他已经被抬到担架上,右胳膊做了简易固定,球衣被汗水浸湿,脸色疼得煞白。

边慈跟着担架走,握住言礼的左手,心疼得眼睛都红了,哽咽着喊他名字:"粥粥,粥粥,没事的,别害怕。"

言礼听到边慈的声音,从疼痛中分出一丝力气来,轻轻回握了一下她的手,想宽慰她,可细弱的声音听起来实在毫无说服力:"阿慈不哭……我不疼,都是小问题……"

阿慈拼命点头:"对,小问题,我陪你去医院处理一下就好了。"

带队老师见边慈一直跟着他们,出声提醒:"同学你先离开吧,这里还有老师和医生呢。"

"老师,让我一起去吧,我是他女朋友,我得陪着他。"

老师面露难色,这时,言礼轻声开口:"老师,让她一起吧。"

虽然言礼不愿意让边慈看见自己这副虚弱的样子,可是他知道,要是不让她看着,她只会更担心。

老师心软,还是妥协了:"行吧,等下你跟医疗组一起上救护车,我打个车跟着。"

"谢谢老师。"边慈说。

到医院后,言礼先做了几项必需的检查,等骨科的医生看完检查报告后,很快给出了诊断。

右臂粉碎性骨折,需要马上进行手术。

言礼签完手术同意书,在病房等待手术时,带队老师进来,脸色凝重地说:"言礼,你这个情况,为了对你负责,我必须通知你的家长过来。"

"别给他们打电话,我自己能对自己负责。"

"这不是小事,万一有什么意外,我们怎么跟你的家长交代。"带队老师决心已定,安慰了言礼两句,拿着手机去病房外面打电话了。

边慈又撕开一张干净的湿纸巾,给言礼擦额头的汗。

自从听完医生的诊断结果后，边慈就变得异常沉默，言礼看她这样怎么也放心不下，握住她的手腕，笑着问："没事儿的阿慈，就是一个小手术，你看我，一点儿都不怕，一会儿进了手术室，我打个麻药睡一觉，等我醒了就完事了。"

边慈点头："嗯，别害怕，我一直陪着你。"

"不是，我是安慰你，怎么反倒成你安慰我了？"

"你安慰我做什么，受伤的是你啊。"

边慈想到刚才医生说的什么，后续恢复情况要等手术结束了才知道，不排除以后右手的使用会受影响之类的话，心就慌到不行，又气又替言礼感到委屈。

"早知道我就应该拦着你不参加这个篮球赛，好好的打什么球，信工那个人怎么那么恶劣，打不过就出手伤人，不就是一场球吗？太过分了，凭什么这样，手受伤的人应该是他才对……"

"阿慈。"

言礼打断边慈的碎碎念，抽走她手上的湿纸巾放到一边，说："之前在体育馆，我被人围着，视线迷迷糊糊的，好像看见你想从看台上跳下来，是我眼花吗？"

边慈一怔，下意识想否认，"我没有"三个字已经到嘴边，又被她咽了回去。她不想对他说谎，不管出于什么目的。

边慈"嗯"了一声，握着言礼的手，轻轻摩挲没有受伤的部分。

他的左手虽然没有受伤，可是摔倒的时候也磨了一块皮，刚才护士已经包扎过了，纱布把言礼的手掌包了好几圈。

明明早上都还好好的，怎么就……

边慈越想鼻子越酸，闷声道："我太着急了，我看不见你，只知道你很疼。"

言礼感到后怕，神色严肃地说："再着急也不可以，不许再做这种危险的事情。"

"好。"

这时，两个护工进来，准备推言礼去手术室。

边慈跟着推车床一路到了手术室门口，再往前就禁止闲人入内了，言礼知道她六神无主，最后叮嘱了两句。

"家长联系方式我留的小姨电话，她知道这件事肯定很慌，一会儿打电话来，你替我安慰她两句。"

边慈点头："我知道的。"

"还有你，不要哭。"言礼抬起头，想摸摸她的脑袋，就像平常一样，可是他躺着，身上也没什么力气，根本够不着。

边慈会意，主动弯腰低下头。

言礼笑了，摸着她的头，说："我很快就出来，你乖乖的。"

边慈硬生生把眼泪憋回去，对他笑了笑。

"好，我就在这里等你。"

言礼进手术室没多久，小姨就来了电话，语气很着急。

边慈安抚了她几句，简单说明了一下言礼的情况，好让她安心，不过效果甚微。

"我和小姨夫已经在收拾行李了，马上去机场，到了榆清再联系你。"许是意识到自己过于紧张，无形之中给远在榆清无依无靠的边慈增加了负担，小姨又补充道，"阿慈你也别害怕，我们很快就到了，再说粥粥那孩子身体一直都挺不错的，不会有什么问题。"

言礼以前说过，家人就是互相支撑的存在，直到此时此刻，边慈才明白这句话的意思。

"我知道，小姨你也是，别太着急，到了给我打电话，我去医院门口接你们。"

"行，那先挂了，回头联系。"

"好。"

手术结束前，篮球队的人打完比赛也跟着过来了，听见他们说打败了信工学院，边慈心里稍感欣慰。

一群男生守在这里也没什么用，轮番安慰了边慈，最后只有徐茂作为代表留下来守着。

又过了一个小时左右，手术总算结束了。

听到医生说手术顺利，不会留下后遗症，边慈这颗高悬的心才算落了地。言礼的麻药劲还没过，睡得很沉。边慈、徐茂还有带队老师跟着护士一起，把他推回了病房休息。

"徐茂，你先回去吧，言礼这边没什么事了。"边慈见徐茂还穿着运动服，小声劝他。

徐茂感觉自己确实帮不上什么忙，起身拿上包："那行，嫂子你有事就打电话，我明天再来看他。"

"好。今天辛苦你了，等言礼康复了，我们请你吃饭。"

"客气什么。"徐茂笑笑，倏地想到信工那个玩阴招的大汉，脸色沉下去，"今天这事儿都是那人闹的，看我回头怎么收拾他。"

"算了徐茂，快期末了，不要惹事。"边慈看了眼言礼，补充道，"要是言礼知道你们因为给他报仇而惹祸上身，心里肯定不好受。"

徐茂叹了一口气："你们就是脾气太好了。"

边慈轻笑："不是脾气好，是拳头解决不了所有问题。你先回去吧，换身衣服洗个澡，别感冒了。"

"行。"

小姨和小姨夫他们的速度很快，赶到医院的时候，言礼还没醒。从病房出来，带队老师引着两个家长到走廊的拐角说话。先是好言好语道了歉，说今天发生的意外，校方也要承担一定责任，接着是安慰，搬出医生的那套说辞，意思是言礼虽然受伤了,但只要康复了也没什么后遗症,这件事可以轻拿轻放。

边慈在旁边听着,比起关心学生,这位老师还是关心自己会不会因为这件事扣工资,巴不得用嘴皮子功夫平息家长的怒火,方便大事化小小事化了。

"……二位家长也别太担心了,小伙子身体结实,恢复起来很快的,言礼今天在赛场上表现非常好,虽然后续比赛无法再参加,但是这学分还是会给他加上的。"

"听王老师这个意思,这件事就用学分了结了?"小姨冲王老师冷飕飕一笑,讽刺意味十足,"贵校的学分真是难拿得很哪,还得摔断骨头才行。"

边慈看了眼小姨,默默在心里给她点了个赞。这种时候阴阳怪什么的最解气了。

王老师忙赔笑脸,解释:"言女士,瞧您这话说的。我不是那个意思,言礼没有大碍,我们大家都松了一口气,您说是吧。"

"这口气,你松了我可没松。王老师啊,我家孩子进医院都这么久了,怎么没看见今天打球推他的那个同学及家长呢?"

王老师愣住,还没想好措辞,小姨接着逼问:"我家孩子都进医院做手术了,那边不出面不太合适吧。这样,王老师,您帮忙联系一下,我想跟对方家长当面谈谈。"

"您想谈什么?"

小姨夫接上小姨的话,一向待人和气的姨夫,脸上竟然半点笑意也无。

"当然是谈谈赔偿问题,以及对我们家孩子怎么进行一个正式的道歉。"

眼看事情要闹大,王老师劝道:"其实没必要闹这么僵,球场上嘛,难免受伤磕碰的……"

"如果是正常受伤磕碰,我家孩子会拍拍灰站起来,我们也不需要跑这么远过来为他要公道。既然来了,就没有随便应付的道理。"

小姨夫伸出两根手指头,声音透着毫不让步的坚持。

"我们的底线很简单,道歉、赔偿,一个都不能少。"

7

在小姨和小姨夫的轮番"轰炸"下,王老师迫于压力答应下来,不过这人精也没有把话讲太满,只说自己会尽力联络沟通。

等王老师走后,小姨哼了一声:"阿慈,你们这老师人品真不怎么样,带队出去比赛,自家学生被欺负了,居然只想息事宁人。"

边慈很难不赞同:"受伤的不是他,但闹大了处理不好扣的是他的工资。"

"那我不管,他接了这个工作就该想到这种情况。粥粥是他带出去的,现在没能完好无损带回来,他就该负责。要是凡事都只想着撇清自己,那麻烦迟早会成倍找上来。"

"小姨,你应该来当老师的,你肯定会是一个好老师。"边慈由衷地称赞道。

小姨自豪地抬了抬下巴："那当然，我就是没机会施展才华，否则还有你们这个王老师什么事。"

小姨夫在旁边打趣："行了，阿慈你别夸她，一会儿尾巴都翘上天了。"

"嘿，你这人，是不是阿慈只夸我不夸你，你心理不平衡了？"

"我哪有那么小心眼。"

"我看你就有。"

边慈强忍住笑，站出来圆场："小姨和姨夫都很好。你们来了，粥粥就不会受委屈了，否则我自己在这里，还不知道要怎么办才好。"

"难为你了，我们来之前你肯定担心坏了。"小姨伸手抱住边慈，拍着她的背，像妈妈安抚孩子一样，"没事了，有我们在，你和粥粥什么都不需要担心。"

难怪大家都说，孩子不管长到几岁，在父母那里永远都是孩子。

眼前这对夫妻与她非亲非故，断然算不上父母，可这一年多以来，边慈在他们身上感受到太多温暖的情意，远胜过她的亲生父母给予她的。边慈也明白了，为什么她和言礼的成长轨迹有重合的部分，可是长大之后却变成了截然不同的性格。

来自家庭的呵护和爱意，就是这么伟大又神奇的力量，它可以把一个缺爱又没有安全感的小孩，变成一个自信善良的人，而这样的人，一定会同样温暖到身边的朋友、家人、爱人。

边慈庆幸自己是其中之一。

"好。"边慈回抱住小姨，低头掩饰微微泛红的眼睛，"你们也不要担心，医生说粥粥的情况很好，以后也不会有后遗症。"

小姨点头，松开边慈，替她整理了一下刘海："那就好，这样，要不然你先回学校，这里有我们守着，别耽误你上课。"

"我今天没有课，我也在这里守着吧。"边慈看了眼病房的门，"等他醒了，我跟他说两句话，这样才会安心。"

"行，由着你。"

小姨夫适时开口："我去买点吃的，阿慈你还没吃饭吧。"

"没事，姨夫我不饿。"

"不饿也要吃，三餐很重要，要是你也生病了，我们可真的忙不过来了。"

小姨夫温和地笑了笑，跟小姨交代了两句，拿上钱包去外面买东西了。

言礼住的是双人病房，但这里暂时只有他一个病号，运气倒是不错，环境很安静，晚上陪床的人也不用缩在小床上将就。

小姨夫买了很多好吃的回来，三个人坐在一起吃了一顿饭，外面的天也渐渐黑下来，其间医生过来查了个房，说各项指标都正常。

晚上七点多，言礼的麻药劲过去，终于苏醒过来。

他还不能进食，边慈用棉签蘸了水涂在他的嘴唇上，让他稍微好受一点儿。

"你俩怎么都来了,麦麦一个人在家安全吗?"

言礼脸色还是惨白,说话提不起劲,差不多算是气音了,得凑近了才能听清他在说什么。小姨听完一脸无奈:"自己都这样了还操心别人,麦麦没事,外婆管着呢。"

"外婆他们都知道了?"言礼瞪大了眼,情绪一下子波动太大,扯着伤口疼,惹得他倒抽一口冷气。

"哎哎哎,你别激动,淡定点儿。"小姨帮他顺气,一边安抚,"老太太没你想的那么脆弱,不告诉他们,麦麦让谁管?行了,你现在就好好养伤,等寒假回去,让他看见你没缺胳膊少腿的,比什么都强。"

言礼望着天花板,叹了一口气:"你们就是小题大做。"

"你再说一句废话,信不信我把你的左胳膊也打折了?"

边慈扔掉用过的棉签,给言礼掖了掖被角,凑近对他说:"小姨他们很担心你,我去医院门口接她的时候,眼睛都是红的,肯定在飞机上哭过了。"

言礼听完,侧头看着小姨和小姨夫:"让你们担心了,我以后注意点。"

"这事不怪你,人一旦起坏心,旁人总是防不胜防。"

小姨夫把削好的梨切成了小块,放在盘子里,招呼小姨和边慈过去吃,自己起身去洗手间洗手,出来的时候,犹豫几秒,还是开了口:"粥粥,那个故意撞你的男同学,以前跟你有过什么过节吗?"

"没有,今天是第一次见。"

言礼听出小姨夫的言外之意,接着说:"就是打球打急眼了,只能说这哥们儿球风不太好,没事儿,我也没怎么样。"

"你这还叫——"

小姨瞧着要急眼了,小姨夫递给她一个眼神,示意让自己来说,小姨这才把话憋了回去,偏头吃了两块梨来压火。

"不管他是出于什么目的,结果都是蓄意伤害。这件事是不大,但不能这么算了,这是公道。我们跟你们王老师聊过了,只要对方诚心道个歉,赔偿医疗费,这件事就翻篇。"

言礼想到那个两米大汉的作风,轻笑了声:"这恐怕很难。"

"那也没关系,先礼后兵,道理讲不通,那就打官司吧。"

"姨夫,其实我……"

小姨夫轻拍了下言礼的左肩:"我知道你不想追究,可这是原则问题,不能让步,你伤得不重是老天爷眷顾你,不是那边不用为错误付出代价的理由。"

这话说到了小姨心坎里,她放下叉子,一副老母鸡护崽的架势:"没错,这件事你跟阿慈都别管,大人的作用就是体现在这种时候。那边要是态度好,一切好谈,要是给脸不要脸,我们也不怕撕破脸,我们家的孩子可不是好欺负的。"

言礼哪说得过两张嘴,求助的目光投向了边慈。

没想到边慈也倒戈去了那边："你好好养伤，这些事别操心了，小姨他们会处理。"

"你怎么不帮我？"

"我这样才是帮你呀。下午徐茂还说要去给你报仇呢，我给拦下了，他还说我们脾气好，我看脾气好的人只有你才对。"

提到这儿，边慈就忍不住多说两句："你不心疼自己就算了，还不许我们心疼你吗？不带这么不讲道理的。"

得，现在成三张嘴了。要不是手不方便，言礼真想举手投降。

"好，我不管了，都听你们的。"

"这还差不多。"

次日，王老师联系到那边的学生家长，对方听完言礼这边的要求，一口拒绝。

情况如此，王老师只能如实告知言礼的家长。

小姨和小姨夫听完，也没多说什么，托王老师通知一下那边，直接走法律程序。

果然还是法律的武器好用。

隔天，两米大汉同学及其家长就提着果篮，好言好语地上医院探病了。

当着两个学校带队老师的面，大汉同学郑重地给言礼道了个歉，并且承诺住院期间的费用全部由他们承担，只希望这件事能不再追究。

小姨和小姨夫也点了头，双方私下和解，大汉同学也没有因此被处分。

大家对这个处理还算满意。

言礼在医院住了半个月，虽然拆了石膏，不过胳膊还得吊着，半个月之后复查结果好，才能脱掉。

言礼这边出了院，两人也把小姨和小姨夫劝回了元城，麦麦总不能一直住在外婆家，文具店也不能一直关门。

临走前，小姨对着言礼和边慈一顿唠叨，千万个不放心，并让两人再三保证，有事或者忙不过来一定要给家里打电话，千万不能硬撑。

送走小姨和小姨夫，照顾言礼的任务就落在边慈肩上，他的胳膊不方便，学校那边同意他在家休养，可以不去上课。

每天的课堂笔记和专业作业，徐茂会转交给边慈，边慈每天去出租屋的时候顺便带上，这样养病学习两边都不耽误。

这天，边慈跟往常一样，下课后买好饭来出租屋看望言礼。

开门进屋，没有看见言礼的人影，边慈叫了两声，声音从二楼的工作间传来。

边慈放下东西上楼，看见言礼在跟康从间打视频电话，聊的是工作上的事情，她不方便打扰，冲言礼做了个"结束就下楼吃饭"的手势，掩上门下了楼。

茶几上还放着昨天的专业作业，看着有些乱，边慈蹲下来收拾，无意间注意到了本子上的字迹。

她这才反应过来，言礼伤的是右手，有些作业又需要手写，按理说他应该无法完成才对，可这几天下来，每天的作业他都有好好完成，让边慈转交给徐茂。

边慈拿起教材，发现上面的字跟言礼平时的笔迹不一样，但也是好看的，飘逸不失工整。

这只能是他用左手写的了。

不过边慈没想到言礼用左手写字也这么好看，不像一般人那样歪歪扭扭的。

边慈合上教材，几本叠在一起放到一边，起身那一刻，她突然想起一件要紧事——

言礼用左手写的字，她好像在什么地方见过！

8

到底是什么地方呢？

熟悉感这么强烈，一定是她某段时间内频繁关注的地方。

这种想不起要紧事的感觉真的太难受了，边慈重新坐下来，打开教材，聚精会神地盯着言礼的笔迹，试图刺激大脑，回忆被她遗忘的细枝末节。

边慈想得正入神，手机倏地响起来，吓得她一哆嗦，思绪被打断，她有些怨念地点开信息。

是听读课的课代表的消息，今天她生病请了假，托边慈帮忙拍作业，眼看下课都两三个小时了，边慈还没把图片发到群里，特地来催促。

这件事确实是她的疏忽，边慈道了声歉，说自己马上就发，切换到相册，找到今天上课拍的图片，和老师上课的PPT一起发到群里。

发送完毕，边慈切回相册。她的手机内存越来越不够用，这种一次性的图片，她总是用完就删，且每次删的时候总要往上面翻翻，看有没有一起没删掉的"漏网之鱼"，之前这个小习惯被言礼知道了，还笑话她得了强迫症。

大概是太闲了，这一翻不知不觉翻到了去年的照片，有些没什么内容的照片边慈也看得津津有味，全是高三的回忆。

这时，一张看起来有些莫名其妙的照片映入边慈的眼帘。

细看之后，边慈才想起来，这是明织家里奶茶店的一面墙，那面墙写满了各科知识要点。

不过这张照片的重点也不是墙体本身，而是一行字，内容并不特别：

反相振动正相反，同相振动完全同。

一句普普通通的物理口诀。

边慈笑了笑，吐槽自己真够无聊的，对着一行物理口诀拍。戳了下右下角的垃圾桶标志，准备删掉这张"漏网之鱼"，确认删除的窗口跳出来的那一刻，边慈的笑意僵住。

她点了取消，重新打量这张照片。

几秒后，边慈握着手机噌地站起来。

是信！

这个物理口诀的笔迹，跟高二暑假她住院时，收到的那些信的笔迹一模一样！

现在、现在……这个物理口诀的笔迹，又跟言礼的笔迹相似……

难道……难道！

一个极有可能是真相的可能性浮出水面，边慈勉强克制住激动的情绪，拍拍自己的脸，兀自说道："冷静，先冷静下来。"

楼上传来脚步声，边慈轻咳两声，管理好面部表情，抬头看他，笑着问："你忙完啦？"

"嗯。"言礼注意到恢复整洁的茶几，走下楼，笑着感叹，"女朋友这么贤惠，得想办法早点娶回家才行。"

边慈故意打击他："年龄不到，想再多办法都没用。"

没想到言礼完全没有被打击到的意思，角度刁钻抓错重点："这么说，只要年龄到了，连办法都不用想了？"

边慈微微偏头，反驳道："倒也不是那个意思。"

"那就是想想办法，就能成功吗？"

"看你想什么办法了。"

言礼宛如吃下了一颗定心丸："我明白了。"

不是，她什么都还没说呢，你怎么就明白了？你明白什么了！

算了。

这不是眼下的要紧事。

边慈去厨房把打回来的饭用微波炉热了一下，拿上勺子，端出来放在茶几上，方便言礼独臂进食。

"粥粥，我刚才看到你作业了，原来你会用左手写字啊。"

边慈说得随意，言礼也没太在意，随意地回答："我以前是左撇子，后来被家里纠正了，其实对我来说，左手比右手更好用。"

"太厉害了，我还没见过别人用左手写字呢！"

边慈毫不吝啬自己的称赞，没有一个男人不喜欢被女朋友崇拜的，言礼非常受用，感觉今天食堂的饭菜格外好吃。

趁热打铁，眼看着言礼情绪正好，边慈拿过一旁的草稿本和中性笔，推到言礼手边，好奇地说："你写几个字给我瞧瞧，我想知道那么好看的字，是怎么用左手写出来的。"

直球一个接一个冲言礼砸过来，他被夸得脑子都开始发晕了，理智告诉他，这种时候越要表示谦逊。

"哪有那么夸张,这没什么的,就是写字而已。"

"我想看嘛,你快点写。"为了表现自己的迫切和真诚,边慈还握住了言礼的手腕,轻轻晃了两下。

撒娇就太犯规了。

女朋友说到这个份儿上,哪还有拒绝的道理,言礼放下勺子拿起笔,好兴致地问:"写什么?"

就等着你这句话呢。

边慈假装思考了几秒,然后说:"随便写吧,我想想……写高中那个物理口诀,'反相振动正相反,同相振动完全同',就这个。"

"怎么想到写这个,你以前有那么喜欢物理吗?"说归说,言礼还是提笔写了起来。

边慈目不转睛地盯着笔尖,若不是亲眼看见每一笔都是言礼亲笔写下,她也不敢百分百肯定,他们是同一个人。

言礼写完放下笔,把草稿本推回去:"喏,看到你想看的了吗?我就说了很普通的,没什么可看……"

"我看到了。"边慈拿起草稿本,仔仔细细看了一遍,语气里的激动远超过看到别人用左手的程度。

"这根本不普通,你太小看自己了,你都不知道你认为普通的事情,给别人都带来了什么。"

言礼愣住,摸不清这句话是在夸他还是骂他。

边慈掏出手机,把奶茶店那张照片翻出来,跟草稿本放在同一平面上。

"这都是你写的对吧!"

言礼看完,迟疑片刻,问:"你什么时候拍的?"

"第一次去明织家奶茶店的时候,我看到了这行字,因为这行字跟我受伤住院时收到的那些安慰信件上面的字迹一模一样。"

边慈一直在找那个在自己最无助困顿时,每天写信来医院安慰她的人,她很想当面感谢他。可这个人居然就在她的身边,并且在这么久的时间里,以各种各样的方式,帮助、安慰过她无数次。

"那个人就是你,你从那么早就在陪着我了,我都不知道……"边慈内心是无比欢喜的,可她又很想哭,感觉自己错过了一些东西,具体是什么,她也说不上来。

"你怎么都不告诉我,你应该告诉我的,我一直在找你。上次也是,你不告诉我你是粥粥……你是想让我对你愧疚一辈子吗?"

言礼怎么也没想到,这段快被他自己遗忘的小事,会在今天以这样的方式被翻出来,更没想到,边慈会因为这件事而哭。

"我没有,阿慈你别哭。"

言礼走到边慈身边坐下，抽了纸巾给她擦眼泪，一边解释："我不是有意瞒着你，你今天不说，我都要忘记了。再说我给你写信，是我一厢情愿，不是为了让你对我感到愧疚的，你不用把这件事放在心上。"

"我怎么可能不放在心上？当初要是没有你每天不间断的信件，我根本没有勇气转学，重新准备文化课高考。现在说不定还在体校混日子，靠着微薄的比赛奖金过日子，没有上升前途，也没有别的退路，每天得过且过。"

边慈泪眼蒙胧地看着言礼："当时对我说，你的人生还有其他可能性的人只有你啊！就连跟我最亲的教练、朋友，都在劝我坚持练体操，还说能进国家队的运动员本来就凤毛麟角，平平无奇才是人生常态，我能一直在省队做现役队员已经非常难得，不用对这样的现状有什么不满。"

"这么久了，我一直觉得我能有今天的生活，不是靠我自己。我是一个自卑、被动的人，如果没有别人推着我，我很难迈出第一步。而推我的人，一个是你，一个就是写信的神秘人。神秘人让我从心理上跨出了第一步，你是用行动帮我跨出每一步，我今天知道了，原来你们都是一个人，现在你还觉得自己做的是普通小事吗？"一口气说了太多话，边慈停顿了几秒，直接上前抱住了言礼。

"你还有事情瞒着我吗？全部告诉我吧，我总是在低估你为我做的，粥粥，我从来没有完全了解你。"

"没有了，只有这些。"

右手还吊着，言礼只能用左手环住她的腰，她害怕压着他的右手，两个人都很克制，这个姿势保持了半分钟，两个人都没忍住笑场。

"我没想到那些信对你的影响那么大，其实当时很想去探病的，不过总感觉太突兀了，你受伤了心情不好，应该也没有精力应付一个陌生人的关心，我想了很久，还是觉得写信最好。"

言礼用指腹拭去边慈眼角的泪水，温柔地笑道："原来是我推你来我身边的，看来我的运气真不错。"

"运气不错的是我才对。"

边慈又突然提议道："元旦的时候，我们去附近的寺庙拜佛吧，运气这么好，如果不感谢一下神明，说不定会遭天谴的。"

"你什么时候这么迷信了？"

"不许谤佛。怎么样，去不去？"

"都听你的，去哪儿都行。"

边慈凑近亲了言礼一下："男朋友你真好。"

言礼笑："女朋友你也不差。"

半个月后言礼去复查，医生说情况一切都好，他总算不用再吊着一只手当独臂大侠了。

边慈比较小心翼翼，平时经常提醒他不要过度使用右手，特别是提重物，出去吃饭也是，总想点猪蹄、骨头汤之类的东西，说要给言礼以形补形，弄得他哭笑不得。

十二月在上课备考中一晃而过，元旦假期给期末这个时间节点增加了一丝活力，不少同学借节日放假的契机，约朋友出去玩。

言礼和边慈拒绝了所有组局邀约，元旦当天坐车去了榆清城郊一个有名的寺庙烧香拜佛。

两人在山下买了票和拜佛用的香烛，坐观光车前往山顶。

来烧香的以中老年居多，像他们这样的小情侣少之又少。

靠近山顶，空气中的檀香味越来越浓，这是边慈第一次正儿八经到寺庙拜佛，她不信佛，可此刻也生出些虔诚感来。

下了车，两人往庙里走。

这座庙的佛像呈阶梯状分布，想挨个拜完的话就得爬到楼梯的顶点，也就是这座山的最高峰，从消耗的脚力来看，也是很考验游客的虔诚度的。

"你说像我们这种外行去烧香，会不会被神明们嫌弃？"

言礼拧开刚才在小卖部买的水，递给边慈喝："神明可以包容万物，不会跟我们计较的。"

边慈喝了一口递给言礼，言礼接过也喝了一口，感觉有些凉："这么冷，早知道买热饮了。"

"这山上风这么大，热饮很快也凉了，我没有那么娇气。"边慈挽住言礼的手，指着第一座小祠堂说，"走吧，我们今天的目标是拜完所有的佛像。"

"你吃得消吗？"

"别小看我，我以前好歹是运动员呢。倒是你，行吗？"

男人不能说不行。

言礼感觉有被刺激到，眼神里添了几分认真，牵着边慈往上走。

"你想做的事情，我怎么可能不奉陪到底。"

边慈暗笑。

越往上走，游客越少，很多人爬到一半就体力不支了，就地烧完香烛，打道回府。言礼和边慈一路往上，两个小时后，终于来到了最高处。

比起山下的那些，山顶的这座庙宇显得有些破旧，可能是景区开发商觉得能爬到这里的游客不多，只着重修缮了下面那些经常有游客光顾的庙宇。

跨过门槛，走了几步，两人来到蒲团前。

这里的香火虽不多，但是四面通透，又有这座山最洁净的空气和阳光做伴，连被供奉在最中间的佛像看起来也格外温柔，充满神性。

"我之前都没有许愿，你许愿了吗？"边慈问。

言礼摇头："没有，今天是来表达感谢的。"

"那这里我也不许愿了。"

两人一起点上香烛，退后几步，跪在蒲团上，对着佛像合掌，各自默念完想说的话，最后跟之前一样，磕了三个头。

拜神完毕，两人走出庙宇，找了个小台阶坐下歇脚。

风中传来诵经声，从最高处看下去，香火缭绕，其中是来来往往前来参拜的人。

边慈从没感觉自己的心这么安静过。

"粥粥，明年的今天，我们也过来拜神好不好？"

言礼把放在帽兜捂了一路的水拿出来，摸着不冷，才递给边慈喝。

"你想来我就陪你。"

边慈握着矿泉水瓶，感觉心里也跟瓶身一样暖，她没有喝水，反而握住了言礼的手，示意他在自己身边坐下。

"怎么，累了吗？"他问。

"没有，就是想在你肩上靠一会儿。"边慈靠在言礼的肩膀上，望着天空上飘着的半朵云，喃喃道，"跟你在一起之后，我发现自己越来越无欲无求了。"

言礼换了下坐姿，替她挡去不少山风："怎么说？"

"去年你帮我过生日的时候，我就发现了，我没有什么愿望，我想要的都有了。今天也是，要是我们没有在一起，我也不认识你，我来拜佛，肯定会向神明索取很多吧。"

言礼听乐了："那不正好，以后别麻烦神明了，麻烦我就行，我们不需要见外。"

"你是想做我的神明吗？"边慈跟着一起笑。

话越说越痴，可谁也不想打断，由着自己继续痴下去。

"也不是不行，来吧，你有什么愿望，告诉我。"

"那神明大人就赏赐我一件东西吧。"

"说吧，我的小信徒。"边慈挺腰坐直，转头，一脸正色望着言礼。

"那就把你的永远……不，太虚了，把你的一生赐给我吧。"

言礼心中微动。

"把你的一生赐给我，这样春去秋来，岁月更迭，你都可以陪着我。你给了我，再也给不了别人，这辈子无论如何，你都只能跟我在一起。"

边慈说完，反问言礼："我这么贪心，你还愿意赐给我吗？"

"哪里贪心了？"言礼单手覆上边慈的头，慢慢靠近，额头抵住她的额头。

山顶的阳光落在他身上，勾勒出一圈金色的边，她离他很近，身上也沾上了光。

风中的诵经声不知何时停了。

那孤零零的半朵云竟然找到了同伴，跟着风飘向远方。

青山绿水，烟熏缭绕，此起彼伏庙宇间。

他说他愿意。

- 正文完 -

番外 何似在人间

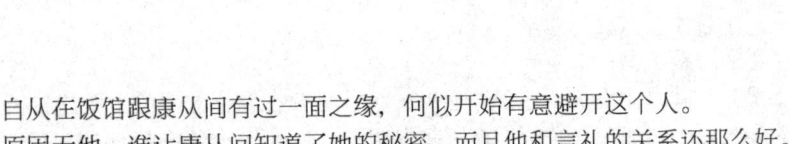

自从在饭馆跟康从间有过一面之缘,何似开始有意避开这个人。

原因无他,谁让康从间知道了她的秘密,而且他和言礼的关系还那么好。

开学之后,何似通过别人之口对康从间有了一个简单的了解。

学生会会长,数媒专业高才生,家境殷实,各方面条件优越,在学校人缘极好,每个专业都有不少认识他的人。

当然,追求者也不少,单说英语系,冲康从间去学生会的女生就不在少数,同宿舍的于听音也被他迷了一阵子。

如此这般,何似反倒松了一口气。

这种时时被簇拥的天之骄子,应该不会把她那点小事放在心上。

别的学生组织和社团何似不太感兴趣,只在交响乐团招新的摊位填了申请表。

她从小学大提琴,高中荒废了一阵子,这个暑假勤于练习,倒是捡起来不少。榆清大学的交响乐团在全国小有名气,每年大大小小的演出好几个,拿过不少奖项,要是能入选,成为乐团的正式大提琴手,她也有机会上台表演。

当年中考之后,如果她没有因为言礼报考五中,肯定会按照家里的意思,进音乐附中专攻大提琴,这样一来,就算志愿再怎么出问题,他们现在也不可能在同一所大学了。

从最开始她跟言礼会有交集,就是因为她的让步和妥协,明知有可能一厢情愿,她还是选择赌一个万一。

结果她输得一败涂地。

其实现在想想,她都脱轨了,怎么可能会赢。

如今言礼的身边不可能再有她的位置,何似不甘心之余,更想尽自己所能回到属于她的轨道。

喜欢言礼的第六年,何似终于学会了放弃。

交响乐团面试新生那天,何似在台下看见了康从间。

何似很惊讶，她不记得康从间在交响乐团有职务，填表之前她明明打听过的。

就算发生了意料之外的事情，面试仍然要继续。

何似没有因为康从间跟交响乐团有可能有关系的缘故，刻意出错导致落选，这是她喜欢做的事情，哪怕为了自己，也要尽全力一试。

这边，何似面试完，台下负责招新的前辈夸了她两句。

许久没有因为拉琴得到赞许，何似心情很好。

面试还要继续，何似背着琴离开教室，在走廊处，有人在后面叫了她一声学妹。

何似听出是康从间，无奈地看了眼天花板，带着礼貌的笑容转过去，回了声："学长好。"

康从间朝她走近，脸上始终挂着笑："好久没听你拉琴了，还是很好听。"

何似感觉奇怪："你以前听过我拉琴？"

康从间思忖片刻，轻笑了声："可能在梦里听过。"

轻浮。

何似在心底吐槽。

从小到大，何似身边总有男生围着她打转，谁喜欢她，往往一个眼神何似就能明白。

康从间明显想追她，他这套或许对别的女生管用，对她不好使，她的审美一直没变过，只有温柔内敛款的男生才能吸引她。

康从间好看归好看，但怎么都跟内敛搭不上边，何况他算是言礼交际圈里的人，她躲他都来不及。

何似没接康从间的话，颇为冷淡地说："我还有事，先走一步。"

康从间并不恼，跟上她，慢悠悠地问："你不好奇我为什么在这里吗？"

既然知道了他的意图，何似再好奇都不想给他发挥的空间："不好奇。"

"说谎。"康从间顿了顿，似笑非笑地说，"你为了躲我，早就打听过我在交响乐团有没有职务了，不是吗？"

何似脚步不由得放缓，内心闪过一丝慌乱。

这种感觉是熟悉的，就像上次在饭馆，被康从间轻易看穿秘密时一样。

他很聪明，却不收敛，反而利用这份聪明来威慑别人。

比如现在。

何似看着他，有点警惕："你到底想做什么？"

"别紧张，我又不是什么坏人。"康从间自顾自地解释起来，"交响乐团的指挥家是我室友，我知道你要来参加面试，特意过来的。"

何似不知道该说学校的圈子太小了，还是康从间的人脉太广了。

在她沉默的空当，康从间问："你会因为这个离开乐团吗？"

何似稍怔，随后说："学长，你太高估自己了。"

"挺好的，我还担心你为了躲我不拉琴了，以后我上哪儿听这么好听的琴声。"

话不投机半句多，何似转身想走，康从间这次直接叫了她的名字："何似。"

他没有再上前一步，可是语气是前所未有的认真："我喜欢你，你应该看出来了，你来这里，我们又同校了，这是缘分，看在这份缘分的面子上，我不会给你躲我的机会。"

康从间如此直白，何似求之不得，她没胆表白，拒绝别人倒是轻车熟路。

何似转过身，语气也挺认真地说："你不是我喜欢的类型，别在我身上浪费时间。"

康从间捕捉到某个字眼："你喜欢的类型已经有对象了。"他的话锋一转，"难道你想做第三者？"

何似有被康从间刻薄到，她冷笑一声，还没来得及驳回去，康从间又开口了："你不会的，你不是那样的人。"

何似有些恼了，冷声道："话都让你说了，我还说什么。"

"我不介意听你聊聊言礼。"

何似用一种"你没病吧"的眼神看着康从间。

康从间摊手表示无辜："我没别的意思，看你这么放不下，不妨跟人聊聊，等把这个人聊透了，聊尽了，你就可以向前看了。"

何似态度强硬："我说了，你不是我喜欢的类型。"

"你喜欢的类型已经——"

见他还要提言礼，何似心生烦躁，打断了他的话："世界上难道就言礼一个男人吗？我不会再遇到别人吗？"

康从间笑了："你能这么想就好。"他抬手看了眼腕表，提议，"快饭点了，一起吃个饭？"

何似没好气道："我回宿舍。"

康从间见招拆招："那我送你。"

"用不着。"

"用得着。"

何似只好随他去，毕竟学校的路不是她家的，谁都能走。

回宿舍的一路基本都是康从间在说话，他本来就是健谈的人，情商高，知识面广，很会找话题，哪怕何似强忍着不理他，有几次还是被他说的内容吸引，接他的话。

不知不觉走到宿舍楼下，何似一抬眼，看见在不远处有说有笑的言礼和边慈。学校的情侣都差不多，分别之前总要在楼下说会儿话，舍不得走。

何似不愿多看，不自在地移开了视线。

康从间在旁边适时开口："现在想回宿舍还是想去吃饭？"

只能说康从间太会见缝插针了，看穿她此刻就算随便找个地打发时间，也不想跟他们打个照面回宿舍。

何似转身往食堂的方向走，什么都没说，用行动做了选择。
康从间含笑跟上去。

这次碰面之后，康从间开始频繁地出现在何似面前。
没多久，何似身边的人都知道康从间在追她，就连边慈都试着问过她，对康从间什么看法。
她能有什么看法，能避则避。
可是康从间跟以前的追求者都不同，他很会找时机出现，既不让你觉得他烦，也会在你快忘记他的时候，出来刷一波存在感。
虽然不想承认，但何似确实拿他没辙。
转眼到了圣诞。
交响乐团组织了聚餐，当天玩到了很晚。
从KTV出来没多久，等车的间隙，康从间那个指挥家室友接到一个电话，酒意醒了大半，一脸着急地跑到何似他们准备上的那辆车前，说："那个，我室友急性阑尾炎送医院了，这辆车能不能让我先坐？"
听到"室友"这两个字，何似下意识地问："是康从间吗？"
室友知道康从间在追何似，没瞒着，全说了："是。言礼先送他去医院了，要做手术，等我送钱呢。"
听到康从间还要做手术，何似的心一下子收紧了，甚至没心思在意言礼也在医院的事儿。
何似看了眼喝得快断片的指挥家室友，不放心他一个人过去，对身边的朋友说："我跟学长去一趟，你跟他们坐一辆车回去吧。"
朋友表示理解，催他们赶紧上车走。
等他们赶到医院的时候，康从间已经在手术室了，言礼一个人守在外面。
言礼看室友喝得有点大，拿了钱缴完费回来就叫了辆车，让他先回去。
何似见状，主动说："你送他回去吧，这里我守着。"
言礼马上反对："不行，你一个女孩子，这么晚了，这样，我把你也送回去。"
"我们都走了，这里没人，要是有事怎么办？你先送他回去，顺便拿点换洗衣服什么的。"
斟酌之后，言礼只好点头："那行，我尽快赶回来，有事你就给我打电话。"
何似"嗯"了一声，没再多说。

阑尾炎的手术不到一个小时就结束了，康从间从手术室推出来的时候，言礼还没回来，何似和护士一起，把他送到了单人病房。
何似把医嘱一一记下，等护士走后，拿过凳子在病床旁坐下。
麻药劲没过，康从间还睡着，因为生病的缘故，脸上基本没有血色，何似小心地给他掖了掖被角,心里不怎么是滋味。

何似没坐多久言礼就赶回来了,她把医嘱复述了一遍,夜已经很深了,康从间这里有人照顾,她没有再留下来的理由。

言礼亲自把何似送上了车,还交代她回了宿舍发个信息报平安。

何似说好。

回去的车上,她后知后觉意识到,她已经可以很自然地面对言礼了。

隔天上完课,何似买了点水果去医院探病。

病房里本来还有康从间的朋友,一看何似来,几个男生挤眉弄眼地撤了。

康从间的脸色相比昨晚好多了,但还是只能吃流食。

何似看了眼自己买的水果,起身说:"那这些我给你放冰箱里吧。"

康从间伸手虚拦了她一下:"先别忙,你坐,陪我说说话。"

何似只好作罢,把水果放到一边。

"我室友他们就那德行,你别介意。"康从间率先开口。

何似没什么情绪地说:"这大半年我早就习惯了。"

话音落下,何似感觉自己这句话不太客气,像是在指责康从间这大半年对她不加收敛的追求,她想改口,一时没找到合适的措辞。

康从间不知道有没有入心,但是另起了一个话题:"我室友说昨晚你也来了。"

何似顺着他说:"嗯,乐团聚餐,我们在一块。"

"我挺意外的。"康从间轻笑了笑,不知道是不是病中虚弱的缘故,笑得有点勉强,"言礼在,我以为你肯定不会来。"

何似一怔,垂眸低声说:"我没想那么多。"

"感觉怎么样?"

"什么怎么样?"

"面对言礼的感觉。"

何似不太想跟康从间聊这个,回避道:"就那样呗。"

康从间莫名执拗,直白地问:"还喜欢他吗?"

何似抬眸看他:"你为什么非要提他?"

短暂的沉默。

康从间自嘲一般笑了笑:"就算你还喜欢他,我也能理解。"

何似说不上哪里涌上一股无名火,夹枪带棒地呛回去:"你理解什么?我喜欢他六年了,你喜欢我才多久。"

康从间只说:"我也是。"

何似不耐烦道:"你是什么是,我们能不能不聊言礼了。"

康从间语气平稳地说:"我也喜欢你六年了。"

何似愣住,几秒后,好笑地说:"别闹了。"

"多年前你的生日宴上，你拉的那首奏鸣曲很好听。"康从间看着她，目光深深的，"宴会结束前拍了大合照，我站在你拉琴的位置，离你很远。"

"你应该忘了，或者说，从来没注意过，我们高中就是校友，飒姐也是我当年的班主任。"

"何似，你用六年喜欢言礼，我用六年喜欢你。"说到这儿，康从间收回目光，看向别处，声音很轻，可是每个字落在何似耳边都像一记重击，"我怎么可能不理解你。"

何似忘了那天是带着什么表情离开病房的。

回去后，何似第一时间给她妈妈打了电话，让她把那次生日宴的大合照找出来发到她的手机上，之后又拐弯抹角地问了关飒，是不是带过一个叫康从间的学生。

经过验证，康从间说的都是真的。

难怪面试那次，康从间会说好久没听她拉琴了，还说他们又同校了。

他早有暗示，只是她没有在意而已。

康从间出院后赶上期末，两人都忙，没联系的状态持续到考试结束。

考完最后一门，何似看了眼手机，康从间还是没有联系她。

她订了傍晚的机票回元城，不知道康从间什么时候走。

说不上为什么，何似感觉就算再等一个寒假，康从间也不会联系她。

何似犹豫了几个小时，收拾好行李去机场前，她第一次主动联系了康从间，问他什么时候回元城。

过了半小时康从间才回，说还要过几天，工作室有事情。

"今天有时间吗？一起吃个饭。"

这是康从间最常说的话，经自己之口问出来，何似才发现等待对方答复的过程原来如此煎熬。

她比较幸运，康从间没有让她等太久，也没有让她白等。

他说有时间。

何似收到回复马上改签了机票，在附近一家茶餐厅订好位置，然后发给康从间。

到了饭点，何似比约定的时间到得早，康从间是提前五分钟来的。

菜上完后，两个人动了几筷子，心思都不在吃饭上，康从间先放下筷子，这次他没有迂回，特别直接："这是告别餐吗？说实话，我没什么胃口。"

何似愣怔片刻，问他："上次在病房，你是不是故意告诉我的？"

不怪她多想，康从间早不说晚不说，偏偏在那天说，她震惊过后细想一番，感觉康从间当时是在利用她的同情心，也不是没可能。

跟聪明人说话向来不用费什么功夫，而且康从间是诚实的，他点了头："没错，这是我的底牌。我没想到你这么难追，我只有孤注一掷了。"

何似感觉自己想说的话有点残忍,她想了想,还是说了:"你把这张底牌亮给我,你没想过,我就算答应你,也是因为同情而不是真的喜欢你吗?"

"我当然想过。"康从间回答得太坦荡,也太快,让何似一时有些发愣。

"我已经学会不在乎了,只要你跟我在一起,同情也好可怜也罢,都没关系。"康从间顿了顿,又说,"我说了,我理解你,你喜欢言礼就像我喜欢你,这种情况下你愿意跟我试试,哪怕不是出于喜欢,对我来说也很珍贵。

"来日方长,我不觉得自己差在哪儿,如果我的六年换不了你的六年,那我用十年、二十年甚至更长的时间跟你换。"

康从间笑了笑,一如往常:"我相信,终有一天,你愿意跟我换。"

何似从未有过这样的感觉。

像一根在海上追逐灯塔的浮木,浮木一直能看见灯塔的光,在海上孤零零地漂流。

哪怕那束光从来没有一刻为浮木照亮前面的路。

突然有一天出现了一艘小船。

小船告诉浮木,灯塔之于浮木,如同浮木之于小船。

何似沉默的这段时间,康从间没有再说一个字,他在安静地等待答案,无论这个答案是不是他想要的。

不知道过了多久,康从间听见何似说:"你那天问我面对言礼是什么感觉,我没回答你,我不确定这算不算放下,但我已经可以自然地面对他。"

"那天明明知道他也在医院,我还是过去了,因为我很担心你。"何似抬起头,正视康从间的眼睛,"我没有你这么勇敢,喜欢的分量不如你重,如果你能接受,我们就试试。"

"足够了。"康从间伸手握住她的手,眼睛在笑,"我说了,只要你愿意跟我试试,对我来说就很珍贵了。"

何似鼻子微微泛酸,用另外一只手覆上他的手背,轻轻蹭了两下。

"不够的,还不够。"

康从间站起身,走到何似身边,伸手抱住了她。

何似感受到他的手臂力道慢慢收紧。

康从间一笑,温热的气息扑在何似耳边,她听见他说没关系。

因为来日方长,他又不差。